탐라의 여명 2

되살아나는 삼성신화

탐라의 여명
2
되살아나는 삼성신화

이성준 지음

學古房

올초, 『탐라의 여명—되살아나는 삼성신화』 1권을 펴냈다. 그리고 많은 분들로부터 격려와 질문을 받았다.

격려해주신 모든 분들께 감사드린다. 특히 생각지도 않은 분들이 많은 격려를 보내주신데 대해 고마움을 전한다. 그런 분들이 계시기에 힘을 내서 이 글을 쓰고 있음을 전하고 싶다.

전화로, 문자로, 메일로 질문도 많이 받았다. 그러나 구체적인 답변은 피했었다. 그 질문에 답하는 일은 독자의 궁금증을 해소하는 데는 도움이 될지 몰라도, 작가란 작품으로 말하는 존재란 생각에. 그러다 독자의 궁금증을 얼마간 해소해주는 것도 괜찮겠다는 생각을 하게 되었다. 온라인과 오프라인이 공존하는 시대에 오프라인으로 소통하는 것도 소통의 한 방법이지 않을까 하는 생각이 들었기 때문이었다. 하여 독자들의 질문에 대한 답변으로 2권을 시작할까 한다.

가장 많이 받았던 질문은 '고영'이 실존인물이냐는 것이었다. 나의 대답은 한결같았다. '고영'은 소설 속의 인물이라는 것.

고을나로 알려져 있는 탐라고씨 시조始祖와 소설 속의 고영이 얼마나 일치하는지는 아무도 모른다. 『삼국사기』에는 모본왕 태자의 이름을 고익高翊이라 명시하고 있다. 그런데 모본왕의 서거와 함께 역사에서 사라져 버렸다. 태자로서 자질이 부족하다는 이유에서. 그리곤 역사 기록에서 사라져 버린다. 엉뚱하게도 고익보다도 나이가 어린, 고추가

재사再思의 아들 궁宮을 왕으로 옹립한다. 고추가는 왕족도 아니고 귀족 정도밖에 안 되는 신분인데, 하루아침에 왕을 배출한다.

모본왕이 신하 두로에게 시해 당했다는 사실도 믿기지 않았고, 당연히 왕위를 이어야 할 태자가 모본왕이 붕어하자마자 역사에서 사라져버린 것도 의문스러웠다. 또한 엉뚱하게 재상 정도밖에 안 되는 고추가의 아들이자 태자보다도 나이 어린 궁이 왕위를 계승했고, 대비大妃가 수렴 청정했다는 기록이 석연치 않았다. 그러다 고구려 모본왕 태자였던 고익이 훗날 탐라국을 건국하는 고을나가 아닐까 하는 생각을 하게 되었다. 그 생각은 우연찮게, 지나가는 생각처럼 떠오른 것인데 끈질겼다. 사람을 가만히 놔두지 않고 들들 볶아댔다. 결국 사료들과 많은 자료들을 참고하여 고익과 고을나는 동시대 인물임을 확인했고, 고익과 고을나는 같은 인물일 수도 있다는 결론을 내렸다. 하여 '고익'을 '고영'으로 이름을 바꾼 후 주인공으로 설정했다. 그리고 그가 겪을 수밖에 없는 고난과 시련을 한 권의 소설로 구성한 것이 바로 『탐라의 여명』 1권이다.

두 번째로 많이 받은 질문이 '소옹과 아지'가 왜 그렇게 빨리, 허망하게, 죽었느냐(혹은 죽여 버렸느냐)는 질문이었다. 이 질문에 대해선 작가인 나도 잘 모르겠다고 대답할 수밖에 없다. 작중인물이란 작가가 창조(?)한 인물이긴 하지만 작가와 독립된 주체성을 가진 존재다. 그러기 때문에 작가도 작중인물의 생사를 결정하거나 작중인물을 통제할 수 없다는 게 나의 생각이다. 작중인물은 작가의 의지와 상관없이 텍스트 안에서 스스로 판단하고 선택하고 살아가는 존재이기 때문이다. 작가는 그 인물의 사고나 행동을 글로 옮기는 사람에 불과하다는 게 내 지론이다. 부모가 자식을 낳기는 하지만 자식이 태어나는 순간 독립개체로 자기 삶을 사는 것과 닮았다고 할까. 그건 조물주와 인간의 관계

와도 비슷하다 할 수 있다. 조물주에 의해 인간이 만들어지긴(?) 하지만 인간은 자유의지를 가지고 자신이 판단·선택하며 살아가다 죽는 것처럼. 따라서 '소옹과 아지'는 주어진 상황 속에서 그렇게 짧은 삶을 살다간 존재라 할 수 있다. 절체절명에 처한 '고영'을 살리기 위해 스스로 선택하여 삶을 마감한 것이다. 작가인 내가 죽이고자 했다고 죽지도 않을뿐더러 살리려고 했다고 살지도 않는다.

한 가지 덧붙일 것은, 한 명의 위인(또는 역사적 인물)이 역사에 이름을 남기기 위해선 많은 이들의 보이지 않는 도움과 희생이 필요하다는 생각을 자주 해왔다. 한 위인의 삶은 많은 사람들의 도움과 희생의 결과물이란 생각. 인간은 남의 도움이나 희생 없이는 단 하루도 살 수 없는 존재라는 생각. 그런 나의 생각이 소설에 반영된 것이라 봐도 되겠다.

세 번째로 많은 질문은 『탐라의 여명』이 역사적 사실이냐는 것이었다. 이는 '고영'이란 인물이 실존인물이냐는 질문과 동일선상의 질문이라 생각한다. 결론적으로 말하자면, 소설 속의 사실은 '허구적 사실'이라는 것이다. '있었을지도 모르는', '있을 법한', '있을 수 있는' 사실이란 말이다. 그렇다고 소설 속의 이야기 전부가 다 작가의 상상력에 의해, 작가 마음대로 그려내는 것은 아니다. 특히 역사소설의 경우는 역사적 사실을 토대로 하여 그 위에 지어진 집이라 할 수 있다. 그러기 위해 작가는 창작과정에서 수많은 책들을 참고한다. 1권에 밝힌 책들이 역사적 사실에 충실하기 위해 참고한 책들이라 보면 될 것 같다. 그 책들을 비롯하여 여러 자료들을 참고한 후 나의 생각을 정리하고, 그 내용을 밑바탕에 깔고 소설을 쓴 것이라 할 수 있다.

『탐라의 여명』 2권에서는 삼성三姓 중 한 사람인, 양을나로 알려져 있는, '양무범'의 이야기가 전개된다. 2권을 읽으면서도 계속 궁금증을 갖게 될 것이고, 어떻게 고량부 세 사람이 만나고 제주까지 가서 탐라국을 건국하는지도 궁금할 것이다. 그런 궁금증이 이 소설을 읽게 하는 이유가 아닐까 한다. 궁금증을 가지고 끝까지 읽어주기를 바란다.

2권이 출간되면 또 어떤 질문들이 날아들지 궁금하다. 그런 독자의 관심과 궁금증이 이 소설을 쓰고 읽게 하는 힘이 될 것이다.

1권에서 밝힌 참고자료 외에 2권을 쓰는데 도움을 받은 책들이 많다. 그 중에서 정인보의 『조선사연구』와 김영수의 『역사를 훔친 첩자』, 박병섭의 『해모수 이야기』의 직·간접적인 도움을 받았다. 이런 책들이 있었기에 이 책은 풍요로워질 수 있었다.

코로나로 많이 힘들다. 그런 와중에도 잘 팔리지 않는 책을 1권에 이어 2권까지 선뜻 출판해주신 학고방 하운근 대표님께 감사드린다. 또한 최초의 독자로 이 글을 꼼꼼히 읽어줌은 물론 책다운 책으로 만들어준 조연순 팀장님, 그리고 모든 학고방 가족에게도 고마움을 전한다.

특히, 코로나로 경제적 어려움을 겪는 중에도 횡성호수 근처에 오막살이를 지을 수 있게 하여, 이 글을 완성하게 도와준 아내 부복민에게 고맙다는 말을 꼭 전하고 싶다.

2021년 여름
횡성호수 근처로 옮긴 만취재晩翠齋에서

▐ 차례

자명고각自鳴鼓角은 울리지 않고

①

낙랑국왕 최리崔理는 흥분을 가라앉히며 강보에 싸인 갓난 왕자를 들여다봤다. 숨소리에 깰까, 인기척에 놀랄까, 조심조심, 그윽한 눈길로.

오늘로 삼칠일이 지난 왕자는 이제 막 핏덩이에서 벗어나 사람의 모습을 갖추기 시작하고 있었다. 그러나 아직은 세상에 관심이 없는지 새근새근 잠만 자고 있었다. 가끔씩 입술을 오물거리는 게 꿈속에서 젖이라도 빠는 모양이었다.

"중전, 몡말 고맙고 수고하셨소. 이제야 선조들을 뵐 면목이 섭네다."

갓난 왕자에게서 눈을 뗀 리는 곁에 앉아 있는 왕비를 돌아보며 치하했다. 아직 부기가 다 빠지지 않은 왕비의 얼굴은 부어 있었다. 그 모습이 더욱 사랑스러워서, 눈들이 없다면 꼭 안아 주고 싶었다. 계비로 궁에 들어온 지 2년 만에 대를 이을 귀하디귀한 왕자를 생산한 왕비가 아닌가.

"전하, 어띠 기런 말씀을 하십네까? 여자로서, 기것도 후사를 많이 생산함으로써 왕실을 공고히 해야 할 왕비로서 당연히 해야 할 일을 했을 뿐인데 이리 치하하시니 소첩 몸 둘 바를 모르갔습네다."

왕비가 볼까지 붉히며 부끄러워했다. 그게 사랑스러워 리는 왕비의 손등을 토닥이며 말했다.

"기렇디요, 기렇디요. 어띠 보믄 너무나 당연한 일이디요. 긴데 기게 어디 말처럼 쉬운 일입네까? 내래 궁주는 여덟이디만 왕자래 하나도 없어서 근심이 이만저만 아니었는데, 이렇게 귀한 왕자를 생산해듀니 내 어띠 감사를 드리디 않을 수 있갔소?"

리는 진심을 듬뿍 담아 말했다. 그 어떤 말로도 자신의 마음을 전하기 힘들겠지만 어떻게든 왕비에게 감사의 마음을 전하고 싶었다.

사실 리에게 가장 큰 걱정은 왕자가 없다는 것이었다. 원래 손이 귀하기는 했지만 보위를 물려받을 왕자가 없는 경우는 드물었다. 그러던 것이 자기 대에 이르러 왕자가 단 한 명도 태어나질 않았다. 궁주만 열셋이나 태어났고 다섯은 어려서 저 세상으로 가서 궁주만 여덟이었다. 맏이가 스물여덟이고 큰외손자는 열 살이 넘었다. 그런데도 왕자가 없으니 걱정을 안 하려야 안 할 수 없었다. 더군다나 이제 리도 오십을 넘어 환갑을 바라보고 있어 기력이 쇠해지고 있을뿐더러 언제 죽을지도 모를 일이었다. 만약 대통을 이을 왕자를 생산하지 못하고 죽기라도 한다면 낙랑은 흔들릴 수밖에 없었다. 어쩌면 피비린내 나는 왕위 쟁탈전이 벌어질 수도 있었다. 하여 노심초사하고 있었는데 계비가 왕자를 생산한 것이었다.

왕자가 태어났다는 낭보를 듣는 순간 리는 기쁨보다 감사의 마음이 앞섰다. 하여 낭보를 듣자마자 정전에서 뛰어나가 댓돌에 엎드렸다. 그리고 선조들뿐만 아니라 천지신명께 감사를 드렸다. 추위도, 체통도 다 잊은 채 감사의 눈물을 흘리며 소리쳤었다.

"선조들이시여, 천지신명이시여, 감사드립네다! 감사드립네다! 이제야 비로소 태어난 값을 하게 되었고 선조들과 천지신명께 진 빚을 조금이나마 갚게 되었습네다. 감사드립네다, 감사드립네다."

리가 감사의 눈물을 흘리며 소리치자 모든 대소 신료들도 같이 엎드려 울었었다. 그렇게 감사의 기도를 마치자마자 바로 대사면령을 내렸고, 국고를 열어 백성들을 구휼하라는 명과 감세령減稅令도 내렸다.

그러나 정작 감사를 드릴 대상은 따로 있었다. 바로 왕자를 생산한 왕비였다. 궁에 들어온 지 2년도 안 된 왕비가 왕자를 생산했으니 감사드리지 않을 수 없었다. 그러나 왕비에게 갈 수는 없었다. 이제 막 몸을 풀었으니 삼칠일간은 그 누구도 접근할 수 없었다. 금줄을 쳐서 산모와 갓난이를 보호하는 게 우선이었다. 하여 리는 엉뚱한, 그야말로 엉뚱한 명을 내리고 말았다.

"짚을 가뎨오라. 내래 직접 금줄을 만들어야갔다."

좌우가 모두 어리둥절한 표정을 지었지만 리는 물러설 뜻이 없었다.

"와 기렇게 보네? 아비가 아들을 위해 직접 금줄 만드는 게 달못됐네? 다 기러는 게 아니네?"

리는 입에 가득 함박웃음을 머금으며 좌우를 둘러봤다. 그러자 신하들도 함박웃음으로 답례했다.

그렇게 직접 금줄을 꼬고, 대궐 곳곳에 직접 금줄을 걸고, 지날 때마다 살피며, 삼칠일을 참고 참아 오늘 드디어 왕자와 첫 대면을 하는 것이었다. 그런 만큼 왕비에게 치하를 아낄 필요가 없었다.

리의 치하에 왕비가 그윽하면서도 조용한 목소리로 물었다.

"기런데 전하, 종묘에 고하려면 왕자래 이름을 디어야 하디 않갔 습네까?"

"그건 걱덩 마시라요. 내래 이미 지어놔수다."

"기렇습네까? 뭐라 지으셨습네까?"

"무범이요. 용맹할 무武 자에 법 범範 자. 군사와 군대를 이끄는 규범이 되란 뜻으로 지었소. 우리나라도 이데 무력을 키워야디, 언 데까디 자명고각自鳴鼓角만 믿고 있을 순 없디 않갔시오?"

"탐으로 지당하신 말씀입네. 소첩도 고구려 행보가 눈에 걸려 대왕께 말씀드리려던 탐이었습네다."

"중전도 기렇게 보시오? 과인도 기게 걱덩돼서리 호동好童을 사 위로 맞긴 했디만, 그 효과가 언데까디 이어딜 디 알 수가 있어야 말이디오. 기래서 왕자의 이름에 내 의지를 담은 거요."

리의 말에 왕비는 말없이 고개를 끄덕였다. 삼칠일이 갓 지난 왕 자에게 너무 과중한 짐을 지우는 게 아닐까 하는 생각이 들기도 하지만, 나라를 보전하기 위해서는 다른 방도가 없다고 생각하는 모양이었다.

고구려 무휼(無恤. 고구려 3대 대무신왕)은 왕위에 오르자마자 전 쟁 준비에 박차를 가했다. 군사들을 양성하는 한편, 군비를 확충하 더니 정복 전쟁을 시작했다.

제일 먼저 자신들의 고국이라 할 수 있는 부여를 침공하여 부여 왕을 죽여 버렸다. 또한 개마국을 쳐서 왕을 죽이고 백성들을 노예 로 삼아 버렸다. 한나라와도 일진일퇴의 공방을 계속하고 있었다.

그런 고구려와 등을 맞대고 있는 낙랑은 단 하루도 편할 날이 없었다. 다행히 자명고각自鳴鼓角이 있어 낙랑을 쉽게 넘보지는 않았지만 그것만으로는 안심할 수가 없었다. 호전적인 고구려에게 대항하기 위해서는 군비 확충은 물론이고, 강력한 군대가 필요했다. 그걸 잘 아는 왕비라 왕의 말에 깊이 공감하는 눈치였다. 그래서 삼칠일 겨우 지난 왕자를 앞에 두고 전쟁 얘기를 해도 별다른 거부감 없이 받아들이고 있었다. 이제 고구려에 대한 대비가 없는 낙랑은 존재할 수 없을 터였다.

그렇게 내외가 고구려에 대한 걱정을 하고 있던 바로 그때였다. 뜰에서 다급하게 리를 찾는 목소리가 들렸다.

"전하! 전하!"

목소리로 보아 궁궐 경비대장 기병택畿炳擇인 것 같았다. 시종들을 거치지도 않고 직접 왕을 찾고 있었다.

리는 몸을 급히 일으켰다. 그냥 있다간 병택이 계속 소리를 지를 것이고, 그리되면 갓난 왕자가 깰 수 있었다. 그리고 지금이 어떤 상황인지 모를 리 없는 병택이 저렇게 소란을 피운다는 건 화급한 문제가 발생했다는 뜻이었기에 그냥 앉아 있을 수가 없었다.

"무슨 일이네?"

대청으로 나선 리는 뜰에 선 채 자신을 기다리고 있는 병택에게 물었다.

"전하, 고구려군이 몰려오고 있습네다."

"뭐, 뭐, 뭐라? 고구려군이? 자명고각은? 자명고각은 어찌해서 작동하지 않았네?"

"기, 기건 소장도 알 수가 없습네다. 상황이 너무 다급해서 바로 달려왔습네다."

"이, 이런. 어떻게 이런 일이…….."

머리가 휑했다. 어떻게든 생각을 해보려고 했으나 아무 생각도 할 수 없었다. 순식간에 모든 게 증발되어 버렸는지 정신을 차릴 수가 없었다. 몸마저 가눌 수가 없었다. 시종들이 붙들지 않았다면 쓰러졌을지도 몰랐다.

잠시 시종들의 손에 의지한 채 정신을 가다듬은 리는 시종들을 떼어냈다. 그런 후 정신을 가다듬기 위해 심호흡을 했다. 심호흡을 하며, 흐린 정신 속에서도 무엇보다 상황 파악이 우선이라는 생각을 했다. 상황을 자신의 눈으로 직접 파악해야 대책을 세우든 뭐든 할 수 있을 것 같았다.

"어쯨든 어서 가봅세. 봐야 뭘 하든 하디."

댓돌로 내려서며 리가 말했다.

"알갔습네다. 소장이 뫼시갔습네다."

대답과 함께 병택이 직접 리의 신발을 신겨주었다. 리에게 다가오는 시종들을 손으로 저지하며.

궁궐에서 나와 성루로 가면서 리는 비틀거렸다. 앞도 잘 보이지 않았고, 방향마저 헷갈렸다. 방금 봤던 왕자의 얼굴이 발에 밟혀 발을 내딛기가 힘들었다. 그러나 뛰었다. 단 일각도 지체할 수가 없었다. 뛰다가 쓰러져 죽는 한이 있더라도 지금은 뛰어야 할 때였다.

성루 가까이 가자 도성 방어를 책임지고 있는 위장군衛將軍이 달려오며 리를 막아섰다.

"전하, 날래 피하십시오. 딕금 고구려군이 도성으로 몰려오고 있습네다. 기러니 날래…….”

리가 위장군의 말을 급히 잘랐다.

“딕금 뭔 소릴 하는 거네? 백성들을 다 버리고 혼차 도망티라는 말이네? 위장군 눈에는 내가 기렇게 보이네?”

리는 화가 났다. 아무리 초미의 상황이라 해도 국왕인 자신에게 할 말이 아니었다. 국왕이 도망친다면 누가 백성들을 지키며, 국왕이 도망친 나라를 누가 지킨단 말인가.

“기게 아니라 아딕 한 달도 되디 않은 왕자 전하를 생각하셔야디요. 소장이 어떻게든 고구려군을 막을 테니 날래…….”

“시끄럽다. 나라가 망한 후에 왕이 어딨고, 왕자가 어딨단 말이네? 나라와 백성이 있어야 왕도 왕자도 있는 게 아니네.”

“기렇디만 전하, 뒷일을 도모하셔야디요.”

“뒷일은 없다. 기러니 날래 앞서라. 상황 먼녀 파악해야 뒷일을 도모하든 내일을 기약하든 할 게 아니네.”

리가 위장군을 밀치며 앞으로 나가려 하자 위장군이 무릎을 꿇으며 소리쳤다.

“전하, 기렇다믄 왕자 전하만이라도 피신시켜야 합네다. 고구려군은 어림답아도 오천은 넘어 보이고, 파죽지세로 달려오고 있습네다. 소장의 충언을 살펴듀십시오.”

“알갔다. 장군의 충언을 새길 테니 어서 앞당서라. 내래 직접 봐야 왕자를 피신시키든 같이 피하든 할 게 아니네.”

그래도 위장군이 자리에서 일어서지 않자 병택이 끼어들었다.

“위장군, 전하의 명을 따르는 게 똥을 듯합네다. 기래야 전하께서 결단을 내릴 수 있디 않갔습네까? 시간이 촉급합네다.”

그 말에 위장군이 자리에서 일어서더니 자신의 갑옷을 벗기 시작했다.

"갑옷은 왜 벗는 거네?"

리가 물었으나 위장군은 대답하지 않은 채 갑옷을 다 벗어 리에게 내밀며 말했다.

"뎡 기러시다믄 소장의 갑옷이라도 입고 성루에 올라가십시오. 기러디 않고선 결단코 성루에 올라갈 수 없습네다."

"위장군, 딕금 정신이 있네, 없네? 도성 방비 책임자가 갑옷을 벗어버리면 누가 도성을 디킨단 말이네. 날래 갑옷을 입으라. 기러고 난 잠시 상황만 살피고 내려올 사람이 아니네. 기러니 날래 갑옷을 입으라. 왕명이다."

위장군에게 갑옷을 다시 입게 하고, 위장군과 병택의 호위를 받으며 리는 성루에 올랐다. 그리고 상황을 파악하기 위해 몸을 바삐 움직였다.

투석기投石機 공격으로 성가퀴며 성벽이 부서져 있었고 고구려군은 이제 성벽을 기어오르기 위해 사다리를 들고 달려오고 있었다. 무지막지한 충차衝車가 움직일 때마다 무겁고도 둔중한 성문이 비명을 질러대고 있었다.

리는 정신이 아득했다. 어떻게 해야 할지 갈피를 잡을 수 없었다. 낙랑과 자명고각은 불가분의 관계라 자명고각이 없는 낙랑은 존재할 수가 없었다. 그런데 자명고각은 울리지 않았고 적은 이미 도성을 넘으려 하고 있었다. 급히, 어떻게든, 방안을 강구해야 했다. 그게 국왕의 가장 중요한 임무였다.

이제 성이 무너지는 건 시간문제였다. 끝까지 저항하다 성이 무너지면 성안은 처참히 파괴될 것이고, 성안에 있는 모든 백성들은 도륙당할 것이었다. 그걸 막는 방법은 하나뿐이었다. 무조건적 항복. 항복하여 호동과의 관계를 고구려에게 알려 관용을 구하는 수밖에 없었다. 이제 더 이상의 묘수는 없었다.

결정이 서자 리는 위장군에게 명했다.

"위장군, 백기를 내걸라 하라."

"예? 그게 무슨 말씀입네까?"

위장군이 깜짝 놀라며 소리를 질렀다. 그러자 리는 위장군보다 더 크게 소리를 질렀다.

"싸움을 멈추고 당장 지금 백기를 내걸디 않으면 멸망밖에 없다. 기러니 당장 백기를 내걸라 하라."

리가 소리쳤지만 위장군은 선뜻 왕명을 받들려 하지 않았다.

"아무리 기렇디만……."

"내 명을 거역할 셈이네? 어서 명을 전하라."

리가 서슬 퍼렇게 소리를 지르자 위장군도 더 이상 거역할 수가 없는지 군사들에게 명했다.

"싸움을 멈추고 백기를 내걸라. 당장 백기를 내걸라."

위장군이 울분에 찬 목소리로 왕명을 전하자 군사들이 의아해했다. 그러나 위장군 바로 곁에 리가 서 있음을 확인하고는 곧 명을 따랐다.

백기가 내걸렸다.

금방이라도 쏟아질 듯 파란 하늘을 배경으로 내걸린 백기는 알몸으로 길 한복판에 서 있는 하얀 속살의 처녀 몸뚱이를 떠올리게 했다. 시뻘겋게 돋아나는 수치심에 몸을 가리고 싶지만 가릴 수는 없고, 어딘가에 숨고 싶어도 숨을 곳이 없어 멍한 눈빛으로 뭇 사람들의 시선을 온몸으로 받아내며, 부끄러움에 떠는 처녀의 몸 같았다.

그 처녀의 몸뚱이를 바라보더니 고구려군이 환호성을 질렀다. 맹수의 이빨을 드러내며 길고도 길게 포효했다.

그리곤 정적.

한 순간에 찾아든 정적은 몸에 들어와서는 안 될 이물질이 불쑥 들어온 것 같은 느낌이 들었다. 그 이물감을 털어내며 리는 병택에게 또 다른 명을 내렸다.

"됐다. 이제 경비대장은 내 말 달 들으라. 딕금 당장 중궁전으로 달려가 왕자를 피신시키라. 적군에게 넘겨줘서는 절대 안 될 왕자다. 이름은 무범. 용맹할 무 자에 법 범 자. 알갔네? 장군만 믿갔다. 날래 가라."

리가 눈물을 담은 눈으로 병택을 바라보며 명령 겸 부탁을 했다. 그러나 병택은 자리를 뜨지 않았다. 명을 받들지 못하겠다는 건지, 명을 이해하지 못하겠다는 건지 한동안 그대로 서 있었다. 그러자 리가 병택의 손을 붙잡으며 다시 부탁을 했다.

"이데부터 무범이래 내 아들이 아니고 장군 아들이다. 알갔네? 목숨만 보존해달라. 부탁한다."

리가 간절한 어조와 눈빛으로 부탁을 반복하자 그제야 정신이 드는지 병택이 군례로 답했다.

"옛! 소장, 전하의 명을 받들갔습네다."

그러더니 몸을 돌려 돌계단을 뛰어 내려가기 시작했다.

중궁전으로 다시 뛰어간 병택은 눈물로 어명을 전했다.

병택의 말에 이미 예상하고 있었던 듯 왕비와 궁녀들이 거침없이 울음보따리를 풀어놓았다.

병택은 짜증이 났다. 지금 이 상황에서 울음이 무슨 소용이란 말인가. 울음으로 풀릴 일이었다면 자신이 먼저 대성통곡을 했을 것이었다. 그러나 운다고 해결될 일이 아니었다. 지금은 냉정하고 침착하게, 왕명을 받들어 핏덩이 왕자를 안전하게 피신시켜야 할 때였다.

"시간 없습네다. 고구려군이 들어오기 전에 도성을 빠져 나가야 합네다."

병택은 울음을 멈추라고 소리라도 지르고 싶었다. 그러나 그럴 수는 없었다. 아무리 어명을 수행하고 있다 해도, 왕비 안전이 아닌가. 하는 수 없어 왕비 곁으로 다가서면서 왕비의 결단을 촉구했다. 더 이상 지체했다간 왕자마저 위험할 수 있었다.

왕자가 적군에게 넘어가는 날엔 그야말로 끝장이었다. 십중팔구 죽임을 당할 것이고, 다행히 목숨을 건진다 해도 죽은 것이나 다름없을 터였다. 볼모나 적국의 꼭두각시로 살 것이고 그건 죽음보다 더 잔인할 수 있었다. 그러니 어떻게든 왕자가 적군에 넘어가는 걸 막아야 했다. 그러기 위해 이 위급한 상황에서도 왕이 자신을 여기로 보낸 것이 아닌가. 그런데 정에 이끌려, 시간을 허비하다 일을 그르치게 된다면 천추의 한이 될 것이었다.

"이데 왕자를 소장에게 넘기시디요. 기렇디 않으믄 소장은 어떨 수 없이……."

기다리다 못해 병택은 왼 허리에 찬 칼을 내밀며 말했다. 어명에 따르지 않으면 이제 무력을 행사하는 수밖에 없다는 뜻을 명확히 했다.

"알갔소. 기럼 딕금 어디로 갈 생각입네까?"

왕비가 울음을 멈추더니 병택을 올려다보며 물었다.

"우선 궁에서 빠뎌나가는 게 급합네다. 궁에서 빠뎌나가선 상황을 봐 가며 움딕일 생각입네."

"안 됍네. 이 겨슬에 정처 없이 떠돌다간 왕자는 목숨을 부지하기 힘들 겁네. 기러니 바로 바닷가로 가 배를 타십시오. 기러고 멀리, 아주 멀리 떠나시라요."

"딕금 말입네까? 겨슬이라 배가 있을디도 걱뎡이고, 배가 있다 해도 멀리 떠나버리믄 여긴, 여긴 어떡합네까?"

"여긴 잊어야디요. 기러고…… 장군은 왕자만 생각하고 디켜야디요."

왕비는 조금의 망설임도 없이, 조금 전과는 아주 딴사람이 되어 맵차게 잘라 말했다.

여자는 약해도 어머니는 강하다고 했던가. 왕비는 그새 모든 결정을 내렸는지 이번에는 옆에서 울고 있는 유모를 돌아보며 말했다.

"너도 울음을 멈튜고 내 말 잘 들으라. 왕자를 네 손에 맡길 테니 목숨 바뎌 디키라. 알갔네?"

왕비의 명은 분명하고도 엄했으나 유모는 말뜻을 이해하지 못하는 것 같았다. 눈물 그렁그렁한 눈으로 왕비를 쳐다볼 뿐이었다. 그러자 왕비가 오금을 박듯이 다시 명을 내렸다.

"딕금부터 왕자의 어미는 내가 아니라 바로 너란 말이다. 장군과 함께 가서 네 젖으로 왕잘 살리고 키우란 말이다. 알갔느냐?"

왕비의 명을 그제야 알아들었는지 유모가 놀란 눈으로 왕비를 쳐다봤다. 그러자 왕비가 유모의 손을 붙잡더니 목소리를 바꾸면서 부탁을 했다.

"부탁하마. 왕잘 네 친아들로 여겨 살려달라. 그 은헨 저승에 가서라도 꼭 갚을 테니 부디 왕잘 살려달라."

왕비의 말에 유모가 대답 대신 울음을 다시 터트리자 왕비는 유모의 어깨를 토닥이며 다시 한번 신신당부했다.

"모든 게 네 손에 달렸다. 부디, 부디, 부탁하마."

그래놓고 밖에 있는 상궁을 불러 왕자를 위한 물품들이며 병택과 유모의 옷을 준비하게 했고, 자신의 패물과 금붙이 등을 가져오라 했다. 그렇게 일사천리로 일을 진행시켰다. 그러더니 병택과 유모를 재촉했다.

"여길 빠져나갈라믄 옷 먼첨 갈아입으셔야디요. 서두르세요. 기러고 너도……."

그 모습을 곁에서 지켜보는 병택은 놀라지 않을 수 없었다. 스무 살 갓 지난, 궁에 들어온 지 2년도 안 된 왕비가 아닌가. 그런데 한 치의 흐트러짐 없이 생각하고, 챙기고, 명을 내리는 모습은 궁궐에서 일생을 보낸 대비나 대왕대비를 보는 것 같았다.

조금 전 왕명을 듣고 통곡하는 순간, 병택은 왕비가 결코 순순히 왕자를 내놓지 않을 것이라 예상했었다. 낳은 지 삼칠일 지난 갓난아기를 남에게 넘길 어미는 없을 것이라 생각했다. 그래서 왕비가 시간을 끌자 무력으로 왕자를 뺏을 생각에 칼까지 보여줬었다.

그런데 잠시 잠깐 사이에 왕비는 완전 딴사람이 되어있었다. 울면서 뒷일을 계산했던 것인지, 뒷일을 계산하기 위해 울면서 시간을 벌었던 것인지는 알 수 없었다. 분명한 것은 지금의 왕비는 좀 전의 그 왕비가 아니란 사실이었다. 그 돌변을 이해할 수가 없었다. 사람이 그렇게 순식간에 바뀐다는 게 믿기지 않았다.

아무리 예행연습을 해도 실수가 있을 수 있고, 아무리 강단이 있다 해도 머뭇거릴 수 있고, 제아무리 꼼꼼히 챙기고 준비해도 착오가 있기 마련인데, 왕자를 위해 빠짐없이 챙기고 꼼꼼하게 마무리하는 것을 보고 있노라니 혀를 내두를 수밖에 없었다. 아무리 어머니는 강하고 현명하고 위대하다 하지만 왕비는 남다름이 있었다. 오늘 일을 예상하고 미리 준비해 뒀던 게 아닐까 하는 생각이 들 정도였다. 그건 목에 칼날이 닿을 때보다 더 섬뜩한 그 무엇이었다.

"장군, 장군만 믿갔습네다. 부디 어린 목숨 디켜듀십시오. 부탁합네다."

한사코 말렸으나 왕비는 문 앞까지 배웅을 나왔다. 그리고 깊게 고개를 숙여 인사하며 이 말을 남기더니 몸을 돌렸다.

이별은 짧을수록 좋음을 알고 있어서라기보다 사무치는 정을 그렇게 잘라내는 것 같았다. 그러지 않으면 도저히 왕자를 떠나보낼 수 없을 것 같아 부러 그러는지도 몰랐다.

그런데 왕비가 향하는 곳은 중궁전이 아니라 궁 밖, 성 쪽이었다. 왕자를 병택에게 맡겼으니 중궁전으로 돌아가야 할 터인데 정반대쪽으로 걸어가기 시작했다. 이제 안심이라 듯 홀가분한 걸음이었다.

그러나 왕비의 걸음은 가벼울 수 없었다. 왕에게, 적군을 향해 가는 걸음이 아닌가. 적군에게 무릎을 꿇거나 죽을 수밖에 없는 왕과 함께 수모와 치욕 또는 죽음을 함께 나누겠다고 가는 길이 아닌가. 그런 걸음이었으니 결코 가벼울 수 없었다.

그런데도 왕비의 걸음은 춤사위를 떠올릴 만큼 고요하면서도 정갈했다. 그 모습은 사람이 걸어가는 게 아니라 한 마리 황凰새가 걸어가는 것 같았다. 아니, 황새가 날개를 퍼덕이며 하늘로 날아오르려는 것 같았다. 궁궐이 좁다고 하늘로 날아오르는 황새의 날갯짓 그 자체였다.

병택은 넋을 잃고 그 날갯짓을 바라보았다. 여태껏 한 번도 본 적이 없는, 영원히 잊히지 않을 날갯짓이었다. 그 날갯짓은 보는 사람의 마음을 정갈하게 하는 힘을 가지고 있는 듯했다.

왕비의 발걸음에 정신이 팔려 있던 병택의 정신을 깨운 것은 왕자의 울음소리였다. 왕자도 부모와 헤어지는 걸 본능적으로 알았는지 울기 시작했다.

병택은 말 허리를 허벅지로 두드렸다. 잠시 집에 들러 가족들 얼굴이라도 보고 갈 생각이었는데 왕비의 날갯짓을 보며 생각을 바꿨다. 황새의 날갯짓에 보답하기 위해서라도 곧장 바닷가로 달려가기로 생각을 굳혔다. 그게 황새의 날갯짓을 본 사람이 마땅히 해야 할 도리인 것 같았다.

이랴!

병택의 재촉에 잘 조련된 군마가 궁을 가로질러 달리기 시작했다. 차가운 겨울바람에 실린 말발굽 소리가 유난히 크게 들렸다. 마치 하늘로 날아오르는 황새의 날갯짓에 장단을 맞추려는 것처럼.

백기가 내걸리자 고구려군 진영에서 고각소리, 징소리가 동시에 울려 퍼지고 잠시 후 고구려군은 공격을 멈췄다.

그러나 고구려군이 낸 생채기는 성곽 위에 고스란히 남아 있었다. 여기저기에 쓰러져있는 병사들이며, 부서진 성가퀴, 흩어져있는 병장기들…… 성 위에 올라온 고구려군과 낙랑군의 싸움도 여전히 진행되고 있었다. 그 모습을 바라보던 리가 위장군에게 명했다.

"전투를 멈튜라. 적군도 공격을 멈튜디 않았네. 더 이상 우리 군사며 백성들을 사지로 내몰디 말라."

그 말에 위장군이 울분에 찬 목소리로 소리를 질렀다.

"전투를 멈튜라. 즉각 전투를 멈튜라."

그에 낙랑 진영에서도 징소리가 울려 퍼졌고 드디어 전투는 끝이 났다.

리는 성 위에서 고구려군을 내려다보았다. 대열을 정비하고 물러서는 모습은 정예군다웠다. 공격 때도 거침이 없었지만 후퇴 때도 일사불란했다.

"이녜 군사들을 무장해제 시키고 성문을 열라. 적장을 만나봐야갔다. 아니, 적장에게 가서 무릎을 꿇어야갔다."

"전하, 어띠 전하께서 적장에게 무릎을 꿇는단 말입네까? 기건 소장의 일이옵네다."

"아니다. 이건 장군의 일이 아니라 바로 왕인 나의 일이다."

"기래도 어띠……"

"결국 성 밖으로 나가 무릎을 꿇으나 궁에서 무릎을 꿇으나 무릎

끓기는 마찬가디다. 도마에 오른 괴기가 칼 맛 소금 맛 안 볼 순 없는 것 아니네? 왕인 내가 직접 가서 적장에게 무릎을 꿇고, 우리 백성들을 부탁하갔다. 단 한 명이라도 더 살래달라고 말이야."

"기건 아니됩네다. 어띠 기런 망극한⋯⋯."

"전쟁에 패한 왕이 어띠 자존심을 생각하갔나. 기러니 내가 하라 는 대로 하라."

리의 말에 결국 위장군이 무릎을 꿇고 울기 시작하자 성 위에 있던 모든 장수며 군사들도 울기 시작했다.

"울음을 멈튜라. 나라는 없어디더라도 백성들은 살아야 하니 눈 물을 멈튜고 일어서라. 무릎 꿇을 사람은 나디 너희들이 아니다. 기러니 더 이상 날 아프게 하디 말라."

리는 자기 앞에 무릎을 꾼 채 울고 있는 위장군 먼저 일으켜 세웠 다. 위장군이 일어나지 않으려고 버텼으나 리가 결국 손을 잡아 일 으켜 세웠다. 그리고 나직하게 말했다.

"위장군, 덕 없고 어두운 군주 만나서 고생이 많아서. 이데 암군 暗君은 닏고 새 삶을 살라. 장군이라믄 어딜 간들 환영 받을 거이니 기렇게 하라. 이건 왕으로서 내리는 마디막 명령이다."

"전하, 어띠⋯⋯."

"아니야. 난세가 영웅을 만들고, 난세는 영웅을 필요로 하는 거이 끼 기렇게 하라. 장군은 주인을 닫못 만난 죄밖에 없어."

"전하!"

위장군이 소리치며 다시 무릎을 꿇으려는 찰나였다. 등 뒤에서도 전하! 하는 목소리가 들렸다. 깜짝 놀라 돌아보니 왕비가 성 위로 올라오고 있었다.

"아, 아니, 왕비가 어뜯게……."

리는 너무나 놀라 말도 제대로 나오지 않았다.

"전하, 어띠 그리 놀라십네까? 바늘 가는 데 실 가는 게 아닙네까? 소첩, 전하를 따르갔습네다."

왕비의 말에 위장군과 군사들이 왕비 마마를 외치더니 또다시 통곡을 했다. 바야흐로 성 위는 울음바다였다.

"이데 그만들 하세요. 적군을 앞에 두고 이러시믄 우리 낙랑이래 깔봅네다. 우리래 낙랑이 기릏게 만만한 나랍네까? 낙랑이란 나라는 없어져도 낙랑의 혼은 디키셔야디요."

왕비의 목소리는 낮고 잔잔했지만 그 뜻마저 낮고 잔잔한 건 아니었다. 그 목소리는 땅 속 깊숙이에서 울려나오는 땅울림처럼 들렸고 하늘에서 은은하게 울려 퍼지는 듯했다. 오늘은 비록 무릎을 꿇지만 결코 다시는 무릎을 꿇지 말라는 어머니의 당부처럼 들렸다. 죽기 직전 자식들에게 마지막 당부를 하는 어머니의 목소리 그대로였다.

그러고 있자니, 고구려 진영에서 군사 하나가 말을 몰고 달려오더니 성루를 향해 소리를 질렀다.

"최리는 성밖으로 나오라. 항복했으면 항복례를 갖추고 고구려군을 맞으라."

그 소리에 왕비가 다시 차분히 말을 맺었다.

"자, 이데 우릴 전송해듀셔야디오. 마디막일디도 모르는 길 아닙네까?"

그 말에 위장군이 눈물을 닦으며 좌우에 엄하게 명했다.

"낙랑국왕 행차시다. 대오를 갖춰 뫼시라."

명이 떨어지자 군사들이 일어서더니 좌우로 늘어섰다. 그 모습은 전장에 나가기 직전 열병 대오를 연상시키기에 충분했다. 비록 병장기로 무장을 하지는 않았지만 위풍당당 그 자체였다.

리와 왕비는 군사들이 이열횡대로 도열해 있는 사이로, 위장군이 인도하는 대로 성곽에서 내려왔다.

성곽에서 내려와 군사들이 도열해 있는 사이를 지나 성문 앞에 이르자 리가 걸음을 멈추며 위장군에게 말했다.

"위장군은 이데 발걸음을 멈튜라. 도성을 방어하는 책임자가 어뜧게 도성을 벗어나려는가?"

이에 위장군이 돌아서며 말을 붙이려 했다.

"전하, 소장이······."

그러자 리가 말을 자르며 엄하게 질책했다.

"내래 방금 말하디 않았네. 도성 방비 책임자가 어뜧게 도성을 벗어나 도망치려 한단 말인가? 기러고도 위장군이라 할 수 있는가? 위장군이라면 위장군답게 도성에 남아 도성을 디키라."

"전하, 어띠······."

"기래도 내 말을 알아듣딜 못했네? 왕명이다. 위장군은 도성에서 한 발자국도 벗어나디 말라."

리는 백성들의 울음소리를 뚫고 성문을 나섰다. 옆에는 아직도 부기가 다 빠지지 않은 왕비가 입술을 파르르 떨며, 그러나 눈빛만큼은 조금의 흔들림도 없이 앞을 보며 걷고 있었다.

눈이라도 깜빡임직한데 왕비는 눈도 깜빡이지 않았다. 왕비가 아니라 여전사를 보는 듯했다. 자신과 왕비가 바뀌었다면, 자신이 왕이고 왕비가 왕이었다면 이런 치욕스럽고 황망한 일을 당하지 않았을지도 모른다는 생각이 문뜩 들 정도였다. 그만큼 왕비는 조금의 흔들림도 없었다.

그런 왕비의 모습에 리는 흔들리는 마음을 다잡았다. 왕비처럼 당당하고 싶었다. 그랬다고 치욕이야 덜어지지 않겠지만 자신들의 행동을 지켜보고 있을 적군이나 낙랑 백성들에게 당당함을 보이고 싶었다. 자명고각이 울리지 않아 싸움다운 싸움도 못해본 채 항복하러 가는 길이었지만 낙랑국왕의 면모를 지키고 싶었다. 리는 자꾸만 흐려지는 정신을, 무너져 내리는 몸을, 휘청거리는 걸음을 다잡으며 적진을 향해 걸어갔다. 이제 적군의 칼에 목숨을 잃는다 해도 왕비와 함께라면 죽음마저도 달콤할 것 같았다.

백기를 앞세우고 성 밖으로 두 사람이 나오는 것을 보던 지광은 깜짝 놀랐다. 맨 앞에서 걸어오는 두 사람 중 한 사람이 여자였기 때문이었다.

전쟁은 남자들의 일이라 여자가 전장에 나서는 걸 꺼려했다. 전투 때는 여자가 나서서 싸우기도 하고, 가끔은 여자가 군사들을 지휘하기도 했다. 하지만 항복의 자리에 여자가 나서는 것은 듣도 보도 못한 일이었기에 놀라지 않을 수 없었다. 마치 고구려군의 부끄러운 승리를 비웃기 위해 부러 그러는 것 같았다. 여자의 눈으로 볼 때도 이번 전쟁은 창피하고 부끄러운 일임을 강조하기 위해 나오는 것 같았다.

'최리래 미틴 거 아니네? 항복 댜리에 여자는 왜 달고 나오는 기야?'

지광은 화가 났다. 그러나 그에 못지않게 부끄러웠다. 하여 성에서 사람이 나오자 성을 향해 천천히 말을 몰았다. 승자의 아량을 보여주기 위해서가 아니라 부끄러운 승리를 조금이라도 빨리 정리하고 싶었다.

뚜벅뚜벅.

말발굽소리가 울렸다. 10월 된서리에 말라버린 풀잎들이 말발굽소리에 놀랐는지 파르르 떨었다. 낙랑국왕 최리와 그 백성들을 대변하는 듯했다.

성 앞 들판에도 성한 게 거의 없었다. 된서리에 풀잎들이 말라 있기도 했지만, 말과 군사들의 발자국에 밟히고 무거운 충차 바퀴에 짓눌려서 형체도 알아볼 수 없이 짓이겨져 있었다. 그 눈 시린 모습을 차마 볼 수 없어 지광은 앞만 보며 말을 몰았다.

속전속결速戰速決.

낙랑국을 공격하기에 앞서 지광이 휘하 장수들에게 강조했던 말이었다. 비록 호동 왕자 부처의 도움으로 자명고각을 잠시 무력화시키기는 했지만 언제 자명고각이 재가동될지 알 수 없었다. 만약 자명고각이 재가동된다면 이번 전쟁은 국지전으로 끝나지 않을 것이었다. 낙랑과 고구려와의 전쟁은 주변국들을 자극해 대전大戰으로 번질 가능성이 있었다. 그만큼 자명고각의 위력은 대단한 것이었다.

호동 왕자로부터 자명고각의 정체에 대해 듣는 순간 지광은 놀라지 않을 수 없었다. 혀를 내두를 정도가 아니라 머리가 쭈뼛 설 정도였다. 그 작은 낙랑이 무슨 재력으로 자명고각 체제를 갖추었으며, 어떻게 그 체제를 유지하는지 상상하기도 힘들 정도였다. 그와 함께 낙랑이 강소국으로서 대국들과 어깨를 나란히 할 수 있었던 힘을 보는 것 같았다. 하여 속전속결이 아니면 다른 방도가 없다고 판단하여 도성까지 곧바로 진격했던 것이었다.

낙랑이 비록 영토는 넓지 않았지만 다른 산성이나 성이 없었던 건 아니었다. 그러나 그 성에 대해서는 신경 쓸 겨를이 없었다. 다른 성들은 좌우군과 후발대에게 맡기고 자신이 직접 중군을 이끌고 도성으로 달려왔다. 그리고 선전포고도 없이 곧장 도성을 공략했다. 자명고각이 재가동될 시간을 주지 말아야 했다.

역시 도성은 자명고각을 믿고 무방비상태였다. 그리고 한나절도 지나지 않아 낙랑국왕 최리가 항복하기 위해 도성을 나서고 있는 중이었고.

지광은 부끄러웠다.

고구려보다 큰 나라도 아닌, 고구려 주변에 산재해 있는 소왕국 중 하나인 낙랑을 치기 위해 별의별 술수를 다 썼으니 부끄럽지 않을 수 없었다. 더군다나 호동 왕자를 정략결혼 시키면서까지 자명고각의 비밀을 캐냈고, 자명고각의 비밀이 밝혀지자 자명고각을 무력화시키기 위해 들인 공도 그렇지만, 선전포고도 없이 낙랑 도성을 들이친 것까지 무장으로서 부끄럽지 않은 게 없었다.

하여 성루에 백기가 내걸리자마자 곧바로 군사들을 철수시켰고, 군사들에게 어떤 환호성도 지르지 못하게 했고, 어떤 일이 있더라도 군사적 대응을 하지 못하게 막았다. 그리고 이제 낙랑국왕 최리가 항복하기 위해 성문을 나서자 마중을 나서는 것이었다. 부끄러운 승리를 더 이상 부끄럽게 만들지 않기 위해, 낙랑국왕과 백성들에게 더 이상 수치심을 주지 않기 위해 좌우에 부장 둘만 거느리고 성문 앞으로 가는 중이었다.

지광은 삼백여 보쯤 가서 말을 세우고 기다렸다. 더 이상 마중 가는 건 승자로서 체모가 서지 않을 것 같았고, 더 갔다간 활의 사정거리에 들 수 있었다. 그럴 리야 없겠지만 최리가 죽을 각오로 집중사격 명령을 내려뒀다면 지광이 당할 수 있었다.

그렇지만 지광이 멈춰선 진짜 이유는 무장으로서 부끄러운 짓을 한 자신의 얼굴을 적군들에게 보이고 싶지 않았기 때문이었다. 깃발로 봐서 적들도 이미 자신이 누구인지 알고 있을 테지만 얼굴까지 팔 필요는 없었다. 그리고 무엇보다 최리가 항복하러 나오는 모습을 지켜보고 싶었다. 불의의 급습으로 항복할 수밖에 없었던 최리가 과연 어떤 모습으로 항복장降伏場까지 걸어올지 궁금했다.

말을 세운 지광은 말 위에서 최리가 걸어오는 모습을 지켜봤다.

최리의 발걸음은 다소 흔들리는 듯싶었지만 그 옆에서 걸어오는 왕비는 전혀 그런 기색이 없었다. 항복하러 오는 길이 아니라 어디 행차라도 하듯 당당하고 정갈했다. 담력이 남다른 건지, 부끄러움을 모르는 건지, 그도 저도 아니면 현 상황을 제대로 파악하지 못하는 건지 알 수 없었지만 왕비는 흐트러짐이 없었다. 그래서였을까? 최리의 발걸음도 차츰 안정을 찾는 것 같더니 성문에서 나와 백여 보쯤부터 왕비와 마찬가지로 당당히 걸어왔다.

두 부처가 얼굴을 볼 수 있을 거리에 닿자 지광은 말에서 내려 다가오는 두 사람을 자세히 살폈다.

최리는 쉰을 넘긴 늙은이였다. 키는 그리 크지 않았으나 어깨가

떡 벌어진 게 다부져 보였고 어떤 일이든 정열적으로 할 인상이었다. 그에 비해 왕비는 이제 갓 스물을 넘겼을까 말까 한 젊은 여자였다. 키는 최리와 비슷해 여자로서는 제법 큰 키였다. 얼굴은 계란형이었는데 짙은 눈썹, 오뚝한 콧날, 선하게 반짝이는 큰 눈, 도톰한 입술이 알맞게 어우러져 한 눈에도 미인인데 기품까지 있어 보였다. 그런데 왕비의 눈매가 예사롭지 않았다. 날카롭거나 매서운 건 아니었지만 굳은 의지의 소유자인 듯했다. 어쩌면 모두가 말렸는데도 모든 수모와 치욕을 왕과 함께 하기 위해 자원해서 왔는지도 모를 일이었다.

드디어 국왕 내외가 지광 앞에 섰다. 뒤따르던 시종들도 모두 멈췄다. 그러자 부장 하나가 소리쳤다.

"최리는 날래 무릎 안 꿇고 뭐하네?"

그 말에 뒤따라온 시종들이 자리를 펴려고 앞으로 나섰다. 그러자 지광이 손을 들어 저지하며 말했다.

"아님매. 낙랑국왕 최리는 무릎을 꿇지 않아도 되오. 고두叩頭도 필요 없소. 옥쇄를 바치거나 항복문서를 바칠 필요는 더욱 없소. 우리 고구려는 주변 강국들의 힘을 믿고 고구려의 명을 따르디 않는 낙랑국왕 최리에게 예를 가르티기 위해 왔을 뿐이오. 기러니 예가 아닌 것을 강요하디 않갔소. 대신……."

지광은 일단 말을 끊었다. 이제 본격적인 얘기를 할 때였다. 그런데 모두가 억지였기에 말하기가 망설여졌다. 그렇다고 출전하기 전에 받은 왕명을 거역할 수도 없었기에 말을 다듬기 위해 잠시 뜸을 들였다.

"낙랑국왕 최리는 딕금 당장 성으로 돌아가 군사들을 무장해제

시키고, 오늘 저녁 유시酉時까디 공경公卿과 무장武將들을 모두 궁에 집결시켜 놓으시오. 우리가 그들을 고구려로 데려가 예를 가르칠 것이오. 잊디 마시오, 유시까디요."

지광은 그 정도로 말을 매듭지었다. 더 이상 얘기한다는 건 구차하다는 생각이 들었다.

바로 그 순간이었다. 지광이 말을 마치자 최리가 기다렸다는 듯이 흙바닥에 조용히 꿇어앉더니 고개를 조아리며 말했다. 그와 동시에 왕비도 무릎을 꿇더니 고개를 조아렸다. 지광은 깜짝 놀라며 말리고 싶었으나 그럴 수가 없었다. 너무나 돌발적이라 막을 수가 없었다.

"장군! 장군의 너른 마음이 하해와 같습네다. 승전국 장수로 디금 당장 군사들을 이끌고 성안으로 돌진할 수 있는데도 우리 백성들이 피해 입을 것을 염려하여 군사들을 물려듀시고, 모든 일을 우리 스스로 처결하게 하심은 고금에 없는 일일 것이옵네다. 그런 은혜를 모르는 바 아니나 장군께 간곡히 드릴 청이 있사오니 너른 마음으로 살펴듀시기 바랍네다."

최리는 할 말을 미리 준비하고 있었던 듯했다. 그러나 상황이 상황인지라 망설여지는지 잠시 숨을 골랐다. 그런 최리를 보고 있자니 염치없다는 생각보다 절절함이 느껴졌다. 하여 최리의 말을 끝까지 들어보고 싶었다.

"먼뎌, 유시까디는 시간이 너무 촉급합네다. 아무리 왕명이라 할디라도 도성 안의 군사들을 무장해제 시키는 일을 반나절 만에 할 수는 없을 것이옵네다. 공경과 무장들을 궁에 집결시키는 일 또한 마찬가딥네다. 기러니 하루 동안 말미를 듀시기 바랍네다. 명일 저녁까디만 시간을 듀시다면 장군께서 명하는 대로 하갔습네다.”

최리의 말엔 그른 게 없었다. 아무리 국왕이라 해도 반나절 동안 그 모든 일을 처리할 수는 없을 것이었다. 하여 지광은 짧게 대답했다. 이런 자리는 짧을수록 좋을 것이기에.

“알갔소. 명일 저녁 유시까디 기다리갔소. 기렇디만 시간을 어기시는 즉각 군사들을 이끌고 텨들어가갔소. 기러니 시간을 어기는 일이 없길 바라오.”

말을 마친 지광이 진중陣中으로 돌아가기 위해 말 위에 오르려는 바로 그 순간이었다.

성 위에서 고함이 터져 나왔다. 멀어서 정확히 들리지는 않았지만 고구려군에게 욕설을 퍼붓는 것 같았다. 그러곤 곧 자신의 몸을 칼로 찌른 후 성 아래로 몸을 던졌다. 보아하니 성을 방비하던 장수인 듯했다.

그게 신호였는지, 아니면 장수와 뜻을 같이 하겠다는 건지 여기저기서 같은 방법으로 장수며 군사들이 자결을 한 후 성 아래로 몸을 던졌다. 군사들만이 아니었다. 나중엔 관복을 입은 관리들이며 일반백성들마저 같은 방법으로 자결을 한 후 성 아래로 몸을 던지기 시작했다.

무릎을 꿇은 채 고개를 숙이고 있던 최리도 그 소리를 들었는지 고개를 들어 그 모습을 보더니 새파랗게 질린 얼굴로 소리를 질렀다.

“안 돼! 안 돼!”

최리가 일어서더니 성을 향해 달려가며 소리를 질렀다.

“멈튜라! 목숨을 가볍게 하디 말라, 목숨을! 내래 뭣 때문에 이러고 있는데. 데발 멈튜라!”

최리가 있는 힘을 다해 성 쪽으로 뛰어가면서 소리를 지르는데도 왕비는 잠시잠깐 고개를 돌렸을 뿐 한 점 흐트러짐 없이 그 자리에 엎드려 있었다. 아무리 다급해도 지광을 보낸 후에 움직일 생각인 것 같았다. 하여 지광이 물었다.

"왕비도 함께 가봐야 하디 않소? 백성들을 살려야 하디 않소."

그 말에 왕비가 고개를 들어 지광을 올려다보더니 차분한 목소리로 말했다.

"백성을 살리는 길은 많사온데 소첩은 장군의 너른 아량에 호소하여 우리 낙랑 백성들을 살리고자 하는 것입네다. 좀 전에 장군께서 말씀하신 대로 시행할 것이오니 우리 백성들의 목숨을 살려듀십시오. 패전국 백성이디만 부디 장군께서는 우리 낙랑 백성들을 어여삐 여겨듀시기 바랍네다. 이 부탁을 하기 위해 이 댜리까디 왔고 이렇게 기다리고 있는 것입네다."

왕비는 그러더니 다시 한 번 고개를 숙였다. 그 모습을 보고 있자니 지광은 대답을 안 할 수가 없었다. 왕비의 청은 거절할 수 없는 힘을 가지고 있었다. 최리와 같은 말을 하고 있었지만 최리가 얘기할 때와는 전혀 다른 느낌과 무게를 지니고 있었다. 어쩌면 그녀의 몸에서 뿜어져 나오는 기품 때문인지도 몰랐다.

"알갔으니 어서 가보시오. 당신들이 이 수모를 겪으면서까디 살리려는 백성들이 아니오. 기러니 어서 가보시오."

지광은 왕비에게 대답하고 말에 올랐다. 그 자리에 더 머물러 있다간 왕비의 주문에 걸려들 것 같은 느낌이 들었기에 서둘러 돌아가고 싶었다.

진중으로 돌아오는 지광은 착잡했다. 낙랑의 항복을 받아냈으니 목표를 달성한 셈이었다. 목표 달성 정도가 아니라 무혈입성無血入城이나 다름없는 낙승樂勝이었다. 날짜도 예상보다 훨씬 앞당겨졌다. 아무리 빨라도 열흘 이상은 걸릴 거라고 생각했었는데 반나절 만에, 공격다운 공격을 하기도 전에 항복을 받아냈다. 자명고각을 무력화시키긴 했지만, 선전포고도 없이 전면적 기습공격으로 방비할 틈을 주진 않았지만, 너무나 빠른 항복에 어떤 계략이 있는 게 아닌가 의심까지 했었다. 그랬는데 정작 낙랑국왕 최리와 그 왕비를 만나고 보니 전혀 다른 고민이 생겼다.

백성들의 목숨을 그 무엇보다 우선하는 최리와 그 왕비를 보고 있노라니 콧날이 다 시렸다. 두 사람은 그야말로 애민이 몸에 배여 있는 사람들이었다. 즉각적인 항복이나 항복장降伏場에 왕비까지 나선 것도 다 백성들을 살리기 위해 조처였음은 의심의 여지가 없었다. 적장에게 무릎을 꿇는 왕과 왕비를 위해 목숨을 내던지는 백성들이나 그들을 살리기 위해 모든 걸 포기하는 왕과 왕비의 모습은 부럽고도 두려운 그 무엇이었다.

'군사들을 진입시키지 않길 달 했어.'

지광은 고개를 끄덕였다. 이번 낙랑과의 전쟁은 다른 전쟁과는 달리 처리해야 할 것 같았다.

'왕과 왕비의 간청대로 어떻게든 낙랑 백성들의 목숨을 보존해 듀어야갔어.'

힘들겠지만 그래야만 명분 없는, 부끄러운 낙랑 침공이 얼마간 중화될 것 같았다.

또 다른 도망자

5

바다는 쉼 없이 뒤척였다. 근심 걱정에 잠 못 이루는 사람처럼, 풋잠 속에서도 쫓기는 사람처럼. 그 뒤척임이 마치 살아 있음을 알리는 징표라도 되는 듯 잠시도 멈추질 않았다.

하기야 산다는, 살아있다는 건 뒤척이고 헤매는 일인지도 모른다. 갈등과 고뇌를 먹이로 잠시 잠깐 존재하다가 스러지는 게 인생일 테니까. 살아있다는 것은 갈등하고 고뇌하는 것일지도 모른다는 생각이 들기도 했다.

겨울 바다를 바라보는 병택의 마음은 무거웠다. 매일 바닷가에 나와, 겨울바람을 맞으며, 배를 수소문한 게 벌써 한 달 가까이 되고 있었다. 그러나 배를 얻어 탈 수 없었다. 배도 많지 않았거니와 탈 자리가 없었다.

산동반도(하회족과의 경계선에 있는 갈석산碣石山 동쪽에 있는 반도라 하여 붙여진 이름)와 조선반도(조선의 후예들이 모여 사는 곳이란 뜻으로 붙여진 이름으로 한반도를 말함)를 오가는 배들은 대부분 상선商船으로 애초부터 사람이 탈 자리가 마련되어 있지 않았다. 배가 거의 물속에 잠길 만큼 짐을 잔뜩 싣고 다니는 상선에 사람이 탈 만한 공간이 있을 리 없었다. 사람이 탈 수 있는 공간이란 겨울바람과 파도가 맞바로 몰아치는 갑판 위거나 짐들 틈바구니밖에 없었다. 그런 자리를 얻기 위해서도 한 달 이상을 기다려야 한다고 했다. 조선의 몰락과 한나라의 혼란 등 계속되는 정세 불안 속에 동에서 서로, 서에서 동으로 이주하는 사람이 늘면서 배를 타기 위한 전쟁이 계속되고 있었기 때문이었다.

사정이 그렇다 보니 갓난 아기를 우선 생각해야 하는 병택이 배를 얻어 탄다는 것은 밧줄을 바늘귀에 꿰는 일만큼이나 어려운 일이었다. 병택은 갑판 자리를 얻어 타고 바다를 건널 수가 없었기 때문이었다. 홀몸 같으면야 그런 자리도 얼씨구나 하겠지만, 두 달도 안 된 갓난아기가 있어 엄두를 낼 수 없었다. 선실이 없다면 최소한 찬바람이라도 막을 수 있는 공간이 있어야 했다. 그러나 그런 조건을 갖춘 배를 찾을 수가 없었다.

겨울이라 바람은 세졌고 파도도 높아졌다. 그에 따라 왕래하는 배는 점점 줄어들고 있었다. 설혹 운 좋게 배를 탄다 해도 수질水疾때문에 고초를 겪어야 할 것이었다. 산전수전 다 겪은 자신이야 큰 문제없을 테고, 유모도 어찌어찌 버티겠지만 갓난아기는 버티기 힘들 것이었다. 고뿔에 걸릴 수도 있었고, 앓을 수도 있었다. 다른 병이 더치기라도 한다면 목숨이 위태로울 수 있었다. 해서 갓난아기를 보호할 수 있는 조건을 갖춘 배를 찾으려니 찾을 수 없었고, 안타까운 시간만 흘려보내고 있자니 화병이 날 지경이었다.

어제도 상선 한 척이 동래(東萊. 산동반도 동쪽에 있던 군郡 이름으로, 펑라이시[蓬萊市], 옌타이시[烟台市], 웨이하이시[威海市]를 포괄하는 지명)를 향해 출항했다.

병택은 어떻게든 자리를 구해볼 요량으로 어렵사리 줄을 대어 도사공까지 만나봤다. 그러나 죄송하다는 대답이 돌아올 뿐이었다.

"기런 댜린 선단船團으로 움딕이는 배가 아니믄 힘들 겁네다. 우리 같이 댝은 배들은 선실이 따로 없으니 말입네다. 도사공이나 아니믄 선원들도 기냥 갑판에서 생활하고 갑판에서 자디요. 기렇디만 선단으로 움딕이는 배들은 배도 크고, 여러 텩(척)이 한꺼번에 움딕이고, 기런 배에는 상인이나 물주物主를 태울 선실이나 방을 따로 마련해 두니낀 선단이 들어오믄 부탁해 보시라요. 이것 탬, 사정이 래 딱해서 도와드리고 싶습네다만, 미안하게 됐습네다."

"기런 선단으로 움딕이는 밴 언데쯤 들어옵네까?"

병택은 지푸라기라도 잡는 심정으로 물었다.

"겔쎄요. 교역할 물목이 있어야 움딕이니낀 언데라고 말하긴 어렵디요. 동래에서 떠날 때 들은 말로는 상인 범석凡石이 곧 선단을 움딕인다고 하던데…… 기거야 알 수 없디요. 상인이란 손해 보는 일을 뎨일 싫어하는 사람이라……. 만약 예정대로 움딕이믄 이 달 안에 한 번 다녀갈 수도 있디요. 더 늦어디믄 파도 때문에 움딕이기 어려우니깐요. 기런데 낙랑과 고구려가 전쟁을 한다는 소문이 있어놔서 선단이 움딕일디는 두고봐야 하갔디요."

결론은 고구려였다.

낙랑을 통째 삼키려고 불의의 전쟁을 일으킨 것도 고구려였고, 갓난 왕자를 궁에서 내쫓은 것도 고구려였고, 어떻게든 갓난 왕자를 살려보려고 발버둥 치는 병택의 발목을 잡는 것도 고구려였다.

고구려란 말에 이가 부드득 갈렸다. 그러나 그걸 드러낼 수는 없었다. 섣부르게 감정을 드러냈다간 신분이 탄로 날 수 있었다. 하여 속으로 이를 가는 수밖에 없었다.

아무런 방도도 찾지 못한 채, 허탈하게, 배를 보내놓고, 객사로 돌아왔으니 잠이 올 리 없었다.

잠을 못 이룬 채 고구려를 이빨 위에 올려놓고 질근질근 씹으며 한숨을 내뿜고 있으려니, 갓난 왕자가 병택의 마음을 읽기라도 한 양 밤새 칭얼거리며 울어댔다.

뜬눈으로 밤을 새운 병택은 날이 밝자마자 객사에서 나와 바닷가로 갔다. 방에 들어앉아 있다간 가슴이 터지거나 머리가 빠개질 것 같았다. 왕자와 유모를 지켜야 할 입장만 아니라면 억병으로 취하고 싶었다. 취해서 고래고래 고함이라도 지르고 싶었다. 누구와 싸움이라도 해야 풀릴 것 같았다. 실컷 두들겨 패거나 실컷 두들겨 맞아야 마음이 진정될 것 같았다. 그러나 그럴 수 있는 입장도 아니었다. 신분을 감춘 채 최대한 납작 엎드려 있어야 할 상황이 아닌가. 그걸 모르는 바 아니고, 꿈속에서까지 되새기고 있었지만 길이 보이지 않고 답답할 때면 그런 충동이 일곤 했다. 그런 답답함과 충동을 바닷바람에 까불릴 생각으로 바닷가로 나선 것이었다.

병택은 아무도 없는 바닷가 한쪽에 자리를 잡고 앉아 바다를 바라보았다. 밀려오는 파도와 함께 달려드는 겨울바람이 얼굴을 할퀴었다. 처음엔 견딜 만하더니 갈수록 매서워졌다. 얼굴만 얼얼한 정도가 아니라 뺨을 도려내고 코와 귀를 자를 듯했다. 그렇지만 몸이 차가워질수록 머리는 맑아지는지 풀리지 않을 것 같았던 고민들이 조금씩 풀리기 시작했고, 그에 따라 응어리져 답답하기만 하던 가슴도 뚫리기 시작했다.

바닷가에 앉아 잠시도 쉬지 않고 뒤척이는 바다와 밀려오는 파도를 바라보고 있으려니 희한하게 마음이 가라앉기 시작했다. 자기 혼자만 갈등하고 고뇌하는 게 아니라 살아있는 모든 존재는 갈등하고 고뇌하는 게 아닐까 하는 생각이 들기도 했고, 살아있다는 자체가 갈등과 고뇌 속에 있다는 뜻이 아닐까 하는 생각도 들었다. 또한 자신의 현재상황은 어떻게든 지나갈 것이라는 생각도 들었다. 쉼 없이 파도로 일렁이는 바다가 모든 존재가 겪는 갈등과 고뇌를 표현하는 것 같았다. 바다의 쉼 없는 흔들림과 뒤척임이 묘하게 사람을 가라앉혔고 묘한 위로와 위안을 주었다.

바닷가에 살아본 적이 없는 병택이기에 바다가 주는 위안은 참으로 낯선 것이었다. 아니, 난생처음 느껴보는 감정이었다. 그렇지만 그 감정은 융숭하면서도 그윽한 것이었다.

6

"배가 온다, 배가! 새까맣게 몰려온다!"

누군가 길을 따라 뛰어오면서 소리를 질러대고 있었다. 목소리가 귀에 익은 게 아무래도 객사에서 일하는 사환인 것 같았다. 객사 주인이 들으라고 목청껏 질러대는 게 분명했다. 그래야 주인 눈에 들 것이고, 상황에 따라서는 수고비까지 받을 수 있을 테니 목소리를 높이는 건 당연한 일일 것이었다.

"뭐? 배가 몰려온다고?"

한나절 바닷가를 떠돌다 이제 막 객사로 돌아와 몸을 녹이려던 병택은 자신도 모르는 새에 밖으로 뛰어나갔다.

"어디? 어디?"

사환에게 묻는 건지, 마음을 진정시키는 건지 모를 어디? 어디? 를 외치며 바닷가를 향해 뛰어갔다.

숨이 찼지만 그게 문제가 아니었다. 배가, 그것도 새까맣게 온다니……. 이제 길이 열리는 셈이었다.

그러나 바닷가에 당도한 병택은 맥이 탁 풀렸다. 배가 보이지 않았다.

순간, 화가 치밀어 올랐다. 사환 놈이 장난친 모양이었다. 당장 달려가 흠씬 두들겨 패는 정도가 아니라 단칼에 베어 버리고 싶었다.

그러나 다시 생각해보니 사환 놈이 그런 시답잖은 장난질을 할 리 없었다. 괜한 장난쳤다간 객사 주인뿐만 아니라 바닷가 주변의 장사꾼들에게 경을 칠 것이기 때문이었다.

그렇다면?

순간, 병택은 산을 올려다봤다. 바닷가에 면해 있는 산에는 사람들이 몰려 있었고, 몇몇은 산에서 내려오고 있었다. 산이라 해 봐야 몇 십 장丈 안 되는 야트막한 뒷동산이었지만 평지보다는 가시거리가 길어 수평선의 배가 보이는 모양이었다.

병택은 생각할 쯤도 없이 산으로 뛰어오르기 시작했다.

조금 기다리면 평지에서도 배가 보이겠지만, 단 일각이라도 빨리 배를 확인하고 싶은 마음에 숨이 턱까지 찬 것도 잊고 뛰고 또 뛰었다.

중턱쯤 올랐을 때였다. 도저히 더 뛸 수가 없어 잠시 숨을 돌리기 위해 발을 멈췄다. 그리고 숨을 고르며 수평선을 바라봤다. 정말 배들이 몰려오고 있었다. 자세히 보이지는 않았지만 한두 척이 아니라 떼로.

"됐어. 이제 됐어."

병택은 감격스럽게, 목청껏 소리를 질렀다. 그러나 숨을 헐떡이느라 목소리는 제대로 나오지 않았다.

어쨌거나 기다리고 기다리던 배가 오고 있으니, 이제 길이 열린 셈이었다. 어제 만났던 도사공의 말이 맞다면 범석의 선단일 것이고, 범석의 선단이 맞다면 방을 갖춘 배가 있을 것이었다.

흥분해선지 팔다리에서 힘이 빠지는 것 같았다. 몸까지 부르르 떨렸다. 그러나 침착해야 했다. 이제 그간 계획했던 대로 일을 진행시켜야 할 때였다. 자리를 미리 선점해두지 않으면 뒤로 밀릴 수 있기에 그 누구보다 먼저 자리를 부탁해둬야 했다.

병택은 숨도 다 고르지 않고 올라왔던 길을 되밟아 산에서 내려왔다. 그리고 곧장 객사 뒤쪽에 있는 숲으로 향했다. 이제 왕비가 챙겨준 폐물과 금붙이가 진가를 발휘할 때가 된 것이었다.

숲을 가로질러 간 병택은 바위 밑에 숨겨둔 왕비의 폐물을 꺼내 허리춤에 찼다. 그리곤 곧장 바닷가를 향해 걸었다.

배가 도착하자마자 범석을 만나 결정을 지어야 했다. 이번이 아니면 다음엔 기회가 없을지도 몰랐다. 단번에 결정짓기 위해서는 상대의 예상을 훨씬 뛰어넘는 값을 제시해야 했다. 그러려면 폐물 전부를 내놓는 방법밖에 없었다. 폐물의 가치를 아는 사람이라면 거부하거나 거절하지 않을 것이었다. 어제 만난 도사공의 말에 따르면 범석은 명품에 대한 조예가 남다를 뿐 아니라 심미안을 가지고 있다고 했었다. 그걸 믿어보는 수밖에 없었다.

배는 더디 왔다. 벌써 도착하고도 남을 만큼 시간이 흐른 것 같은데, 배는 아직도 한바다에서 오는지 마는지 늑장을 부리고 있었다.

사람들은 선단이 들어온다는 소식에 찰개[滿浦]에 모여들어 진즉부터 발을 구르고 있었다. 객사 주인을 비롯한 객사 사람들, 찰개에 기대어 장사를 하는 사람들, 하역을 담당할 일꾼들, 수송을 담당할 마부며 짐꾼들, 주문한 물품을 인도하러 나온 사람들, 소문을 듣고 구경나온 아낙들이며 조무래기들, 포구에 모인 사람들을 노려 몰려든 엿장수며 장사꾼들……. 그들로 인해 찰개는 발 디딜 틈이 없었다.

북적북적, 와글와글.

그야말로 북새통이었다.

그들 틈에는 병택도 끼어 있었다. 병택도 누구보다 먼저 와서 배를 기다리고 있었다. 다른 사람들은 삼삼오오 모여서 얘기들을 나누고 있었지만, 병택은 물양장物揚場 끝에 서서 눈이 빠지게 계속 바다를 바라보고 있었다.

'이번이 아니면 다신 기회가 없을디도 몰라. 기러니 어뜻게든 자릴 닽고 말갔어.'

이런 다짐도 해봤고

'어뜻게 범석이란 그 상인을 구워삶디? 이럴 둘 알았으믄 어예기 사공한테 둄 더 물어볼걸.'

이런 후회도 했고

'어뜻게 말을 붙이고 무슨 말을 한다? 인상이 만만티 않아 거부감을 느끼딘 않을까?'

이런 걱정도 해봤다. 그러다 마침내는

'아니야. 있는 기대로, 진솔하게 보이는 게 더 둏을디도 몰라. 진심은 기 어떤 것보다 힘이 세니낀.'

이런 생각도 해봤다. 그러면서 배가 들어오기만을 기다렸다.

소란과 기다림, 호기심과 들뜸 속에 시간이 흘러 마침내 기다리고 기다리던 배들이 선명하게 보이기 시작하자 찰개가 분주해지기 시작했다. 제일 먼저 배 댈 준비를 하는 사람들의 발길이 바빠졌다. 그에 따라 사람들도 조금씩 움직이기 시작했다.

"배를 대야 하니낀 됴금만 물러서 듀시라요."

드디어 일꾼 중 하나가 병택에게 다가와 정중히 부탁을 했다. 그러자 병택이 기다렸다는 듯이 그에게 물었다.

"임잔 범석이란 상인 얼굴을 아네?"

"예. 알긴 합네다만 무슨 일로 기러시는디······."

"내래 기 사람을 만나 넘가둘 게 있어서 기러는데····· 기 상인이 보이믄 나한테 알래두간?"

병택의 말에 일꾼이 난색을 표했다. 그러자 병택이 곧바로 물었다.

"와 기러네? 곤란하네?"

"기, 기런 게 아니라 무슨 일인디 알아야······."

"톰 뎐에 말하디 않안? 꼭 넘가둘 게 있다고."

"기걸 어뚷게?"

일꾼이 뻣대는 듯한 태도로 대꾸하자 병택은 금방이라도 일꾼을 절단 내버리고 싶었다. 그러나 참았다. 참는 정도가 아니라 동전 몇 닢까지 일꾼에게 쥐여 주며 달램조로 말했다.

"이거 임자 났다 쓰게. 임자한테 폐가 될 일은 아니니 꼭 알려듀게. 오늘 여기서 전하디 않으믄 안 돼서 기러니 사정 둠 봐듀게.
내 일만 잘 터리되믄 기냥 있갔나? 부탁하네."

그러자 일꾼이 겸면쩍게 웃으며 대답했다.

"뭐 이런 거까디……. 소인이 알래드리갔으니 걱뎡 마시라요."

"기래, 고맙네. 내 뒤로 물러나 있을 테니 꼭 알려듀게."

"알갔습네다. 걱뎡 마십시오."

그렇게 다짐을 받은 후에야 병택은 물양장 끄트머리에서 포구
안으로 발을 옮겼다.

범석이 하선한 것은 배들이 접안을 마치고, 배에 탔던 사람들이
다 내리고 나서도 한참 후였다. 그에 따라 물양장 한쪽에서 범석이
내리기만을 기다리는 병택의 가슴은 쩍쩍 갈라디다 못해 바짝바짝
타고 있었다.

병택은 첫 배가 접안을 할 때부터 온 신경을 모으고 살폈다. 그리
고 사람들이 내리기 시작하자 목을 빼고 내리는 사람들을 살피며
일꾼을 쳐다본 게 몇 번인지 몰랐다. 행색이 남다른 사람만 살펴도
된다는 걸 모르는 바 아니었다. 선단을 이끌고 다니는 대상大商이라
면 어디가 달라도 다를 것이라 생각은 하면서도 배에서 내리는 사
람은 단 한 사람도 놓치지 않고 살폈다. 그리고 일꾼을 쳐다보며
눈으로 물었다.

'뎌 사람 아니네? 뎌 사람은?'

그러기를 십수 번 반복하자 일꾼은 귀찮은 듯 아예 병택을 외면
해 버렸다.

'뎌, 뎌런 육시럴 놈을 봤나?'

포구에서 잡일이나 하며 먹고사는 놈이 시건방지게, 그것도 군돈까지 받아 처먹어 놓고 나 몰라라 하는 걸 가만둘 수가 없었다. 생각 같아서 달려가서 목을 틀어쥐고 패대기를 치거나 흠씬 두들겨 패버리고 싶었다. 아주 목을 비틀어 버리거나 절단을 내버리고 싶었다.

그러나 그건 생각뿐, 제발 주의 깊게 살피다가 알려주기만을 빌고 또 빌었다. 도망치는 망국인에다 목숨을 걸고 지켜야 할 왕자까지 있으니 참는 수밖에 없었다. 속이 뒤집히고 문드러져도 참아야 했다. 아니, 잡일꾼의 가랑이를 기라면 기어야 할 입장이었다.

병택은 화를 가라앉히며 여유를 갖자고 스스로 다짐하며 다시 전방을 주시했다.

선단은 열 척으로 구성돼 있는 것 같았다. 물양장에 접안한 배가 세 척이고, 나머지 배들은 포구를 감싸고 있는 갯가 지형지물을 활용해 닻을 내린 채 대기중이었다. 물양장에 댄 배들이 하역 작업을 마치면 교대로 하역하려는 것 같았다. 그러니 선단을 이끌고 온 범석은 물양장에 접안한 배에 타고 있을 게 분명했다.

그러나…….

배에 탔던 사람이 전부 내린 것 같은데도 일꾼으로부터 어떤 신호도 없었다.

'이놈이 딕금…….'

더 이상 참을 수 없어서 막 일꾼에게 가려던 참이었다. 어디서 왔는지 전마선 한 척이 물양장으로 다가왔다. 아무래도 다른 배에 탔던 사람들이 전마선을 이용해 물양장으로 오는 것 같았다.

그런데 바로 그때였다.

여태껏 고개를 튼 채 병택을 외면하고 있던 일꾼이 병택에게 고개를 돌려 끄덕였다. 전마선에 범석이 타고 있다는 뜻인 게 분명했다.

'왔구나, 왔어.'

병택은 쾌재를 부르며 전마선을 향해 달려갔다.

전마선에 타고 있는 사람은 대여섯 정도니 가까이 가면 대상인 범석을 가려낼 수 있을 것이었다. 입성도 다를 것이고, 무엇보다 다른 사람들이 대하는 태도를 보면 곧 알아챌 수 있을 것이었다.

그렇게 생각하고 전마선으로 달려갔으나 범석을 알아볼 수가 없었다. 모두 다 비슷한 입성을 하고 있었고, 추위를 막기 위해 털모자를 뒤집어쓴 채 말이 없었기 때문이었다.

병택은 하는 수 없이 제일 먼저 배에서 내리는 초로初老에게 말을 걸었다.

"초면에 되송하오만 이 선단의 선주 되십네까?"

그러자 초로가 병택을 훑어보더니 다소 거들먹거리는 품새로 되물었다.

"아니오만, 어띠 선줄 탓으십네까?"

"여쭤볼 말이 있어서 기럽네다. 기럼 선준 어느 분이십네까?"

병택이 재우쳐 묻자 전마선에 한쪽 발을 디딘 채 사람들을 내려주고 있는 덩치 큰 사내가 힐끔 병택을 쳐다보았다. 입성이나 다른 사람들을 조심조심 내려주는 품으로 보아 곁다리로 따라온 사람 같았다. 그러나 모든 사람들의 눈이 그에게 쏠리는 걸로 봐서 그가 선주 범석인 모양이었다. 그래서 시험해 볼 양으로 그에게 다가가 말을 던졌다.

"가시는 달 발라내면서 머리뼈를 튜려낼 둘 모르니 나란 놈은 천성 퇋은 고기 맛보기는 그른 것 같소이다.”

병택의 말에 대꾸도 없이, 사람 내려주는 일에만 정신을 쏟는 듯 하더니 잠시 후 그가 대거리를 했다.

“초면이라고 예를 갖튜던 분은 어디 가고, 어띠 비린내만 풍기십네까? 아무리 떠돌이 장사티디만 비린내 풀풀 나는 귀공과는 상대가 어려울 것 같소만.”

그러자 병택도 지지 않고 되쏘았다. 대거리하는 걸로 보아 병택의 말을 알아들었음은 물론 말이 통할 사람인 것 같았다.

“낭중지추囊中之錐라 했는데, 뾰족 튀어나온 송곳을 탗디 않고 행색만 보고 판단하려 했던 자신을 탓하는 소리니 괘념티 않으셔도 될 듯합네다만.”

“송곳의 뾰족한 맛을 봤던 분인 것 같은데 송곳에 띨리기 전에 피하는 게 어떠실런디요.”

“송곳에 띨리는 게 두려웠다믄 한나멸 기다리며 떨디 않았갔디요. 송곳에 띨리는 정도라 아니라 대꼬챙이에 꿰인다 해도 물러설 수 없어서 길목을 막고 기다린 것이니 잠시만 비린낼 맡아 듀시구려.”

“기럼 장승텨럼 섰디 말고 사람 내리는 걸 돕는 게 시간을 버는 일인 것 같은데 귀공 생각은 어떻소?”

범석이 피식 웃으며 말을 던지자 병택도 웃으며 범석 곁으로 다가가 사람 내리는 걸 도왔다.

가까이에서 본 범석은 귀골이었다. 큰 키에 수려한 얼굴도 얼굴이지만 먹 냄새가 날 것 같은 분위기가 장사나 할 사람은 아닌 듯했다. 해서 다시 농을 던졌다.

"장사하는 사람에게서 돈 냄새가 안 나고 먹 냄새가 나는 듯하니 이건 또 무슨 조홥네까?"

"기거야 돈 냄새 없앨래고 옷 속에 먹을 품고 다녜서 기렇디요. 옷만 벗으믄 돈 냄새가 진동할 겁네다.…… 기런 냄샐 맡는 걸 보니 귀공도 먹께나 없앤 모양입네다, 기려."

"먹 대신 숯검뎅이를 뒤딥어쓴 디 오래 돼서 먹이 어뜿게 생겼는디 잊어버린디 오랩네다."

"기럼 제 옷 속에 감텨둔 먹 둠 나눠드릴깝쇼?"

"싫소이다. 먹 대신 구석이나마 선실이나 둠 나눠 듀시디요."

그 말엔 범석이 의미심장한 눈빛으로 병택을 쳐다보았다. 취중진담醉中眞談이요 농중진담弄中眞談이라고, 지나가는 말처럼 던진 말의 의미를 간파한 게 분명했다. 자신을 기다린 이유가 바로 이것이었구나 하는 눈치였다.

그렇게 주거니 받거니 하며 사람들을 내려주다 보니 전마선에 탔던 사람들이 다 내렸다.

"댜, 다 내렸으니 같이 가서 무슨 사연인디 들어보기나 합세다."

"어디로 가시는 길인디요?"

"오늘은 노독도 풀어야 하니 뎌 앞 객사에 묵을 예정입네다. 같이 가시디요. 튜운데 예서 뗠 일은 아닌 것 같습네다."

"기러시디요. 이 몸도 마팀 과객 신세라 객사에 머물고 있으니……."

둘이 길을 양보하느라 동시에 한 발씩 물러섰다. 그리곤 서로를 보며 환하게 웃었다.

7

선실船室을 부탁한 후 가지고 온 패물을 꺼내놓자 범석이 조심히 열어보더니 흠칫했다. 그리곤 병택을 뚫어지게 쳐다봤다.

'이런 게 다 어디서 난 게야? 혹 도적놈 아니네?'

'생김이나 말투로 봐선 도적딜할 놈은 아닌 것 같은데 도대례 이 놈 정체가 뭐디?'

'혹 왕족인가? 기럼 뭣 때문에 이러디? 날 시험해 보려는 건 아니 갔디?'

이런 다양한 의혹을 품은 눈이었다.

그러나 말은 없었다. 섣불리 입을 열 수가 없는 건지, 열어서는 안 된다고 스스로를 타이르는 건지 알 수가 없었다.

그건 병택도 마찬가지였다. 가끔은 침묵이 그 어떤 장광설보다 더 많은 이야기를 해준다는 사실을 알고 있었기 때문이었다.

그렇게 두 사람은 시합이라도 하듯 입을 굳게 다물고 있었다. 그 시간은 예상외로 길었다.

그러나 그 시합은 애초 승패가 결정돼있는 시합이었다. 한쪽은 부탁해야 할 입장이었고 다른 한쪽은 그 부탁을 거절할지 수락할지 선택할 수 있는 입장이었다. 그러니 부탁해야 할 쪽이 절대적으로 불리한 시합이었다. 부탁해야 할 쪽에서 너무 시간을 끌면 엉뚱한 오해만 키울 수 있었다. 따라서 부탁해야 하는 쪽에서 먼저 입을 열 수밖에 없었다.

"어떤 물건인디 아시는 눈틴데요?"

병택이 조심스레 입을 열었다. 더 이상 뜸을 들였다간 오해가 눌어붙어 까맣게 타버릴 것 같았기에. 또한 상대가 물어보기 전에 알리는 게 좋을 것이고, 그게 또한 예의일 것이었다. 병택은 부탁해야할 입장이 아닌가.

"장사티가 뭘 알갔습네까마는 예사 물건이 아닌 듯싶소만."

"기렇습네다. 왕궁에서 나온 패물들입네다."

"왕궁이라면?"

범석이 짐작은 간다는 듯 고삐를 바짝 조여왔다.

"낙랑국입네다."

병택은 머뭇거림 없이 속시원이 털어놓았다. 그러자 범석이 다시한번 놀라는 눈치였다. 그러나 내색은 하지 않고 병택의 다음 말을가만히 기다렸다.

"겔국엔 알게 될 테고, 알아야 될 일이니깐 말씀드리디요. 왕비께서 비상금으로 듀신 패물들입네다."

"기럼 선실을 구하는 것도?"

"기렇습네다. 백일도 안 된 왕잘 모시고 바달 건너야 할 입장입네다."

병택은 이실직고했다. 발설해선 안 될 비밀은 가려가면서, 자신이 처한 상황을 자세히 털어놓았다.

병택이 판단하기에 범석은 믿을 만한 사람이었다. 비록 장사를하고 있긴 해도 글깨나 읽은 것 같고, 신의도 있어 보였다. 대선단을이끌고 다니는 대상이 승객들의 손을 잡고 일일이 내려줄 정도라면친절도 몸에 배어있는 사람이고, 인간미도 있는 사람임이 분명했다. 그렇게 첫인상부터가 좋았다. 그걸 확인하기 위해 선문답하듯 던진고기 가시와 머리뼈 얘기를 그렇게 받아낼 정도라면 머리회전도 제법 빠르다는 뜻이었다. 그런 그에게 감출 필요가 없을 것 같았다. 만약 섣부른 판단으로 위험에 빠진다 해도 지금으로서는 다른 방법이 없었다.

"기럼 시종이었습네까?"

"아닙네다. 궁궐 경비대장이었습네다."

"경비대장이라면? 그 난리통에 어떻게?"

"왕의 판단이 빨랐디요. 독금만 늦었어도 예까지 오디 못했을 테니까 말입네다."

병택의 말에 범석이 으흐음! 신음을 토해내더니 입을 다물어 버렸다. 그러나 그 시간은 그리 길지 않았다. 마음의 결정을 한 듯 범석이 물었다.

"장사티를 어뜩게 믿고 목숨을 맡기는 겁네까?"

"더 이상 방법이 없기 때문입네다. 배를 얻어타디 못하면 곧 신분이 탄로 날 거이고, 기렇게 되든 겔국 세 사람은 살아남디 못할 테니낀요. 기래서 선주를 믿기로 한 겁네다. 다른 건 몰라도 사람 보는 눈은 있다고 생각하는데, 선주를 첫눈에 믿어버렸다고나 할까."

"첫눈에 믿어버렸다? 허허허!"

그렇게 너털웃음을 짓더니 입을 굳게 다물어 버렸다.

범석은 고민하고 갈등하는 듯했다. 하기야 어찌 고민하고 갈등하지 않겠는가. 초면에 자신의 비밀을 털어놓으며 자신뿐만 아니라 어린 왕자의 목숨까지 맡기겠다고 덤비니 고민스럽지 않을 수 없을 것이었다.

범석이 잠시 생각하는가 싶더니 패물을 끌어당기며 말했다.

"손 타선 안 될 귀물貴物이니 제가 맡아놓디요. 기러고 이건 출항

날까디 용돈으로 쓰시라요."

그러더니 품안에서 돈주머니 하나를 꺼내 내밀었다.

"딕금 제 수중에 있는 돈 전붑네다. 부족하믄 언제든 객사주인한테 달라하십시오. 소상이 미리 말해놓갔습네다. 기러고 내일부터 다녀올 데가 있어서 당분간은 뵙디 못할 거이니 기리 아시고요."

그러더니 자리에서 일어서서 정중하게 인사를 했다. 그러자 병택도 일어서서 맞인사를 했다.

범석이 건넨 돈은 예상 외였다. 패물 값에 맞먹는 거액이었다. 이번 항차에 쓸 돈 전부를 털어준 듯했다.

병택은 얼떨떨했다. 병택이 고와서 그런 거금을 줬을 리 없었다. 무슨 사연이 있는지 모르지만 어떻게든 왕자를 구하고 싶다는, 구하라는 뜻인 듯했다.

그런 범석의 뜻은 범석이 취한 조치를 통해서도 알 수 있었다.

다음날 아침이 되자 객사 주인이 직접 오더니 넓고 큰 방으로 옮겨줬다. 해가 잘 드는 남향 방이었는데, 객사에서 제일 좋은 방인 듯했다. 병택이 한사코 거절하자 객사 주인은 범석이 시킨 일이라 그대로 따르지 않았다간 장사해먹지 못한다며 역으로 병택에게 애걸할 정도였다.

그뿐만이 아니었다. 음식도 최고로 나왔다. 일반손님은 엄두도 낼 수 없는 최고의 요리가 매끼마다 상을 장식했다. 특히 젖을 먹이는 유모를 위해 딴 상을 차려줬는데, 유모의 밥상엔 고등어, 꽁치, 정어리 등 등푸른 생선과 어패류와 해조류가 한 끼도 거르지 않고 나왔다.

극진한 대접을 받으며 객사에 묵은 지 보름 만에 범석이 돌아왔다. 어디를 다녀왔는지는 모르지만 조금 흥분된 표정이었다.

"하루라도 빨리 여길 떠야갔습네."

"무슨 일이라도 있습네까?"

범석의 말에 병택도 긴장된 표정으로 물었다.

"소상이 부러 고구려를 디나 낙랑 가까이까디 가 봤는데 상황이 급변하고 있습네. 고구려에서 낙랑국왕과 고관들을 끌고 가자 낙랑 백성들이 들고 일어서는 모양입네. 기에 따라 낙랑에 관대했던 고구려도 강경일변도로 바뀐 모양입네. 낙랑의 관리와 장수들을 듁이고 그 가족들은 고구려로 끌고 가는 것도 모자라 아예 그 일가를 몰살하는 경우도 있다고 합네. 기러니 이제 곧 도망틴 왕자에 대해서도 모종의 조치가 취해딜 것 같습네. 날래 여길 뜨는 방법밖에 다른 방법이 없을 듯합네."

"기렇다면 선주래 언제쯤 여길 뜰 생각입네까?"

"기게……."

병택이 묻자 범석이 말끝을 흐렸다. 아무래도 아직 교역을 다하지 못한 모양이었다. 하기야 대선단을 이끌고 왔으니 보름만에 교역을 마칠 수는 없을 것이었다.

범석의 대답을 기다리는 병택의 속은 타기 시작했다. 입술도 바짝 말랐다. 그렇지만 어떤 말도 할 수가 없었다. 칼자루는 범석이 쥐고 있었기에 범석이 내리는 결정에 따르는 수밖에 없었다.

"아무래도…… 서둘러야 할 것 같습네. 장사야 다음에도 할 수 있디만 목숨이래 하나뿐이잖습네까?"

범석의 말에 병택은 자리에서 일어서 넙죽 절을 했다.

"고맙습네다. 이 은혜 겔코 잊디 않갔습네다."

"왜 이럽네까? 내래 장삿속으로 하는 거디 장군을 봐서 그러는 게 아닙네다. 기러니 일나시라요. 이러믄 내래 불편합네다."

범석이 병택의 손을 잡고 일으키려 했으나 병택은 머리를 다시 조아리며 고맙다는 말을 반복하지 않을 수 없었다.

지워진 이름, 낙랑

8

병택의 입에서 낙랑이란 말이 튀어나오는 순간, 범석은 멈칫했다. 병택이 꺼내놓은 패물이며 금붙이들을 보는 순간 얼마간 짐작은 하고 있었다. 정교하게 세공된 패물들은 왕실이나 왕족이 아니면 손에 놓을 수 없는 것이었다. 그러나 그것이 낙랑 것이라고는 생각조차 할 수 없었다.

낙랑은 하루아침에 멸망했다. 낙랑의 자명고각을 파괴한 고구려가 선전포고도 없이 도성을 침공하여 낙랑국왕으로부터 무조건적 항복을 받아냈고, 왕과 왕족, 고관과 장군들을 고구려로 끌고 감으로써 사실상 낙랑을 멸망시켜 버렸다. 상황이 그런지라 낙랑 왕국에서 그런 귀물들이 빠져나왔으리란 생각을 할 수가 없었다. 그런데 낙랑 왕궁에서 나왔다는 말을 듣자 머리가 쭈뼛 서는 것 같았다. 그래서 아무 말도 하지 못한 채 병택의 얼굴을 쳐다볼 수밖에 없었다.

낙랑, 낙랑이라……. 낙랑이라니?

속으로 몇 번을 대뇌여 보아도 낙랑이라는 단어는 다양한 빛깔과 소리와 맛과 냄새를 가지고 있었다. 형언할 수 없이 많은 감정을 자극했다.

범석에게 낙랑은 한 마디로 애증이 뒤섞인 이름이었다. 그런데 낙랑의 왕자를, 백일도 안 된 갓난 왕자를 탈출시키기 위해 자신에게 스스럼없이 비밀을 털어놓는 병택을 마주하고 있자니 말문이 막힐 수밖에.

낙랑이라니?

범석은 속으로 다시 낙랑이란 단어를 되뇌어 보았다. 여전히 낙랑은 다양한 감정을 자극했다. 수십 개의 다리로 기어 다니다 누가 만지기라도 하면 순식간에 냄새를 풍기는 노래기를 마주하는 것 같았다.

낙랑.

낙랑은 범석의 조국이었다. 아니, 원수의 나라였다. 아니, 조국이었다. 아니, 아무 관련도 없는 나라였다.

그에게 이제 조국은 없었다. 평양 낙랑과 조선 거수국(渠帥國. 고조선 시대에는 각 지역에 왕이나 제후에 해당하는 거수渠帥를 두고 통치했는데, 그들 나라를 말함)의 하나로 요하(遼河. 현재의 요하가 아니라 북경 동쪽에 있는 난하灤河를 말함)에 있었던 요하 낙랑은 같은 나라였지만 다른 나라였다. 나라 이름은 같고 왕족은 같을지 모르지만 요하 낙랑은 이제 없어졌다. 평양 낙랑은 최씨의 왕조일 뿐이었다. 그러니 평양 낙랑은 범석에게 조국일 수 없었다.

범석의 8대조 양다선良多鮮은 평양 천도를 말리다가 최숭崔崇으로부터 버림받고 유랑했던 사람이었다.

중개무역 책임자로 있던 마가馬加 양다선은 평양 천도를 끝까지 말렸다. 한나라와 접경 지역에 있는 낙랑은 어떻게든 천도를 해야 할 상황이었다. 혼란한 국제정세를 생각할 때, 천도는 선택이 아니라 필수였다. 다선도 그것을 잘 알고 있었다. 문제는 시기였다.

다른 거수국들처럼 백성들이 살 터전을 마련한 후에 단계적으로 천도한다면 반대할 이유가 없었다. 그런데 백성들의 안위보다는 자신의 정권 유지가 최대목표였던 낙랑국왕 최숭은 달랐다. 평양에 궁궐이 완성되자마자 당장 천도하지 않으면 무슨 난리라도 날 것처럼 덤볐다.

그러나 자명고각 체제를 갖추고 있어서 국방에는 큰 문제가 없었다. 오히려 새 도읍지인 평양이 고구려와 삼한 사이에 끼어 있어서 자명고각 체제를 갖추지 않으면 위험천만한 곳이었다.

그리고 무엇보다 백성들이 겪을 고초를 먼저 생각해야 했다. 백성들이 살 집이 마련되지 않은 평양으로 도읍을 옮기게 되면 백성들은 한뎃잠을 잘 수밖에 없었다. 요하에서 멀고 먼 평양까지 변변한 이동수단도 없이 걸어가는 것만도 혀가 빠질 것인데, 잘 곳도 없는 허허벌판에 버려진다면 살아남을 백성이 많지 않을 것이었다. 그리고 중개무역으로 먹고 살던 백성들을 당장 끌고 가면 생업이 없었다. 농사를 장려하고 농업을 생업으로 삼으면 된다고 하지만 농사도 아무나 지을 수 있는 것이 아니었다. 농사도 기술이 있어야 하고 기구가 있어야 하는 전문 업종이었다. 장사만 하던 사람들에게 농사나 지어먹고 살라는 건 굶어 죽으라는 말이나 다름없었다.

다선은 이런 문제점들을 조목조목 지적하며 철저한 준비를 한 후 천도할 것을 건의했다. 그러나 최숭은 들은 체도 안 했다. 신하들의 말을 들으려고 하지 않았고, 백성들을 설득하려고도 하지 않았다. 정해진 날짜에 따라나서지 않으면 버려두고 가겠다는 으름장만 놓았다. 그렇지만 백성들은 설마 했다. 아무리 제 말을 안 듣고 제 마음에 들지 않는다고 해도 백성들을 버리고 자기들만 가랴 했다.

그런데 천도 당일, 최숭은 정말 백성들을 버려놓고 천도를 강행해 버렸다. 그에 따라 양다선 일족과 많은 백성들은 하루아침에 나라 잃은 백성이 되어 버렸다. 아무리 반대하는 신하요 백성이라 할지라도 끝까지 거두고 감싸 안을 줄 알았는데 헌신짝처럼 내던져 버린 것이었다.

그렇게 버려진 양다선 일족과 백성들은 뿌리 뽑힌 채 방랑할 수밖에 없었다.

조국으로부터 버림받은 다선 일족을 등용하거나 받아들이는 곳은 없었다. 냉대와 손가락질은 예사였고, 침을 뱉거나 목숨을 위협하는 경우가 다반사였다.

중개무역을 관리하던 다선이 소규모 장사를 시작하여 굶어 죽지 않은 게 천운이었다. 다선의 안목과 식견이 없었다면 다선 일족도 그때 아사하고 말았을 것이었다.

나라가 없다는 건 부모가 없다는 것과 마찬가지로 늘 위험에 노출될 수밖에 없고 기대고 쉴 곳이 없다는 뜻이었다. 그건 한 곳에 머물지 못하고 떠돌이 삶을 살 수밖에 없다는 뜻이기도 했다. 다선 일족이 그랬다. 부평초의 삶을 살 수밖에 없었다.

그렇게 목숨을 부지하기 힘든 속에서도 다선은 자신이 낙랑인樂浪人임을 잊지 않기 위해 두올頭兀 성姓을 버리고 양씨良氏 성을 쓰기 시작했다. 비록 길거리에서 뒹구는 돌멩이로 살지라도 고국은 잊지 않겠다는, 잊지 말자는 의지를 성에 새겨놓은 것이었다. 그리고 방랑자로 떠돌지라도 글만은 익혀야 한다고, 학문까지는 아닐지라도 문서나 일상생활에 필요한 문장 정도는 읽고 쓸 줄 알아야 한다는 유훈까지 남겨놓고 돌아가셨다고 했다.

그렇게 길바닥을 구르다 고국을 등진 지 100여 년 만에 백제의 영역인 산동에 자리 잡았고, 해상무역의 중요성을 인식한 조부 때부터 해상무역을 시작해 얼마간 안정된 삶을 영위하기 시작했다. 그리고 범석에 이르러 대상大商의 면모를 갖추게 되었고.

하여 낙랑국 멸망은 범석에게 다양한 감정을 불러일으킬 수밖에 없었다. 그런데 최리의 아들, 그것도 핏덩이나 다름없는 갓난아기의 목숨을 범석에게 맡기겠다고 비밀을 털어놓자 범석은 난감한 정도가 아니라 당황스럽고 혼란스러웠다. 그래서 입을 다물고 있을 수밖에 없었고.

범석이 입을 다물자 병택도 입을 다물었다. 상대를 믿을 수 없고, 상대가 어떻게 나올지 모르는 상황에서 낙랑을 거론했으니 다음 말을 골라야 할 것이고, 상대의 의중도 읽어야 할 테니 당연한 일이었다. 아무리 다급하다 해도 자신의 비밀을 털어놓는 건 너무나 큰 모험이었을 테니까.

그러기를 잠시. 호흡을 고르고 말을 다듬는가 싶더니 병택이 불쑥 내질렀다.

"겔국엔 알게 될 테고, 알아야 할 일이니낀 다 털어놓디요. 기물건들 낙랑국 왕비께서 왕잘 제게 부탁하면서 듀신 패물과 금붙이들입네다."

"기럼 딕금, 왕잘 모실래고 선실을 구하는 것이고요?"

"기렇습네다. 생즉필사 사즉필생生即必死死即必生이니 모든 걸 대 상께 맡기는 겁네다."

비밀을 섣불리 발설한 걸 후회할 줄 알았는데, 비밀을 유지해달 라고 부탁이라도 할 줄 알았는데, 병택은 한술 더 떠서 아예 책임지 라고 덤벼들고 있었다. 그러면서 도살장으로 끌려가는 소의 눈망울 로 범석을 바라보았다. 죽음을 앞둔 마지막 눈길. 거기엔 더 이상 물러설 곳이 없다는 비장함과 말로는 표현할 수 없는 다양한 의미 가 담겨 있었다.

그런 병택의 눈을 바라보는 순간, 범석은 자신도 더 이상 물러설 곳이 없음을 깨달았다.

만약 범석이 병택의 요청을 거절한다면, 그의 비밀을 알고 있는 자신을 그냥 두지 않을 것이었다. 입을 막기 위해 반드시 죽일 것이 었다. 궁궐 경비대장을 맡을 정도라면 무예만은 남에게 뒤지지 않 을 것은 물론, 왕자 보호를 최우선으로 생각하는 그가 자기 목숨에 연연하지 않을 것이었다. 해서 조심히 물었다.

"당사틸 어뜿게 믿고 기런 비밀을 털어놓는 겁네까?"

그러자 병택이 너털웃음으로 자신의 감정을 정리하는가 싶더니 담담하고 확신에 찬 목소리로 대답했다.

"다른 건 몰라도 사람 보는 눈은 있는데, 텻눈에 선주를 믿어버렸 디요."

그러더니 다시 너털웃음을 지었다.

그 모습을 보는 순간 심장에서부터 짜르르한 파동이 온몸으로 퍼져나갔다. 감추거나 꾸미거나 속이기 위한 말이 아닌 순수한, 속 말을 적나라하게 드러내는 병택이 존경스러웠기 때문이었다. 거짓을 모르는 영혼. 그건 범석이 너무나도 존경하는 것이었고, 그런 영혼을 만나기 위해 그간 헤매고 다녔다고 해도 과언이 아니었다. 그렇게 거짓 없이, 진솔하게, 자신을 드러내는 병택을 보는 순간, 범석은 병택에게서 벗어날 수 없을 것 같은 질긴 예감이 엄습했다.

9

　낙랑은 대국大國은 아니었지만, 강소국强小國이었다. 애초 조선의 거수국의 하나로 요하에 있었을 때부터 대국보다는 강소국을 지향하고 있었다.

　신흥국인 한漢나라는 많은 문물을 조선과 조선의 거수국으로부터 수입할 수밖에 없었다. 그런데 나라와 나라 간의 거래는 조공무역에 의존하고 있어서 조선의 문물이 한나라로 전해지는데 많은 시간과 공력이 들었다. 또한 물목이나 횟수도 제한적일 수밖에 없었다. 그런 점을 간파한 낙랑은 한나라와 조선 국경지대에 위치해 있는 지리적 여건을 십분 활용하여 중개무역에 나섰다.

　마가馬家 밑에 중개무역을 담당하는 부서인 무역도감貿易都鑑까지 설치하여 정부가 나서서 직접 중개를 하기도 했다. 그리되자 낙랑은 거수국 중에서도 부유하고 강한 나라로 부상했다. 그렇지만 영토 확장이나 인구를 늘리는 데는 관심을 두지 않았다. 백성들의 안녕과 넉넉하고 풍족한 삶의 질에 관심을 두었다. 그러자 자연스레 주변국에서 백성들이 유입되었고, 나라는 도시와 시골 구분 없이 번영했다. 국고도 차고 넘쳤다.

그런 재력을 바탕으로 자명고각自鳴鼓角이란 자체방어 체계를 구축함으로써 그 어느 나라도 가벼이 볼 수 없게 했다. 국력은 무력武力과 재력財力이 총합이라는 말을 증명이라도 하듯 국경지대의 강소국으로 발돋움했다.

그러나 국경지대의 소요로 낙랑의 번영과 풍요도 흔들리기 시작했으니, 그 시작은 한나라 장수 위만衛滿이 조선의 거수국인 기자조선箕子朝鮮으로 망명을 하면서부터였다.

애초 기자조선은 대제국 조선을 대신한 정치세력이거나 나라가 아니었다. 주나라와 조선의 국경지대에 있던, 조선의 수많은 거수국 중의 하나였다.

대제국 조선은 동으로는 흑수(黑水. 현재의 흑룡강), 서로는 요하(현재의 난하難河), 북으로는 북방의 초원지대와 오난하(五難河. 오논강. 몽골과 러시아 사이를 흐르는 강), 남으로는 조선반도와 산동반도를 비롯한 도산(塗山. 회계산會稽山)까지 아우르는 대제국이었다. 상나라나 주나라와는 비교도 안 될 정도였다. 그 넓은 영토에 거수국을 설치하여 간접 통치하는 형태를 취하고 있었다. 후에 등장하는 부여나 고구려, 예, 옥저 등도 조선의 거수국 중의 하나였다. 그러니 기자조선은 대제국 조선의 일부일 뿐이었다.

애초 기자箕子는 상商 나라에서 조선으로 망명해온 상 왕실의 후예로서 기箕라는 거수국에 봉해졌던 거수였다. 성은 자子요, 이름은 서여胥餘였다. 그런 그가 주나라 건국 직후 조선으로 망명을 해왔다. 벌써 1,200년 전의 일이었다.

기자는 주지육림酒池肉林과 포락지형炮烙之刑으로 악명 높았던 상나라 마지막 왕인 주왕紂王의 신하였다. 주왕이 폭정을 계속하자 왕자 비간比干은 주왕에게 폭정을 멈출 것을 간하다 죽임을 당했다. 자신의 정치에 대해 간여하는 사람은 극형에 처하겠다는 주왕에게 죽음을 두려워하지 않는 신하의 본을 보인 것이다. 그러나 비간을 죽이고 나서도 주왕은 변한 게 없었다. 이에 주왕의 이복형인 미자 微子를 비롯한 많은 신하들이 외국으로 도망쳤다. 망명을 택한 것이었다.

그즈음, 외국으로 도망칠 기회를 놓친 기자는 주왕의 눈에 띄지 않기 위해, 광인 흉내를 내면서 목숨을 보전하려고 했다. 그렇지만 그걸 간파한 주왕에게 잡혀 결국 감옥에 갇히게 되었다.

주왕의 폭정이 극에 달하자 주왕의 신하였던 무왕武王이 역성혁명을 일으켜 주왕을 제거한 다음, 주周나라를 건국했다.

주를 건국한 무왕은 상나라 충신들을 찾아 나섰다. 주왕 치하에서 고통 받았던 충신들을 찾아내어 후대함으로써 역성혁명의 정당성을 확보함은 물론, 그들과 함께 새로운 왕조의 기틀을 다져보려한 것이었다. 그런 계획의 일환으로 옥에 갇혀 있던 기자의 충심을 높이 사서 자신의 동생 소공召公 석奭을 시켜 기자를 풀어주었다.

그러나 기자는 자신의 조국 상나라가 망하고 주 무왕에 의해 석방된 것을 부끄럽게 여겼다. 아무리 주왕의 폭정으로 신음하는 나라였지만 신하가 왕위를 찬탈하고 나라까지 세운 것을 용납할 수 없었던 것이었다. 그래서 조선으로 망명을 요청했다.

기자가 망명할 뜻을 조선에 밝히자 조선은 의인義人으로 존경받는 기자에게 국경인 서부 변경을 내주어 거수로 삼았다. 당시 요하(현재의 난하)를 국경으로 하여 연나라와 껄끄러운 관계를 유지하고 있던 조선은 국경 지역을 기자에게 맡겨 국경을 방어할 생각이었던 것이었다. 그렇게 국경 지역을 기자에게 맡긴 조선은 도읍을 동쪽인 장당경[藏唐京. 현재의 내몽골 영성현寧城縣(?)]으로 옮겨 제국의 안정을 꾀했다.

국경 지역에 자리를 잡은 기자는 한인漢人들에게 조선후朝鮮候로 불리면서 국경 방어에 최선을 다했다. 기자는 그렇게 조선 제국의 거수渠帥가 되어 40여 대, 천년 넘게 거수의 지위를 세습했다. 국경을 접한 연나라와는 관계가 좋지 않아 전쟁을 벌이기도 했지만, 국경을 철통같이 방어하면서 조선의 간성으로서의 역할을 원만하게 수행했다.

주나라의 국력이 약화되고 견융의 침략으로 도읍을 호경에서 낙읍으로 옮긴 후, 중국은 혼란의 소용돌이에 휘말리게 되었다. 춘추 · 전국시대가 열린 것이었다. 그런 상황은 주나라뿐만이 아니었다. 조선 또한 위기를 맞게 되었다. 제국 조선의 힘이 약해지고 거수국들이 강해지면서 거수들이 스스로 왕이라 칭하며 독립해갔다. 이른바 북방열국시대가 열린 것이었다.

그런 시대적 상황에서 조선후라 불리며 거수의 역할을 다하던 기자의 후손 준準도 스스로 칭왕稱王했다. 그러나 국력이 약해질 대로 약해진 조선은 그걸 제어할 힘이 없었다. 당장이라도 준을 응징하고 주나라로 내쫓고 싶었지만, 열국들의 눈이 있어 함부로 군대를 움직일 수도 없었다. 조선은 이가 갈렸지만 준의 칭왕을 묵인할 수밖에 없었다. 이렇게 하여 기자조선은 다른 열국들과 함께 비로소 역사에 이름을 남기게 되었다.

바로 이때쯤 위만衛滿이 기자조선의 준왕을 찾아왔다.

진왕秦王 정政에 의해 춘추전국시대가 종식되고 중국은 통일됐지만 진나라의 명운은 길지 못했다. 만리장성을 쌓아 외침에 대비했으나 아방궁과 여산릉 건립과 같은 대규모 토목 공사를 강행하여 백성들의 원성을 샀고, 지록위마指鹿爲馬의 간신 조고가 국정을 농단함으로써 민중봉기를 맞게 되었다. 진승·오광의 봉기를 시작으로 민중봉기는 들불처럼 번졌다. 그리고 마침내 항우項羽와 유방劉邦의 건곤일척乾坤一擲의 승부에서 유방이 승리함으로써 한나라를 건국하게 되었고.

항우와의 대전에서 장량張良을 비롯한 소하蕭何, 조참曹參, 한신韓信 등의 도움으로 한나라를 건국한 유방은 개국공신들을 후대했다. 그러나 유방의 부인 여후呂后는 별의별 핑계를 대며 개국공신들을 제거하기 시작했다. 이른바 토사구팽兎死狗烹을 시작한 것이었다. 그 마수는 결국 연왕燕王 노관盧綰에게도 뻗쳤다.

노관은 한 고조高祖 유방의 고향인 패현沛縣에서 유방과 같은 날 태어난 인물이었다. 유방이 군사를 일으키자 유방을 도와 항우를 물리치고 한나라를 건국하는데 일조하였다. 한나라가 건국되자 노관은 그 공을 인정받아 장안후長安侯에 봉해졌다가, 연왕燕王 장도臧茶를 격파한 공으로 연왕에 봉해졌다. 그런 노관을 개국공신 제거에 혈안이 된 여후가 그냥 둘 리 없었다. 어떻게든 노관을 제거하려고 안달했다.

그러던 한 고조 12년(기원전 196년), 개국공신인 진희陳豨가 여후에게 반발해 반란을 일으키자 노관은 사람을 보내 진희와 연합을 제의한다. 여후의 마수에서 벗어나기 위한 몸부림이었다. 흉노匈奴와도 결탁하여 여태후와 그 추종세력을 제거하려 했다. 그러나 반란은 실패하고 노관은 한나라를 떠나 흉노로 망명했다. 이때 노관의 수하로 있던 연나라 사람 위만이 노관과 헤어져 기자조선으로 망명해온 것이었다.

위만은 준왕의 환심을 사려고, 조선식 머리인 상투를 찌고, 조선 옷으로 갈아입고 준왕에게 머리를 조아렸다. 제발 서쪽 국경 지역에 살게 해달라고. 그렇게만 해주면 한나라 망명인들을 모아 조선의 울타리가 되겠다고 읍소했다.

위만의 그런 모습은 준왕에게 낯선 것이 아니었다. 위만의 그런 모습 위로 한 사람의 모습이 겹쳐졌던 것이었다. 천여 년 전 조선으로 망명해온, 자신의 조상 서여의 모습이었다. 그날, 조국을 버리고 망명길에 오른 서여를 조선이 받아들이지 않았다면 자신도, 오늘도 없었을 것이었다. 대륙을 뒹굴어 다니다 흔적도 없이 사라지고 말았을 것이었다.

위만의 처지를 딱하게 여긴 준왕은 좌고우면하지 않았다. 전격적으로 위만을 받아들였다. 받아들이는 정도가 아니라 위만을 믿고 총애하여 박사博士로 제수하는 한편, 규(圭. 관리가 교명敎命이나 자신의 뜻을 아뢸 때 손에 쥐는 옥으로 만든 홀笏)까지 하사해 자신의 국경 백 리 땅을 내어줘 서쪽 변경을 수비하도록 했다. 망명인을 박사로 제수하고 규까지 하사하였다면 그야말로 파격 중의 파격이라 할 수 있었다.

그러나……

위만을 믿고 총애했던 준왕은 결국 위만에게 배신을 당하게 된다. 믿는 도끼에 발등 찍힌 격이었다.

국경 수비를 담당하게 된 위만은 한나라에서 넘어오는 망명인들을 대거 규합했다. 당시 한나라는 내부적 균열이 심해지고 있었다.

개국공신 숙청에 이은 여후의 국정농단, 고조의 죽음과 함께 태후가 되어 모든 권력을 틀어쥔 여태후는 자신의 눈 밖에 난 인사들을 대거 숙청했다.

이로 인해 많은 인사들이 망명길에 오르는데, 위만은 이들 망명객들을 받아들여 자신의 세력으로 만들었던 것이었다. 위만이 그런 행보는 조선으로 망명해올 때 이미 결심한 것이었다. 노관을 따라 흉노로 가지 않고 준왕을 찾은 것도 조선후를 몰아내고 그 자리를 차지하려는 속셈 때문이었다. 그리고 때가 됐다 싶자 구밀복검口蜜腹劍의 대가답게 본색을 드러냈다.

위만은 자신의 군사들을 이끌고 궁궐로 향했다. 한나라 군사들이 열 개의 길로 쳐들어오고 있으니 준왕을 호위하겠다고. 한나라와 크고 작은 전쟁을 치러왔던 준왕은 위만의 말을 믿을 수밖에 없었다. 그간 위만은 기자조선의 간성 역할을 해왔기 때문에 더욱 그랬다. 더군다나 한나라가 열 개의 길로 쳐들어오고 있다면 기자조선의 힘만으로는 막아낼 수 없을 것이었다.

준왕은 즉시 파발을 띄워 진국(辰國. 조선의 직할국으로, 거수국들을 관리 통제하던 나라)에 알리는 한편, 위만이 이끌고 온 병사들을 궁으로 들여 자신을 호위하게 했다.

그러나 위만의 군대는 궁에 들어오자마자 본색을 드러내 준왕을 공격했다. 아무런 대비도 없었던 준왕은 간신히 몸을 피해 성을 빠져나와, 주위의 많은 희생으로 겨우 배에 오름으로써 위만의 칼끝에서 벗어났다.

그렇게 준왕을 몰아낸 위만은 스스로 기자조선의 왕이라 칭했다. 그러나 늘 좌불안석이었다. 준왕을 몰아내고 왕이 된 자신을 조선이 인정할 리 없었고, 언제 대군을 이끌고 공격할지 몰랐다. 그런 불상사를 막기 위해 위만은 한나라에 사신을 보냈다. 조선의 공격으로부터 자신을 보호하기 위해서는 한나라의 힘이 절대적으로 필요했기에 울며 겨자 먹기였다.

위만은 한나라에 사신을 보내 자신이 준왕을 몰아낸 것은 준왕이 오로지 조선만을 숭상하고 한나라를 섬기지 않기 때문임을 누누이 강조했다. 그리고 자신은 한나라를 상국으로 모셔 충성을 다할 것은 물론, 한나라의 간성이 되어 변방을 지키겠다는 다짐을 적은 상서를 올렸다. 이에 한나라는 자신들과 척을 졌던 준을 몰아낸, 자신들에게 충성 다하겠다는 위만을 거부할 이유가 없었다. 손 안 들이고 코를 풀게 됐으니 얼싸쿠나였다.

그러나 한나라는 본심을 숨긴다. 위만에게 말랑말랑하게 보여서는 중화中華의 체통이 서지 않을뿐더러 너무 쉽게 인정해주면 위만이 기고만장할 수 있었기에 최대한 뜸을 들였다. 그러나 결국 위만을 제후로 승인해줬다. 한나라의 입장에서 위만은 계륵이었다.

한나라로부터 제후국 승인을 받아낸 위만은 한나라를 등에 업고 조선 지역의 토착세력들을 제압하며 영토를 확장했다. 요하(현재의 난하) 동쪽으로 넓게 자리 잡고 있는 조선의 거수국들을 무너뜨리고 패수(浿水. 현재의 대릉하大陵河)까지 진출했다.

그러나 위만 세력과 한나라의 관계는 오래 지속될 수 없는 것이었다. 위만의 손자 우거右渠에 이르러 한나라와의 관계가 틀어졌다. 우거가 한나라에 고분고분하지 않았고, 한나라를 종주국으로 대우하지 않았기 때문이었다. 그러자 한무제漢武帝 유철劉徹이 신미(辛未. 기원전 110)년 여름, 대규모 군사를 이끌고 위만 세력을 공격했다.

그러나 우거의 태도를 문제 삼은 것은 한나라가 위만 세력을 공격하기 위한 명분이었을 뿐이었다. 당시 한나라는 건국 초기의 국가적 어려움에서 벗어나 사회적으로 안정을 찾고 있었고, 경제적으로 튼튼한 기반을 닦아 대외적으로 국위를 과시하기 위해 여러 나라를 침략했다. 북으로는 흉노匈奴, 남으로는 남월南越, 동북으로는 조선의 영토를 차지하고 있던 우거의 영역을 침략했던 것이었다. 조선으로부터도 눈엣가시 취급을 받는 우거였기에 조선의 도움을 받을 수 없을 것이라는 판단에서였다.

한나라의 침략을 받은 우거는 거세게 항거하지만, 1년여에 걸친 전쟁 끝에 결국 패하고 말았다.

그러나 한나라의 승리에는 구린내가 났다.

애초 위만 세력 응징에 자신을 보였던 유철은 위만 세력의 저항이 워낙 거세자 다른 방법을 찾지 않을 수 없었다. 전쟁이 장기화되면 우거 주위에 있는 조선의 거수국들은 물론이요, 조선 단군천황의 직할국인 진국辰國이 가만히 있을 리 없었다. 만약 조선과 전면전을 벌이게 된다면 승패를 점칠 수 없었다. 아무리 몰락의 길을 걷고 있는 조선이라 해도 그때까지는 대륙을 호령하는 호랑이였다. 그러니 하루라도 빨리 전쟁을 끝내는 게 상책이었다.

진퇴양난에 빠진 한무제는 결국 꼼수를 동원해 우거를 제거했다. 계유(癸酉. 기원전 108)년 여름, 토착세력이었던 이계상尼谿相 삼參을 시켜 우거를 살해했다. 그런 후, 삼 스스로 우거의 목을 받들어 한나라에 항복하게 하는 형식을 취함으로써 전쟁을 끝냈다. 위만 세력은 내부 분란으로 패망했다고 결론지으려는 속셈이었다. 한나라를 거부한 것은 위만 세력 내부에서도 지지를 받지 못한 우거한 개인의 뜻이었고, 이로 인해 우거는 결국 측근에게 살해당했다고 선언하려 했던 것이었다. 이렇듯 한나라는 위만 세력과의 전쟁을 비밀 장부를 덮듯 서둘러 끝내버렸다. 비열하고 치졸하고 구린내가 너무 심했기 때문이었다.

그러나 승전에 따른 조치는 분명하고도 단호했다. 우거를 제거한 한무제 유철은 위만 세력 내에 있던 조선의 거수국 네 개를 한나라의 군현으로 편입시켰다. 낙랑·진번·임둔·현도였다. 이 네 나라는 국경지대에 있던 조선의 거수국이었는데 위만에 의해 점령당했던 곳이었다. 그 땅에 똑같은 이름의 군郡을 설치하여 자신들의 강역으로 만들어버린 것이었다. 이른바 한사군漢四郡이었다.

한무제 유철이 조선 강역을 침략하고 한사군을 설치한 이유는 너무나 간명했다. 조선과 흉노의 연합 가능성을 사전에 차단함은 물론, 영토 확장을 통해 조선 지역의 풍부한 물산과 선진문물을 약탈하기 위해서였다. 또한 조선의 선제공격이 두렵기도 했을 것이다. 한의 입장에서 조선은 넘을 수 없는 벽이었을 테니까. 명목상으로는 위만의 후손인 우거의 무도無道를 벌하기 위해서라고 하였지만 그것은 그야말로 핑계일 뿐이었다.

이런 국경지대의 소요와 전란을 피해 요하 주변에 있던 조선의 거수국들이 대거 대릉하 동쪽으로 이동을 하게 되는데, 낙랑국왕 최숭崔崇도 이때 평양으로 도읍을 옮겼다.

도읍을 옮긴 최숭은 제일 먼저 자율방어 체계인 자명고각 구축에 노력하였다. 부여, 고구려, 예, 맥, 삼한과 같은 강대국들 사이에 낀 소국이었기에 방어체계를 공고히 하는 수밖에 없었다. 그러나 도읍을 옮긴 직후라 국고가 바닥이었고, 백성들도 모두 지쳐 있었다.

더군다나 도읍을 옮긴 후라 중개무역을 통한 수익마저 끊긴 상황이었다. 그런 상황에서 감당할 수 없이 엄청난 재화를 쏟아 부어야 하는 방어체계를 구축하기엔 무리였다. 그러나 자명고각 체계를 갖추지 못하면 늘 불안 속에서 살 수밖에 없었기에 자명고각 체계 구축을 국가사업으로 정해 차근차근 실행해 갔다.

불행 중 다행으로, 다른 나라들도 대제국 조선으로부터 독립한 지 얼마 되지 않아 내부 결속에 힘을 모을 뿐 외부로 눈을 돌려 다른 나라를 침략하는 일은 거의 없었다. 그런 호기를 놓치지 않고 총력을 기울인 결과, 도읍을 옮긴 지 반세기만에 자명고각 체계를 구축할 수 있었다. 그리고 주변 정세에 따라 낙랑국으로 독립하여 칭왕稱王함으로써 낙랑국은 성립하게 되었다. 그 후 200년 넘게 대국들 사이에서 강소국으로 버틸 수 있던 힘은 오로지 자명고각의 힘이었다고 해도 과언이 아니었다. 그런 자명고각을 사랑에 빠진 궁주가 무력화시켜 버렸으니 낙랑은 대국 고구려에 버틸 수가 없었던 것이었고.

10

드디어 출항을 했다. 겨울답지 않게 햇살이 좋은 아침이었다.

병택은 범석이 마련해준 외투를 입고 고물가에 선 채 멀어지는 찰개와 그 주변을 바라다보았다. 아무리 봐도 눈에 익지 않은, 낯설기만 한 곳이었다. 그런데도 멀어져가는 산과 마을과 포구를 바라보고 있자니 알 수 없는 감정들이 뒤섞이며 심회를 자극했다.

단 일각이라도 빨리 벗어나야 한다는 조급증과 어떻게든 방도를 찾아 여기에 머물러야 할 게 아닌가 하는 정착의지가 노 젓는 소리로 삐걱거렸고, 죽어서도 이곳에 다시 돌아오지 않겠다는 아린 다짐과 이제 떠나면 다시는 영영 돌아오지 못할 것이란 슬픈 예감이 바람 먹은 돛으로 부풀어 올랐고, 정처도 없고 의지가지없는 상황에서 어디 머물 것인가란 고민과 왕자만 안전하게 보호할 수 있다면 그곳이 어디든 상관없지 않느냐는 느긋함이 바람에 삐걱대는 돛대로 흔들렸고, 어떻게 왕자를 먹여 살리고 키울 것인가란 걱정과 산입에 거미줄 치지 않는다는 낙관이 햇빛을 받아 반짝이는 물비늘로 어지럽혔고, 가족들은 살아있기나 한지 어떻게 살고 있는지에 대한 가장으로서의 걱정과 이제 가족들을 잊고 오로지 왕자의 안위만을 생각해야 한다는 신하로서의 다짐이 파도를 타고 넘는 배처럼 흔들거렸다.

그러나 지금으로서는 그 어떤 감정 표현도 사치일 수 있기에 드러낼 수가 없었다. 지금과 같은 상황에서 값싼 감정 표현만큼 큰 값을 치러야 하는 건 없었다. 하여 병택은 어떤 감정도 드러내지 않기 위해 노력하고 있었다. 그렇지만 마음 속 감정마저 제어할 수는 없었다.

"무범 왕자래 이제 깬 것 같습네다."

범석이 조용히 다가오며 병택에게 말을 걸었다.

범석이 다가오는 걸 본 병택은 재빨리 가슴속에 뒤섞여 있는 감정들을 내몰았다. 범석도 짐작이야 하고 있겠지만, 범석에게 그런 값싼 감정들을 보이고 싶지 않았기 때문이었다.

"어서 오시라요. 겨울 날씨답디 않게 돟은 날입네다."

"기러게 말입네다. 하늘도 무범 왕자래 살릴래고 돕는 것 같습네다."

"고맙습네다, 대상大商. 대상의 도움이 없었다믄 하늘의 도움이래 무슨 필요가 있었갔습네까? 이 은혜 잊디 않갔습네다."

병택의 말은 진심이었다. 범석의 도움이 없었다면 산동행 배에 승선한다는 건 언감생심 꿈도 꿀 수 없는 일이었다. 범석은 이번 항차의 모든 이익을 포기하고, 어쩌면 엄청난 손해를 감수하면서까지 무범 왕자를 위해 배를 띄웠던 것이었다. 그런 범석에게 입에 발린 말을 할 수는 없었다.

그제 범석과 헤어질 때까지만 해도 오늘 출항할 줄은 몰랐었다. 돌아갈 준비가 안 됐음은 물론, 산동에서 싣고 온 물품들도 다 팔지 못한 것 같았기 때문이었다. 상황이 그렇다 보니 아무리 빨라도 보름 전에는 배를 띄울 수 없을 것이라 판단했다. 싣고 온 물품들을 다 팔고, 싣고 갈 물품들을 선적하려면 최소한 그 정도의 시간은 필요할 것이기 때문이었다. 병택은 불안 초조했지만 더 이상 방법이 없었기에 기다리기로 하고 범석과의 만남을 파했다.

그랬는데 어제 아침, 범석이 병택을 찾아왔다.

"소상小商과 바닷바람이나 좀 쐬시랍네까?"

병택은 범석의 말에 범석을 멀거니 쳐다봤다. 범석은 병택의 타는 속을 그 누구보다 잘 알고 있을 터인데 바닷바람이나 쐬자니 그 뜻을 알 수 없었다.

"내래 겪어봐서 아는데, 답답할 땐 기것도 한 방법이디요. 바닷바람에 머릴 말린다고나 할까. 아무튼 나가봅세다."

병택은 범석의 의도를 알 수 없었지만 범석이 하자는 대로 바닷가로 나갔다. 범석이 아침 댓바람부터 찾아와 신소리할 사람은 아니었다.

그런데 범석은 포구가 아닌 물양장 남쪽으로 뻗은 길을 따라 계속 걸었다. 포구 주변에서 은밀히 얘기나 좀 하자는 줄 알았는데 그게 아닌 모양이었다. 그러나 병택은 아무 것도 묻지 않았다. 말이 없기는 범석도 마찬가지. 말없이 걷기만 했다. 마치 말을 하면 안 되는 것처럼. 말하는 순간 뭐가 잘못되기나 하는 것처럼.

말없이 산 두 개를 넘자 바다를 향해 뻗은 큰 바위가 하나 있었고, 그 바위를 타고 돌자 몽돌해변이 발아래 펼쳐졌다.

"여깁네다."

몽돌해변이 한눈에 들어오는 바위 위에 서더니 범석이 느닷없이 말했다. 병택은 궁금했으나 아무 말도 하지 않았다. 범석이 설마 몽돌해변이나 보자고 병택을 끌고 왔을 리는 없었다. 병택의 타는 가슴을 누구보다 잘 알고 있을 범석이 아닌가.

"뎌기로, 이 바위를 타고 내려가믄 됩네다."

범석이 바위 아래로 뻗어있는 소로를 가리키며 말을 이었다.

"거기, 바위 아래 뎍은 전마선 한 턱을 숨겨놨고, 사공도 한 사람 물색해뒀습네다. 기러니 내일 날이 밝기 전에 이곳으로 와서 배를 타믄 될 겁네다."

"아니, 어뜿게……?"

병택은 말을 할 수 없었다. 모든 게 의문투성이였다. 그런 병택의 마음을 파악했는지 범석이 말을 자르며 들어왔다.

"나머진 내일 배를 타면 말씀드리디요. 딕금은 소상이 하자는 대로 해듀시구래."

"기래도……. 아딕 하역도 다 못 하디 않았습네까?"

"기것도 걱뎡하디 마시구래. 내래 그뎨저녁에 말씀드리디 않았습네까? 장사틴 겔코 손해보는 딧 하지 않는다고……. 기러니 딴 걱뎡마시고 내일 여기서 배나 안전하게 타시구래. 갑세다, 이뎨."

그렇게 말해놓고 앞장서더니 훨훨 왔던 길을 되짚어 가기 시작했다.

그리고 오늘 아침 일찍, 날이 밝기 전에 객사를 빠져나와 전마선을 탔고 찰개 포구 앞바다에 서 있는 범선帆船에 올랐다.

"그나뎌나 어뜿게 된 일입네까?"

"뭐가 말입네까?"

범석이 시치미를 뗐다.

"하역도 다 끝나디 않았을 텐데 어띠 출항한 겁네까?"

"하역을 끝내디 않다니 기게 무슨 말입네까? 그뎨저녁부터 어뎻밤까디 하역을 다 끝냈디요."

"예? 기럼 선적은요?"

"선적이라니요? 기화가거奇貨可居래 실었으믄 그만이디 더 뭘 선적한단 말입네까? 무범 왕자와 장군을 실으니 무거워서 더 실을수가 있어야 말이디요. 보십시오. 배가 가라앉게 생기디 않았습네까?"

"기럼 빈 배란 말입네까?"

"어허 참……. 빈 배라니요? 배가 가라앉게 됐다디 않습네까? 허허허."

"대상, 어띠 이런 망극한……."

할 말이 없었다. 어떤 말로도 표현할 수 없을 때는 침묵이 최고의 언어임을 잘 알기에 병택은 입을 다물어 버릴 수밖에 없었다. 그런 병택의 마음을 읽었는지 범석이 병택의 손을 찾더니 조용히 잡았다. 범석의 손이 병택의 손에 닿는 순간, 범석은 몸을 부르르 떨었다. 언젠가 느꼈던 남자의 따뜻함 때문이었다.

4년 전이었다. 병택은 옥에 갇혀 있었다. 여섯째 궁주—그 이름을 더럽히지 않기 위해 이름을 밝히진 않겠지만—와 호동 왕자의 혼인을 반대하다 모함에 빠진 것이었다. 그때 왕이 몸소 옥으로 찾아왔었다.

"아딕도 반대하네?"

왕이 엄한 어조로 물었다. 왕은 병택이 모함에 빠졌음을 아는 듯했다. 그렇지 않다면 정말 궁주를 겁탈하려 했느냐 또는 날 배신하고 어떻게 그런 짓을 할 수 있느냐고 물었어야 했다. 그랬다면 병택의 대답도 완전히 달라졌을 것이었다. 그런데 왕은 호동 왕자와 여섯째 궁주와의 혼인을 아직도 반대하느냐고 묻고 있었다.

"기러하옵네다, 전하."

병택은 짧게 대답했다.

"무휼이 우릴 농락하고 있다는 생각에도 변함이 없고?"

"기 또한 기렇습네다."

"기럼 듁을 각오도 돼 있갔네?"

"예, 전하."

"기럼 됐다. 기렇다믄 듁을 각오로 궁을 디키라. 기러믄 호동이래 함부로 움딕이디 못할 거이고 고구려 또한 우릴 함부로 넘보디 못할 거 아니네? 어뜧네?"

병택은 왕의 말을 알아들을 수 없었다. 이제 막 장군이 된 자신에게 궁을 지키라는 것도 말이 안 되거니와 호동을 감시하라는 말은 더욱 말이 되질 않았다. 궁궐 경비대장이 된다 해도 부마인 호동 왕자를 감시할 수 없을 뿐 아니라 호동 왕자가 궁주와 혼인하게 되더라도 3년 후면 본국인 고구려로 돌아갈 것이기 때문이었다. 더 더군다나 고구려가 함부로 넘보지 못하게 하라니? 하여 병택은 아무 말도 하지 않았다. 그러자 왕이 끊었던 말을 이었다.

"내래 널 궁궐 경비대장으로 임명할 테니깐 나한테 목숨을 바틸 수 있갔네?"

"예?"

병택은 어안이 벙벙했다. 아무리 왕이라 해도 한낱 장군에 불과한 자신을 궁궐 경비대장에 임명할 수는 없었다. 대소 신료들뿐만 아니라 무관들이 가만히 있지 않을 것이었다. 그건 기존의 체제를 뒤엎는 것이나 다름없었다.

"왜? 싫네?"

"기, 기게 아니라 어뜧게……?"

왕이 속마음을 털어놨다. 자기도 고구려의 행보가 마음에 걸릴 뿐 아니라 믿지도 않는다고. 하여 고구려와 혼인동맹을 맺긴 하지만 고구려를 완전히 믿을 수 없으니 자신 곁에서 고구려의 동태를 정확히 파악하여 대비하라고. 모든 건 자신이 알아서 할 테니 궁궐 경비대장이 되어 나라와 자신을 지켜달라고.

그 말을 듣는 순간, 병택은 옥 바닥에 엎드렸다. 그러자 왕이 옥살 사이로 손을 집어넣더니 병택의 손을 잡았다. 그때의 전율이라니. 평생을 가도, 아니 죽어서도 잊을 수 없는 남자의 따뜻함이었다. 그런 사연으로 궁궐 경비대장을 맡았고, 무범 왕자의 보호자가 되었고, 오늘 여기까지 온 것이었다.

그런 사연을 얘기하자 범석이 크게 웃었다.

"아무리 기래도 기렇디…… 어찌 소상 같은 당사틸 낙랑국왕과 비교할 수 있갔습네까? 비약이 너무 디나티십네."

범석은 겸연쩍은지 병택과 눈이 마주치자 눈을 피해버렸다. 그러자 병택이 범석을 향해 말했다.

"길쎄요. 상황도 다르고 사람도 다른데도 어띠 기런 생각이 들었는디는 소장도 달 모르갔습네. 그러나 생각이란 게 소장 마음대로 되는 게 아니잖습네까? 그만큼 대상의 은혜가 크다는 뜻이갔디요. 이 은혜 결코 닏디 않갔습네."

그래놓고 병택도 입을 다물어 버렸다. 좋은 말도 자주 하면 짜증이 나고, 상대가 피하는 말은 안 하는 게 좋을 것이기에 그 정도로 끝냈다.

그게 계기가 됐는지 그날 밤 두 사람은 친구의 예를 맺었다.

범석의 선실에서 저녁을 먹은 후였다. 이제 위험에서 얼마간 벗어났다 싶자 긴장이 풀리는지 범석이 술상을 냈다.

"뭔 술상입네까? 아딕 도착하디도 않았는데……."

"길쎄요. 소상이 보기엔…… 이데 맘을 놓아도 되디 않을까 싶습네. 밤에 항해하는 거이 둄해선 할 수 없는, 숙련된 사공들이 아니믄 할 수 없는 일이디요. 우리 같이 하찮고 바닷길에 익숙한 당사티들이야 목숨을 내걸고 밤에도 항핼 하디만 다른 사람들은 엄두도 못 내디요. 기러고 오늘이래 달도 없는 그믐이라 함부로 배를 몰디도 못할 겁네."

"아무리 기래도……."

"긴장이래 풀려서래 기런디 술 한 잔 하디 않곤 잠도 못 달 것 같아 기러니…… 장군께서도 한 잔 하시디요."

범석의 말을 듣자 술이 땡겼다. 불청불탁不淸不濁, 두주불사斗酒不
辭. 술이라면 가리지 않는 병택이었다. 더군다나 두 달 가까이 초긴
장 상태로 지내느라 술 생각할 겨를도 없었고, 술을 봐도 피했었다.
그런데 이제 위험에서 얼마간 벗어나자 싶자 술 생각이 간절했던
차였다. 취해서는 안 되겠지만 몇 잔 정도는 괜찮겠지 싶었다.

그렇게 시작한 술자리. 몇 순배를 돌자 격의가 없어지고 있었다.
둘 다 긴장이 풀렸고, 공범의식이 둘을 묶고 있었기 때문인지도 몰
랐다. 그러나 무엇보다 두 사람의 마음이 서로 통하고 있었기 때문
이었을 것이다.

이런저런, 그간의 얘기들을 나누다 범석이 느닷없이 나이를 물었다.

"긴데, 장군의 연치年齒가 어띠 됩네까? 소상은 을묘乙卯 토깽이
됩네다만."

"기렇습네까? 소장은 병진丙辰 용띠니긴 대상이 한 살 위시네요."

"기래요? 기럼 벋이구만 기래."

나이를 묻는 것도 느닷없었지만 벋이란 말도 느닷없기는 마찬가
지였다.

"예? 벋이라니요, 당치 않습네. 쌍둥이끼리도 형과 아우를 구
별하거늘 어띠 기런 말씀을 하십네까?"

"아, 그거 탬……. 객지 친구래 십 년 친구라 하디 않았습네까?
기러고 망년지교란 말도 있고. 기러디 말고 우리 벋합세다. 이럴
때나 아니믄 나 같은 댱사티가 장군 같은 사람과 어띠 벋을 맺을
수 있갔습네까?"

"아니될 말씀입네. 나이가 있는데 어띠 기러십네까? 뎡 하고

싶으시다믄 결의형제하시디요.”

"기러믄 난 안 하갔습네다. 벋이라면 또 모를까 장군과 같은 아울 두고 싶딘 않습네다.”

"거 탐, 대상이래 늘 손해보는 장사만 하는가 봅네다. 기렇게 해서야 어띠 장살 하갔습네까? 기렇게 손해 보고 싶어서 안달이라믄 나도 어떨 수 없디만요.”

"그래? 기럼, 벋 맺은 거이야? 병택이 어뚷네?”

"기래, 범석아.”

둘은 손을 맞잡고 호탕하게 웃었다. 그간 긴장상태를 유지하느라 감춰두고 덮어두었던 웃음을 다 꺼내놓고 웃었다. 그래야 머나먼 바닷길이 좁혀지기라도 할 듯 마음껏 웃었다.

친구를 맺은 두 사람은 자신들이 살아온 이야기를 하며 밤늦도록 술잔을 기울였다. 이야기를 나누다보니 범석이 왜 손해를 보면서까지 무범 왕자를 도우려 했는지도 이해가 됐다. 그리고 산동에 도착한 후의 계획도 세우게 됐다. 하룻밤에 만리장성을 쌓는다는 건 남녀 사이에서만 가능한 일인 줄 알았는데 남자 사이에서도 그게 가능하다는 걸 알 정도였다.

11

널드르(장광현長廣縣. 옌타이시[烟台示] 동쪽에 있는 마을 이름. 장광이란 명칭은 널드르를 한자로 표기한 것)에 도착하자마자 범석이 왕자를 자기 집으로 모셨다. 물론 병택과의 약속이 있어서 왕자의 얼굴은 보지도 못했지만, 유모 품에 안긴 왕자를 자기네 집 별채에 모신 것. 그리고선 군불을 지펴 방을 덥힌다, 물을 데워 목욕을 시킨다, 옷가지를 마련한다, 난리도 아니었다. 아이를 키워본 적도 없다더니 아이를 넷씩이나 키워본 병택보다 섬세하게 왕자를 보살폈다.

"자네 아이래 키워본 덕이 없다더니 다 거짓뿌렝이구만 기래."

병택이 고마움 겸 미안함 겸 범석에게 말을 걸었다.

"기건 또 무신 말임메?"

"애를 넷씩이나 키워본 나보다도 더 자상하니 기 말이디."

"난 또 뭔 소리라고. 애를 키워봐야 아네? 이런 건 상식 중에 상식이디. 자네 같이 칼이나 다룰 둘 아는 사람하고 같을 둘 알았네?"

"이건 또 뭔 소리네? 내래 어떻게 보고 기런 망발을?"

"기렇디 않고. 바닷바람에 혹 추웠을디도 모르니 군불을 뗀 거이고, 쫓겨 다니느라 목욕도 제대로 못했을 테니 목욕을 시킨 거이고, 급히 도망치느라 왕자래 입성이 말이 아닐 테니 옷가지래 준비한 거인데 기게 상식이 아니믄 뭐네? 무거운 머리는 장식으로 달고 다니네?"

"허! 이 사람 보게. 날 아주 바보로 만들어버리네그려."

둘은 웃었다. 그 웃음 속에는 섬세한 손길로 도움을 주는 사람의 마음과 그 도움을 받는 사람의 섬세한 마음이 함께 녹아 있었다. 어떤 말로도 표현할 수 없는 마음과 마음이 이어지는 소리가 웃음 소리로 나온 것이었다.

"기나뎌나 이데 살 집이래 찾아봐야 할 텐데 같이 가보갔나?"

"딕금 말인가?"

"기럼? 기럼 우리 집에 눌러 살 작정이네? 난 그렇게 못하갔어야."

"기게 아니라 자네 힘들디 않갔나? 노독이 안 풀렸디 않네? 나야 객사에 앉아서 시간이나 듁이고 있었디만 자네는 한시반시 쉬딜 못했디 않나?"

"기딴 건 걱뎡 말라. 나보다 왕자래 더 급하디 않네? 여긴 사람들 왕래가 댲은 곳이라 눈도 많고, 혹시나 나쁜 기운이라도 더치믄 안 되디 않네? 기러니 일각이라도 지체할 수 없디 않갔나?"

병택은 할 말이 없었다. 장사를 하는 사람이라 그런지, 천성이 꼼꼼하고 섬세한 사람인지, 자기 말마따나 무범 왕자에게 목숨을 건 사람이라 그런지 혀를 내두르게 했다. 그런 그에게 무슨 말을 한단 말인가.

"알갔네. 같이 가세."

병택은 범석이 하자는 대로 따라 나섰다.

그런데 범석은 자기 집에서 얼마 떨어지지 않은 기와집 앞에서 발을 멈췄다. 이미 병택네가 살 집을 점찍어 놓고 있었던 듯했다.

"어떤가? 우리 집과 멀디도 않고, 큰 길과도 떨어뎌 있어 그만 아닌가? 집도 번듯하고 말일세."

"아닐세. 집이 너무 크네. 다른 데 가보세. 셋이 살 집인데 뭐 이릏게 큰 집을 얻는단 말인가? 세 칸이면 충분할 걸."

"그 무슨 당티 않은 소린가? 무범 왕자래 보통 사람이네? 마음 같아선 우리 집을 내드리고 싶디만 남의 눈이 있어 기러디 못하고 있는 긴데. 기러고…… 무범 왕자래 맨날 갓난아기가? 금방 클 거인데 기때마다 집을 옮길 생각이네? 기왕에 장만하는 집이니 널떡한 집으로 장만해둬야디."

"아무리 기래도? 이런 집을 사려면 돈도 이만뎌만 들디 않을 거 아닌가?"

"기것도 걱뎡 말게. 자네가 나한테 맡긴 패물 값으론 어림도 없디만 나한테 맡긴 자네 마음 값으론 사다가도 남네. 이까짓 집은 열 채를 사도 남을 기야."

"이 사람이 뎡말? 자넨 꼭 날 감격시켜야 딕성이 풀리네?"

"아니야. 자넨 달못 알아도 한탐 달못 알고 있어. 자네가 나한테 맡긴 마음 값으론 어림도 없다 하디 않았네. 그리고 내래 무범 왕자래 기가거화라 하디 않았네. 기런 기가거화를 함부로 할 순 없디 않나? 기러니 아무 걱뎡 말게."

그러더니 안에다 대고 사람을 불렀다. 안에서 사람이 나와 인사를 하는 품이 잘 아는 사람네 집인 듯했다.

안내를 받으며 사랑에 드니 잠시 후 주인이 들어왔다. 범석이 찾아왔다는 전갈을 받고 허겁지겁 달려온 듯했다.

"아니 어띠 된 일인가? 댱사 떠난디 얼마 안 되디 않았나?"

말하는 품으로 봐서 친구 사이인 것 같았다.

"기렇게 됐네. 기나뎌나 서로 인사들 나누게. 둘 다 내 친구들이니 이뎨 서로 친구로 지내세. 이똑은 얼마 뎐에 새로 맺은 친구 병택이고, 뎌똑은 내 불알친구 택기擇器네. 병택, 택기 기러고 보니 양택兩擇이구만 기래. 허허허, 기래 양택이야."

범석은 새로운 친구를 소개하는 게 아니라 오래된 친구를 다시 연결이라도 하듯 두 사람을 짝지었다.

"반갑습네다. 빛날 병 자에 고를 택 잘 쓰는 병택이라 합네."

병택이 먼저 정중하게 인사를 했다. 그러자 상대도 정중하게 인사를 받았다.

"기렇습네까? 저 또한 고를 택 자에 그릇 기 잘 쓰는 택기라고 합네다."

그렇게 수인사하자 범석이 바로 받아쳤다.

"벋끼리 너무 격식 탸리는 거 아니네? 내래 격식 따디는 사람이 제일로 싫어야. 기냥 벋으로 디내라."

그러자 두 사람은 엷게 웃었다. 처음 보는 사이인데도 범석의 중재에 경계심이 허물어지는 듯했다.

그렇게 인사를 마치고 서로의 안부를 묻고 답하던 범석이 드디어 찾아온 이유를 꺼냈다.

"기나더나…… 내래 오늘 탖아온 이유는 자네 집을 뺏기 위해서네."

"?…… 자네가 이 집을 뺏겠다믄 곡절이 있을 터?"

택기가 궁금하다는 표정으로 범석을 쳐다보았다. 병택과 관련이 있겠다 싶은지 병택의 얼굴도 훑었다.

"곡절은 무슨 곡절? 기냥 자넬 한겨울 길거리에 내몰 생각이디. 기러니 오늘이라도 딤을 싸게."

범석은 거침이 없었다. 마치 자기네 집을 비워달라는 집주인의 콧대 높은 태도 그대로였다.

"기래. 자네가 딤을 싸라믄 싸야갔디. 긴데 뎡말 길거리로 내몰 생각이네?"

범석의 말에 답하는 택기의 태도도 이해하기 어려웠다. 자기네 집을 내놓으라는데도 농을 하고 있었다. 병택은 그런 두 친구의 대화가 낯설었기에 가만히 듣기만 했다. 아니, 낯설었기에 어떻게 끝을 맺는지 보려고 입을 다물고 있었다.

"중골(마을 중앙부에 있는 고을)로 옮기게. 자네 그 집을 갖고 싶어 안달복달하디 않았나? 이 기회에 거기로 옮기게."

"기, 기게 뎡말인가? 그 집을 나한테 팔갔나?"

"이런 빙퉁이가 어딨어? 팔긴 왜 팔아? 거기 가 살라는데도."

"기럼 이 집과 바꾸댠 말인가?"

"거 탐 말귀래 어둡구만 기래. 바꾸는 게 아니라 그 집에 가서 살라니깐 기러네. 내래 이 집이 필요해서 기렇다고."

"고맙네, 범석이. 내래 이 은혜 잊디 않갔네."

택기가 절이라도 할 듯 기뻐했다. 말하는 품새로 보아 택기는 오래 전부터 그 집을 갖고 싶어 했고, 그 마음을 읽은 범석이 병택네가 살 집을 생각하다 택기에게 자기 소유의 저택을 넘기는 듯했다.

"댜, 담시만 기다리게. 이럴 게 아니라 마누라한테 자랑딜 돔 해야갔네. 마누라가 놀라 댜빠딜 걸세."

그러더니 서둘러 방을 나섰다. 그리곤 곧 밖에서 택기의 흥분된 목소리가 들려왔다.

"여보, 마누라! 나와 보라. 날래 나와 보라고."

그 소리를 들으며 범석이 병택을 향해 웃었다. 이제 됐네? 하는 웃음이었다. 그런 웃음에 병택이 할 수 있는 일이란 없었다. 그냥 떨떠름한 웃음으로 화답하는 수밖에.

12

그로부터 닷새 만에 병택은 새 집에 들었다.

택기는 그날로 짐을 싸서 다다음날 이사를 갔고, 이틀 동안 집 정리를 마치자마자 병택네가 새 집으로 이사했다.

큰 길에서 조금 들어간, 골목 안쪽의 기와집이었는데 안채와 사랑채, 행랑채까지 갖춘 큰 집이었다. 안채에 방이 넷이고, 사랑채에 방이 셋, 행랑채에 둘까지 합치면 모두 아홉 칸이었다. 상인네가 살던 집이라 그런지 집 뒤쪽에 곳간도 별도로 크게 지어져 있었다. 세 사람이 살기에는 커도 너무 큰 집이었다.

그런데 막상 병택네가 살려고 가보니 집이 확 좁아져 있었다. 범석이 방마다 별의별 살림을 다 갖춰놨고, 행랑채엔 벌써 두 집 살림이나 들어와 있었다. 집을 관리할 행랑아범과 살림을 맡아할 식모의 식솔들이었다.

"이거 왜 이러네? 아듀 여기 붙댑아 둘 생각이네?"

"내래 붙댑기는 왜 붙댑아? 하루를 살아도 제대로 살아야디. 기러니 마음 푹 놓고 살라. 마음 같아선……."

"됐네, 이 사람아. 또 무슨 헛덧을 하래고?"

"기렇디? 기러니 딴말 말고 기냥 살라."

"고맙네. 난 자넬 볼 때마다 무슨 복이 있어 자네 같은 사람을 만나게 됐는지 늘 궁금하네. 아니, 꿈만 같아 댜꾸 불안하네."

"헛소리 하디 말라. 기나뎌나…… 유모완 어뚷할 거간?"

"어뚷하다니?"

"아, 아니야. 다 알아서 하갔디. 긴데 남들 눈도 있으니 이 기회에……."

병택은 범석의 말을 자르며 소리를 질렀다.

"닶소리 딥어티우라. 내래 엄연히 처자식이 있는 몸이야."

"알디, 와 모르갔네. 기렇디만 남들이 이상하게 생각하디 않갔네?"

"뉘기래 우리 집이래 들여다 볼라고 자네가 보낸 뎌 사람들 입막음이나 단단히 해두게."

"기건 걱뎡 안 해도 되네. 기런 사람들을 튜렸고, 단단히 일러두기도 했으니낀."

"알갔네. 나도 기리 알고 마음 편하게 디내갔네."

"그러게. 긴데 사랑이래 너무 돕아서 괜찮갔나?"

"누 올 사람 있다고?"

"기래도…… 사랑이 넓어야 사람들을 만나디."

"아니네. 난 왕잘 키우고 가르티는데 전력을 쏟을 생각이네. 기러니 기렇게 알고 있게. 어뎌면 앞으로 자넬 만나기 힘들디도 모르네. 야속하다 생각 말게."

병택은 범석이 섭섭해 할지도 모른다는 생각에 자신의 뜻을 미리 알렸다. 왕자와 자신의 정체를 들키지 않기 위해서 바깥출입을 삼가고, 오로지 왕자 보육에만 신경을 쓰고 싶었다. 그것이 자신에게 주어진 임무였기 때문이었다.

그 후 병택은 바깥출입을 자제하며 왕자 보육에 신경을 쏟았다. 물론 유모가 있어서 병택이 할 일은 거의 없었지만 모든 신경을 왕자에게 쏟았다. 그 덕인지 왕자는 크고 작은 병 없이 잘 자라 주었다.

백일을 무사히 넘기고 돌도 큰 탈 없이 넘기자 병택은 왕자를 넘겨받았다. 젖을 뗐으니 유모보다는 자신이 교육을 시키기 위해서였다. 유모의 품보다 자신의 품에서 남자로, 왕자로 교육을 시키기 위해서였다. 무장으로 산다고 바빠서 자식들에게 아비 노릇도 제대로 못해 줬으나 왕자에게만큼은 아비 노릇 제대로 해주고 싶어 거의 모든 시간을 왕자와 함께 보냈다. 왕자는 의붓아비의 땀을 먹고 잘 자라주었다.

세 살이 지나자마자 왕자에게 글을 익히게 했다. 병택은 왕자에게 본보기를 보이기 위해 책 읽는 일도 게을리 하지 않았다. 말로 하는 교육보다 보여주는 교육이 훨씬 효과적일 것이란 생각 때문이었다.

병택은 주로 역사책을 읽었다. 중국의 역사가 아닌 우리 역사, 조선의 역사를 주로 읽었다. 그리고 읽고 난 책은 하나도 버리지 않고 쌓아두었다. 왕자에게 물려주기 위해서였다. 결국 자신이 역사를 읽는 것은 왕자를 위해 읽는 것이니까.

그러는 중에도 범석, 택기와 가끔 어울리기도 했다. 장사를 다녀오면 빈손으로 오지 않는 두 사람에게 고마움을 표하기 위해서도 했지만 다양한 곳에서 물어오는 정보를 수합하기 위해서이기도 했다. 두 사람은 병택의 물주이면서 정보원이기도 했다.

13

개관사정蓋棺事定이란 말이 있다. 관 뚜껑을 덮고 나서야 그 사람의 인간됨을 비로소 평가할 수 있고 진면목을 알 수 있다는 말이다. 나라도 마찬가지였다. 종묘의 문을 닫고 나서야 비로소 그 나라를 제대로 평가할 수 있기 때문이다.

그런데 낙랑국 멸망에는 '부끄러운'이란 수식어가 꼭 붙어 다녔다. 호동에게 농락당한 궁주의 무모하고 극단적인 행동으로 인해 멸망했기 때문에 붙어 다니는 수식어였다. 그만큼 전혀 예상할 수 없었던 순간에, 충격적으로, 멸망해버렸기 때문에 꼭 '부끄러운 멸망'이라 하고 있었다. 사랑에 눈먼 궁주의 얼빠진 행동이 자명고각을 무너트리고, 200년 넘는 역사를 가진 낙랑국을 하루아침에 멸망시켜버렸다는 뜻을 내포하고 있었다. 역사란 그렇게 냉혹한 것이었다.

임진년(壬辰年. 서기 32년) 10월, 고구려군이 도성으로 밀려들자 왕은 자명고각이 제대로 작동하지 않았음을 알았다. 그러나 어쩔 수가 없었다. 고구려군이 도성까지 왔다면 이제 더 이상 방법이 없다는 사실을 왕은 그 누구보다 잘 알고 있었다. 군사적인 면에서나 국력 면에서 고구려는 낙랑이 겨룰 수 있는 상대가 아니었다. 그래서 200여 년 전 평양으로 도읍을 옮기자마자 자명고각 체제를 갖추기 위해 모든 국력을 쏟아 부었던 것이었다. 그리고 엄청난 재화와 인력을 쏟아 부은 지 50년 만에 자명고각 체제를 갖출 수 있었다.

자명고각은 적이 침입했을 때 자동적으로 울리는 북과 나팔이 아니었다. 그런 북과 나팔은 있을 수 없었다. 자명고각은 적국을 기만하기 위해 붙인 명칭으로, 낙랑국 특유의 방어체제를 지칭하는 말이었다.

자명고각의 핵심은 적국 깊숙이 첩자를 파견하여 그들로부터 적국의 동태를 파악하는 것이었다. 첩자들이 보고하는 다양한 첩보를 다양한 경로로 진위 파악한 후, 정제된 정보를 얻어내는 게 첫 단계였다. 낙랑은 첩자를 양성하기 위해 엄청난 공을 들였다. 다른 나라에서는 상상도 할 수 없을 정도로 정교한 교육을 시키는 것은 말할 필요도 없고. 그렇게 파견한 첩자가 적국에 스며들어 첩보를 입수하는 한편, 필요에 따라서는 현지에서 첩자 교육을 시켜 첩자를 키워내기도 했다. 하여 낙랑에서 파견한 첩자가 없는 나라는 없을 정도였다.

그렇게 정제된 정보를 바탕으로 적국 요인要人들을 움직이는 것이 두 번째 단계였다. 적국 궁궐 안에서 전쟁이 발발할 수 있는 요소들을 사전에 제거하고, 포섭한 적국의 요인들을 움직여 사전에 조율하게 했다. 그도 저도 불가능할 경우에는 전쟁의 핵심 인물들을 사전에 암살하기도 했다. 엄청난 재화를 쏟아 부어야 했지만 전쟁 비용보다는 덜 들었고, 전쟁으로 인한 인명손실이나 재건비용보다는 쌌다. 그래서 막대한 돈을 2단계에서 쏟아 부어 전쟁을 막는 데 최선을 다했다.

그것이 용의치 않을 때는 적국에 대항할 만한 나라를 움직이는 게 세 번째 단계였다. 치열한 외교전으로, 낙랑을 공격하려는 나라와 적대 관계에 있거나 낙랑과 우호적인 나라를 움직여 전쟁을 억제하는 것이었다. 이 또한 엄청난 재화와 노력이 필요했고, 성공 여부도 불투명했지만 전쟁보다는 나았기에 포기할 수 없는 방법이었다.

그마저 어그러졌을 때는 공격 날짜와 인원, 경로 등을 사전에 철저히 파악하여 전쟁에 대비했다. 그렇게 함으로써 적군의 공격 의욕을 차단하는 동시에 전쟁을 국지전으로 종결지어 피해를 최소화했다. 이것이 네 번째 단계였다.

자명고각의 다섯 번째는 신속한 통신체계확립이었다. 적군이 침입하면 즉각 도성에 알리는 체계를 확립했다. 변방이나 도성에서 멀리 떨어진 곳에서는 봉화나 봉수로 알리고, 도성과 인접한 곳에서는 북과 나팔로 전쟁을 알리는 것이었다. 그렇게 함으로써 즉각적인 대응을 할 수 있었다.

그리고 자명고각의 마지막 단계는 전쟁 대비 훈련이었다. 주기적, 비주기적으로 백성들에게 전쟁 대비 훈련을 시켰다. 전쟁에 대한 경각심을 높이고, 반복 훈련을 통해 상황 발생시 대처 요령을 몸에 익혀두게 했다. 또한 군사들뿐만 아니라 일반백성들도 군사들에 준하는 훈련을 시킴과 동시에 군사 조직으로 편성해둠으로써 전쟁 발발 시는 즉각적으로 군사로 편성할 수 있게 했다.

이게 바로 자명고각이었다. 그 덕에 낙랑은 부여, 고구려, 백제, 삼한과 같은 대국들 틈바구니에 끼어 있으면서도 200년 넘게 나라를 지킬 수 있었고 강소국의 지위를 유지할 수 있었다.

그런데 웬일인지 임진년엔 그 자명고각이 울리지 않았다. 그 결과 고구려군이 순식간에 쳐들어 왔고 왕은 백기를 들고 무릎을 꿇을 수밖에 없었다. 왕을 비롯하여 왕족과 고관 및 장군들의 목숨을 담보로 종묘사직과 백성들을 구해내야 했다.

무조건 항복한 낙랑국왕 최리를 어여삐 봤는지 전쟁광戰爭狂 무휼無恤은 낙랑국을 멸하지 않고 보전해줬다. 낙랑을 고구려에 예속

시키기로 하고 군사를 돌린 것이었다. 그렇게 고구려군이 물러가고 난 후에야 자명고각이 울리지 않은 이유를 알게 되는데, 바로 호동과 궁주 때문이었다.

궁주가 끝까지 입을 다물어 버려서, 어떻게 궁주가 고구려에 파견된 첩자들을 알아냈고, 낙랑국과 내통하는 고구려의 요인들을 가려냈고, 자명고각을 무력화시켰는지 알 수 없었다. 그러나 궁주를 통해 그 사실이 호동에게 알려졌고, 호동은 그 사실을 고구려에 보고함으로써 자명고각이 제때, 제대로 작동하지 않았던 것이었다. 결국 사랑에 눈먼 궁주가 자명고각을 파괴해 버린 셈이었다.

낙랑국왕 최리는 허탈할 수밖에 없었다. 아들을 잘못 두었다 나라가 망하는 경우는 종종 있어도 딸자식 때문에 나라가 망할 줄 누가 알았겠는가? 적국의 왕자를 탐한 결과가 이렇게 엄청난 결과를 초래할 줄 어떻게 알았겠는가?

그러고 보면 호동이 의도적으로 궁주에게 접근한 것이 분명했다. 그런 시커먼 속도 모르고 궁주와 혼인시킨 왕이 바보였다. 고구려와의 우호를 증진시킬 목적으로 호동을 사위로 맞은 게 과욕이었다. 미소년 같이 곱고 섬세한 얼굴에 그런 간악함을 품고 있을 줄은 꿈에도 몰랐던 것이었다. 개국초부터 보여온 고구려의 정복 근성을 간파했어야 했는데 그걸 간과한 왕이 어리석었던 것이었다.

고구려는 개국초부터 정복 전쟁을 통하여 자신들의 영토를 확장하고 있었다. 추모(鄒牟. 고구려 시조 동명왕) 때부터 아예 국시를 '다물多勿'로 정해놓고 '조선의 옛 땅을 회복하겠다'는 의지를 다져왔다.

조선의 거수국에서 독립한 열국은 고구려가 조선의 옛 영토를 회복하겠다는 의지를 높이 사기까지 했었다. 고구려가 공략하고자 하는 나라는 열국이 아니라, 스스로 세상의 중앙에 있는 나라라고 하여 중국中國이라고 칭하는 한나라였기 때문이었다. 자신들은 비록 힘이 없어 그런 위대한 꿈을 꿀 수 없지만, 한나라를 공격해 조선의 실지失地를 회복한다면 자신들에게도 나쁠 게 없었다. 위대한 조선을 다시 꿈꿀 수 있을지도 모르기 때문이었다.

그런데 영토 확장의 꿈은 유리琉璃를 거쳐 그의 셋째아들 무휼無恤이 왕위에 오르자 변질되기 시작했다. 무휼은 잃어버린 조선의 옛 영토를 되찾기 위해서 전쟁을 일으키는 게 아니라, 무력으로 열국을 침략하여 자국의 영토 확장을 꾀했다. 전쟁 준비를 마친 무휼은 드디어 등극 9년 만에 개마국蓋馬國을 정벌하더니 남쪽으로 눈을 돌려 호시탐탐 낙랑을 노리기 시작했다.

그러나 낙랑은 비록 소국이었지만 자명고각이 있어서 그리 호락호락하게 넘볼 수 없었다. 자명고각을 없애지 않은 한 낙랑을 도모할 수 없다는 사실을 누구보다 무휼이 잘 알고 있었다.

그래서 우회전법을 사용했던 것이었다. 매력적이고 호남인 자신의 조카 호동을 이용하여 자명고의 비밀을 캐내기로 했던 것이었다. 그걸 알 리 없는 낙랑왕 최리는 고구려와의 관계 개선을 위해 호동을 사위로 맞았다. 그런데, 그게 오히려 화근이 되어 고구려의 침략을 맞게 되었고, 나라가 망했으니 역사상 유례가 없는 일이었다.

낙랑국왕 최리가 고구려에게 항복함으로써 낙랑은 공식적으로 멸망했다. 그리고 고구려는 최리를 비롯하여 그 가족들과 왕족, 고위관리 등을 고구려로 끌고 감으로써 낙랑국의 멸망을 공식화했다.

그러나 낙랑은 망한 것이 아니었다. 백성들은 전쟁다운 전쟁도

해보지 못한 낙랑의 멸망을 인정할 수가 없었던 것이었다. 국왕을 비롯한 왕족들과 고위관리, 장수들이 고구려에 끌려가고 얼마 없어 백성들이 들고 일어섰다. 낙랑의 부흥을 위해 의병을 일으킨 것이었다. 그러나 정신적 지주가 없는 의병 활동은 한계가 있을 수밖에 없었으니, 국왕 최리가 항복하던 날 궁에서 피신시킨 왕자를 모셔다 왕으로 옹립하자는 여론이 들끓고 있었다. 그러나 왕자가 어디 있는지 알 길 없으니 그야말로 그림의 떡이라 할 수 있었다.

14

구심점을 찾지 못한 낙랑 부흥운동은 공전만 계속했다.

왕과 왕족들, 고위관리며 무관 등 핵심인사들 대부분이 고구려에 끌려갔고, 왕족이 몇 남아있었지만 친고구려 성향이라 민심을 끌어 모으기에는 역부족이었다. 그러다 보니 우후죽순처럼 의병들이 일어났지만 대고구려 투쟁에는 한계가 있었다. 전국의 의병 세력을 하나로 통합하지 못하는 한 고구려에 대항한다는 건 계란으로 바위치기나 다름없었다. 몇 차례의 실패를 타산지석으로 삼아 하나의 세력으로 규합해 보려 했지만 정통성 문제로 격렬 되었고, 그런 후에는 내부적 암투로 번지기 일쑤였다. 의병 세력 통합에 더 많은 피를 흘려야 했다.

고구려와의 대항은 하지도 못한 채 부흥 세력 간에 암투가 계속되어 자객과 암살단이 난무했고, 가끔은 의병들끼리 전투가 벌어져 많은 인명이 살상되기도 했다. 한 마디로 낙랑은 고구려와 싸움 때문이 아니라 주도권을 잡기 위한 싸움으로 혼란을 겪고 있었다.

범석은 장사를 위해 돌아다니며 각지에서 수합한 이런 정보들을 병택에게 알렸다.

"이대로 기냥 뒀다간 낙랑이 남아나딜 않갔어. 어뜷게 해야 하디 않갔네?"

범석은 시간이 날 때마다 낙랑을 화제로 올렸다. 오늘도 몇 달 만에 산동으로 돌아온 범석은 제일 먼저 병택을 찾았다. 장거리 무역으로 피곤한 몸을 쉬고 싶었지만 낙랑의 현 상황을 병택에게 알려야 할 것 같아 짐도 다 풀기 전에 병택을 찾아갔던 것이었다.

낙랑 소식을 얼마간 전하고 나서 걱정을 실어 물었으나 병택은 묵묵부답이었다. 조용히 듣기만 했다. 낙랑 사정을 자세히, 하나도 빠짐없이 알아봐 달라고 부탁한 이유를 모를 정도였다. 마치 속앓이를 하기 위해 낙랑의 사정을 듣는 것처럼 느껴졌다.

하기야 지금 당장 병택이 할 수 있는 일이란 없었다. 망명인인 그가 할 수 있는 일이란 고작 고국의 상황을 알아보는 일 외에는 없을 것이었다. 그렇다고 이제 겨우 여섯 살 난 무범 왕자를 부흥운동에 내세울 수는 없을 것이었다. 그건 자신뿐만 아니라 왕자까지 죽이는 결과를 초래할 뿐일 테니까.

안 그래도 정통성 문제로 살생이 자행되는 낙랑에 왕자의 존재를 알린다는 건 무범 왕자를 죽이라는 말이나 다름없었다. 왕자가 철이 들어 모든 결정을 내릴 수 있다면 낙랑 부흥을 위해 몸을 바칠 수도 있었다. 그리만 할 수 있다면 실패한다 해도 의미 있는 일이요, 성공한다면 낙랑을 재건할 수도 있었다. 그러나 무범 왕자는 아직 나라는 고사하고 제 몸도 제대로 가누지 코흘리개였다. 그런 무범 왕자를 내세울 수 없는 병택인지라 할 일이 없는 거나 마찬가지였다.

"곧 도용해디갔디."

"……?"

"고구려가 노렸던 게 바로 이거였거든. 내·부·분·란. 그러니 이
데 곧 군사를 이끌고 가서 낙랑을 쑥대밭으로 만들어 버리갔디."

병택은 천장을 바라보며 무언가를 정리하는 듯하더니 그간 가슴
속에 감춰뒀던 말들을 꺼내놓았다.

고구려는 진즉부터 낙랑을 노려왔다. 눈엣가시였으니까. 대륙에
뿌리를 두고 있으면서 삼한에 끼여있는 백제와 신라가 호시탐탐
북방 진출을 꾀하고 있어 어떻게든 두 나라를 제어해야 하는데, 낙
랑이 평양 지역을 차지하고 있어 백제나 신라를 효과적으로 제어할
수 없었다. 거기다 낙랑은 자명고각을 가지고 있어서 함부로 넘볼
수도 없었다. 낙랑을 잘못 건드렸다간 부여나 예가 가만히 있지 않
을 것이고, 특히 신라와 백제는 바로 전쟁을 개시할 것이었다. 그러
니 자명고각을 없애 쥐도 새도 모르게 낙랑을 정복하는 수밖에 다
른 방도가 없었다.

그런데 낙랑에서 먼저 호동과의 혼사를 타진해 왔다. 천재일우였
다. 조선의 후예국들은 서옥제(壻屋制. 데릴사위제)의 전통을 따르고
있으니 호동이 장가들면 삼 년을 낙랑에서 살게 될 테고, 그때 자명
고각의 비밀을 알아내게 되면 낙랑은 손에 쥔 떡이나 다름없었다.

그렇게 호동을 첩자로 이용해 자명고각의 비밀을 알아낸 고구려
는 궁주를 통해 고구려에 있는 첩자와 요인들을 알아냈고 비밀리
제거했다. 그리고 자명고각의 체제를 역이용해 낙랑에 첩자를 보내
는 한편, 낙랑의 요인들을 매수했다.

첩자들과 매국노의 도움으로 눈 깜작할 새에 도성을 공격, 무조건적 항복을 받아냈다. 무혈입성이었다. 그런데 무휼은 낙랑의 항복을 받아내긴 했지만 다른 나라들을 의식하지 않을 수 없었다. 군사들을 낙랑에 오래 주둔시켰다간 열국들이 가만히 있지 않을 것이었다. 특히 낭랑 정복의 주역인 을지광이 그런 이유를 들어 하루라도 빨리 철군해야 한다고 소를 올리는 통에 무휼도 어쩔 수 없었다. 결국 왕과 왕족, 고위관리와 장수들만 고구려로 끌고 가버림으로써 사실상 낙랑을 멸망시켜 버린 것. 그러나 다른 나라의 눈이 있고, 낙랑 백성들의 반발을 의식해서 종묘사직을 보전해주었다. 너무나 인도적(?)이고 정당한 방법(?)으로 낙랑을 접수해버린 것이었다.

그러나 고구려가 그냥 물러갈 리 없었다. 고구려는 미리 심어둔 첩자들과 매국노들을 통해 낙랑 상황을 낱낱이 파악하고 있었다. 그러면서 내부혼란이 가중되기만을 기다리고 있었다. 첩자와 매국노들을 부추겨 내부혼란을 조장하기까지 했다.

그런 고구려의 음험한 계략도 모르고 뜻있는 인사들이 의병을 일으켰으나 그 효과는 크지 못했다. 구심점이 없는 의병은 전국적으로 확산되지 못 했을뿐더러 고구려와 직접적인 싸움을 할 수 없었기 때문이었다. 고구려와 싸움을 하려면 왕에 버금가는 구심점 내지는 영도자가 필요했고 그래야 고구려와 전쟁을 벌일 수 있었다. 그러나 낙랑에 그런 사람이 있을 리 없었다. 그 결과, 고구려가 노리는 대로 자중지란自中之亂만 반복되고 있었다.

"이데 얼마 없어 고구려는 낙랑의 내부 분란 및 사회 혼란을 정리한다는 명목으로 군대를 파견해 낙랑을 쑥대밭으로 만들어 버리갔디."

병택의 말에 범석은 서늘한 기운이 온몸을 엄습하는 것 같았다. 그러저런 상황을 파악하기 위해 지금껏 정보를 수집했고, 그 정보를 바탕으로 천 리 밖에 있으면서도 낙랑의 앞날을 내다보는 병택이 문득 두려웠다. 그러나 그보다 고구려의 그런 의도를 감지하지 못했던 자신이 수치스러워 온몸이 차갑게 굳어지고 있었다.

그리고 그런 병택의 예상이 맞았음을 증명이라도 하듯 고구려는 낙랑을 급습하여 멸망시켜 버렸다. 멸망시키는 정도가 아니라 아예 낙랑국 자체를 파괴하여 없애 버렸다. 병택과 얘기를 나눈지 얼마 후인 그해, 정유(丁酉. 서기 37)년 초겨울의 일이었다.

비밀을 알게 되고

15

무예 수련에 냉수마찰까지 마친 무범은 방으로 들어가 책상에 앉았다. 아침 일찍 기상하여 정해진 일과에 따라 무예 수련을 마쳤으니 맑은 정신으로 책을 읽으려는 것이었다.

책상에 앉아 어제 읽던 『여씨춘추呂氏春秋』을 읽으려다 책장을 바라보니 책장에 안 보던 책들이 쌓여 있었다. 아버지가 새 책을 갖다 놓은 모양이었다.

무범은 자리에서 일어서 책장으로 갔다. 그리고 맨 위에 있는 책을 펼쳤다. 죽간이 펼쳐지며 낭랑한 소리를 냈다. 새 책이었다. 그런데 제목을 보니 『유기留記』였다.

무범은 가슴이 뛰기 시작했다. 『유기』라면 고구려를 건국하자마자 환국桓國과 조선의 역사를 100권으로 집대성한 역사책이 아닌가. 태학 박사들을 총동원하여 20여 년 넘게 다듬고 다듬어 완성한 한민족 최고의 역사서. 그래서 벌써부터 읽고 싶었으나 좀처럼 구할 수 없어 이제껏 미뤄두고 있었는데 아버지가 어렵게 구한 모양이었다.

무범은 선 채로 바로 책을 읽기 시작했다. 갓 지은 따끈따끈한 밥맛도 좋지만 어렵게 구한 책을 바로 읽는 것도 그에 못지않았다. 먹 냄새와 대나무 향이 진하게 남아있는 노란 색깔의 책을 읽는 건 새벽 공기를 마시며 몸을 단련하는 기쁨 못지않았고, 힘든 수련을 마친 후에 마시는 한 바가지 물만큼이나 달면서도 시원한 것이었다.

그렇게 선 채로 책을 읽다가 무범은 고개를 들었다. 권수를 보니 전질이 아닌 것 같았다. 무범은 읽던 책을 접어놓고 책들을 살펴보았다. 아니나 다를까. 『유기』는 20권뿐이었고 나머지는 중국과 낙랑 관련 책들이었다.

아버지는 책을 구입할 때 일정한 비율로 구입해왔다. 낙랑, 환국과 조선, 중국 관련 책을 1 : 1 : 1 비율로 맞추고 있었다. 이번에도 마찬가지였다. 중국 관련 서적은 『한비자韓非子』 하나뿐이고 나머지는 『유기』를 비롯해 모두 조선과 낙랑 관련 책들이었다.

무범은 아버지에게서 많은 얘기를 들었다. 기억할 수 없는 어린 시절부터 이어진 아버지의 이야기는 모두 그의 선조에 대한 이야기였고, 조국 낙랑에 대한 얘기였다. 글을 익히기 훨씬 전부터 아버지로부터 그런 이야기를 들었다. 혹시나 잊어버릴까봐, 글을 익히기 전에 무슨 일이라도 생길까봐 그랬는지 아버지는 집요하게 선조들과 조국에 대해 들려주었다. 하도 자주 들어서 다 암기할 정도였다.

그리고 글을 익히자마자 낙랑국 역사에 대한 책들을 읽게 했다. 거의 아버지에게서 들은 이야기라 내용을 이해하는 데 어려움이 없었고, 그걸 새기는 데도 오랜 시간이 걸리지 않았다. 열 살이 조금

넘었을 때 그는 낙랑국의 역사와 선조들의 이야기를 다 암기할 수 있을 정도가 됐다. 그런데도 아버지는 줄기차게 1 : 1 : 1의 비율을 지키고 있었다.

무범은 아버지가 그러는 이유를 너무나 잘 알고 있었다. 자신의 뿌리를 결코 잊지 말라는, 잊어서는 안 된다는 무언의 훈계임을.

무범은 그런 아버지의 뜻을 무겁게 새기며 『유기』를 들고 책상으로 돌아왔다. 기왕 읽던 『여씨춘추』를 읽은 후 읽을 생각으로 책상 한쪽에 내려놓고 펼쳐진 책을 다시 읽기 시작했다.

그렇게 한 시진쯤 지났을까? 헛기침 소리에 눈을 드니 아버지가 방 앞에 서 있었다.

무범은 일어나 아버지를 맞았다.

"기침하셨습네까? 어서 오시디요."

무범은 평소처럼 아버지를 대했는데 아버지 행동이 이상했다. 당신을 맞이하는 무범을 말렸고, 무범이 방으로 맞아들였는데도 자리에 앉으려 하지 않았다. 그 정도가 아니라 무범을 상석에 앉히더니 무릎까지 꿇었다.

"아바디 와 이러십네까?"

무범이 놀라 물었다.

"대관절 무슨 일이길래 이러는 겁네까?"

무범이 재우쳐 물었다. 그러는데도 아버지는 공손하게 절을 하려고 했다. 무범이 말리자 아버지가 말했다.

"뎔을 드리고 난 후에 말씀드릴 테니 뎔 먼텀 받으십시오."

무범은 어리둥절, 안절부절, 갈피를 잡을 수 없었다. 장난이라면 너무 지나친 장난이었다.

그러나 아버지는 그럴 분은 아니었다. 지금껏 지켜본 아버지는 아들을 데리고 장난을 치실 분이 아니었다. 그런 분이 이럴 때는 그만한 곡절이 있을 터였다. 지금껏 한 번도 입지 않았던 군복을 입은 것도 그와 관련이 있는 듯했다. 하여 무범도 맞절로 아버지의 절을 받았다.

절을 마치고 다시 무릎을 꿇어앉더니 아버지가 심각한 목소리로 말을 시작했다.

"전하, 소장은 전하의 아바디가 아니라 신하입네."

"……?"

"물론, 당황스럽고 믿기지 않갔디만 이 모든 게 사실입네. 소장은 선왕 전하의 명에 따라 전하를 보호하고 뫼셔온 신하일 뿐입네다."

"이게 무슨 말이고 무슨 일입네까? 농이라면 예발 관두시라요."

무범은 덜컥 겁이 났다. 아버지를 막고 싶었다. 그러나 아버지를 막을 수는 없었다. 이미 작정을 했는지 한 번 입을 연 아버지는 오늘이 아니면 안 되는 것처럼 그간의 사연을 소상하게 전했다. 그런 후에 이런 말로 마무리를 지었다.

"소장이 역할은 여기까딘 것 같습네. 기러니 이데 전하께서 모든 결정을 내리시고, 소장에게 명을 내리십시오. 소장, 뼈가 가루가 되는 한이 있어도 전하를 곁에서 모시갔습네."

무범은 울고 싶었다. 하루아침에 그간 믿고 의지했던 아버지를 잃게 된 것도 그렇지만, 자신이 낙랑국의 마지막 왕자라는 사실이 서럽고 슬펐다. 자신이 고구려군에게 항복하기 직전 부왕이 빼돌린 왕자였고, 자신을 제외한 모든 가족들이 고구려군에게 참살되었다는 사실이 기가 막혔다. 펑펑 울고 싶었다.

그러나 그럴 수가 없었다. 아버지이자 신하요, 신하이자 아버지인 병택 장군이 엎드린 채 몸으로 말하고 있었다. 값싼 눈물로 가족들과 낙랑을 위로하려 해서는 안 된다고. 왕자로서 체통과 권위를 지키라고. 해서 무범은 쏟아지는 울음을 참기 위해 이를 악물 수밖에 없었다.

그러고 보니 어려서부터 아버지의 행동이 이상하긴 했다. 엄하긴 했지만 다른 아버지와는 달리 반말을 하지 않았을 뿐 아니라 무범이 실수하거나 잘못을 해도 크게 나무라거나 꾸지람을 하지 않았다. 조용히 타이르거나 다음부터 그래서는 안 된다고 훈계만 했다. 매를 들 만한 일에도 매를 들지 않고 당신을 책망함으로써 무범 스스로가 잘못했다고 빌게 했다. 아버지의 그런 모습이 이상하기는 했으나 아버지의 교육 방식으로 여겨 별달리 보지 않았었다. 그런데 아버지가 아니라 신하였다니.

"싫습네다. 내래 아바디 아들이고, 아바진 내래 아바딥네다."

"억디 부리디 마십시오. 이데 모든 걸 데 댜리로 돌려놓아야 합네다. 기래야 벼리가 바로 서게 됩네다. 기러니 이데부터는 신하로 대하십시오."

무범은 어떻게 해야 좋을지 몰랐다. 평상시 막히는 일이나 문제들은 아버지한테 조언을 구하곤 했는데 아버지가 완강하게 나오니 물어볼 데도 없었다. 그렇다고 하루아침에 아버지를 신하로 대할 수는 없었다.

"기러믄 딘댝에 알려듀시던디…… 이미 몸에 배어버린 걸 어떠란 말입네까?"

무범은 화가 나서 쏘아붙였다. 그러면 아버지가 물러설 것 같았다. 아니, 집에서만큼이라도 부자지간을 유지할 것 같았다. 그러나 아버지는 달랐다.

"소장인들 어띠 진즉 알리고 싶디 않았갔습네까? 하루라도 빨리 어긋난 관계를 청산하고 싶었디요. 기런데 전하께서 혹시 발설이라도 할까봐, 충격과 혼란을 이기디 못하고 뛰쳐나가기라도 할까봐, 스스로를 방어할 능력도 없는데 신분이 알래디면 화라도 입을까봐, 무술 연마와 공부에 방해라도 될까봐 미루고 미뤄왔습네다. 기렇게 미루다 오늘에야 이런 사실을 알리는 건 이데 기런 염려가 없을 거라는 믿음이 섰기 때문입네다. 소장이 보기에 이데 전하께서는 스스로를 방어할 힘을 갖튜었고, 학문도 성숙했을 뿐 아니라 스스로를 통제하고 비밀을 디킬 수 있을 것이라 판단했기 때문입네다. 기러니 이데부터는 군신간으로 디내야 맞습네다."

아버지의 그런 이야기를 듣노라니 눈물이 앞을 가렸다. 그러나 마음껏 울 수도 눈물을 흘릴 수도 없었다. 여자에겐 눈물이 무기일 수 있지만 남자에게 눈물은 나약함의 다른 표현이라고 아버지한테 가르침을 받았기 때문만은 아니었다. 자신을 위해 젊음과 가족까지 다 버린 아버지 앞에서 흘리는 눈물은 너무나 값싼 눈물일 것 같았기 때문이었다.

"아바디의 삶은? 이데 아바디의 삶을 어디서 보상받을 겁네까? 아바디의 삶이 너무 가련하디 않습네까?"

"전하, 어띠 기런 말씀을 하십네까? 신하가 되어 주군을 모시는 게 신하의 도리이거늘 어띠 가련하다 하십네까? 소장은 전하를 받들고 보호하기 위한 도구에 불과합네다."

"도구라니요? 어띠 사람이 도구일 수 있습네까? 소자는 아바디께 기런 교육을 받은 덕이 없습네. 만인은 공평하고, 태어날 때부터 존귀한 존재라 가르티디 않았습네까? 기래서 모든 사람을 귀하게 여김은 물론 포용하라고 하디 않았습네까? 그런데 다른 사람도 아니고 아바디래 도구라니요? 아바디래 소자한테 거딧을 가르티고 망언이래 한 겁네까?"

"……."

"소잔 기렇게 못하갔습네다. 아무리 소자가 왕자고 아바디래 소자의 신하라 해도 소잔 기런 관계를 원티 않습네다. 소잔 못 들은 걸로 하갔습네다. 기러니 아바디도 기렇게 아시고 딕금껏 했던 대로 하시기 바랍네다."

"전하, 기건 있을 수 없는 일입네다. 어띠 군신지간을 부자지간으로 속인단 말입네까? 결단코 기럴 순 없습네다."

"기럼 아바딘 왜 딕금까디 소잘 속이셨습네까? 아바디도 딕금까디 소잘 달도 속여오디 않았습네까? 기러고 이 관계래 아바디와 오마니 그리고 소자밖에 모르는데 와 안 된다는 겁네까?"

"기건 이데 왕자로, 당당한 낙랑국 왕자로 나서야 하기 때문입네다. 지학志學을 디나 약관弱冠이신데 언데까디 소장의 아들로, 신분을 속이고 살 수는 없는 노릇 아닙네까? 소장, 오늘이 오기만을 학수고대하고 있었습네다."

"안 됩네다. 아니, 하기 싫습네다. 소자한테 뉘 있습네까? 오로디 아바디와 오마니뿐 아닙네까? 기런데 어뜧게……?"

"기래서 소장과 유모의 품에서 벗어나 세상으로 나가시라는 겁네다. 실기하믄 세상이 전하를 인정하디 않을디도 모릅네다. 기러니 이뎨 나서야 합네다."

"싫습네다, 싫다고요. 내래 부모도 조국도 다 잃었는데 이뎨 아바
디와 오마니까디 잃고 어띠 산단 말입네까? 기러니 기냥, 딕금껏텨
럼 삽세다, 예?"

"안 될 말씀입네다. 전하께서 이렇게 나오신다믄 소장과 유모가
선택할 길은 하나뿐입네다. 전하께 짐이 되디 않기 위해서……."

그러더니 품안에서 단도를 꺼내 놓으며 말했다.

"소장뿐 아니라 유모도 이미 듄비를 마친 상탭네다. 기러니 이뎨
전하께서 용단을 내리십시오."

무범은 무서워서 말을 할 수가 없었다. 이제 말 한 마디 잘못했다
가는 아버지를 잃는 수가 있었다. 아버지의 성정을 누구보다 잘 아
는 무범이 아닌가. 아버지는 지금 엄포를 주기 위해 행동하고 있지
않았다. 죽음을 각오하고 무범과 벼랑 끝에서 담판을 짓고 있었다.
그러니 아버지를 막으면 어머니가 위험했다. 어머니는 지금 모든
촉각을 곤두세우고 사랑 쪽 상황을 파악하고 있을 터였다. 또한 당
장은 두 분 중 한 분을 살릴 수 있다 해도 결국은 두 분 다 잃을
수밖에 없을 것이었다. 두 분은 이미 약속을 해두었을 테니 말이다.

무범은 이제 결단을 내려야 했다. 두 분을 한꺼번에 다 잃고는
살아갈 자신이 없었다. 그렇다면 방법은 하나뿐이었다. 군신간의
관계를 유지하면서 아버지와 어머니로 모시는 방법밖에 다른 선택
지가 없었다. 하여 무범은 대차게 나가기로 했다. 그래야 아버지가
다시는 자신 앞에서 이런 무례한(?) 행동을 하지 않을 것이었다.

"신하가 되어 주군 앞에서 듁음을 입에 담는단 말인가? 어서 칼
을 거두고 대죄待罪하디 못할까?"

무범은 눈물을 흘리며 소리를 질렀다. 그 눈물로 아버지와 어머니의 희생을 갚을 수는 없겠지만, 아버지와 어머니 앞에서 마지막으로 눈물을 마음껏 흘려보고 싶었다. 이제 더 이상 아버지와 어머니라 부를 수도 없고, 불러서도 안 될 것이기에.

"예, 전하. 소장을 둑여듀십시오."

아버지도 울고 있는지 어깨를 들썩이며 말을 맺었다. 그러자 무범은 엎드려 있는 아버지의 앞으로 무릎걸음으로 다가가 손을 잡으며 말했다.

"아바디, 마디막으로 소자 이름 부르며 한 번만 안아듀십시오. 더 이상 바라디 않갔습네다."

"아니 됩네다. 어띠 기런 망극한 말씀을 하십네까?"

아버지는 끝까지 버티려 했다. 그러나 무범도 물러설 수 없었다. 그런 의식이라도 치르지 않고서는 아버지를 놓아줄 수가 없었다. 나이가 들어선 한 번도 파고들어본 적 없는 아버지의 따뜻한 품을 파고들고 싶었다. 그 따뜻함을 가슴에 영원히 새겨두고 싶었다.

몇 번이나 거절하다 도저히 안 되겠다 싶었는지 드디어 아버지가 눈물을 그렁그렁 매단 채 무범아! 하며 끌어안았다. 무범은 아버지의 품을 파고들었다. 이제 더 이상 파고들 수 없는 아버지의 품은 너르고도 따뜻한 둥지였다. 그 둥지를 벗어나기 싫어 무범은 아버지를 꽉 껴안았다.

두 부자의 마지막 포옹은 그렇게 한 동안 지속됐다.

16

마지막 포옹을 끝으로 아버지는 신하로서 예를 갖췄다.

보는 사람이 없으니 당분간만이라도 예전처럼 지내도 될 텐데 그러질 않았다. 존댓말을 하는 정도가 아니라, 궁에서나 갖출 법한 몸가짐과 말로 무범을 극진히 대했다. 모든 사안을 무범과 상의함은 물론 모든 결정을 무범이 내리게 하여 당신은 무범의 명을 따르는 신하의 범위를 벗어나려 하지 않았다. 그리고 무범이 이제 해야 할 일들을 알려줬다.

과거 백제 땅이었던 산동반도, 특히 동쪽 끝 동래東萊에는 조선인들이 많이 거주하고 있었다. 조선의 몰락으로 대륙에 산재해있던 거수국들이 대부분 독립하여 열국을 형성했으나 그리 오래가지 못했다. 부여나 고구려와 같은 대국에 편입 흡수되거나 멸망당했다. 낙랑을 비롯하여 개마蓋馬, 구다句茶, 고죽孤竹, 발發, 비류沸流, 읍루挹婁, 양이良夷, 양주揚州, 예濊, 옥저沃沮, 유유, 조나藻那, 주나朱那, 청구靑丘, 추追, 해두海頭, 행인荇人 등이 대표적이라 할 수 있었다.

멸망한 나라의 백성들은 대부분 살육을 당했거나 잡혀서 노예가 됐지만, 일부는 이곳에 모여들었다. 해안을 따라오거나 바다를 건너 모여든 것이었다. 또 일부는 동쪽에 있는 왜국倭國으로 건너가기도 했다. 그러나 대부분의 유민들은 육로나 해로를 따라 이곳으로 몰려들었다. 언제든 마음만 먹으면 갈 수 있는 곳에 머물면서 고향으로 돌아갈 날을 기다리고 있었다.

그러나 그날이 언제일지 아무도 장담할 수 없었다. 뚜렷한 자본이나 기술, 생업이 없었기에 천한 일을 하면서 목숨을 연명하고 있었다. 그러다 보니 소란이 끊이지 않았고 살육이 만연해 있었다. 하루라도 조용히 지날라치면 오히려 불안할 정도였다.

또한 한漢나라가 재건-역사상 후한後漢을 말함-되면서 산동반도를 자기네 영역으로 편입시키기 위해 억지를 쓰고 있었다. 진秦나라 때부터 산동반도를 동래군東萊郡, 북해군北海郡, 낭야군琅邪郡, 교동국胶東國으로 나누어 자기네 땅인 양 주장하고 있었지만 이곳은 엄연히 백제 땅이자, 조선 강역이었다. 25만호 160만 명 중에 한족漢族은 겨우 20만도 될까 말까였다. 그것도 전국시대에 멸망한 나라의 백성들이나 진시왕의 폭정에 못 견딘 하회족들이 망명 차원에서 이곳으로 옮겨온 것이었다. 그런데도 한나라의 영토에 대한 욕심은 끝이 없었다.

특히 진왕秦王 정政이 대륙의 서남부 지역을 통합한 후 천하통일天下統一이란 용어를 사용하는가 하면, 자신을 시황제始皇帝라 칭하고 있었지만 턱도 없는 얘기였다. 치우천황蚩尤天皇과 황제黃帝의 탁록대전涿鹿大戰이 말해주고 있듯이 천하는 동서로 대분大分되어 있었고 단군천황 이후 조선제국의 대왕을 단군 또는 천황이라 부르고 있었으니 천하니 시황제니 하는 용어는 어불성설이었다.

그런데도 그들은 '천하'니 '황제'니 하는 용어를 공공연히 사용하고 있었다. 뿐인가. 자신들의 나라는 천하의 중앙에 있다고 중국中國이란 용어를 쓰고 있고, 천하 중앙에 있는 자신들의 나라는 번영을 누린다 하여 중화中和란 용어도 쓰고 있었다. 조선인을 동이족이라 부르며 깎아내리는 한편, 자신들을 높임으로써 조선에 대한 열등감을 만회해 보려고 갖은 애를 쓰고 있었다. 그런 자기중심적 사고는 자신들의 강역이 아닌 지역까지도 자신들의 강역인 양 군현의 이름을 부여하고, 실제로는 아무런 영향력도 행사하지 못하면서 마치 자신들이 모든 영향을 행사하는 것처럼 조작·왜곡하고 있었다. 그 대표적인 예가 바로 산동반도를 자기네 영토인 양 편입시켜 자기네 땅이라고 떠들어대는 것이었다.

이런 한나라의 태도는 공자의 춘추필법春秋筆法에서 유래된 것으로 볼 수 있었다. 춘추필법을 객관적인 사실에 입각하여 대의명분을 밝히는 역사 서술 방법이라고 좋게 해석하곤 하지만 그건 하회족의 관점일 뿐이었다. 자신들은 높이고 주변국을 깎아내리는 존화양이尊華攘夷, 자신들의 역사는 상세히 기록하되 주변국 역사는 대충 얼버무려버리는 상내약외詳內略外, 자신들의 약점이나 수치를 최대한 감추는 위국휘치爲國諱恥를 기본으로 삼는 게 하회족의 역사 기술 방법이었으니, 이는 춘추필법의 영향이라 할 수 있었다. 유·불리를 따져 자기들의 입맛에 맞게 확대·축소·포장하는 곡필을 서슴지 않고 있었다. 그 결과 한나라와 한인漢人 중심으로 모든 역사를 위조하기에 이르렀고, 그것이 마침내는 한인들의 사고방식을 규정하는 준거가 되기에 이른 것이었다. 한 마디로 한인들은 염치가 없고 부끄러움을 모르는 족속이 되어 버린 것이었다.

이런 상황이라 유민들을 통합하여 힘을 기르는 한편, 그릇된 역사를 바로 잡기 위해서라도 유민들을 통합하는 일에 착수해야 한다고 했다. 그러기 위해 필요한 사람들을 소개할 테니 만나보라고 했다.

아버지의 말을 듣는 순간, 아버지가 왜 역사를 강조했고 왜 사서史書를 읽으라 했는지 알 것 같았다. 또한 중국의 역사와 조선의 역사를 균등한 비율로 읽게 한 이유를 알 것 같았다. 바른 역사의식과 역사관을 가지라는 당부였고, 거기에서부터 출발하지 않고는 아무 것도 제대로 파악할 수 없을 뿐 아니라 아무 것도 제대로 이룰 수 없음을 진즉에 알고, 무범이 깨닫기를 바랐던 것이었다.

"내일은 사람을 둠 만나 보시갔습네까?"

무범의 비밀을 알려주고 열흘쯤 지났을까? 병택 장군이 무범에게 사람들을 만나보라고 권했다.

"사람이라니요?"

무범이 의아한 눈길로 병택 장군을 바라보자 병택 장군이 속내를 털어놓았다.

"딘닥에 전하를 알현하고 싶어 했디만 소장이 미뤄왔습네다. 그렇디만 더 이상 미루는 것도 도리가 아닐 것 같고……, 상황이 상황이라 전하의 의향을 여쭤보는 겁네다."

아무래도 그 사람을 만나게 할 요량으로 무범의 비밀을 알려준 모양이었다. 무범이 자신의 신분을 모르는 상태에서 그 사람을 만날 수는 없고, 그런 상황에서 그 사람을 만나봤자 아무런 의미가 없을 것이라 판단하여 수순을 밟아온 게 분명해 보였다. 그렇다면 병택 장군이 만나보라는 사람들 또한 예사 사람은 아닐 터였다. 진작부터 병택 장군과 친분관계가 있거나 교감을 나눠왔던 사람들일 것이었다.

"기렇디만 딕금은 아무런 둔비도 안 돼 있딜 않습네까?"

"기건 걱뎡 안 하셔도 될 것 같습네다. 소장이 판단하기에 전하께서는 듄비가 충분히 돼 있으니까요."

"제가 무슨 듄비가 됐다고 기럽네까?"

"듄비라는 게 딴 게 아닙네다. 조선과 거수국의 역사를 제대로 알고 계시고, 국내외 정세에 대한 안목은 이미 틔었으니 사람들을 만나도 큰 문제가 되디 않을 것이라 사료됩네다."

"기러다 결례를 범하거나 실수라도 하게 된다믄 낭패 아닙네까?"

"기것도 걱정 놓으시라요. 소장이 다 판단하고 권하는 것이니 기렇게 하시디요."

"거, 탐. 장군의 말이라 차마 거부할 수도 없고…… 알갔습네다. 장군의 말대로 하디요. 기래, 만나보라는 사람은 대톄 누굽네까?"

"만나보시믄 알 수 있을 겁네다. 이곳에서 무역을 하는 사람으로 딘댝부터 많은 도움을 받아왔더랬습네다. 우리가 여기로 올 수 있었던 것도, 여기에 머물 수 있었던 것도 다 그 사람 덕이라 할 수 있습네다. 딘댝에 알현하고 싶어 했디만 소장이 기간 미뤄두고 있었습네다."

"알갔습네다. 기럼 만나서 그동안의 은혜에 감사드리믄 되는 겁네까?"

"기렇습네다. 기 사람이 기걸 바라서리 도와 듀디야 않았갔디만 전하께서 기렇게 말씀해 듀신다믄 기 사람도 보람을 찾갔디요."

병택 장군이 기쁜 얼굴로 무범을 올려다봤다. 자신의 권유를 받아들여 사람을 만나보겠다는 게 기쁜 건지, 하나를 말하면 그 이상을 생각하는 무범을 대견해 하는 건지 명확치 않았다. 어쩌면 무범을 바로 키웠음을 뿌듯해하며 지금까지의 고생이 헛되지 않았음을 느끼고 있는지도 몰랐다. 왜 안 그렇겠는가. 군신지간이자 부자지

간인 둘의 관계를 생각할 때 그러고도 남을 만했다.

다음날, 의관을 정제하고 만날 사람을 기다렸다.

그런데 찾아온 사람은 아버지, 아니 병택 장군과 둘도 없는 벗이었다. 함자가 범석이라 했던 것 같다.

"장사하는 범석, 전하를 텨음 뵙습네다."

범석이 예를 갖춰 절을 하자 무범은 당황스러웠다. 당황스러울 수밖에. 며칠 전까지만 해도 아버지의 친구로 지냈던 분이 아닌가.

"아, 아니. 대상大商은……?"

무범이 놀라하자 곁에 있던 병택 장군이 말렸다.

"전하, 양 대상은 소장의 벗이 아니라 이데 뜻을 함께 할 동집네다. 기러니 동지로서 대하시디오."

무범은 그제서야 퍼뜩 정신이 들었다. 지금은 병택 장군의 친구가 아니라 자신들을 도와준 은인이자 앞으로 뜻을 같이 할 동지를 만나는 자리였다.

"반갑습네다. 저도 대상에 대해 많이 들었습네다. 그리고 기동안 저와 가족을 돌봐주신 은혜 깊이 감사드립네다."

무범은 범석을 처음 만나는 사람처럼 대했다. 하기야 아버지의 친구로서는 자주 뵀지만 병택 장군의 숨겨진 조력자이자 후원자이면서 동지로서 거상 범석은 처음 만나는 자리였다.

"별 말씀을요. 은혜야 소상이 장군께 졌지요. 장군이 아니었으면 소상은 벌써 이 세상 사람이 아니었을 겝네다."

범석은 오히려 병택 장군에게 신세를 졌다며, 병택 장군과의 인연을 조용히 풀어놓았다.

20년 전, 찰개(만포)에서 인연은 맺은 후 둘은 나이를 잊고 친구처럼 지내왔다고. 서로 부족한 것은 채워주고, 가려운 곳은 긁어주며 둘도 없이 지냈다고. 범석이 장사하면서 겪어야 하는 크고 작은 충돌을 병택 장군이 막아주어, 병택 장군 덕분에 장사를 잘 하고 있다고. 더군다나 두 사람은 모두 망국민의 한을 품고 있는 사람들이라 의기투합을 공고히 할 수 있었다고.

시간이 있을 때마다 왕자를 만나게 해 달라고 병택 장군을 졸랐지만 병택 장군은 미루기만 했다고. 아직은 때가 아니라며. 그러더니 며칠 전, 무슨 바람이 불었는지 왕자를 만나 보겠냐고 묻더란다. 그래서 바로 주선해달라고 졸라 오늘 알현하게 됐다는 것이었다.

"기런 사연이 있었군요. 아무튼 기간 돌봐주신 은혜 감사드리고, 앞으로도 둏은 인연 이어나갈 수 있길 빌갔습네다."

그렇게 범석과의 첫 만남을 정리했다. 범석의 태도는 공손하기 이를 데 없었다. 아버지 친구였던 그의 돌변이 다소 얼떨떨했지만 처음부터 무범의 비밀을 알고 있었으니 그게 오히려 자연스러운 모양이었다.

병택 장군이 왜 범석을 제일 먼저 만나보라 했는지 알 것 같았다.

18

양 대인과 만난 후 무범의 삶은 급변했다. 지금까지의 평온하기만 했던 개인적인 삶은 깨지고 공인으로서의 삶을 살아야 했기 때문이었다.

양 대인을 처음 만난 다음날이었다. 양 대인이 찾아오더니 호위무사를 곁에 두는 게 어떻겠냐고 했다. 무범은 거절했다. 호위무사는 필요 없었다. 자신의 몸은 자신이 지킬 수 있을 것 같았다. 그러나 양 대인의 생각은 다른 듯했다.

"세상이 요동티고 있고 정국 불안이 가중되고 있는 이때 주의하디 않으면 안 됩네다. 불의의 사고로 변이라도 당하게 되믄 어떠시랩네까? 설혹 불상사가 일어나디 않는다 해도 이제 왕자인 것이 알래졌으니낀 보호할 무사가 필요합네다. 기러니 소상의 뜻을 받아 듀십시오."

그러나 무범의 대답은 한 가지였다. 호위무사 따위는 필요 없다고. 자신의 몸은 자신이 지킨다고. 그러나 양 대인은 집요했다.

"기러시다믄 소상과 만나디 말았어야디요. 기랬다믄 전하 신분이 노출되디도 않았을 거이고, 소상이래 이릏게 애를 태우디도 않았을 거이 아닙네까? 이제만이라도 전하께서 달못 되믄 그 책임을 누가 디겠습네까? 전할 텨음 만난 소상이 딜 수밖에 없는 거 아닙네까? 그 후회와 풀디 못할 한을 어띠 감당하란 말입네까? 기러니 소상의 뜻을 따라듀십시오."

양 대인의 말에 병택 장군이 뭐라 할 만도 한데 아무 말도 없었다. 그도 양 대인과 같은 생각인 모양이었다. 아니, 어쩌면 둘이 짜고서 그러는지도 몰랐다.

그래서 좀 더 생각해보자고 했더니 다음날 바로 호위무사를 데리고 왔다.

"전하, 이제 호위무사를 들입네다. 나이는 아덕 어리나 칼을 다루는 솜씨는 따를 자가 없다고 합네다. 소장이 전하 곁을 디키고 싶디만 소장 나이도 있고, 늘 곁에서 디킬 수도 없을뿐더러 양 대인이래 그 대상이 소장을 들볶아 견딜 수가 없습네다. 기러니 별 흠이 없으면 곁에 두시기 바랍네다."

병택 장군은 양 대인 핑계를 대며 호위무사 배치는 이미 결정된 게 아니냐는 듯 밀어붙였다. 하여 못 이기는 체했다. 호위무사란 자가 어떤 자인지는 모르겠지만, 능력이 조금이라도 모자라면 그걸 핑계로 내쫓아 버릴 생각이었다. 그러면 호위무사 얘기는 당분간 수면 위로 떠오르지 않을 것이었다.

호위무사로 들인 자는 더벅머리였다. 보아하니 무술은 고사하고 촌구석에서 칼싸움 놀이나 했음직한 녀석이었다. 하여 장난기가 은근히 발동했다.

"기래 이름은 뭐네?"

"덤벡입네다."

"덤벡이라니? 기런 이름도 다 있네?"

"코에 이 덤이 있어서래 기렇게 부릅네다."

녀석은 거리낌 없이 콧등에 있는 큰 점을 손가락으로 가리켰다. 아닌 게 아니라 첫인상부터 뭔가 어리숙해 보이고 촌스러웠던 게 그 점 때문이 아니었을까 싶게 콧등에 큰 점이 있었다.

"기래 기건 됐고, 칼은 얼마나 답아 봤네?"

"칼이야 길 때부터 답아 왔시오."

"뭐라? 길 때부터?"

"기렇습네다."

"기럼 나한테서 칼을 돔 답아보겠네?"

"기러시디오."

하룻강아지 범 무서운 줄 모른다더니 녀석은 배짱 좋게 나왔다.

하여 장난삼아 목검을 주고 마당으로 나섰다.

그런데…….

녀석의 칼 다루는 솜씨가 가히 일품이었다. 병택 장군으로부터 검술을 익혔고, 병택 장군이 구해다 주는 책을 통해 익힌 무예로 남한테 뒤지지 않는다고 생각했던 무범도 버티기 힘들 정도였다. 하룻강아지 범 무서운 줄 모른 것은 녀석이 아니라 무범이었다. 생각했던 것과는 완전 딴판이었다.

덤벅이는 검을 드는 자세부터가 남달랐다. 상대를 공격하기 위해 검을 앞으로 내뻗지 않고 아래로 내렸다. 공격을 위한 자세가 아니라 방어를 위한 자세였다. 아니, 그냥 지팡이를 짚듯 짚고 있었다고 해야 맞을 정도였다. 하여 무범이 물었다.

"뭐하네? 검술을 보여듀라니낀."

"기래서 검을 들고 있디 않습네까?"

"기럼, 기 자세로 검술을 하갔다는 거네?"

"기렇디요. 검을 답는 순간부터 검술은 시작되는 거니깐요."

녀석의 대답에 어이가 없었다. 대련을 하자는 건지, 칼싸움놀이를 하자는 건지 분간이 안 될 정도였다. 아니, 칼싸움놀이를 한다해도 상대를 향해 칼을 들어야 하지 않는가.

"돟다. 기럼 대련을 시작하갔다."

무범이 칼을 잡은 손에 힘을 주며 말했다. 그래도 녀석은 시큰둥하게 대답했다.

"기러시디요."

대답만큼이나 행동도 시큰둥. 금방 칼이 날아들 텐데도 여유작작.

"돟다, 간다."

무범이 녀석의 머리를 향해 목검을 내리치자 녀석은 고개를 움직이는가 싶더니 목검을 피해 버렸다. 상대의 의도를 파악하고 검의 행보를 읽지 못한다면, 검에서 눈을 떼지 않고 흐름을 파악하지 못하고선 감히 상상도 할 수 없는 일이었다. 한 마디로 상대의 동작과 검의 흐름을 완전히 파악하고 있었던 것이었다.

그것으로 끝이 아니었다. 첫 동작에 실패한 무범이 칼의 방향을 바꿔 다리를 베려 했으나 녀석은 펄쩍 뛰어오르면서 피해버렸다. 대련하는 게 아니라 검을 피하는 기술을 보여주려는 것 같았다.

상대를 얼마간 파악한 무범은 하회족들이 즐겨 쓰는 공격술로 바꿔 공격했다. 그러자 녀석은 칼을 들어 막기 시작했다. 그러나 공격하지는 않았다. 무범이 누구인지 알기 때문인지, 공격술보다 방어술이 장기인지 모르겠지만 한사코 공격하지 않았다.

"피하디만 말고 공격을 하란 말이다, 공격을!"

무범은 녀석에게 공격을 주문했다. 그러자 녀석이 받았다.

"공격과 방어가 따로 있습네까? 칼의 길이 있으니낀 필요하믄 칼이 알아서 움딕이갔디요."

그 말을 듣는 순간 무범은 멈칫하지 않을 수 없었다. 검을 자신의 의지대로 움직이기보다 검의 길을 따라 흐르게 하는 유수검도流水劍道를 말하고 있었기 때문이었다. 물이 흐르듯, 물의 흐르는 원리대로 칼을 놔두면 소리 없이 조용히 흐르다가도 때론 여울이 되기도 하고, 때론 폭포가 되게 하는 검법. 최고의 고수가 아니면 감히 구사할 수 없는, 정형화된 검법이 아닌 비검법秘劍法을 말하고 있었다.

"너래 유수검돌 아네?"

"기런 걸 어띠 알갔습네까? 쇤넨 어깨 너머로 본 대로 할 뿐입네다."

"기럼 좋다. 어디까디 봤는디 내가 시험해 보갔다."

말을 마친 무범은 그간 닦은 검법을 다 시험해 보았다. 그러나 녀석에게는 먹혀들지 않았다.

그의 검술은 하나의 검술이 아니었다. 상황에 맞게 찌르고, 긋고, 쳐올리고 내리치는 기술은 상상 이상이었고, 그런 동작 속에는 너무나 다양한 검술들이 녹아있었다. 혼자 익힌 검술이 아니라 많은 사람들과 다양한 계통으로부터 받아들이고 몸에 익힌, 그야말로 그가 아니면 구사할 수 없는 검술이었다. 거기다 대장장이로 다져진 근육으로부터 뿜어져 나오는 힘은 절대고수가 아니고서는 상대하기 힘든 것이었다.

무범은 그 검술을 배우고 싶었다. 그의 검술을 배워둔다면 자기 몸 하나를 지키는 정도가 아니라 꼭 필요할 때 써먹을 수 있을 것 같았다.

덤벅이는 원래 아버지와 함께 쇠를 다루는 대장장이라 했다.

선조 때부터 쇠를 다루는 기술과 검 만드는 기술을 익혀 산동지역뿐만 아니라 대륙에선 덤벅이네 검을 모르는 사람이 없다고 했다. 덤벅이네가 만든 검이라는 표식인 일월日月자가 새겨진 검을 소지한다는 자체만으로 그 지위를 인정받을 정도라 했다. 일월검日月劍이라 하지 않고 명검明劍이라 부르며 권력층임의 표식으로 쓰이고 있을 정도라고.

덤벅이를 물리고 병택 장군을 불러 덤벅이에 대해 물었다. 그러자 병택 장군이 기다렸다는 듯이 대답했다.

"대장장이 집안에서 태어나서 기런지 검에 대해서는 덤벅이를 따를 자가 없다고 합네다. 검을 만드는 솜씨나 감별하는 눈뿐만 아니라 검술도 명인의 경지에 있다고도 하고요.”

“기런데 기자의 검술은 일반적인 검술이 아니었습네다. 뭐라 표현하기 힘들디만 너무나 다양한 검술들이 혼합돼 있었시오. 기러고 무엇보다 기런 다양한 검술들을 완벽히 자기 것으로 만든 듯하던데 기건 어띠 된 겁네까?”

무범은 궁금증을 풀어놓았다. 될 수 있는 한 감정을 감추려고 했지만 그의 검술을 보고난 직후라 놀라움을 감출 수 없었다. 생김과는 어울리지 않은 그의 검술은 놀라움 그 자체였기 때문이었다.

“어래서부터 칼을 가디고 놀았고, 검 제작을 맡기러 오는 많은 고수들로부터 사사도 받은 것 같습네다. 검을 만들어두는 대신 검술 하나를 익혀달라고 했던 모양입네다. 기래서 고수들로부터 전수받은 검술을 혼차 익히고 기걸 자신의 몸에 맡게 변형시켜 온 것 같습네다.”

“기럼 장군도 덤벡이래 검술을 봤드랬습네까?”

“예. 그러하옵네다, 전하. 소장도 양 대인이래 말을 믿디 못해 양 대인일 따라가 덤벡이래 검술을 봤습네다.”

“기래서 첫눈에 반했고요?”

“기러하옵네다. 소장도 일찍이 본 덕 없는 독특한 검술이었고, 기 어떤 고수한테도 디디 않을 검술을 보면서 감탄하는 정도가 아니라 혀를 내둘렀었습네다.”

“알갔습네다.”

그렇게 해서 덤벡이를 곁에 두게 됐다. 호위도 호위지만 덤벡이의 검술을 배우고 싶었다.

그런데 덤벵이를 곁에 둬보니 잘 했구나 싶었다. 쇠나 다루는 대장장이쯤으로 생각했는데 덤벵이는 검술뿐만 아니라 화술에도 대가였다. 상황 판단도 빠를 뿐만 아니라 상황에 맞게 재치 있는 말을 구사하여 상대를 무장해제 시키는 능력도 빼어났다. 하여 화를 낼수가 없었고, 화를 냈다가도 피식 웃어넘길 수밖에 없게 만들었다.

뿐이 아니었다. 따로 배운 건 아니라 정확성은 좀 떨어졌지만 어디서 주워들었는지 모르는 고사故事가 없었고, 모르는 일화가 없었다. 사람들은 그런 재주와 능력이 콧등의 큰 점에서 나온다고 하여 친근하게 덤벵이라고 부른다고 했다. 해서 무범이 덤벵이란 별명 대신 보철保鐵이란 이름을 붙여주었다. 쇠와 검을 지키는 사람이고, 그걸 소중히 지켜나가라는 뜻에서 붙여준 이름이었다.

그러나 행동은 천방지축에다 제멋대로인 녀석이었다. 하는 말이나 행동이 방약무인 그 자체였다. 무범은 그런 그가 밉지 않았다. 동무 겸 심부름꾼으로 두면 심심하지 않았고, 그의 자유분방한 삶을 통해 세상을 볼 수 있었다.

보철을 호위무사로 배치한 것을 시작으로 집 주변뿐만 아니라 집안에도 무사들을 배치하여 경계하게 했다. 왕자란 신분이 노출된 만큼 경비를 강화하는 모양이었다. 무범은 모른 체했다. 병택 장군이 궁궐 호위를 담당했던 사람이니 어련히 알아서 할 것이었기 때문이었다. 너무 과하다 싶지 않은 일은 병택 장군에게 맡겨두고 관여하지 않았다.

그런 모든 일에는 돈이 들 텐데 그 돈을 어디서 마련하는지 궁금했지만 그 답도 바로 나왔다. 모르긴 해도 거상 양 대인과 상의해서 진행하고 있을 터였고, 돈 또한 양 대인이 대고 있을 터였다. 그건

무범을 처음 만나고 나서 뻔질나게 무범네 집을 드나드는 양 대인
의 모습을 통해서도 알 수 있는 일이었다.

　그렇게 경호문제가 어느 정도 잡혔다 싶자 사람들이 찾아들기
시작했다. 대부분 양 대인의 소개로 찾아온 사람들이었는데, 나라
잃은 유민들이었다.

　그들을 만나보니 처음 만나는 사람들인데도 쉽게 소통·공감할
수 있었다. 특히 구심점과 정신적 지주를 찾고 있는 그들이다 보니
공감폭은 더욱 커질 수밖에 없었다. 그러나 뭐니 뭐니 해도 아버지,
아니 병택 장군의 역사 교육이 가장 큰 몫을 차지하고 있었다. 그들
과 소통하고 그들과 공감하는 데는 조선의 역사와 열국의 역사를
아는 것보다 더 도움 되는 건 없었기 때문이었다. 병택 장군의 혜안
과 날카로운 역사의식이 무범을 통해 드러나게 된 것이었다.

사돈 맺기

양 대인을 필두로 사람들을 만나기 시작하자 좀처럼 혼자만의 시간을 갖기 힘들었다.

물론 처음이라 그렇기도 했겠지만, 사람들을 만나는 일이 보통 힘든 게 아니었다. 예의와 격식을 갖추어 사람을 만나자니 늘 긴장 상태를 유지해야 했다. 상대의 말을 경청해야 함은 물론 핵심을 파악해 답을 해야 하는 것도 힘든 일이었다. 말 한 마디 때문에 생길 수 있는 균열이나 오해를 사전에 막아야 했기에 더욱 조심스러울 수밖에 없었다. 한마디로 모든 신경을 집중하고 긴장해야 하니 독서나 무술연마보다도 훨씬 힘들었다. 독서 후의 포만감 내지는 뿌듯함은 물론이려니와 무술연마 후의 시원함이나 개운함도 없었다. 진이 빠진 것처럼 사람을 녹초로 만들기 일쑤였다.

뿐인가. 다양한 사고와 생활 방식을 가진 사람들을 만나 상황에 맞게 대처하기란 혼자 생활에 익숙해져있던 무범에게는 버거운 일이었다. 더군다나 찾아오는 사람들 대부분이 울분을 쌓고 있는 상태라 그들의 울분을 함께 나누자니 무범의 가슴에 울화가 쌓이기까지 했다. 어떤 날은 만났던 사람에게서 전염이 됐는지 하루 종일 우울하기도 했다.

그러나 그런 일을 마다하거나 멈출 수는 없었다. 그들은 무범을 따르려는 사람들이었고, 무범을 통해 위로와 위안을 얻는 사람들이었기 때문이었다.

그에 따라 혼자만의 시간을 갖기 힘들었고, 혼자 있을 때도 사람들을 만날 때만큼이나 고민하고 해결점을 찾아야 할 때가 많았다. 그러다 보니 독서나 수련 시간도 줄 수밖에 없었다. 그런 날을 석 달 넘게 보내니 진이 다 빠지는 것 같았다. 하여 몇 달이 지난 어느 여름날, 무범은 무더위도 식힐 겸 머리도 식힐 겸해서 오랜만에 계곡을 찾았다.

계곡이라 해서 집에서 멀리 떨어진 곳은 아니었다. 평소에도 가끔씩 와서 체력훈련도 하고 무술연마도 하곤 했던 곳이었다. 그런 곳을 찾아 오랜만에 혼자만의 시간을 오롯이 즐기고 있었다. 아침엔 보철로부터 검술을 배우고, 맛난 점심을 먹고, 점심 후에는 계곡에 발을 담그고 쉬고 있었다. 해가 질 때까지 그렇게 자유를 만끽하고 싶었다. 그러고 있자니 멀리 떨어진 채 제 할 일을 하던 보철이 다가와 말을 걸었다.

"대상 댁에서 다과를 보내왔습네다."

"내가 여기 온 걸 어떻게 알고?"

무범이 보철에게 물었다.

"기건 소인도 딸……."

보철은 자신을 책망하는 줄 아는지 몸을 잔뜩 숙였다. 하기야 무범이 여기 온 것을 아는 사람은 병택 장군과 보철뿐이니 둘 중 한 사람이 발설했을 것이었다. 그러니 그 물음은 '네 놈이 양 대인과 내통을 하고 있구나.'로 들렸을 수 있었다. 보철의 죄를 청하는 듯한 태도에 무범은 피식 웃고 말았다.

"널 의심해 묻는 게 아니야. 장군이래 알래둘 수 있잖네. 기래 어딨네?"

그러자 보철이 들뜬 목소리로 대꾸했다.

"뎌기서 보고 있디 않습네까?"

보철이 가리키는 곳을 쳐다보니 여인이 서 있었다. 거리가 있어 자세히 보이지는 않았지만 댕기를 드린 것이나 입성으로 보아 규수인 것 같았다.

"규수가 아니네?"

"기렇습네다. 다과야 처자가 가뎌와야 뎨맛이디 할망구래 가뎌오믄 무슨 맛이 있갔습네까?"

"아무리 기래도……."

그러다 무범은 멈칫했다. 양 대인네 집에서 보낸 규수라면 양 대인의 딸일 가능성이 높기 때문이었다.

"혹시 거상巨商댁 따님 아니네?"

"기거야 소인이 어드렇게 알갔습네까? 소인은 고뎌 부름시(심부름)하며 떡고물이나 얻어먹디 다른 건 몰릅네다."

"기러네?"

무범은 다시 피식 웃고 말았다. 떡고물을 들먹이는 보철의 말재간이 우스웠고, 보철의 말마따나 보철이 그런 것까지 알 리 없다는 생각이 들었기 때문이었다. 해서 무범은 보철을 향해 조용히 고개를 끄덕여 주었다. 그러자 보철이 껑충껑충 규수를 향해 뛰어갔다.

보철이 데려온 사람은 과연 규수였다. 차림새로 봐서 대번에 양대인네 하인이 아닌 딸인 듯했다. 더구나 보철과는 안면이 있는지 스스럼이 없었다. 무범이 보철에게 어찌 된 일이냐고 눈짓으로 물었으나 보철은 딴전만 피워대며 못 본 체했다.

그런데 더 이해할 수 없는 것은 규수의 태도였다. 규수는 다과를 펼쳐놓고도 그냥 자리에 앉아있었다. 다과를 내놓았으니 조용히 일어서서 바람이나 쐬며 시간을 보낼 줄 알았는데, 지키고 앉아 있었다. 그냥 앉아 있는 게 아니라 보철과 농까지 주고받으며 내외하지 않았다.

"어띠 된 일이네? 다 알고 있었네?"

규수가 자리를 뜨자 무범이 보철에게 따져 물었다.

"뭘 말입네까?"

보철은 놀라는 기색도 없이 능청스럽게 무범을 올려다보며 되물었다.

"능텅 떨디 말고 말해보라."

"무슨 말씀이신디 소인은 모르겠습네다."

"뎡말 이럴 거네?"

무범은 결국 언성을 높였다. 화가 난 건 아니었다. 화가 난 척해야 보철이 자초지종을 알려줄 것이라 생각했기에 엄한 얼굴을 했다. 그러나 보철의 태도는 무범의 생각과는 정반대였다. 무범이 화를 내거나 말거나 아예 못 들은 척하며 자리를 피하려 했다.

"어딜 가네? 내 말 못 들언?"

"댜꾸 무슨 말씀이신디 당최?"

"다 알고 있었디? 오늘 일 말이야?"

"기게 무슨 말입네까? 내래 댬시도 주군 곁을 떠나디 않는 사람인데 뭘 혼차 알 수 있갔습네까? 그러니 괜한 트딥 답디 말라요."

듣고 보니 그랬다. 무범의 그림자나 다름없는 보철이 무범이 모르는 일을 혼자 알 리가 없었다. 그런데도 자꾸만 의심이 갔다. 오늘 일이 의도된 일인 것 같았고, 보철의 스스럼없는 행동 또한 그런 생각을 부채질하고 있었다.

"기럼, 오늘 일을 뎐혀 몰랐단 말이디?"

"기렇습네다. 내래 알고 있었다믄 왜 알리디 않았갔습네까?"

"기럼, 아까 처자완 어뚛게 알안?"

"어뚛게 알긴요? 대상 댁에 드나드는 사람뿐만 아니라 여기 사는 사람치고 화련華蓮 처자래 모르는 사람이 없습네다. 전하께서도 딱 봐서 알았갔디만 화련 처자래 천하일색 아닙네까?"

"기렇다 해도 어뚛게 둘이 알고 있었냔 말이야?"

"아, 기거야 기 댁을 드나들다 보니 자연스럽게 알게 됐디요."

보철은 좀 전까지만 해도 정색하던 자세를 풀고 부끄럽다는 듯 머리까지 긁적이며 말을 맺었다. 그러자 의혹은 더 부풀어 올랐다. 화련과 보철이 아는 사이라면 오늘 일은 둘이 공모했거나 보철이 미리 인지하고 있었을 가능성이 높았다. 그러나 물증이 없는 이상 보철에게 더 이상 추궁할 수는 없었다.

그런 무범의 판단은 결코 그른 것이 아니었다. 그날 이후의 일들을 종합해볼 때 그날부터 이미 '우연을 가장한 만남'이 이루어졌음을 알 수 있었기 때문이었다.

그날 이후 화련 낭자는 무범 앞에 자주 얼굴을 드러냈다. 무범의 집에 심부름을 오기도 했고, 길거리나 곳곳에서 종종 마주치기도 했다. 무범은 그 만남을 결코 우연이라고 생각하지 않았다. 우연을 가장한 의도된 만남처럼 여겨졌다. 중간에서 누군가가 조정하고 있거나 계획적으로 만남을 주선하고 있다는 생각이 들었다. 그럴 수 있는 사람은 병택 장군 또는 보철이거나 그 둘 다일 가능성도 있었다.

그런데, 정작 중요한 것은 그게 아니었다. 의도됐든 우연이든 만남이 잦아질수록 무범은 화련 낭자를 마음속에 새기게 되었고, 언제부턴가 화련 낭자를 찾게 되었다. 보철의 말마따나 천하일색인 화련 낭자가 보고 싶었다. 그녀는 그저 바라볼 수만 있어도 좋은 사람이었다.

"어디 아팠나?"

화련 낭자가 안 보이기 시작하고 보름쯤 지난 어느 날, 무범은 자신도 모르는 새에 이런 말을 뱉고 말았다.

그러자 보철이 무범을 쳐다보았다. 무범의 속을 다 알고 있을 텐데도 시치미를 딱 잡아떼며 무슨 말이냔 듯이. 그러자 무범이 언성을 높였다.

"아, 화련 낭자 말이다."

"남의 집 처자를 왜 궁금해 하십네까?"

다 알면서도 시치미를 떼는 보철.

"덩말 이럴 거네?"

"한 번 알아볼까요? 안 기래도 쇤네도 궁금하던 탐인데……."

"네 놈이 어드렇게?"

"이래 봬도 내래 화련 낭자한테 무술을 가르티기도 했디요."

"뭐야? 기래놓고도 시침을 뗀 거네?"

"다 지난 일 갖고 와 이래십네까? 소인이 곧 알아보고 오갔습네다."

보철은 무범이 다른 말을 할까봐 두려운지 잽싸게 몸을 돌려 밖으로 뛰어나가 버렸다.

그런 보철을 보며 무범은 혼자 피식 웃고 말았다. 입 간지러워 못 견디는 놈이 그동안 자신과 화련 낭자의 관계를 숨기느라 겪었을 고초(?)를 생각하자니 웃지 않을 수 없었다.

'역시 기랬던 거구만 기래.'

무범은 고개를 끄덕였다. 다 알고 있으면서도 시치미를 뚝 뗀 채 무범의 말을 기다렸고, 말이 나오자마자 쏜살같이 화련 낭자에게 달려 나가는 보철을 보고 있자니 녀석은 음흉하게 속을 감추고 있을 사람은 못 된다는 사실을 다시금 확인하게 됐다.

그렇게 무범은 어느새 화련을 그리워하고 있었다. 의도된 우연의 냄새가 마음에 걸리기도 했지만 화련을 보고 싶은 마음을 감출 수가 없었다.

사람을 그리워한다는 게 참으로 참기 힘든 일임을 새삼 느끼며 화련은 정원을 거닐고 있었다.

아버지의 뜻이 결코 나쁘지도 잘못되지도 않았음을 알고 있기에 화련은 아버지 뜻을 따라왔다. 아버지 뜻에 따라 다과 배달을 핑계

로 왕자와 처음 만났고, 우연을 가장한 만남을 몇 번 이어왔다. 그러
나 별다른 감정은 없었다.

아버지 생각과는 달리 낙랑국 왕자란 말에 별다른 감정이 일지
않았다. 멸망해 버린 낙랑국 왕자란 식어버린 재속에 묻혀 있는 까
맣게 타버린 밤톨 그 이상도 이하도 아니었다. 먹을 수 없는 밤톨에
별다른 애착이 일지 않는 건 인지상정이니까.

그런 화련의 마음을 감지했는지 아버지는 줄기차게 왕자를 만나
게 했다. 얼마간 짜증도 났지만 내색할 수 없어서 왕자를 계속 만나
왔다. 하나뿐인 딸에 대한 아버지의 애정을 믿었기 때문이었다. 태
어나자마자 버림받아 목숨이 위태로운 왕자를 구해줬을 뿐 아니라
성장 과정을 곁에서 지켜본 아버지였기에 왕자를 그 누구보다 잘
알 거란 믿음도 한몫했다. 또한 아버지 뜻에 따라 호위무사가 되어
왕자를 곁에서 모시고 있는, 소꿉동무요 칼싸움 놀이의 맞수였던
덤벙이의 말도 왕자에 대한 거부반응을 희석시킨 것도 사실이었다.
그러나 별다른 느낌이나 감정은 일지 않았었다.

그런데 아버지가 왕자를 더 이상 만나지 못하게 하자 감정이 돌
변했다.

아무 의미 없이 만나왔고, 보아왔고, 말을 섞었다고 생각했는데
만날 수 없게 되자 보고 싶었다. 두 달 남짓 새에 왕자를 가슴 속에
품어왔고, 새겨왔고, 키워왔던 것이었다. 왕자와 함께했던 일들이
눈에 아른거렸다. 우연을 가장한 만남이어서 만남의 시간도 짧았고,
나눈 말이라곤 인사 정도였지만 너무나 많은 말을 나눈 것 같았다.

눈에 삼삼 귀에 쟁쟁.

세상 모든 게 왕자를 중심으로 돌고 있는 것 같았다. 어쩌면 왕자에

게서 기별이 있을 때까진 왕자를 만날 수도 없고, 밖에 나가서도 안 된다는 아버지의 엄명이 그런 감정들을 더욱 자극하는지도 몰랐다.

그런 혼란스러운 감정은 정원을 걸어 봐도 정리되지 않았다. 찬 바람이라도 쐬면 좀 나을까 싶었는데 괜히 얼굴만 달아올랐고, 가슴만 더 타올랐다. 그러나 다시 방으로 들어갈 수도 없었다. 방에 앉아 있다간 가슴이 터져버리거나 피가 말라 버릴 것 같았다.

그렇게 하릴없이 정원을 걷고 있자니 불현듯 노랗게 입을 벌리고 있는 국화가 눈에 띄었다. 그게 거기 있었는지, 언제 피었다 지는지도 모른 채 무심히 지내왔는데 오늘따라 눈을 찌르며 들어왔다.

반갑기 그지없었다. 왜 그렇게 반가웠는지 이유를 정확히 알 수는 없었지만 확 끌렸다. 마치 자신의 감정을 토로할 대상이라도 만난 것처럼.

화련은 쪼그려 앉은 채 국화를 바라다보았다.

노란 꽃잎이며 암수술들. 온통 노란빛으로 늦가을을 장식하는 모습이 너무나 싱싱해 보였다. 다른 식물들은 잎을 떨구거나 말라 죽었는데, 찬 서리 속에서 노란 꽃을 피운 국화가 그렇게 대견해 보일 수 없었다. 사람들이 설중매雪中梅와 국화를 칭송하는 이유를 알 것 같았다. 그런데 가만히 생각해보니 국화가 그렇게 보인 이유도 왕자 때문인 것 같았다. 국화에게서 왕자를 봤던 것이었다.

무범 왕자는 낙랑 멸망 직전에 태어나서 버림받았고, 수없이 많은 고난을 겪었을 터였다. 어쩌면 죽을 고비를 여러 번 넘겼을지도 몰랐다. 그런데도 의연하고 당당했다. 그 모습이 너무나 멋지고 대견해 보였다. 만남은 길지 않았지만 품성을 짐작하고도 남았다. 고난과 시련 속에서 키워냈을 강인함과 의연함은 사람의 마음을 끌기에 충분했다. 지금의 모습을 갖추기 위해 얼마나 많은 아픔을 겪었고 얼마나 많은 눈물을 흘렸을까 생각하니 가슴이 찌리리 우는 정도가 아니라 날카로운 칼에 베인 것처럼 아팠다.

그런 느낌 때문이었는지 오늘 국화를 보는 순간 왕자가 떠올랐고 사무치게 그립고 보고 싶었다. 그냥 모성본능 정도로 생각했고, 측은지심이라 생각했었는데 사랑하고 있음을 깨닫게 된 것이었다. 미치도록 사무쳤다.

화련은 국화 꽃송이를 가볍게 쓰다듬었다. 그런데 화련의 손길을 거부하듯 꽃송이가 고개를 돌렸다. 아니, 화련의 손길에 그냥 흔들린 것인데도 국화가 고개를 돌린 것처럼 여겨졌다. 따뜻함보다는 차가움에 익숙한, 거부의 몸짓인 것처럼 느껴졌다. 그와 함께 왕자도 자신의 따뜻한 손길을 거부할지 모른다는 생각이 퍼뜩 들면서 그간 자신이 보냈던 눈길과 미소가 후회스러웠다. 왕자는 그래서, 자신의 따뜻한 눈길을 거부하느라 보름이 넘도록 아무런 기별을 안 하는 것 같았다.

그런 생각이 들자 화련은 어찌해야 좋을지 알 수가 없었다.

'덤벙이 요것이……'

화련은 갑자기 덤벙이가 원망스러웠고, 미웠다. 어려서부터 서방 각시하며 소꿉동무로 지냈고 커서도 둘도 없이 지내왔지만 덤벙이는 자신을 여자로 봤던 게 분명했다. 그렇지 않다면 왕자의 그런 속성을 파악하지 못할 리 없고, 그걸 자신에게 알려주지 않을 이유가 없었다. 누구보다 왕자와 잘 되기를 바라고 지원하는 척하더니 자기에게 딴마음을 품고 있었던 게 분명했다. 그것도 모르고 자신의 속마음을 드러내 속말들을 다 해댔으니 자신을 얼마나 비웃었겠는가. 또한 얼마나 서운하고 괘씸했고 배신감을 느꼈겠는가. 더군다나 둘은 이미 혼인을 약속(?)한 사이가 아닌가.

'기래. 내래 너무 어리석었어. 덤벅이 가슴에 못을 박아놓고도 기걸 몰랐던 게야.'

얼굴이 확 달아오르는 것 같았다. 그와 함께 덤벅이에게 미안하다는 말을 해야 할 것 같았다. 자신만 나이를 먹고, 자신만 어른이 된 게 아니라 덤벅이도 나이를 먹고 어른이 됐는데 그걸 깨닫지 못했던 자신이 후회스러웠고 미안했다.

'덤벅이한테 어뜧게 연락하디? 덤벅이래 왕자 곁에 딱 붙어 있어서 따로 볼 수도 없을 거인데…….'

그런 생각을 하고 있자니 자신도 모르는 새에 한숨이 푹 뿜어져 나왔다.

"새파란 처자가 무슨 한숨이네? 집 다 무너디갔다."

목소리에 깜짝 놀라 뒤를 돌아다보니, 언제 왔는지 덤벅이가 뒤에 서 있었다.

"에구머니!"

화련은 소스라치며 소리를 질렀다.

"왜 이러네? 갑땨기 내래 귀신으로 보이네?"

"언, 언, 언데 완?"

화련은 진정되지 않는 가슴을 억누르지 못해 더듬거리며 물었다.

"이데 오는 길인데, 너래 한숨에 도루 날아갈 뻔했어야."

화련의 마음을 아는지 모르는지, 화련의 후회를 짐작하는지 못하는지, 덤벅이는 특유의 능글맞은 목소리로 농을 걸었다.

"기래? 미안하구나야. 긴데 전하는?"

"혼차 왔어. 오로디 전하 생각뿐이네?"

덤벡이가 퉁을 놓자 화련은 다시 아차차! 싶었다. 방금 전에 덤벡이에게 미안해하던 감정은 어디 갔는지 무의식중에 왕자를 찾고 있는 자신을 발견했으나 이미 늦은 후였다.

"기, 기게 아니라 전한 어뜩하고 혼차?"

무안해서 말까지 더듬거리자 덤벡이가 화련의 마음을 읽었는지 신이 난 듯 씨불거렸다.

"전하의 명받댜마다 눈썹 휘날리게 달려왔다. 기러니 한숨 그만 쉬라."

"명이라니?"

"기걸 와 나한테 묻네? 한숨 쉬는 사람이 더 잘 알디 않네."

덤벡이가 능글맞은 웃음을 흘리며, 그러나 본심을 숨긴 채 말을 이었다.

"이제야 노처녜 시집보내게 됐어야. 내래 나한테 책임디라 할까 봐 얼마나 고심했는디 아네? 기래 기게 기뻐가디구 이렇게 뛰어오디 않안?"

그러자 화련도 지지 않고 받아쳤다.

"안 기래도 너한테 시집가게 될 것 같아 혀 깨물고 자진하려 했어야. 기렇게 안 됐으니 다행이디만⋯⋯."

화련은 덤벡이를 보며 쓰게 웃었다.

"기럼, 기럼. 이렇게 견원디간[犬猿之間]인데 어뜩게⋯⋯. 생각만 해도 끔찍하다야."

덤벡이의 말에 화련은 눈물이 삐죽 솟아오르는 것 같아 눈을 돌려 버렸다.

덤벅이의 우정 어린 마음이 고마웠다. 자신을 여자로 생각하여 마음에 뒀을지도 모르지 않는가. 그런데도 사랑하는 사람을 밀어낼 수밖에 없는 자신의 처지를 농으로 눙치는 덤벅이가 안쓰럽기까지 했다.

아버지가 자신 뒤에 떡하니 버티고 있는 산이라면 덤벅이는 그 산속에 있는 작은 동굴이거나 숲이라는 생각이 들었다. 가만히 들어가 편안하게 쉬고, 조용히 숨을 수 있는. 그런 게 바로 소꿉동무인지도 모르지만.

21

병택을 대문 앞까지 배웅하고 돌아오던 범석은 고개를 들어 달을 바라보았다.

열사흘달이 보름달만큼이나 둥글고 환했다. 자세히 보지 않으면 보름달이나 진배없어 보였다. 그러나 왼쪽 귀퉁이가 조금 각진 게 완성을 향해 무진 애를 쓰는 것 같았다. 그 달을 보던 범석은 희미하게 웃었다. 이제 이틀 후면 꽉 찬 보름달이 뜰 것이고, 화련의 삶도 보름달처럼 둥글게 빛날 것이라 생각하니 저절로 웃음이 벙글어졌다.

'우리 화련이래 하늘에 걸렸구나야.'

범석은 조용히 고개를 끄덕였다.

20년 전의 아련한, 그러나 가슴 벅찰 정도로 흥분되었던 일이 교교한 달빛을 따라 녹아내렸다.

병택과 안면을 트고 몇 번 만나다 보니 그는 무장이라기보다 사가史家라 해도 좋을 정도로 역사에 조예가 깊은 사람이었다. 또한 역사를 아는 만큼 역사의 무서움도 잘 아는 사람이었다.

사람은 한 번 죽지만 역사는 죽은 사람을 살려내기도 하고, 골백 번도 더 죽일 수 있다는 냉엄함을 잘 알고 있었다. 해서 역사에 부끄럽지 않기 위해, 부끄러운 이름을 역사에 남기지 않기 위해 자신을 곧추세우는 사람이었다.

"어탸피 듁갔디만 기냥 듁을 순 없디요. 역사에 부끄럽딘 말아야디요."

그는 죽더라도 역사에 부끄럽지 않기 위해 이미 죽을 각오를 하고, 자신의 처한 상황을 정면돌파하려 했다.

그런 그를 모른 체할 수가 없었다. 범석 역시나 병택이 감염되어 있는 그 역사의식과 현실의식에 이미 감염되어 있었으니까. 어쩌면 그 피는 평양 천도 강행을 거부하고 방랑자의 삶을 선택했던 8대조 다선에게서 물려받은 것인지도 몰랐다. 생명을 가볍게 생각하고 남의 아픔을 못 본 체하는 사람과는 뜻을 같이 하지 않겠다는 의지는 핏줄을 타고 면면히 내려오고 있는지도 몰랐다.

그런데 자신의 분신과도 같은 병택을, 그것도 뜻하지 않은 곳에서 만났으니 모른 체할 수가 없었다. 그를 도와, 갓난 왕자를 살려내지 못한다면 역사에 부끄러울 것 같았고 자신의 정체성도 잃어버릴 것 같았다. 그래서 밤새 하역작업을 한 후, 선적도 안 한 배를 출항시키기로 결정했던 것이었다. 배 한 척을, 그것도 객실을 갖춘 가장 큰 배를 거의 빈 배로 출항시킨다는 것은 그 항차의 이익을 다 포기하는 것이나 다름없었다. 이익을 최우선으로 생각하는 장사치로선 엄두도 못 낼 일이었다. 그렇지만 역사의 두려움을 아는, 양식을 가진 인간으로서 통큰 결단을 내렸던 것이었다.

"기런데 말입네다. 떠나기 전에 왕자 얼굴이라도 한 번 볼 수 없갔습네까?"

범석은 입에 놓고 우물거리기만 하던, 병택이 거부할 것을 뻔히 알면서도 자신의 최대 소망을 입 밖에 내었다. 기화가거奇貨可居를 한 번 확인하고 싶은 마음에서가 아니었다. 자식이 없었던 범석은 목도 제대로 가누지 못하는 갓난아기를 한 번 보고 싶었다. 눈으로 확인하고 그 모습을 가슴에 새겨두고 싶었다. 눈에 놔도 아프지 않다는 말이 무슨 뜻인지 직접 한 번 느껴보고 싶었다.

그러나 병택의 대답은 비수처럼 날카로웠다. 범석의 말이 끝나기 무섭게 바로 되받았다.

"안 될 말임메다. 기게 조건이라믄 없었던 일로 합세다."

병택의 대답이 얼마나 단호하고 서슬 퍼렇던지 무안한 정도가 아니라 섬뜩할 정도였다.

"조건이라니? 당치 않습네다. 소상은 고녀 닥은 소망을 말했을 뿐입네다. 자식을 가려본 덕이 없어서 간난이를 보고 싶어서 한 말이니 곡해하디 마십시오. 미안합네다."

범석이 정중히 사과했으나 병택은 쉽게 의심을 풀지 못하는 눈치였다. 그렇게 범석을 경계하며 침묵 속에서 무언가를 골똘히 생각하는 듯싶더니 비로소 무겁게 입을 열었다.

"은혠 백골난망이디만 딕금 전하를 뵙게 할 순 없습네다. 소장과 유모 외엔 그 누구도 전하를 몰라야 하니낀 말입네다. 기러니 기렇게 아시고……, 때가 되믄 소장이 다 알아서 기회를 만들갔습네다.

기러니 기때까디만 탐아두시라요."

병택은 미안하지만 이해하라는 듯 말하고 있었지만 표정이나 몸가짐만큼은 비장했다. 더 얘기하면 용서하지 않겠다는 기운이 서려 있었다. 그건 둥지를 침범한 뱀을 상대로 새끼를 지키기 위해 온몸을 살기로 무장한 채 덤비는 작은 어미새의 몸부림만큼이나 처연한 것이었다. 해서 범석은 이렇게 말하지 않을 수 없었다.

"기래, 기다리갔습네다. 십 년이고 이십 년이고 장군이 기다리라믄 기다리갔습네다. 기렇디만 너무 오래 기다리게 하딘 마시구래."

그렇게 한 약속이 실현되기까지 정말 20년이 걸렸다.

그런데 알다가도 모를 일이 왕자와 병택을 산동으로 안전하게 피신시켜 거처를 마련해준 후에 일어났다.

20년 넘게 별의별 방법을 다 써 보아도 들어서지 않던 아이가 선 것이었다. 고구려에 다녀온 후 아내와 회포를 몇 번 풀었는데, 덜컥 아이가 들어선 것이었다. 범석은 그날의 꿈을 아직도 잊을 수가 없었다.

강가에서 상인을 비롯하여 지인들과 뱃놀이를 하며 취흥을 즐기고 있었다. 그런데 갑자기 배가 스스로 움직이더니 정처 없이 흘러가기 시작했다.

사공들이 사력을 다해 방향을 바꿔 보려고, 하다못해 배를 세워 보려고 했지만 아무 소용없었다. 물속에 배를 끌고 가는 무엇이 있기라도 한 양 배를 통제할 수도 멈출 수도 없었다.

순식간에 배 안은 아수라장이 되었다. 비명과 고함 소리가 터지고 배에 탄 모든 사람들이 안절부절 못했지만 범석은 느긋하게 앉아 있었다. 배에 익숙해서가 아니라 어쩔 수 없음을 알았기에 기다리는 수밖에 없다고 판단했던 것 같다.

'인력으로 안 될 일을 어떨 기야? 기다리믄 서갔다.'

이런 마음으로, 빠른 속도로 흘러가는 배에 탄 채 풍광을 즐기고 있었다.

그렇게 흘러가는가 싶더니 어느 순간 무성한 갈대밭을 지나 늪지대인 듯싶은 곳에 다달았다. 사람들은 혼비백산하여 눈을 뜨고 바라보지도 못하고 있었지만, 범석은 그런 상황을 하나도 놓치지 않고 느긋하게 바라보고 있었다.

갈대밭이 끝나자 연 밭이 이어졌다. 배보다 큰 연잎들이 둥둥 떠 있는 모습을 보고 범석이 소리쳤다.

"배가 무서운 사람은 뎌기 연잎에 내리시라요. 연잎이 배보다 한 탬 커서 타고 있으믄 안전할 테니깐."

사람들이 범석의 말을 들으려 하기에 범석은 연잎에 한 사람씩 내려줬다. 그러나 정작 자신은 그 여행을 더 하고 싶어 계속 배에 타고 있었다.

그렇게 연 밭을 다 지나는가 싶었는데 연잎보다도 더 큰 연꽃이 활짝 피어 있는 게 아닌가. 색깔도 얼마나 예쁜지 여지껏 한 번도 본 적이 없는 연주홍, 연보라, 연자주색의 화려하기 그지없는 연꽃들이 가득 피어 있었다.

그 꽃을 보는 순간 범석은 그 꽃을 따다 아내에게 주고 싶었다. 아내가 연꽃을 좋아하는지는 모르지만 그 연꽃이라면 틀림없이 좋아할 것이란 생각이 들었다. 그렇게 예쁘고 화려한 꽃을 좋아하지 않을 사람은 없을 것 같았다.

그래서 그 연꽃을 따기 위해 몸을 굽혀 손을 뻗는 순간, 알 수 없는 힘에 끌려 커다란 연꽃 속으로 떨어졌다. 그런데 그 깊이가 얼마나 깊은지 한없이 떨어지기만 했다.

아아악!

고함 소리에 눈을 뜨니 꿈이었고, 그날 아내가 임신 사실을 알렸다.

"임신이라니? 임신이라고? 기게 뎡말이요? 뎡말?"

묻고 또 묻고, 듣고 또 들어도 믿기지 않았다. 아내가 하도 이상해서 의원에게까지 다녀왔다는 말을 들은 후에야 비로소 믿겼다.

"화려한 연꽃일 게야. 화려한 연꽃보다 더 예쁜 딸일 거야."

범석의 말에 아내가 묻자 범석은 간밤 꿈 얘기를 자세히 들려주었다.

그러자 아내가 깜짝 놀라는 것이 아닌가. 자신도 얼마 전 연꽃 꿈을 꾸었다는 것이었다. 병택이 어디서 구해왔는지 한 손에 들 수도 없을 만큼 큰 연꽃을 안겨주더란 것이었다. 그간 돌봐준 은혜 너무나 고마운데 보답할 건 이것뿐이라면서.

아내의 말을 듣는 순간, 범석의 뇌리에 퍼뜩 스치는 게 있었다.

'이 아이래 어린 왕자를 구해둔 값으로 점지해둔 아이가 분명해. 분명 여자 아일 테고. 아니디. 왕자 배필로 보낸 게 틀림없어.'

그런 생각과 함께 아이 이름이 떠올랐다. 화려한 연꽃, 화련華蓮이었다.

그리고 여덟 달 후, 아니나 다를까 꿈에서 봤던 연꽃보다도 더 예쁜 딸이 태어났고, 그날부터 범석은 딸 아이를 왕자의 짝으로 생각해왔다.

그런데 님을 봐야 뽕을 따고, 하늘을 봐야 별을 따지 두 사람은 만날 수가 없었다. 범석마저도 왕자 얼굴을 한 번도 볼 수 없었다.

그렇다고 병택을 마냥 조를 수는 없었다. 시간이 되면 어련히 알아서 하겠다고, 아직은 때가 아니라는 병택을 조르는 것도 한계가 있었다.

그러다 지난봄에 무범 왕자를 만났다.

왕자를 잠시 만나본 결과, 범석은 자신의 판단이 잘못되지 않았음을 대번 느낄 수 있었다. 귀골이라서가 아니라 바르고 올곧은 생각을 가진 젊은이였고, 무엇보다 사람을 끌어당기는 흡입력을 가지고 있었다. 그런 사람이라면 잃어버린 나라, 낙랑을 되살릴 수 있을 것 같았다.

왕자를 만나고 난 후, 범석은 병택에게 딸 화련의 탄생담을 들려주고 두 사람은 천생배필임을 알렸다. 병택도 범석의 말을 듣더니 범석의 말에 동의하는지 의기투합했다.

그날 이후 둘은 우연을 가장한 만남을 주선했고, 엮어냈고, 만들어냈다. 그러나 두 사람은 좀처럼 관심을 갖지 않았다. 노老 자가 붙을 정도는 아니었지만 과년한 청춘 남녀가 은밀한 자리에서 자주 만났는데도 별다른 끌림이 없는 것 같았다.

병택이 무범 왕자의 친아버지만 같으면, 신분이 왕자만 아니라면, 두 사람이 정혼을 하고 혼례를 치르게 하면 될 일이었다. 그렇지만 그럴 수도 없는 입장이라 두 사람은 속이 타다 못해 숯 정도가 아니라 재가 되고 있었다. 해서 초강수를 두어 두 사람을 만나지 못하게 하자 그제야 연분이 솟았는지 서로 그리워하게 되고, 보고 싶어 했다.

덤벡이 아니, 보철에게서 두 사람이 보고 싶어 한다는 말을 들은 범석과 병택은 드디어 때가 왔구나 싶었다.

그러나 두 사람을 극적으로 만나게 할 계기가 없었다. 이제 왕자가 직접 나서지 않는 한 누구도 섣불리 나설 입장이 아니었다. 우연을 가장한 만남이야 두 사람이 주선해줄 수 있었지만, 마음을 전하는 일은 본인이 아니고선 할 수 없는 일이었기에 개입할 여지가 없었다. 그걸 고민하고 있자니 보철이 지나가는 말처럼 툭 던졌다.

"화련이래 한숨 쉬고 하는 게 모르긴 해도 곧 병이 날 거우다."

그 말을 듣는 순간, 두 사람은 동시에 무릎을 치며 동시에 소리를 질렀다.

"기래!"

두 사람은 웃지 않을 수 없었다. 두 사람은 보철에게 고맙다고 치하한 후, 보철과 머리를 맞대 새로운 작전을 짰다.

화련이가 중병을 앓고 있다는 말을 보철을 통해 흘리자 바로 다음날 왕자가 범석을 찾았다. 범석은 왕자가 부른 이유를 잘 알면서도 모른 체 시치미를 뗐다.

"기건 기렇고, 화련 낭자래 아프다고 하던데 어느 정돕네까?"

한참 동안 별 필요도 없는 말이 오간 후에 왕자는 비로소 속엣말을 꺼냈다.

"길쎄, 기게 탐······."

범석은 한숨과 함께 말을 아꼈다.

"왜 기러는 거요? 뎡말 중병이라도 든 겁네까?"

왕자가 지금까지의 태도를 바꾸더니 바짝 관심을 곤두세웠다.

"기게······. 용한 의원들도 달 모르갔다고 하니 소상도 답답하기만 합네다."

"아니, 대상네가 모를 뎡도라믄 뎡말 큰 일이 아닙네까"

"기러게 말입네다. ······어떤 의원은 상사병이라고도 하고······."

"상사병이라니요? 화련 낭자래 연모하는 사람이라도 있단 말입네까?"

"기, 기게……. 화련이래 입을 다물고 있어서리, 기렇디만……."

그쯤에서 범석은 입을 다물었다. 더 이상 말할 필요가 없었다. 이제 왕자가 나설 차례였다.

"기렇디만? 기게 누굽네까? 딥히는 사람이라도 있습네까?"

"기건 모르겠고, 다만……."

범석은 왕자 곁에 서 있는 보철을 힐끗 쳐다보며 말을 아꼈다.

"답답하게 기러디 말고 속시원히 말해 보시라요. 탐, 보철이 너래 아네? 화련 낭자랑 친하디 않네?"

드디어 보철에게 눈을 돌리는 왕자. 그러자 보철이 기다렸다는 듯이 입화살을 날렸다.

"뎡말 답답한 사람은 왕자 전하십네다."

"뭐라? 내가 답답하다고?"

"뎡말 화련이래 뉘 때문에 병들었는디 모르시갔습네까?"

"누 때문인데? 나 때문이란 말이네?"

"말해 뭐합네까? 날래 문안 가디 않았다간 얼굴은 고사하고 관도 못 볼 겁네다."

"뭐, 뭐라?"

왕자는 입을 딱 벌리더니 다물 줄을 몰랐다. 범석은 그런 왕자를 노려봤다. 어떻게 그리 무책임할 수 있느냐고, 어떻게 나한테 이럴 수 할 수 있느냐는 표정을 다 담아서.

"아, 아닙네다. ……아니, 몰랐습네다. 뎡말입네다."

왕자는 안절부절못했다. 그러는 왕자를 보철이 바투 몰아세웠다.

"날래 앞장서시라요. 병 듕에 가장 큰 병이 상사병이라 무당도 못 고티고, 죄 듕에 가장 큰 죄가 듁어가는 사람 못 본 체하는 죄라 했시요. 기러니 더 큰 죄 딧기 전에 가봐야디요."

그 말에 왕자가 일어섰다. 하기야 스스로 긁지 못하는 등을 긁어 주는데 가만히 있을 수는 없었을 것이었다.

결국 둘이 만났고, 눈물로 서로의 마음을 확인했고, 손을 잡았다.

그렇게 하여 범석과 병택 둘의 뜻을 이루게 됐으니 술 한 잔 안 할 수 없었다. 해서 오늘 병택을 초대해 술잔을 기울였던 것이었다.

"이데 벗이 아니라 사둔이 되는 거네?"

"사둔한테 반말은? 깍듯하게 존대해야디. 이런 경우가 어딨네?"

병택이 범석을 보며 피식 웃으며 대꾸했다. 그러자 범석도 지지 않고 되받아쳤다.

"기러는 사둔은 왜 나한테 반말하네?"

"반말에 반말 대답이 무신 흉이네? 오는 말이 고아야 가는 말도 곱디."

"거 말뽄새 한 번 고약하구나야. 날래 잔이나 비우라."

그렇게 주거니 받거니 술잔을 기울이다 보니 어느덧 삼경이 다 되어 있었다.

"오늘 밤은 우리 집에서 자고 가라."

"이런 빙충을 봤나? 호사다마라고 이런 땔수록 더 됴심해야디. 기러다 전하께 무신 일이라도 생기믄?"

"일은 무신 일? 덤벡이래 허수아빈가?"

"허수어민 아니고? 아무튼 이데 곧 집을 합혀 보기 싫을 멍도로 볼 테니긴 메칠만 탐고 기다립세."

범석이 잡았지만 병택은 고집을 꺾지 않았다. 왕자 곁을 잠시잠깐도 비울 수 없다는 뜻이었다.

그 모습은 찰개에서 어린 왕자의 얼굴을 좀 볼 수 없겠냐는 물음에 보였던 비장함과도 같은 것이었다. 그렇듯 병택은 20년 전이나 지금이나 한결같이 왕자에게 충성스러운 신하였다. 그런 신하를 곁에 둔 왕자야말로 행운아였고, 그런 행운아를 사위로 맞게 됐고 둘도 없는 친구이자 동지인 병택과 사돈을 맺게 됐으니 흐뭇하고 든든하지 않을 수 없었다. 그러니 열사흘달도 보름달만큼이나 훤하고 둥글게 느껴질 수밖에.

'이데 얼마 없어 왕자와 병택이래 들어오믄 우리 집이래 비듭아 터디겠디?'

범석은 세상에서 가장 흐뭇하고 뿌듯한 미소로 달을 쳐다보았다. 그러다 멈칫했다. 아버지의 말이 떠올랐기 때문이었다.

"들판에 버려딘 돌처럼 살라. 넌 버려딘 돌인 기야."

아버지는 늘 자신의 이름 범석, 평범한 돌을 들먹이며 이런 말을 자주 했었다. 나라도 없는, 버려진 존재가 딴 뜻을 품으면 위험해지니 딴 뜻을 품지 말라고 했었다. 있는 듯 없는 듯 비바람에도 흔들리지 않는 돌처럼 조용히 살라고 했었다. 그런데 지금 범석은 아버지의 뜻을 거스르려 하고 있었다. 왕자를 사위로 맞을 생각을 하는 순간부터, 화련을 왕자의 배필로 생각한 순간부터 자신의 궤도를 이탈해 있었던 것이었다. 그런데도 그걸 여태껏 한 번도 생각해보지 않았던 것이었고.

범석은 깊은 한숨을 내쉬었다. 그러나 후회의 한숨은 아니었다. 이제 어쩔 수 없고, 어떤 고난과 고초를 겪는다 해도 감당할 수밖에 없었다. 그래서 그 한숨은 후회의 한숨이 아니라 아버지에 대한 죄송스러움을 뱉어낸 한숨이었고 자신의 과거를 정리하는 한숨이었다. 병택이 즐겨 쓰는 말마따나 화살은 이미 시위를 떠나 있었다.

22

서로의 마음을 확인하자 일은 일사천리로 진행되었다. 쇠뿔도 단김에 빼겠다는 정도가 아니라 미루거나 그만둘 수 없는 기호지세騎虎之勢인 것처럼 혼례를 서둘렀다.

그러나 병택은 또 하나의 산을 넘어야 했다.

택일을 하기 위해 왕자의 의향을 물으러 왕자를 찾았을 때였다. 왕자가 보철에게 나가 있으라더니 느닷없이 물었다.

"아바딘 평생 홀애비로 늙을 겁네까?"

왕자의 뜻을 이해하지 못한 병택은 가만히 있었다. 그랬더니 왕자가 화가 난 목소리로 다시 물었다.

"내래 장가 들이디 못해 안달하문서 아바딘 혼차 늙은 거난 말입네다."

"전하, 어띠 기런 말씀을⋯⋯?"

"왜 내래 달못 말했시요?"

"소장은 딕금 무슨 말씀하시는디 알 수가 없습네다."

"내래 장개 들일래고 대상과 수를 쓴 거 다 알고 있습네다. 보철 이래 뎌 놈도 한통속이었디요? 기렇디만 아바디래 원하는 일이고, 나뿐 아니라 모두를 위하는 일이다 싶어 아바디 뜻에 따랐습네다.

기런데…… 아바디는 어떨 겁네까? 혼자 늙을 순 없디 않습네까?"

"전하, 어띠 기런 망극한 말씀을……."

"아닙네다. 모른 체하디 마시라요. 내래 혼차인 아바딜 두고 장개 들디 못하갔습네다. 기렇게 아십시오."

"전하, 어띠 이러십네까? 인륜지대사를 앞두고 이러시믄 안 됩네 다."

"아니요. 기렇디 않습네다. 아바디보다 앞서 장개갈 정도로 급하 디 않습네다. 기러니 아바디 몬저 장갤 드십시오. 유모와 혼례를 티르디 않으믄 내래 혼례도 없던 걸로 하갔습네다."

"전하, 어띠 이러십네까?"

"더 이상 말씀하디 마십시오. 내 뜻은 이미 정했으니낀 알아서 하세요."

그러더니 방을 나가 버렸다.

병택은 멍했다. 도저히 생각지도 못했던 일이었기 때문이었다. 어떻게 그런 생각을 할 수 있었겠는가?

그간 병택은 백방으로 가족을 수소문했으나 생사를 알 수 없었 다. 전쟁 통에 잘못됐는지, 고구려로 끌려갔는지조차 알 수 없었다. 그러나 병택은 희망의 끈을 놓지 않고 있었다. 그런데 왕자는 병택 가족의 죽음을 기정사실화하는 것도 모자라 유모와 혼례를 치르라 고 강요하고 있고, 그러지 않으면 자기도 혼례하지 않겠다고 억지 를 부리고 있었다.

집을 나선 병택은 바닷가로 갔다. 찰개에서 비롯된 머리말리기를 하고 싶었다. 쉼 없는 파도와 한판겨루기를 하다보면 헝클어진 머 리가 풀릴지도 모를 일이었다.

바닷가에 도착한 병택은 바닷가 한 편에 있는, 남들 눈에 띄지 않는, 가끔씩 찾곤 했던 바위에 앉았다. 그리고 바다 앞에, 파도 앞에 자신의 헝클어진 머리를 내밀었다.

그간의 정리情理로 보나 미래 관계 개선을 위해서도 왕자와 화련, 범석과 자신의 결합은 필수적이라 할 수 있었다. 한쪽은 물질적 후원이 절실했고, 또 한쪽은 정신적 지주가 필요했기에 상호 보완할 수 있는 절호의 기회였다. 둘이 결합하면 그 상승효과는 엄청날 것이었다. 그래서 범석과 병택이 왕자와 화련을 결합시키기 위해 온갖 노력을 다해왔던 것이었다. 그리고 어렵게 성사도 시켰다. 그런데 자신과 유모의 혼례를 선결 조건으로 들고 나오니 참으로 난감 그 자체였다.

유모에게 마음이 없었던 것은 아니었다. 유모는 빼어난 미색은 아니지만 누구보다 예뻤고, 조신하고 침착 차분해서 안정감을 주는 여자였다. 그리고 무엇보다 모든 일에 정성을 다하는, 현모양처의 자질을 가지고 있었다. 더군다나 왕자가 성장함에 따라 유모는 은근하면서도 은밀하게 병택의 내조자 역할을 해온 것도 사실이었다. 유모와 합치고 싶은 생각을 한 적도 있었다.

그러나 그건 젊었을 때 얘기지 지금은 아니었다. 이제 쉰도 중반을 넘어 곧 예순이었다. 그런 자신에게 새 장가를 들라니 그건 말라비틀어진 매화 등걸에 매화가 피기를 바라는 것이나 다를 바 없었다.

또한 유모와 자신은 왕자를 위해 꼭 필요한 도구일 뿐, 그 이상도 이하도 아니었다. 언감생심 다른 생각을 할 수가 없었다. 그런데 왕자가 두 사람의 결합을 자신의 혼례 선결 조건으로 들고 나오자 병택은 민망스러웠다. 또한 처신을 제대로 하지 못한 자신이 원망스럽기도 했다. 그렇지만 왕자의 성례를 위해서는 어쩔 수 없이 유모의 의사를 타진해봐야 할 것 같았다. 자신들 때문에 천재일우, 웅비승천의 기회를 놓치게 할 수는 없었다.

마음을 얼마간 정리한 병택은 유모를 찾아가 상황을 전했다. 유모가 기분 나쁘지 않게, 그러나 있는 그대로 알렸다. 그런데 유모의 입에선 전혀 뜻밖의 대답이 터져 나왔다.

"전 장군 뜻에 따를 뿐입네다."

병택은 고심고심 끝에 물었는데 유모는 간결 명료하게 대답했다. 그 대답은 마치 남편의 물음에 대답하는 아내의 모습 그대로였다. 그러자 병택이 자신의 처지를 되새겨주었다.

"기렇디만 내래 처자식이 있고, 언제라도 다시 만나믄 그들에게 가야 할 사람입네."

병택이 괴로운, 미안한 마음을 담아 전하자 유모는 병택을 빤히 쳐다보며 말했다.

"기걸 모를 리 있갔습네까? 기런 날이 오기만 하믄 외려 더 기쁘갔습네다. 기런 건 걱덩마시라요."

당찬 건지, 용감한 건지, 우둔한 건지, 미련한 건지 알 수 없었지만 그렇게 해서 결론은 나고 말았다.

두 쌍의 혼례가 하루 상간으로 이어지자 범석네 넓디넓은 집이 비좁게 느껴질 정도로 인파가 넘쳤다. 범석네 집뿐만 아니라 마을 전체가 마찬가지였다. 범석·병택과 친분 관계가 있는 사람들뿐만 아니라 원근에서 겹경사를 축하하기 위해 모여든 사람들로 북적였다.

범석은 하객들을 접대하기 위해 재물을 아끼지 않았다. 아예 곳간을 다 비워버릴 셈인지 이레 동안 사람들을 극진히 대접했다. 하객뿐만 아니라 마을 사람들이며 길거리를 배회하는 개들까지 포식할 정도였다. 고구려 모본왕 4년 신해(辛亥. 서기 51)년 맹동孟冬 보름의 일이었다.

어둠의 그림자

23

혼례와 동시에 무범네는 장인네로 집을 옮겼다.

이사 후 무범은 병택 장군과 장인의 도움을 받으며 유민 세력 결집에 박차를 가하는 한편, 식객들을 모으기 시작했다.

무범은 뿌리 뽑힌 유민들에게 관심을 가졌다. 무범네와 장인네도 유민이었고, 장인 범석을 필두로 무범이 만난 대부분의 사람들도 유민들이었다. 그들과 만나면서 자연히 유민들의 비참한 삶을 알게 되었고 그에 대한 관심을 가지게 됐다.

이곳 동래東萊에 살고 있는 유민들은 말이 사람이지 사람 이하의 삶을 살고 있었다. 삶의 목표도 없고, 정처나 생업도 없는 그들이었 기에 막사는 경향이 있었다. 주먹다짐은 예사고 도적질, 강간, 살인 을 공공연히 자행함으로써 유민들 집단거주지는 그야말로 범죄의 도시였다. 유민들 대부분은 내일을 기약할 수 없는 암담함과, 어디 에도 의지할 곳이 없다는 외톨이의식에, 혼자만 당한다는 피해의식까지 결합되어 난폭해지고 잔인해져 있었다.

그러나 그런 그들을 통제하고 제어할 공권력이 제대로 가동되지 않고 있었다. 백제 강역이라 백제가 간접 통제를 하고 있긴 했지만 백제가 조선반도로 옮겨간 후 거의 방치하고 있는 실정이었다. 하여 무법천지가 된 지 오래였다.

그런 상황을 알게 된 무범은 가만히 있을 수가 없었다. 태어나지는 않았지만 이곳에서 성장해온 무범에게 이곳은 고향이나 다름없었다. 그런 곳이 무법천지로 방치되어 있는 것을 방관할 수가 없었다. 아버지이면서 신하인 병택 장군으로부터 남다른 사회의식과 역사의식을 길러온 그였기에 어쩌면 당연한 반응인지도 몰랐다. 병택 장군과 장인도 그 문제에 관심이 많았기에 적극적으로 도와주었다. 어쩌면 그런 역할을 하라고 화련과 혼인시켰을지도 몰랐다.

그러나 그 일은 쉽지 않았다. 또한 단시일 내에 성과를 낼 수 있는 일도 아니었다. 장기적인 계획을 가지고 차근차근, 주도면밀하게, 티 나지 않게 해야 할 일이었기에 무범은 서두르지 않았다. 유민들에게 관심을 가지고 접촉하면서 그들과 유대감을 형성하는데 주력했다.

그와 동시에 자신과 뜻을 함께 하고자 하는 사람들을 식객으로 받아들였다. 전국시대 사군(四君. 제齊나라 맹상군孟嘗君, 조趙나라 평원군平原君, 초楚나라 춘신군春申君, 위魏나라 신릉군信陵君)처럼 식객들을 끌어 모으기 시작했다. 사람이란 제각기 깜냥이 있기에 사람들을 사귀고 모아두면 반드시 필요할 때가 있을 터였다. 계명구도鷄鳴狗盜와 낭중지추囊中之錐 고사가 이를 증명해 주고 있지 않은가. 그들을 통해 유민 세력까지 결집시킬 수 있다면 일거양득인

셈이었다.

그러나 사람을 사귀는 일이나 사람을 들이는 일은 신중에 신중을 기해야 했다. 재앙은 보통 사람에게서 오는 만큼 신중할 수밖에 없었다. 특히 곁에 둘 사람은 믿을 수 있어야 했다. 잘못 판단하거나 안이하게 생각했다간 분란을 자초할 수도 있고, 배신당할 수도 있고, 목숨이 위태로울 수 있는 만큼 엄격한 기준을 가지고 엄밀히 선정해야 했다. 그렇게 엄정한 잣대를 적용하여 선정한 인물이 구호정句浩庭, 주종환朱鍾煥이었다.

호정은 구다국句茶國 마가馬加로 왕실과 나라 살림을 도맡아 했던 사람이었다. 나라가 망하자 도망쳐 여기에 숨어들어 있는 걸 무범이 찾아낸 사람이었다. 그리고 종환은 진작부터 장인에게 발탁되어 장인 밑에서 상인들을 관리하며 장인네 살림을 도맡아 하고 있던 사람이었다. 주나국朱那國 장군 출신이라는 말도 있고 조나국澡那國 왕족이란 말도 있으나 본인이 밝히길 꺼려서 자세한 내막은 알 수 없는 인물이었다. 아무튼 그렇게 해서 무범은 호위무사로 보철, 재무 담당 호정, 인사 및 경비警備 담당 종환을 두게 되었다.

무범은 오는 사람 막지 않고 가는 사람 잡지 않는, 이른바 자유선택제를 채택하여 다양한 사람들을 오가게 했다. 그러자 많은 사람들이 자유롭게 드나들었다. 며칠 머물다 떠나는 사람이 있는가 하면 2년 가까이 무범 곁에 머무는 사람도 있었다. 부중에는 늘 백명 정도의 식객들이 머물렀다. 그들 중에는 무범의 눈에 들어 무범과 얼굴을 맞대고 의논하는 사람도 열 가까이 됐다.

식객이 늘자 양식이며 경비도 만만치 않을 것이었다. 그러나 장인은 그러기 위해 돈을 버는 사람처럼 식객들에게 드는 비용을 아끼지 않았다. 오히려 소홀히 대접했다가 식객들이 떠날까봐, 딸이나 사위 얼굴에 먹칠이라도 할까봐 통 크게 나왔다. 그리되자 사람들은 무범과 범석을 합쳐 무석武石이라 하는가 하면, 대상댁 내지는 거상댁으로 부르던 집을 무석부武石府 내지는 무석궁武石宮이라 부르고 있었다.

화련과의 사랑도 결실을 맺어 딸 하나를 두었다. '작은 화련'이라 불릴 정도로 화련을 쏙 빼닮았다. 무범은 낭랑인임을 잊지 말라고 낭아浪娥라는 이름을 붙여주었다. 그녀로 인해 집안에 웃음이 넘쳤고, 두 가족은 한 가족으로 완전히 결속되고 있었다. 그렇게 보람 있고 의미 있는 하루하루가 흐르고 있었다.

그러나…….

이런 무범의 평화와 평안을 시샘하는 파도가 고구려로부터 밀려오기 시작했으니 바로 모본왕慕本王이 재위 6년 만에 신하 두로杜魯에게 시해당하고, 유폐되었던 태자 영影이 도망친 사건이었다. 무범과는 아무런 관계도 없는 이 사건이 무범을 다시 내몰게 되니, 알다가도 모를 게 세상사였다.

24

어둠의 그림자에 대해 처음 전한 사람은 다름 아닌 장인이었다.

교역을 위해 달포쯤 요하에 다녀온 장인이 무범을 찾아왔다. 무석궁 내 무범 처소인 평안재平安齋엔 좀처럼 드나들지 않을뿐더러 할 말이 있어도 호정이나 종환에게 전하던 장인이 직접 찾아왔다.

장인이 관례를 깨고 직접 찾아오자 무범은 긴장하지 않을 수 없었다. 먼 길을 다녀오면 사나흘 동안 별채에서 노독도 풀고 수익을 점검하는 게 보통인데 돌아오자마자 바로 무범을 찾아오자 긴장을 넘어 놀랄 정도였다.

"무슨 일이길래 예까디 오셨습네까?"

무범이 긴장해서, 목소리를 낮추며 물었다.

"전하, 아무래도 고구려에 변고가 있었던 모양입네다."

"변고라니요?"

"기게, 고구려왕 해우解憂가 시해되고, 고추가古鄒加의 아들인 궁宮이 왕위를 이은 것 같습네다."

"고추가의 아들이 왕위에 오르다니요? 태자가 있딜 않았습네까?"

"기게 심상티 않은 겁네다. 태자까디 도모하려 하댜 태자가 낌새를 티고 도망을 텄는디 고구려가 발칵 뒤딥힌 모양입네다."

"아딕도 안 답혔고요?"

"예. 기런 모양입네다."

장인이 대답하자 무범은 자신도 모르게 꿍! 소리를 내고 말았다.

태자가 도망쳤다면 유민들의 집합소인 산동으로 들어올 가능성이 높았고, 설혹 산동으로 들어오지 않는다 하더라도 이곳 산동은 고구려의 표적이 될 수밖에 없었다. 그리되면 여기에 숨어 있는 무범이 발각되는 건 시간문제였다.

"기래, 기게 언제 일이랍네까?"

"작년 겨슬에 있었던 일이라 합네다."

"음, 기럼 디금쯤이믄 백방으로 탖고 있갔군요."

"기게 걱뎡이 돼서 소식을 듣댜마댜 곧댱 달려온 겁네다. 다행히 아딕까디는 마수가 뻗티디 않았디만 아무래도 대빌 하셔야 할 것 같습네다."

"알갔습네다. 나도 대빌 할 테니 장인께서도 대비해 듀시고, 새로운 소식이 있는 대로 알래듀시구래."

"예, 알갔습네다. 당분간 출타하디 마시고 새 사람을 들이는 건 피하는 게 둏갔습네다."

"예, 알갔습네다. 기렇게 하디요."

무범이 대답하자마자 장인이 바로 자리에서 일어섰다. 급히 처리할 일이라도 있는지 인사도 제대로 하지 않고 총총히 나섰다.

장인의 그런 모습에 무범은 더욱 긴장하지 않을 수 없었다. 대범하기로 소문난 장인이 아닌가. 그런 그가 급히, 신발도 제대로 신지 않은 채 끌고 가는 모습을 보고 있자니 장인은 무범이 생각하는 것보다 훨씬 더 심각하게 받아들이는 것 같았다. 또한 장인은 무범에게 전한 것보다 더 많은 사실을 알고 있으면서도 무범이 걱정하고 불안해 할까봐 숨기는 것 같았다. 그리고 그런 무범의 짐작은 빗나가지 않았다.

장인은 모든 정보망을 총동원하여 고구려의 상황을 파악하여 무범에게 알려줬다.

해후 시해의 주범인 대비가 고구려의 전권을 장악했고, 그 오라비 중실휘를 대모달로 임명하여 세자 찾기에 혈안이 되어 있다고 했다. 군권을 휘어잡은 중실휘가 왕 호위병과 왕궁 경비병뿐만 아니라 자신의 휘하에 있는 사병들 중 날랜 자들을 동원하여 세자의 행방을 찾고 있고. 또한 태자 일행이 고구려를 떠나 다른 곳으로 피한 것으로 잠정결론을 짓고 주변지역까지 수색을 확대하고 있어, 머잖아 산동까지 마수가 뻗칠 것 같다고 했다.

"이데 방법은 하나뿐인 것 같습네다."

"무신 말입네까?"

"자명고각을 울려야디요."

"자명고각이라면?"

"간자들을 풀어 첩보를 수집하여 기에 대한 대책을 세우는 것이디요."

"기럼? 장인도 낙랑인이었습네까?"

"낭랑인은 아니고 옛 낭랑국 백성이었다고 하는 게 맞갔디요. 저의 8대조 양다선良多鮮 공께서는 도읍을 평양으로 천도한 고조대왕 高祖大王 신하였으니까요."

장인이 차분히, 담담하게 옛일을 풀어놓았다. 자신들 양씨良氏들의 고생담과 무범과의 인연, 그리고 무범을 사위로 맡게 된 사연까지.

"기것도 모르고……"

장인의 긴 이야기가 끝나자 무범은 할 말이 없었다. 그런 사연이 있으면서도 갓난아기였던 자신을 살린 것이나 사위로 맞은 것은 장인의 말마따나 '애증의 그림자', '질긴 인연' 때문이었을 것이었다.

"일 없습네다. 다 디나간 일인데요. 기나더나 만약을 대비해서 배도 둠 둔비해야 할 것 같습네다."

"배라니요?"

"물론 기런 일이 있으믄 안 되갔디만, 더 이상 어띨 수 없을 땐 도주하는 수밖에 없디 않습네까? 도주도 하나의 전략인 만큼 미리 준비해 둬야 하디 않갔습네까?"

장인의 말에 무범은 마음이 무거워 대답할 수 없었다. 깊디깊은 바다 속에 가라앉는 것만 같아 아무 말도 하기 싫었고, 말을 한다 해도 자신의 마음이 정확히 전달되지 않을 것 같았다.

그러나 아무리 그렇더라도 장인의 물음에 답을 해줘야 했다. 안 그러면 무범이 반대하는 줄 알고 장인 또한 바다 속으로 무겁게 가라앉을 것이 분명하기 때문이었다.

"기건 장인이 알아서 해듀시디요."

"알갔습네다. 기럼……."

장인은 무범의 그 대답을 듣기 위해 그토록 많은 말을 했는지 무범의 대답을 듣자마자 일어섰다. 아무래도 배를 급히 마련하기 위해 나서는 것 같았다.

고구려군이 공격해 온다면 바다를 통해 들어올 것이고, 소규모가 아닌 대규모의 선박이 동원될 것이란 판단하에 동래로 들어오는 배들을 감시하기 시작했다. 한꺼번에 밀려오지 않고 소규모로 상륙한 후 공격할 수도 있는 만큼 입항하는 모든 선박을 철저히 감시하도록 했다. 그리고 장인의 정보력을 활용하여 고구려 쪽 동태도 빠지지 않고 감시했다.

그러는 한편 장인네 무역선 두 척을 반도 남쪽 낭야현(琅耶縣. 칭다오시[靑島市] 인근)에 있는 낭야진琅耶鎭 안에 은밀히 대기시켜 놓았다. 고구려군에게 발각되지 않고 동래를 떠나려면 배들을 멀리 대기시켜 놓아야 하는데 그 최적지가 낭야진이라는 장인의 말을 받아들여 그대로 시행케 했다.

배를 이동시키기 전에 꼭 가지고 가야 할 중요한 물품들을 챙겨 밤에 은밀히 옮겨 실었다. 항해하는 동안 먹을 물과 음식들도 챙겨 실었다. 또한 많은 사람들이 타고 이동할 수 있게 갑판도 정리해 두었다. 닻만 들어 올리면 언제라도 출항할 수 있게 모든 준비를 해뒀다.

식객들의 안전을 보장해줘야 했기에 호정과 종환을 통해 식객들에게 상황을 전파하게 했다. 식객들 대부분이 자신도 거들겠다고 했지만 무범이 막았다. 전투는 열의만으로 할 수 있는 게 아니었다. 특히 상대는 고구려의 정예군일 것이었다. 하여 무장과 무사들을 제외한 다른 식객들은 당분간 피해 있으라 하여 모두 내보냈다. 그렇게 하여 남은 무장과 무사들로 호위대를 꾸몄다. 그러는 와중에 은밀히 자취를 감춘 자들도 있었다.

그렇게 모든 준비를 마치고 오가는 배들을 철저히 감시하기 시작한 지 한 달쯤 지난 후였다. 과연 정체 모를 배들이 동래 앞바다에 나타났다는 보고가 들어왔다.

보고를 받자마자 무범은 병택 장군과 함께 포구 뒤에 있는 산에 올랐다.

20여 척이 넘는 배들이 몰려오고 있었다. 한 척에 50명씩 탔다고 해도 최소 1천의 군사가 몰려오고 있는 셈이었다.

"식객들 중에 간자가 있었던 게 틀림 없습네."

몰려오는 배들을 보자마자 병택 장군이 말했다.

"……?"

"저 명도의 군사를 끌고 온다는 건 이쪽의 사정을 잘 알고 있다는 말인데, 내부 사정을 알 사람은 식객들뿐 아닙네까? 얼마 전에 자취를 감춘 식객 중에 고구려군의 끄나풀이 있었던 겝네다."

"기럼 이뎨?"

"떠나야갔디요."

병택 장군이 무겁게 입을 열더니 떠나야 하는 이유를 말하기 시작했다.

먼저, 저렇게 많은 군사들과 대적하려면 그에 상응하는 군사들이 있어야 하는데 대적할 군사들이 없기 때문이다. 설혹 군사가 있다 해도 적군보다 월등히 많지 않고선 고구려 정예군에 대항하지는 못할 것이다.

다음으로, 만약 군사들이 있다 해도 지금 이곳에서 전투를 벌이는 건 피해야 한다. 만약 이곳에서 전투를 벌이게 되면 이곳에서 겨우 목숨 줄을 잇고 있는 유민들이 피해를 입게 되고, 갈 곳 없는 그들을 내쫓는 결과를 낳기 때문이다.

셋째, 이 전투에서 이긴다 해도 고구려는 더 많은 군사들을 동원하여 이차, 삼차 공격해 올 것이다. 그런 그들과 장기적인 전투를 벌이려면 성이나 방어체제가 필요한데 그런 준비가 되어 있지 않다.

넷째, 유민들을 결집하여 고구려의 공격을 막는다 해도 장기적인 대책은 되지 못한다. 왜냐하면 이곳 유민들은 나라가 각기 다르기 때문에 하나로 결집도 어려울뿐더러, 하나로 결집시켜 놓는다 해도 손익에 따라 언제든지 마음을 바꿀 수 있기 때문에 결집을 지속시키기 어렵다.

마지막으로, 이런 점들을 고려할 때 이곳에서 전투를 벌이기보다 일단 피하는 게 이롭다. 왕자를 믿고 따르는 사람들을 이끌고 다른 곳으로 가는 것이 오히려 바람직할 것이다. 그 무리야 많지 않겠지만 그러는 편이 장기적인 관점에서 볼 때 당장 전투를 벌이는 것보다 낫기 때문이다. 또한 전쟁은 피할 수 있으면 피하는 게 상책이다. 특히 대항할 만한 힘이 없을 때는. 이제부터 힘을 길러 권토중래할 날을 기다려야 한다.

병택 장군은 신하가 아니라 아버지로서 무범에게 피할 것을 권했다. 의분에 찬 목소리가 아니라 조용히 권하는 목소리로. 그런 병택 장군의 말을 무범 또한 조용히 들었다. 그리고 병택 장군의 말이 끝나자 조용히 물었다.

"기럼 이데 어디로 가야 합네까?"

그 질문엔 병택 장군도 선뜻 대답하지 않았다. 퇴로도 마련해 놓지 않고 피하라고 할 사람은 아닌데도, 대답을 미루고 있었다. 그렇게 잠시 뜸을 들이더니 역시 차분하고 조용한 목소리로 권했다.

"기건 소장보다 궁주와 상의하시디요. 기게 옳을 것 같습네다."

"궁주와?"

"기렇습네다. 이데 전하께서는 가장입네다. 기러니 기런 문제는 마땅히 궁주와 상의하는 게 맞을 겁네다."

"기렇디만 궁주가 어띠?"

"아닙네다. 궁주도 진즉부터 알고 계셨으니 생각해둔 곳이 있을 수 있습네다. 한 번 상의해 보시디요."

아무래도 병택 장군, 장인, 화련간에 모종의 소통이 있었던 것 같았다. 병택 장군은 그걸 자신의 입으로 얘기하기보다 화련을 통해 듣게 함으로써 모든 문제를 두 부부가 해결해 나가는 모양새를 취하려 하고 있는 것 같았다.

"알갔습네다. 기럼 이데 내려가시디요. 상황이 급박하니 빨리 처리해야 할 것 같습네다."

"예, 기러시디요."

무범과 병택 장군은 뛰듯이 산을 내려오기 시작했다.

무범이 집으로 돌아오자 아내 화련은 이미 피란할 준비를 다 마쳐놓고 있었다. 장인네도 마찬가지였다. 이미 필요한 물품들은 배에 실어 낭야진으로 옮겨놓은 터라 준비라 해봐야 별 것 없었지만, 모든 준비를 마치고 무범이 오기만을 기다리고 있었다.

"먼뎌들 출발하시디요. 내래 장군하고 곧 뒤따라갈 테니낀."

"어뚷게 기럽네까? 기다리갔습네다."

장인이 조심스레 의견을 제시하자 무범이 받았다.

"기러믄 서로 불편해딥네다. 기러니 날래 출발하시라요. 간난이도 있디 않습네까? 우리래 곧 뒤따라갈 테니낀 걱뎡 말고 날래 떠나시라요."

그러자 이번엔 화련이 나섰다.

"기럴 순 없습네다. 어뚷게 우리만 먼뎌 떠납네까? 같이 가게 해 듀시라요."

"아닙네다, 부인. 기렇게 되믄 일만 더 복잡해디고, 가족이 안전을 확보하디 못한 상태에서 무슨 일을 하갔습네까? 그러니 내 말대로 하시라요."

"기래도 어뚷게……?"

"걱뎡 마시고 떠나시라요. 알잖습네까? 내래 병택 장군의 도움을 받긴 했디만 그 전란 속에서도 살아남은 사람이 아닙네까? 기러니 내 걱뎡 마시고 어서 떠나시라요."

그 말에 화련은 눈에 눈물을 가득 담았다. 쫓겨 다니기만 하는 무범의 삶이 안타깝고 안쓰러운지, 가족을 지키려는 가장의 헌신이 고마운지, 어떤 상황에서도 자신감을 잃지 않는 남편이 든든한지는 알 수 없었다. 말없이 고개를 작게 끄덕였다.

"알갔습네다. 기럼 낭야진에서 뵙갔습네다."

그러자 장인이 나서서 상황을 마무리했다.

"예. 됴심, 또 됴심하시고……, 집사람과 낭아 달 부탁하갔습네다."

그렇게 장인에게 부탁하며 아내와 딸을 장인네 편에 딸려 보냈다. 그건 무범이 산에서 내려오면서 결심했던 것이었다.

무범이 생각할 때 아내와 딸을 안전하게 피신시키는 게 급선무였다. 그들의 안전을 확보하지 못한 상태에선 아무 일도 할 수 없을 것 같았다. 만약 전투라도 벌어진다면 그들이 위험해질 수 있었고, 가족의 안전을 보장받지 못한 상황에서 전투다운 전투를 할 수 없을 것 같았다. 그래서 가족을 먼저 피신시킨 후 일을 처리하고 싶었던 것이었다.

병택 장군도 무범과 같은 생각인지, 무범을 말리거나 끼어들지 않았다. 오히려 가족들을 먼저 보내지 않으면 자신이 나서서 보내려고 했다는 표정으로 무범을 지지해 주었다. 전투든 전쟁이든 그건 남자들의 몫이고, 가족을 지키는 건 가장의 몫이 아니던가.

가족들을 보내놓고 무범은 자기 짐을 챙기기 시작했다. 거의 모든 것은 배에 실어 보내 남은 게 별로 없었지만 최근에 구입했거나 읽었던 책들은 아직 챙겨놓질 못해서 그걸 챙기기 시작했다. 그러자 보철이 팔을 걷어붙이며 덤볐다.

"아니 됐어야. 이건 내가 챙길 테니낀 넌 날래 집에 다녀오라. 부모님께 인사라도……."

"인산 무슨 인삽네까? 전하를 모시러 떠날 때 이미 다 드려놨는데……. 기런 걱뎡 마시라요."

보철이 무범의 말을 자르며 걱정하지 말라고 했지만 무범은 다시 일렀다.

"기래도 안 기래. 이데 가믄 언데 올디도 모르잖네. 기러니 날래 다녀오라."

"일 없습네다. 마음 쓰디 마시라요."

"어, 거 탐…… 왜 이렇게 말을 안 듣네. 한 번이라도 예! 하고 따르라."

"일 없다디 않습네까? 불 난 집에 불 먼뎌 꺼야디 불도 안 난 집 걱뎡을 와 합네까?"

그러면서 책장에 있는 책들을 챙기려 했다. 그러자 무범이 보철의 팔을 잡아끌면서 소리를 질렀다.

"기건 기냥 두라. 마구답이로 꺼내면 어더럽기나 하디. 아무 도움도 안 되고 방해만 되니낀 방에서 나가라. 집에 갔다오기 싫으믄 밖에라도 나가 있으라."

무범의 고함에 보철이 무추름히 서서 무범을 바라보았다. 그러자 무범이 더욱 역정을 내며 소리를 질렀다.

"날래 나가라. 일 방해되니낀."

그래놓고 다시 책들을 챙기기 시작했다. 그러나 책들을 제대로 챙길 수가 없었다. 보철이 자신을 보고 있을 것이기에 손에 힘이 빠져서 책을 제대로 잡을 수가 없었다. 일각이라도 빨리 보철이 나가줬으면 싶은데 보철은 한동안 움직이는 기색이 없었다.

"기럼 소인, 집에 댬깐 다녀오갔습네다."

보철이 떨리는, 울먹이는 목소리로 알리고 후다닥 방에서 나갔다.

순간, 무범은 휴우 한숨을 쉬면 보철의 뒷모습을 바라보았다. 보철의 어깨가 너무나 무거워 보였다. 늘 밝고 활달해서 한 번도 그런 생각을 해본 적도, 그런 모습을 본 적도 없었는데 오늘따라 왠지 그래 보였다. 그 무게는 보철 자신의 것이 아닌 무범의 것이었기에 무범의 마음도 덩달아 무겁게 가라앉았다.

25

"전하! 전하! 날래 피하십시오, 날래!"

집으로 떠난 지 반 식경도 안 돼 보철의 다급한 목소리가 평안재를 뒤흔들었다. 가슴이 내려앉는 정도가 아니라 온몸에서 기가 쏙 빠져나가는 것 같았다. 평소 낙천적이고 여유롭던 보철이 다급하게 소리칠 정도라면 보통 심각한 게 아니었기 때문이었다.

무범은 어지러운 정신을 붙잡기 위해 손에 들고 있던 책을 꽉 쥐며 심호흡을 했다.

흐드드득.

죽간들의 뼈 부러지는 소리가 들렸고, 죽간을 졸라맨 줄이 끊어지는지 툭툭 소리를 냈다. 그 소리가 무범의 정신을 불러들이는지 하얗게 흐려가던 정신이 돌아왔다. 그와 동시에 이제 무엇을 해야 할지 결정이 섰다.

무범은 쥐고 있던 책을 던져두고 칼걸이에 걸려있는 칼을 집어 들었다. 제발 진검을 드는 일이 없기를, 칼걸이에 걸려 있는 칼을 쓸 일이 없기를 얼마나 빌고 또 빌었던가. 그러나 이제 그걸 바랄 수는 없었다.

칼을 집어 든 무범은 활시위를 떠난 살처럼 방에서 뛰어나갔다.

밖으로 나가자 병택 장군, 호정, 종환을 비롯하여 식객들이 평안재로 뛰어들고 있었다.

"가시디요."

병택 장군이 비장하게 소리치며 무범 곁에 섰다. 그러자 나머지 사람들도 무범을 둘러쌌다.

"전하! 전하!"

그와 거의 동시에 보철이 중문 안으로 뛰어들었다.

"앞문 말고 뒷문으로 날래!"

보철이 뛰어들며 소리를 지르자 일행은 급히 뒷문으로 방향을 틀어 뛰었다. 그러자 보철이 비호 같이 달려와 무범 오른쪽에 찰싹 붙어 뛰기 시작했다.

"집에 안 가고 어딜 갔던 게냐?"

"이 판국에 집은 무신 집이우꽈? 적군 동탤 살필 생각에 포구로 나가는데 벌써 새까맣게 몰려오고 있었습네다. 기래서……."

"우리 집을 아는 눈티더냐?"

"아는 게 뭡네까? 식객으로 와 있던 첩잘 앞세우고 곧바로 달려오고 있었습네다. 기래서 소인이 소릴 지르며 달려온 거디요."

뛰어가면서 주고받는 말이라 정확치는 않았지만 급박한 상황인 것만은 충분히 전달되고도 남았다.

이제 상황은 분명해져 있었다. 급히 피하지 않으면 모두 위태롭다는 사실이었다. 몇 안 되는 인원으로 벌떼처럼 몰려오는 적군을 상대할 수는 없었다. 안 그래도 턱없이 부족한 무사들을 아내와 처가 식구들의 호위를 위해 딸려 보냈으니 이제 남은 사람이라곤 열 명도 안 됐다. 그러니 일단 피하는 게 상책이었다.

일행은 앞서거니 뒤서거니 후문을 빠져 나왔다. 후문 앞에는 눈치 빠른 식객들이 말을 대기시켜 놓고 있었다. 그걸 보더니 병택 장군이 말했다.

"보철! 전하를 뫼셔라. 난 여기서 덕을 막갔다. 날래 가라."

"안 됩네다."

무범이 소리를 질렀다.

"장군이 안 가믄 나도 안 갈 겁네다."

"전하! 이 어띠……."

"여러 말 마시라요. 아바딜 적지에 버려두고 혼차 갈 순 없습네다."

"전하! 어띠 기런 망극한……."

"결정하십시오. 같이 가갔습네까? 아니면 모두 여기에 남기를 바랍네까?"

"전하!"

병택 장군이 황공해서 말을 잇지 못하고 있는데 다시 전하! 소리가 들렸다. 돌아보니 식객 중 하나인 다개多蓋가 뛰어오고 있었다. 뒤에는 다개를 호위하는 진문과 창문 형제까지 이끌고.

다개는 30여 년 전 고구려에 멸망한 개마국 장군의 후예였다. 고구려를 몰아내 낙랑을 재건한 후에 개마국을 다시 살려내겠다고,

무범을 만난 후 이름까지 다개로 바꿀 만큼 기개가 대단하여 무범이 곁에 두었던 청년이었다.

"여긴 소인들이 맡갔습네다. 기러니 장군도 전하를 모시고 어서 피하시라요."

다개가 진문 형제와 함께 달려오며 외쳤다.

그러자 종환이 기다렸다는 듯이 무범을 앞질러 대답했다.

"기래. 자네들이라믄 무석부 사정을 누구보다 달 알 테니 뒤를 부탁하갔네. 집결지는 알고 있디?"

"예. 걱뎡 마시고 날래 가십시오."

"기래. 이데 가시디요."

종환이 말했다. 더 이상 지체할 수 없다고 판단했는지 종환이 무엄하게도 무범 앞에서 월권하고 있었다.

"기럼, 부탁하갔네. 낭야진에서 꼭 다시 보세, 알갔나?"

무범은 다개에게 부탁한 후 몸을 돌려 버렸다. 깨문 이 사이로 신음이 삐져나왔고, 금방이라도 눈물이 흐를 것만 같았기 때문이었다. 자신이 살기 위해 얼마나 많은 사람들이 고통을 받고 죽어야 할지 생각하니 괴롭기 그지없었다.

26

왕자 일행이 출발하자 다개는 진문 형제를 이끌고 평안재 안으로 들어갔다. 평안재 안으로 들어선 다개가 뒷문을 잠갔다.

"뒷문은 왜 담그는 겁네까?"

창문이 궁금한 듯 물었다. 그러자 다개가 다가오며 대답했다.

"여기가 우리 무덤인데 문을 닫아둬야 됴용하디 않갔네?"

그러자 진문이 받았다.

"하기사 문을 열어두믄 영혼이 돼서도 도망티려 할디 모르니 미리 단속해두는 거이 나쁘딘 않갔디요."

"기렇고 말고. 우리래 둑어서라도 여길 막아야디."

그 말에 두 형제는 말없이 고개를 끄덕였다. 마치 굳은 약속이라도 하는 것처럼. 그리곤 중문으로 뛰어가 중문에 등을 밀착시켰다.

그때쯤 적군의 어지러운 발자국 소리가 들리더니 익숙한 목소리도 흘러나왔다.

"뎌깁네다. 뎌 문 안똑에 최무범이래 기거합네다."

그 말이 끝나고 얼마 없어 휙 하니 적군 하나가 담을 뛰어넘었다. 그와 동시에 다개가 앞으로 나서며 칼을 움직이는가 싶더니 상대 목이 툭! 떨어졌다.

"어드릏게 된 기야? 왜 문이 안 열리네?"

밖에서 짜증난 목소리가 들리더니 문을 발로 차는지 문이 흔들렸고, 다시 군사 하나가 담을 뛰어넘었다. 이번에도 다개가 앞으로 나서며 칼을 휘둘렀다.

일격필살一擊必殺, 일도양단一刀兩斷.

좀 전과 마찬가지로 목과 몸이 분리되어 나뒹굴었다.

그제서야 적군도 거기에 사람이 있는 걸 깨달았는지 소리를 질렀다.

"안에 군사들이 매복해 있다. 담을 뛰어넘는다. 모두 뛰어넘으라!"

그 명령에 십수 명이 한꺼번에 담을 뛰어넘었고, 나머지는 중문을 밀기 시작했다.

군사들이 담을 뛰어넘자 다개와 진문 형제는 문에서 떨어져 나와 서로 등을 마주하고 섰다. 그러는 동안에도 적군은 계속 담을 뛰어넘었고, 마침내 빗장이 부러지며 문이 열리자 군사들이 물밀 듯 쏟아져 들어왔다. 그 중에 앞장선 자는 분명 눈에 익은 자였다.

얼마 전까지만 해도 무석궁 식객으로 한 솥밥을 먹던 자였다. 얼굴이 쥐상으로 배신상背信相이라고 무범 왕자에게 주의하라고 했었다. 그러나 낙랑국 유민이라 하여 왕자가 각별히 관심을 쏟았던 자였다. 그런 자가 조국과 왕자를 배반하고 고구려군의 앞잡이가 되어 무석궁에 난입한 것이었다.

그를 본 창문이 이빨을 갈며 소리를 질렀다.

"쥐새끼 네 이놈!"

그러자 쥐상이 맞대거리를 했다.

"칼을 버리라. 이미 싸움은 끝났다. 백 명도 안 되는 군사로 어띠 천 명을 감당하갔나? 아까운 목숨 버리디 말고 날래 칼을 버리라."

그 말엔 다개가 대답했다.

"쥐새끼 천 마리 명도야 칼까디 쓸 필요도 없디. 고뎌 엄디손톱 하나믄……."

그 말이 채 끝나기도 전에 칼이 들어왔다. 셋은 동시에 왼쪽으로 방향을 틀어 칼을 피함과 동시에 칼을 휘둘렀다. 그러나 상대도 만만치 않았다. 몸을 피하기도 하고 뒤로 빠지기도 하면서 칼날을 피했다. 다개가 찌른 칼에 적군 하나가 쓰러졌을 뿐이었다. 그 모습을 본 적장이 소리를 질렀다.

"뎌라! 한 명도 살래듀디 말고."

그 소리에 다개가 적장을 향해 몸을 날렸다. 그러자 적장이 칼을 들어 방어하더니 역공을 취했다. 그렇게 두어 합을 겨루더니 적장이 말했다.

"이놈은 놔둬라. 내가 상대하겠다."

적장이 소리치자 모든 군사들의 칼과 창이 진문과 창문을 향했다. 그렇게 다개는 적장을 상대로, 진문과 창문 두 형제는 자신들을 둘러싼 군사들과 싸움을 시작했다.

그러나 진문 형제는 적군의 칼을 피할 수가 없었다. 인원도 인원이지만 고구려 정예군을 두 사람이 당할 수는 없었다. 서로 등을 기댄 채 적군과 몇 합을 버텼으나 적군의 칼끝을 피하기는 어려웠다. 번갈아가며 덤벼드는 적군의 칼끝이 두 사람의 다리며 팔에 흔적을 남기기 시작하더니 급기야는 진문의 허리를 베었다.

헉!

진문이 소리를 내자 창문이 소리를 질렀다.

"형님!"

그러나 창문의 외침도 길게 끌지는 못했다. 뒤를 돌아보려는 순간 적의 칼끝이 창문의 목을 찔렀기 때문이었다. 그렇게 둘은 거의 동시에 적군의 칼날에 쓰러졌다.

적장과 맞붙은 다개만이 십수 합을 견디고 있을 뿐이었다.

진문 형제를 제압한 고구려군은 이제 다개에게 눈을 돌렸다. 그러자 적장이 다개와 맞붙어 싸우며 소리를 질렀다.

"흩어져서 날래 최무범이래 찾으라. 도망텼을디도 모르니 뒷문으로도 똧으라."

그 말에 몇몇 군사들은 뒷문을 열고 뛰어갔고, 나머지 군사들은 어지럽게 평안재를 뒤지기 시작했다.

군사들이 평안재를 어지럽히는 중에도 둘은 치열한 공방전을 벌이고 있었다.

치고 빠지고, 긋고 막고, 솟고 내리치고, 뛰고 숙이고…….

둘이 싸움을 하는 게 아니라 춤이라도 추듯 끊김과 막힘이 없었다. 그러나 백중세는 어느 순간에 허물어졌다. 열린 중문 사이로 적군들이 또다시 몰려들었기 때문이었다.

그 적군들 사이에서 한 사람이 나서더니 소리를 꽥 질렀다.

"지금 뭐하네? 최무범이래 도망텄다. 날래 쏳으라."

그 말에 다개가 돌아서려는 바로 그 순간이었다. 그 찰나의 순간에 벌에 쏘인 것처럼 뒷목이 따끔했다. 그러나 그건 따끔한 통증이 아니라 적장의 칼이 다개의 뒷목을 벤 것이었다. 그와 거의 동시에 다른 쪽에서도 칼이 날아들었다. 이번에는 심장을 찌른 것 같았다.

"이까딧 놈 데리고 노닥거릴 때네? 날래 가라! 최무범이래 뒤쏳으라!"

그 소리에 다개는 몸을 돌려 적장을 막고 싶었다. 아니, 적장의 목을 치고 싶었다. 그런데 온몸이 확 뜨거워지는가 싶더니 아뜩했다. 눈마저도 서서히 흐려지기 시작했다.

다음 순간, 땅바닥이 확 일어서더니 다개의 몸을 차갑게 때렸다. 몸이 부르르 떨리는가 싶더니 곧 감각마저 희미해지기 시작했다.

또 다른 이별

27

무범 일행이 목적지인 낭야진에 도착한 것은 널드르 무석궁을 떠난 지 닷새만이었다.

고구려군을 따돌리느라, 이틀이면 족한 거리를 닷새나 돌고 돌았던 것이었다. 혹시라도 고구려군이 장인과 화련 일행이 먼저 출발한 걸 눈치 채고 추격이라도 할까봐 유인작전을 펼치지 않을 수 없었다. 그 작전 계획을 낸 사람은 다름 아닌 병택 장군이었다.

"너무 빨리 달리디 말라. 기러고 산길로 길을 답으라."

무석궁을 빠져나온 지 얼마 지나지 않아, 마을에서 벗어났다 싶자 병택 장군이 속도를 줄이며 소리를 질렀다.

"딕금 기게 무슨 소립네까?"

무범은 병택 장군의 말을 이해할 수 없어 묻자 병택 장군이 말 위에 앉은 채 예를 표한 후 대답했다.

"딕금부터는 적군을 유인하며 가야 합네다. 기렇디 않으믄 사돈

네와 궁주 기러고 아기씨께서 위험해디디 않갔습네까? 그러니 적군이 딴 데 신경 쓰디 못하도록, 우리 꽁무니만 똫아오게 해야 합네다. 적군이래 바달 건너와서 말이 많디 않을 겁네다. 기러니 우리가 최대한 그들을 끌고 가야 합네다. 또한 길도 먼데 출발한 사람들의 뒤가 아닌 산길로 가야 합네다. 마차로 가고 있어서 기동력이 떨어딜 수밖에 없디 않갔습네까?"

듣고 보니 정말 그랬다. 바닷길로 먼저 떠나기는 했지만 마차로 가고 있어서 먼저 떠난 사람들을 따라가게 되면 곧 만나게 될 테고, 그리되면 모두가 위험해질 수 있었다. 그러니 이동 경로를 분산시켜야 조금이라도 안전할 수 있었다. 그런 생각조차 못한 채 오로지 도망칠 생각에 골몰해 있었는데, 병택 장군은 백전노장답게 도주로까지 다 계산해 놓고 있었던 것이었다.

그렇게 고구려군을 유인하며, 험한 산길만 골라 정현(挺縣. 라이양시[萊陽市] 남쪽)까지 달렸다. 그러고도 마음이 안 놓여 다시 교동후국(膠東候國. 핑두시[平度市])까지 진출했다. 바닷길로 가고 있을 가족들이 안전을 위해 추격군들을 최대한 끌고 다녀야 했다. 교동후국에 도착해서도 곧장 직진했다. 계속 서쪽으로 가는 것처럼 추격군을 교란시키기 위해 교동후국을 한참이나 지난 후에 말머리를 왼쪽으로 틀어 곧장 남하하기 시작했다. 그런 후에도 산길만 골라 고밀후국(高密候國. 가오미시[高密市] 남서쪽)으로 내려온 후 낭야진에 당도했다.

그런데 먼저 떠난 장인 일행이 아직 도착해 있지 않았다. 정현에서 남쪽으로 반도를 가로질러 양석현(陽石縣. 라이시시[萊西市] 부근)에 도착한 후, 바닷길을 따라 갈노현(葛盧縣. 하이양시[海陽市])과 불기후국(不其候國. 지모시[卽墨市] 남서쪽)을 거쳐 낭야진에 오기로 했으니 도착해도 벌써 도착해 있어야 했다. 그런데 닷새가 지나도록 도착하지 않았다니 무슨 일이 있었던 게 분명했다.

가족이 도착하지 않았다는 말을 듣는 순간 불길한 생각이 온몸을 덮치면서 털이란 털은 모두 곤두서는 것 같았다. 가족의 안전을 위해 다섯 사람이 닷새 동안 얼마나 땀을 흘렸던가. 추격군이 보이지 않자 되돌아가 추격군을 끌고 오기까지 하지 않았던가. 그런데도 아직 도착하지 않았다면 안 좋은 일이 있었다는 뜻이었다.

그렇지만 무범은 아무 말도 하지 않았다. 아니, 입 밖에 낼 수가 없었다. 걱정을 실은 불길한 말은 불길한 일을 몰고 온다고 하지 않았던가. 그래서 입을 다문 채 한참을 있다가 마음과는 정반대의 말을 내뱉을 수밖에 없었다.

"기다리고 있으믄 오갔디요. 그리 단단히 꾸몄는데 무슨 일이 있갔시오? 닷새 동안 잠도 제대로 못 잤으니 배에 올라 잠이나 둠자 둡세다."

그렇게 말해놓고 먼저 배에 올라버렸다.

자신이 담담하게, 아무 일도 없을 거라는 태도를 취하지 않으면 사람들이 찾아 나서자고 할 게 뻔했다. 그래서 부러 아무렇지도 않은 듯, 시간이 흐르면 올 테니 걱정하지 말자고 여유를 부렸던 것이었다.

선실에 들어가 누웠지만 잠이 올 리 없었다. 아무래도 변고가 생긴 게 확실해 보였다. 그렇지 않다면 아직까지 도착하지 않을 이유가 없었다.

누운 채 생각을 곱씹다 보니 불길한 생각만 커지고, 점점 해괴망

측한 생각까지 머리를 어지럽혔다. 혼자 같으면 당장이라도 찾아 나서겠지만 자기 가족 때문에 또 다른 희생을 강요할 수는 없었다.

평안재 후문을 지키겠다고 남은 다개와 진문 형제도 희생당한 모양이었다. 그들이 살아 있다면 시간상 훨씬 전에 도착해 있어야 했다. 그런데도 아직까지 도착하지 않았다면 희생됐을 가능성이 높았다.

그런 상황에서 가족을 찾겠다고 나선다면 또 다른 희생을 강요하는 것이나 진배없었다. 만약 가족들에게 무슨 일이라도 생겼다면 호송하는 사람들도 무사하지 못할 것이었다. 그렇다면 무범 곁에는 이제 네 사람밖에 없는데 그들마저 사지로 내몰 수는 없었다.

이러지도 저러지도 못해 팔베개를 하고 누워 있자니 헛기침 소리가 났다. 그리고 조용히 문이 열렸다.

무범은 자는 척 눈을 감았다.

"전하, 됴용히 혼차 다녀오갔습네다."

무범이 자는 척 눈을 감고 있자, 병택 장군이 보고하듯 낮고도 조용히 말하고는 나가려 했다.

"어딜 간단 말입네까?"

무범이 눈을 감은 채 나직이 물었다.

"사둔이야 모른 체한다 해도 벋의 생사를 모른 체할 순 없디 않습네까?"

병택 장군은 친구를 들먹였다. 그러나 그 말이 며느리와 손녀의 생사를 모른 체할 순 없디 않갔습네까로 들렸다. 그 말을 듣는 순간, 무범의 가슴 속에는 주먹보다 큰 그 무엇이 불쑥 치밀어 오르며 숨을 턱 막았다. 생각마저 막아버리는 것 같았다. 그러나 내색할 수 없었다. 그래서 조용히 울음을 삼키며 대답했다.

"기러시갔디요. 예사 벋도 아닌데……."

"기렇디요. 기럼……."

그리고 조용히 문 닫히는 소리가 들렸다.

문이 닫히자 무범은 벌떡 몸을 일으켰다. 그리고 눕혀 두었던 칼을 집어 들었다. 그러나 그뿐이었다.

생각 같아선 칼을 들고 당장 병택 장군을 따라가고 싶었지만 그럴 수가 없었다. 무범이 움직이는 순간, 보철이 따를 것이고, 호정과 종환도 결코 가만있지 않을 것이었다. 그리되면 모두 위험에 처할 것이고, 잘못되면 몰살당할 수 있고, 모든 게 허사가 될 수도 있었다. 주군으로서 해서는 안 될, 가족 때문에 신하들을 죽음의 길로 내몰 수는 없었다. 그게 섬김을 받는 사람이 갖는 한계였다. 그리고 지금은 모든 걸 기다리는 수밖에 다른 방도가 없었다.

무범은 손에 쥐었던 칼을 내려놓았다. 그리고 두 손을 맞잡았다. 제발 살아 돌아오기를, 제발 살아 있기만을 빌고 또 빌었다.

28

길을 나선 병택은 곧장 불기후국으로 말을 몰았다.

사돈 일행이 낭야진으로 올 때 이용하기로 한 길을 역으로 추적하여, 불기후국→갈노현→양석현을 거쳐 장광현으로 가 볼 생각이었다. 상황을 봐가며, 가능하다면 무석궁까지 가보고. 살아있다면 마주칠 것이고, 만약 일을 당했다 해도 발자취든 흔적이든 찾을 수 있을 것이었다.

닷새 동안 잠다운 잠을 못 자서 그런지 몸이 무겁고 흐늘거렸다. 선선한 초가을 바람 때문인지 눈꺼풀도 자꾸만 내려앉았다. 그러나 이겨내야 했다. 만약 사돈 일행이 지금 적군과 맞닥뜨렸다면, 교전 이라도 벌어졌다면, 적군에게 끌려가고 있다면, 고문이라도 당하고 있다면 지금 일각은 단순한 일각이 아니었다. 생사를 좌우할 수 있 는 일각이었다. 해서 늘어지는 몸을 곧추세우고 감기는 눈을 부릅 뜨며 달리고 또 달렸다. 말을 재촉하는 소리와 눈을 부릅뜨고 좌우 를 살피는 일은 늦출 수도 멈출 수도 없었다.

길을 살피며 불기후국에 도착할 때까지 별다른 징후는 없었다. 간단한 행장만 소지하고 있었지만 호위병력까지 합치면 스무 명 이상이 이동했으니 지나갔다면 어떻게든 흔적을 남길 수밖에 없었 다. 만약 적과 교전이 있었거나 작은 충돌이라도 있었다면 뚜렷한 자취나 자국이 남아 있을 것이었다. 그러나 그 어떤 것도 발견할 수 없었다. 사돈 일행이 아직 불기후국에 도착하지 않았거나 다른 경로를 이용했다는 뜻이었다.

아무런 흔적이 발견되지 않자 다소 마음이 놓였다. 불행의 흔적 이 없다는 건 일을 당하지 않았다는 뜻이었기 때문이었다. 그러나 점점 초조해졌다. 아직까지 불기후국을 지나지 않았다면 피치 못할 사정이 있었다는 뜻인데, 그 피치 못할 사정이란 게 마음에 걸렸다. 그러나 병택은 희망의 끈을 놓지 않고 불기후국에 도착하는 즉시 탐문을 시작했다.

사돈 범석은 장광현뿐만 아니라 산동반도에서 모르는 사람이 없 는 유명인이라 그 행적을 탐문하는 데는 어렵지 않았다. 또한 많은 인원에 마차까지 세 대나 있었으니 사람들 눈에 띄었을 것이고, 불기후국에서 묵기라도 했다면 객잔客棧에 들었을 테니 수소문하기도 쉬웠다.

그러나 사돈 일행의 흔적은 어디에도 없었다. 마지막엔 평소 사돈의 입에 오르내렸던 상인들을 찾아가 사돈이 찾아왔거나 연락이 있었는지 물어도 모르겠다고 했다. 오히려 상인들이 사돈에게 무슨 일이 있냐고 반문하는 통에 난감해지기까지 했다.

"기런 게 아니라 예서 만나자고 해서 먼더 길을 나섰는데 만나딜 못해서요. 기래서 대인께 들렀나 해서 탖아온 겁네다. 그 친구래 대인 얘기를 자듀 해서 먼더 왔으면 혹시나 들렀나 해서요."

병택이 재치를 발휘해 둘러대지 않았다면 사돈의 실종 사실이 탄로 날 뻔했다. 그랬다면 상인들이 먼저 나서서 사돈을 찾겠다고 야단을 피웠거나, 사돈이 수십 년간 구축해놓은 상업망이 와해 됐을 것이었다. 손익 계산에 빠른 그들은 둘 중 하나를 선택했을 가능성이 높기 때문이었다.

불기후국에서 사돈 일행을 찾지 못한 병택은 곧바로 갈노현을 향해 달렸다. 낭야진을 떠날 때 준비해온 말 두 필을 번갈아 바꿔 타며 잠시도 쉬지 않고 달렸다.

갈노현에 도착하자마자 불기후국에서와 마찬가지 방법으로 사돈을 수소문했다. 그러나 갈노현에서도 사돈 일행의 흔적을 찾을 수 없었다.

갈노현에서도 사돈 일행을 찾지 못한 병택은 의기소침해질 수밖에 없었다. 널드르에서 갈노현까지는 한나절이면 당도할 수 있는 거리였다. 그런데 벌써 엿새째 감감무소식이었고 갈노현에도 당도

하지 못했다면 변을 당했을 가능성이 그만큼 높다는 뜻이었다.

그러나 포기할 수는 없었다. 어떻게든 사돈 일행을 찾아야 했다. 만약 일이 터졌다 해도 자기 눈으로 직접 확인해야 돌아가도 돌아갈 수 있을 것 같았다.

하여 갈노현에서 양석현으로 갈 때는 그 어느 때보다 조심조심, 찬찬히 살피며 길을 갔다. 적군과 마주칠 수도 있었고, 바짝 긴장해서 살피지 않으면 그냥 지나칠 수 있었기에 최대한 신중하게 발을 옮겼다.

그러나 양석현에 도착할 때까지 아무도 만나지 못했다.

불시에 적군을 만나지도 않았고 사돈 일행의 흔적도 발견할 수 없었다. 고구려군이 널드르에 하륙했는지, 사돈 일행이 진짜로 길을 나서기나 했는지조차 의심스러울 정도였다. 며칠 간 잠을 제대로 못 자서 그런지 모든 게 흐릿했고, 혼자 환상에 빠져 헤매고 있는 것 같이 느껴졌다. 모든 게 현실감이 없었다. 꿈인가 싶기까지 했다. 그러나 환상도 아니고 꿈도 아닌 현실이었다. 그게 병택을 더욱 괴롭게 했다.

양석현에서도 사돈 일행의 흔적을 찾지 못한 병택은 머뭇거리지 않을 수 없었다. 널드르까지 가 볼 것인지 그냥 낭야진으로 돌아갈 것인지를 결정해야 했다.

널드르로 가기 위해선 목숨을 걸어야 했고, 낭야진으로 돌아간다는 건 결국 사돈 일행을 포기한다는 뜻이었다. 그건 낙랑과 태자를 포기할 것이냐, 둘도 없는 친구와 태자의 가족 그리고 자기 아내인 유모를 포기할 것이냐의 문제였다. 그래서 쉽게 결정할 수가 없었다. 둘 중 하나를 포기해야 했고, 포기하는 건 같지만 그 결과는 너무나 엄청난 차이가 있었다. 그래서 머뭇거릴 수밖에 없었다.

마방에 들었으나 잠을 이룰 수가 없었다. 밤사이에 결정을 내려 아침 일찍 결행해야 했다. 모든 게 촉박했다. 왕자 일행이 낭야진에 마냥 머물러 있을 수도 없는 상황이 아닌가.

극비리에 낭야진으로 배를 옮겼고, 그 사실을 아는 사람도 최측근뿐이었지만 후문을 막겠다고 남은 다개와 진문 형제는 알고 있었다. 그들이 적군에게 발설할 리야 없겠지만, 적군에게 생포되어 고신 끝에 실토라도 한다면 낭야진도 결코 안전한 곳이 아니었다. 그러니 모든 행동을 신속히 해야 했다.

방에 앉아 이 생각 저 생각을 하고 있노라니 귀뚜라미 울음소리가 자꾸만 생각을 끊어 버렸다. 그악스럽게 울어대며 진중하게 하나의 생각에 집중할 수 없게 했다.

병택은 화가 났다. 보이기만 하면 귀뚜라미들을 다 베어버리고 싶을 정도였다. 일생일대의 결단을 내리기 위해 고민하고 있는데, 그런 자신과는 아무런 상관없이 제 짝을 찾기 위해 그악스럽게 울어대는 미물이 역겨워 견딜 수가 없었다. 그러나 진짜 화가 난 이유는 귀뚜라미 울음소리가 고구려군의 발자국 소리와 말발굽 소리로 들렸기 때문이었다. 고구려군의 발자국 소리와 말발굽 소리가 사방에서 조여 오는 것 같아 견딜 수가 없었다.

병택은 날도 밝기 전에 낭야진을 향해 길을 떠났다. 더 이상 머뭇거리거나 시간을 허비한다는 건 귀뚜라미들의 울음소리에 갇힌 채괜한 화를 돋우는 일이나 다름없었다. 지금은 귀뚜라미의 계절이라 귀뚜라미들은 계속 울어댈 것이고, 그걸 피하는 방법은 하나뿐이었다. 계절이 바뀌기를 기다리는 것. 그러기 위해서는 단 하루라도 빨리 고구려군을 피하는 게, 배를 타고 멀리 떠나는 게 상책이었다. 사돈과 그 일행에게는 안 된 일이지만 계절은 그렇게 냉혹한 것이었다. 인간은 계절을 이길 수는 없는 만큼 따르고 적응하는 수밖에 다른 방도가 없지 않은가.

박차를 가하며 낭야진을 향해 달려가는 병택의 모습 위로 파란 가을하늘이 펼쳐져 있었다. 병택과는 아무런 관계가 없다는 듯 맑고 투명한 하늘이었다. 그리고 그 하늘 군데군데 하얀 뭉게구름이 눈부시게 떠있었다.

29

병택이 낭야진에 돌아와 보니 사돈이 낭야진에 도착해 있었다.

사돈의 얼굴을 보는 순간, 병택은 헛것이라도 본 듯 깜짝 놀라지 않을 수 없었다. 그러나 분명 사돈이었다. 보고 또 봐도 사돈이 분명했다.

"이, 이게 어떻게 된……."

병택은 말을 이을 수가 없었다. 반갑다 못해 불쑥 미운 감정이 솟구칠 정도였다. 그동안 애태우고 헤매 다닌 걸 생각하면 가슴팍이라도 치고 싶을 정도였다. 그러나 마음과는 달리 병택은 뛰듯이 달려가 사돈을 덥석 껴안았다. 그리고 난 후 사돈의 몸을 살피며 물었다.

"어디? 다친 덴 없네?"

그러자 사돈이 오히려 되물었다.

"자네야말로 괜찮네? 못난 범 뒈서 고생하네."

사돈도 감격스러운지 울먹였다.

"난 다신 못 보는 둘 알았어야."

"누가 할 소릴……. 긴데 궁듀는? 와 안 보이네?"

그 말에 사돈이 멈칫했다.

"우리 메느리와 손년 어딨네?"

병택이 재우쳐 묻자 사돈이 죄인처럼 고개를 떨구며 대답했다.

"아딕……."

"아딕이라니? 기게 무신 말이네?"

병택이 이해할 수 없어 물었지만 사돈은 더 이상 입을 열지 않았다. 그러고 보니 유모도 안 보이고, 호송을 담당했던 무사들도 몇 명밖에 안 보이는 것 같았다.

"뭐네? 길을 나눴던 게야?"

병택이 물음에 사돈은 대답 대신 먼 하늘만 쳐다보았다. 눈물을 삼키고 있음이 분명했다.

"미안하이. 나만 살아 돌아왔네."

병택은 사돈의 말이 믿기지 않았다. 자신이 없는 틈을 타 몰래 돌아왔듯이 궁주와 아기씨 그리고 유모를 숨겨두고 자신을 놀래키려고 장난치는 것 같았다.

"장난이디? 기렇디? 장난티는 거디? 날 놀리래고 장난티는 거 맞디? 말해보라. 장난이디?"

병택이 사돈의 옷자락을 부여잡고 소리를 질렀으나 사돈은 묵묵부답이었다.

병택은 맥이 탁 풀렸다. 서 있을 수가 없었다. 귀가 윙 울리며 정신마저 아뜩해졌다. 병택은 잠시 숨을 골랐다. 더 이상 열을 올렸다간 쓰러질 것 같았다.

"탸라리 오디 말디. 혼차 올 거믄 오디 말디……. 기러믄 포기라도 쉽디. 이뎨 어뜩하라고? 다 포기하고 달래왔는데 이뎨 또 어뜩하라고?"

병택은 사돈이 원망스러웠다. 사돈 혼자 살아 돌아온 게 원망스러운 게 아니었다. 한 사람이라도 살아 돌아왔다는 건 기쁘고 또 기뻤다. 춤이라도 추고 싶었다. 그러나 모든 걸 포기하고 돌아온 자신에게 또 다른 갈등과 번민을 안겨주는 사돈이 원망스러울 수밖에 없었다.

범석이 무사히 도착했으니 이제 또다시 찾아 나설 핑계거리가 없었다. 친구를 찾아보겠다고 나설 수가 없었다. 친구를 위해 나서는 거야 왕자도 말리지 못했지만 이제는 다시 찾아 나설 명목이 없었다. 궁주와 아기씨, 그리고 유모를 찾아 나서겠다면 왕자가 절대 허락하지 않을 것이었다.

그렇지만 손 포개고 있을 수는 없었다. 이제 실종자들을 구해올, 찾아 나설 사람은 병택밖에 없었다. 무술로야 보철이 병택보다 나을지 몰라도 그는 왕자 곁을 떠날 수 없는 사람이었다. 그렇다고 사돈을 호종했던 사람들을 사지로 내몰 수도 없었다. 죽음의 길에 나설 사람은 자신뿐이었다.

"어디네? 어디서 길을 나눴네?"

병택이 다그치자 사돈이 울먹였다.

"이 사람아, 그만하게. 난들 안 탖아봤겠나? 닷새 동안, 정말 듁을 각오로 탖아봤네. 혼차 살아돌아오느니 탸라리 듁고 말겠다고 발악까디 해봤다고. 기렇디만 다 소용없었네. 긴데 이데 뭘 어뜩하래고? 챠라리…… 챠라리 날 원망하게. 날 원망해."

"아, 아무리 기래도 어, 어뜩게 기냥 있네? 어뜩게……?"

병택은 말을 이을 수 없었다. 사돈 말마따나 사돈이 그냥 돌아왔을 리 없었다. 닷새 동안 죽을 각오로 찾아봤을 게 틀림없었다. 그런데도 못 찾았다면 이제 살아 있을 가능성은 희박했다.

그걸 모르는 바 아니었다. 머리는 그렇다고 차갑게 말하고 있었다. 그러나 가슴은 정반대였다. 가슴은 아무리 그래도 그냥 있을 수는 없지 않느냐고 뜨겁게 소리 지르고 있었다. 해서 아무런 결정도 내릴 수 없었다. 결정을 내리려 하자 그 둘이 사투라도 벌이는지 머리마저 어지러웠다. 입까지 막아 말까지 더듬거리게 했다.

갈피를 못 잡고 거친 숨만 몰아쉬며 서 있으려니 병택의 손을 잡는 사람이 있었다. 왕자였다.

"벗이, 세상에서 둘도 없는 벗이 살아 돌아오디 않았습네까? 기럼 되디 않았습네까? 이데 그만, 그만 하시라요."

왕자의 목소리는 젖어 있었다. 아무렇지도 않은 듯 담담하게 말하고 있었지만 목소리는 분명 젖어 있었다. 며느리와 손녀를 잃은 자신과 아내와 딸을 잃은 왕자의 마음이 같을 수는 없었다.

그런 왕자의 목소리를 듣고 있으려니 불쑥 한기가 들었다. 조금 전까지만 해도 뜨겁게 용솟음치던 가슴마저도 머리만큼이나 서늘히 식어버렸다.

병택은 멍하니 왕자를 바라보는 수밖에 없었다.

30

범석은 말도 없이, 슬그머니 배에 올라버렸다.

사위·사돈과 한 자리에 있을 수가 없었다. 그들과 얼굴을 마주하고 있을 자신이 없었다.

혼자 허덕이며 헤어진 가족을 찾던 때는 혼자였기에 버틸 수 있었다. 혼자 해결해야 한다는 중압감이 짓누르긴 했지만 다른 사람을 생각하지 않아도 됐다. 다른 사람 때문에 괴롭진 않았었다. 그러나 사위와 사돈을 마주하고 있자니 고통이 가중됐다. 자신의 고통스러운 모습을 상대에게 보일 수밖에 없음이 힘들었고, 자기와 같은 고통을 겪고 있을 그들의 마음이 짚혀오자 도저히 함께 있을 수가 없었다.

선실로 들어간 범석은 자리에 누웠다. 잘 시간도 아니었고 누워도 잠이 올 리 없겠지만 따로 할 일도 없었다. 그렇다고 청승맞게 앉아 있으려니 그것도 못할 짓이었다.

사돈 병택의 계획대로 동모후국(東牟候國. 옌타이시 무핑구[牟平區])에서 남하해서 양석현, 갈노현, 불기후국으로 곧장 서행했다면 가족이 헤어지는 일도, 생사를 몰라 애타는 일도 없었을 것이었다. 그러나 범석의 판단 착오로 세 갈래로 나눴고 급기야는 생각지도 못했던 생이별을 하게 되었다.

애초 길을 나누자고 했을 때 화련이 말렸었다.

"아바디, 아무리 위급한 상황이라 해도 길을 나누는 건 아닌 거 같습네. 길도 달 모르는데 여기서 헤어지면 다시 만나기 힘들 수도 있습네. 탸라리 어디 숨었다가 나듕에 가는 게 낫디 않갔습네까?"

그러나 고구려군의 말발굽소리에 혼이 빠진 범석은 그럴 정신적
여유가 없었다. 장사 같으면 물품들을 포기해 버리면 그만이지만
사람의 목숨이 걸려 있는 문제였다. 더군다나 딸과 손녀, 아내와
친구 아내까지 모두 여자들이란 것도 마음에 걸렸다. 물론 호위하
는 사람이 없는 건 아니지만 쫓아오는 고구려군을 막아낼 수는 없
을 것 같았다.

"아니다. 딕금은 나눠뎌 가는 게 둏을 것 같다. 내래 마부와 호위
무사들에게 달 얘기해뒀으니깐 어뚷게든 목숨 보존해서 양석현에
서 만나댜. 기게 최고의 방책인 것 같다. 기러니 사부인도 기렇게
아시고 몸 됴심하십시오. 남자들만 같아도 어띠 해보갔는데 여자들
이라서 기럽네다."

그렇게 해서 자신과 아내, 딸과 손녀, 그리고 사부인으로 길을
나눴는데 그게 마지막이 될 줄을 어떻게 알았겠는가? 이제 어쩔
수 없는 일인데도, 곱씹을수록 자신의 어리석음과 판단 착오는 커
져만 보였다.

그러다 범석은 한 가지 생각에 머물렀다. 이제 자신은 늙었다는
생각이었다. 이번 일도 그 때문에 벌어진 일인 것 같았다.

평상시 같았으면, 아니 젊을 때 같았으면 그런 두려움이 일지 않
았을 것이었다. 어떻게든 낭야진까지 갈 수 있다는 자신감으로 길
을 나누지 않았을 것이었다. 다른 사람이 길을 나누자고 해도 무슨
소리냐고 일축했을 것이었다. 살아도 같이 살고 죽어도 같이 죽자
고 밀어붙였을 것이었다.

그런데 이번엔 그러질 못했다. 자신감이 없었고, 모든 게 두려웠

다. 자신의 잘못된 판단으로 딸과 손녀를 잃고 싶지 않았다. 자신들은 늙었지만 딸과 손녀만은 살리고 싶었다. 이제 자신들은 살날이 얼마 남지 않았지만 딸과 손녀는 앞날이 창창했다. 그런 그들을 어떻게든 살려야 한다는 생각뿐이었다. 하여 딸의 반대에도 불구하고 길을 나눴던 것이었다.

둘째로 고구려군이 쫓아오고 있었지만 그것도 정확한 것은 아니었다. 집을 나설 때 고구려군이 집으로 밀려오는 것을 보고 자신들을 쫓아오고 있을 것이라 지레짐작하여 다른 생각을 하지 못했다. 몇 명이 쫓아오고 있는지 파악할 여유도 없었다. 오로지 두려운 생각에, 두려움에 떨며 도망치기에 급급했던 것이었다. 양석현에 도착했을 때 호위하는 사람들을 풀어 추격군들을 파악하기만 했어도 이 지경에 이르지 않았을 것이었다. 그런데 그걸 하지 못했다. 그럴 정신적인 여유도 없었던 것이었다.

셋째로 길을 나누기로 했으면 적절한 조치를 취했어야 했다. 양석현은 자신의 영향권에 있는 지역인 만큼 아는 사람들에게 위급한 상황임을 알려 지인들의 도움을 받았거나 자기 수중에 있는 돈을 헐어 무사들이라도 구해 딸과 손녀, 사부인을 호위하게 했어야 했다. 그런데 그런 적절한 조치를 취하지 않았다. 그럴 생각마저 하지 못했다. 오로지 빨리 도망쳐야 한다는 생각뿐, 다른 생각은 하지도 못했고 할 생각마저 갖지 못했다.

생각하면 할수록 자신의 무능이 도드라지기만 했고 대처능력 없는 자신이 역겨웠다. 남보다 빼어난 총기와 빠른 머리 회전으로 어려서부터 남들의 부러움을 샀고, 그 능력을 바탕으로 대상이라 불릴 만큼 돈도 벌었다. 그런데 이번 일을 겪고 보니 그건 그야말로 옛일이었고, 아득히 멀어져간, 기억 속에나 남아있는 일일 뿐이었다.

언제부터였는지 정확하진 않지만, 쉰을 전후해서 깜박깜박하기 시작했다. 처음엔 대수롭지 않게 생각해 단순히 건망증이려니 생각했는데 그게 아니었다. 갈수록 심해졌다. 그리고 얼마 전서부터는 심각할 정도였다.

무엇을 잊어버리는 건 물론이요, 잘 보관해놓고 어디에 났는지 몰라 찾는 건 다반사였다. 무얼 가지고 다니다 흘리기는 예사였다. 잠시 한눈을 팔거나 딴 생각을 하면 그 전의 것은 잊어버렸다. 엉뚱한 곳에 물건을 놔두고 찾아다닌 것도 부지기수였다. 뿐이 아니었다. 뚜렷한 목적을 가지고 길을 가다가도 어딜 가려했는지 몰라 한참을 생각하기도 했고 길을 돌아오기도 했다. 건망증을 넘어 치매로 접어들고 있는 게 분명해 보였다.

그러다 보니 자신감이 없었고 판단력이 흐려졌다. 특히 급박하거나 흥분하거나 화가 났을 때는 심장만 쿵쾅거리는 게 아니라 순간적으로 머리가 아뜩해지며 모든 게 지워져 버리곤 했다. 심지어는 그런 상태가 오래 지속되기도 했다.

이번에도 그랬다. 고구려군이 쫓아온다는 생각에 심장이 쿵쾅거리다 못해 금방이라도 터질 것 같았고, 정신이 아득해지는 정도가 아니라 머릿속이 하얗게 지워져 버렸다. 마음을 가다듬고 차분히 생각해 보고 여유를 가져야 할 텐데 그럴 생각마저 하지 못했다. 심장 박동에 따라 온몸이 떨리고 금방이라 쓰러질 것 같아 정신을 차릴 수가 없었다.

그런 와중에도 오로지 딸과 손녀를 살려야 한다는 생각은 아주 또렷했다. 자신들이나 사부인은 죽어도 괜찮지만 딸과 손녀를 살려야 한다는 생각에 차분히 생각하거나 계산해 보지도 않고, 앞뒤 없이, 무작정 길을 나섰던 것이었다.

'이제 물러나야갔어.'

범석은 조용히, 그러나 결연히 다짐을 했다. 뒷방늙은이로 쭈그러들 게 두려웠지만 조용히 물러서는 게 모두를 위해서 좋을 듯했다. 상황 상황에 맞게 결단력을 발휘하며 일을 추진할 젊은이를 찾아야 할 것 같았다.

결심이 서자 범석은 몸을 일으켰다. 이제 누구에게 대상의 자리를 넘겨줄 것인가를 고민해야 할 차례였다. 그 일은 어두운 선실이 아닌 밝고 햇빛이 충만한 갑판에서 하는 게 맞을 것 같았다. 어둠이 늙음의 벗이라면 밝음은 젊음의 벗일 테니까.

선실에서 나와 갑판으로 나서려는데 선실로 들어서려는 사람이 있었다. 도사공이었다.

"대상 어르신, 아무래도 둠……."

도사공은 범석을 보자 허리를 굽히며 말했다. 자신을 만나러 오는 길이었던 모양이었다.

"와 그럽메? 날 탖아온 검메?"

"예. 아무래도 날쎄가 둠……."

"날쎄가? 날쎄가 왜?"

"아무래도 심상티가 않아서리. 담시 나와보셔야 할 것 같습네다."

도사공의 말이 채 끝나기도 전에 범석은 도사공을 밀치며 갑판으로 나섰다. 30년 넘게 배에서 잔뼈가 굵었고, 배에서 젊음을 불태웠고, 배에서 늙고 있는 그였다. 최고의 사공으로 범석과 항해를 한

지도 20년 가까이 되는 그가 날씨를 언급할 때는 그만한 조짐이 있기 때문일 것이었다. 그의 판단이 잘못되거나 그른 경우는 거의 없었다.

갑판으로 나선 범석은 도사공이 가리키는 남쪽 바다를 바라다보았다. 어두운 선실에서 방금 나와선지 눈이 간지러워 잘 보이지 않아 범석은 눈을 가늘게 뜨고 초점을 맞췄다.

가을 햇살 아래 투명하기만 한 하늘 저쪽 어딘가에 구름이 보였다. 자세히 보이지는 않았지만 물마루(수평선)에 허연 게 일어서고 있는 것도 같았다. 또한, 너무 멀어서 거기가 어디쯤인지는 잘 모르겠지만 분명 구름장이 덮여 있는 것 같았다. 그리고 그 앞에 갈퀴 모양의 구름이 흩어지는 모습도 보이는 듯했다.

"태, 태풍 아니네?"

"기런 거 같습네다. 소인도 기게 걱정스러워……."

"걱정스럽기는 뭐가 걱정스럽단 말이네. 당장 알리라. 알려서 준비하게 하라."

범석이 소리쳤다. 젊을 때 못지않은 패기에 찬 목소리로 소리를 질렀다. 잘못된 판단은 한 번으로 족했다. 이번만큼은 잘못된 판단으로 사람을 잃기 싫었다. 아니, 과감한 결단력으로 왕자를 비롯한 모든 이를 살려내야 했다.

"예. 알갔습네다."

범석의 말에 도사공이 어디랄 것도 없이 목청껏 소리쳤다.

"태풍이 오고 있다. 밸 단속하라. 태풍이 오고 있다."

도사공의 외침을 들으며 범석은 하늘은 결코 무심하지 않구나 싶었다. 딸과 손녀를 찾아볼 시간을 벌 수 있을 것 같았기 때문이었다.

낭야진에 도착했을 때, 딸과 손녀를 다시 찾아보고 싶었다. 그러
나 딸과 손녀, 사부인을 죽음으로 내몰았다는 죄책감에 한 마디도
할 수가 없었다. 죄인의 몸으로 어떤 말을 해도 그건 변명밖에 되지
않을 것이고, 어떤 의견을 내도 받아들이지 않을 것이었다. 하여
꿀 먹은 벙어리로 입을 봉하고 있었다.

그렇지만 딸과 손녀가 살아 있을 것이란 질긴 예감이 들었다. 자
기가 보기에 딸 화련은 그렇게 쉽게 죽을 애가 아니었다. 비록 여자
이긴 해도 강단이 있었고, 판단력도 빼어났다. 그런 화련이 그렇게
쉽게 죽진 않았을 것이란 질긴 예감은 어느 순간 확신으로 변했다.
그렇지만 그 말도 할 수 없었다. 그런데 태풍이 오고 있다면 최소한
닷새나 이레쯤 시간을 벌 수 있었다. 그 동안 화련을 찾아볼 수 있
었다.

도망치느라 정신이 없어 제대로 찾아보지 못했고, 주변의 도움을
받을 생각도 해보지 못했었다. 그러나 이제 모든 방법을 다 동원하
는 한편, 가용인원을 최대한 동원한다면 찾을 수 있을 것 같았다.
아니, 찾아야 했다. 자기 재산 전부를 다 없애는 한이 있더라도, 자
기가 죽는 한이 있더라도 화련은 찾아야 했다. 그게 아비의 도리일
것이었다.

범석은 이를 꽉 깨물었다. 아무리 늙었지만 자식을 살리겠다는
의지만은 젊게, 최대한 젊게 다졌다.

31

"어디 태풍이 온다는 거네?"

무범은 믿기지 않아서 건너편 배를 향해 소리를 질렀다. 그러자 건너편 배에서가 아니라 무범이 타고 있는 배의 뱃사공이 뛰어오면서 목소리를 높였다.

"왕자 전하, 태풍인디…… 폭풍인디…… 몰려오고 있습네다."

"기게 무슨 소리네? 하늘이래 말땅하디 않네."

무범은 사공이 하는 소리를 이해할 수가 없어 물었다.

"기게 아닙네다, 전하. 뎌 쪽 먼 하늘과 물마루를 자세히 보십시오. 폭풍우가 몰려오고 있습네다."

"어디, 어디 말이네?"

사공이 손으로 가리키는 쪽을 바라봤지만 무범의 눈에는 아무것도 보이지 않았다. 조금 전에 봤던 그 하늘 그대로였다.

"뭐래 보이디 않습네까?"

"길쎄 뭐가 보인다는 거네?"

"하늘 끝부분을 자세히 보십시오. 줄 같이 생긴 게 움딕이디 않습네까? 까만 점 같은 것도 아른거리고 말입네다."

"거 턈, 무슨 말을 하는디 도대체……."

바로 그 순간이었다. 아득한 수평선 위로 뭔가 떠오르는가 싶기도 하고 뭔가 움직이는 것 같기도 했다. 사공은 그걸 말하는 모양이었다.

"물마루에 허옇고 점 같은 게 움딕이는 게 보이디 않습네까? 기거이 폭풍이나 태풍이 오는 거인디 햇발이래 없고 점이 보이는 건 태풍인 겁네다."

사공은 자세한 설명했지만 무범은 제대로 알아들을 수가 없었다. 그렇지만 바다의 변화나 바람의 조짐에 대해서는 빠삭한 그들이었다. 유경험자들로부터 얻어들은 게 많을 것이고, 그 누구보다 경험도 많을 것이기에 그들의 판단을 따르는 수밖에 없었다.

"기럼 기거이 얼마나 떨어뎌 있는 거네?"

"길쎄요…… 기건 정확티 않디만, 바람 빠르기에 따라 다르긴 하디마는, 반나절도 안 돼 여길 덮틸 겁네다. 기러니 배를 단단히 묶어두는 게 상책이디요."

"기렇구만. 날래 기렇게 하라."

그 말에 두 사람의 대화를 곁에서 듣던 병택 장군이 조용히 입을 열었다.

"전하, 아무래도 딕금은 떠날 때가 아닌 것 같습네다. 궁주래 탖아보라는 것 같습네다."

그 말에 무범은 병택 장군을 힐끔 쳐다봤다. 태풍에 대한 걱정보다 화련을 찾아볼 기대감에 부푼 얼굴이었다. 그런 병택 장군의 얼굴빛을 보자 할 말이 없었다. 화련을 찾기 위해 혈안인 그가 아닌가.

장인이 장모와 함께 포구에 도착한 것은 병택 장군이 친구를 찾아 떠난 바로 그날 저녁이었다.

누운 채 병택 장군을 보냈지만 잠이 오지 않았다. 어떻게든 잠을 자보려고, 잠에 빠져 불안 초조를 잊어보려고 했지만 그럴수록 말똥거리기만 했다.

눈을 질근 감고 누워 있었지만 잠은 오지 않고 헛된, 불길한 생각만 파고들었다. 아무리 떨쳐 보려고 했지만 그건 뽑아낼수록 무성해지는 뿌리도 없는 잡초였다. 죽어가면서까지 씨를 뿌리는 종자인지 극성스럽게 번지고 커져 갔다.

그 잡초들에 둘러싸이는 정도가 아니라 잡초들이 무범의 몸과 마음을 칭칭 감아올 때쯤 무범은 몸을 일으켜 버렸다. 몸은 뻐근했고 머리는 당장 잘라 버리고 싶을 정도로 거추장스럽고 무거웠다.

몸을 일으킨 무범은 정신을 가다듬기 위해 앉은 채로 심호흡을 했다. 내쉬는 숨에는 망령된 생각들이 나가고 들여 마시는 숨에는 정제되고 알찬 생각들이 들어오기를 바라며 천천히, 깊게 했다. 그러나 그럴수록 불길한 예감과 망령된 생각만 들어왔다.

무범은 결국 선실을 나섰다. 답답한 선실에서 벗어나고 싶었다. 바닷바람이라도 좀 쐐야 불안하고 초조한 마음을 달랠 수 있을 것 같았다.

선실을 나서자 보철이 그림자처럼 소리 없이 따라붙었다. 성격상 무슨 말이든 붙일 것 같은데 아무 말도 없이 따라오기만 했다. 하기야 눈치 9단인 그가 무범의 심리 상황을 모를 리 없었다.

배에서 내린 무범은 무작정 걸었다. 목적지도 없었을뿐더러 이곳 지리도 모르기에 발 가는 대로 걸었다. 이제 가족은 물론 처가 식구들이며 병택 장군마저 다 잃을지 모르는 상황이었다. 그런 상황에서 어떤 목적지를 갖는다는 자체가 사치일지도 모른다는 생각이 들었다.

무범은 후회스러웠다. 병택 장군을 말렸어야 했고, 막았어야 했다. 병택 장군이 끝까지 고집을 꺾지 않으면 고함이라도 질렀어야 했다.

나를 버려두고 어딜 가려고 하느냐고, 그럴 거면 애초 왜 나를 산동까지 데리고 와서 키웠고 이곳까지는 왜 끌고 왔느냐고 강하게 따지기라도 했다면 병택 장군은 안 갔을지도 몰랐다.

그러나 무범은 병택 장군을 잡지 않았다. 친구를 핑계로, 사실은 며느리과 손녀를 구하러 나서는 병택 장군을 말리지도 막지도 않았다. 어떻게든 가족을 구해 올 거란 믿음 때문이 아니라 어떻게든 가족을 구해내고 싶었다. 그 어떤 대가를 치르더라도 아내와 딸을 살리고 싶었다.

만약 병택 장군이 잠자코 있었다면 계획을 잘못 세운 병택 장군을 원망하는 정도가 아니라 당장 내 아내와 딸을 찾아내라고 들들 볶아서 결국 길을 나서지 않으면 안 되게 만들었을지도 몰랐다. 무범에게 가족은 그런 것이었다.

가족이 무언지, 어떤 것인지 몰랐던 그에게 지난 2년은 가족의 의미를 알게 했고 가슴에 새기게 했던 시간이었다. 그새 가족은 그의 전부가 되어있었다. 단 하루도 떨어질 수 없는, 떨어져선 안 되는 존재였다. 그래서 병택 장군이 가족을 찾아 나서겠다고 했을 때 그는 속으로 쾌재를 불렀었다. 역시 병택 장군은 다르구나, 역시 병택 장군이야. 이런 생각에 병택 장군을 선선히 보냈던 것이었다.

그러나 병택 장군이 떠나자마자 후회스러웠다.

병택 장군도 가족이었다. 그 누구보다 오래된, 매일 새롭게 정제되고 정화되는 가족은 바로 병택 장군이었다. 그런데 그걸 망각하고, 오로지 딸과 아내를 살릴 생각에 병택 장군을 사지로 내몬 것이었다. 망나니짓을 한 셈이었다. 그러니 잠이 올 리 없었고, 누워 있을 수도 앉아 있을 수도 없었고, 선실에 있을 수도 없었다. 그래서 무작정 나온 길이었다.

무범은 포구 앞까지 걸어갔다. 바닷바람을 맞으면 헝클어진 마음이 좀 정리될 줄 알았는데 더 얽히고설키기만 했다. 아무래도, 이제, 자신이, 병택 장군을, 찾아, 나서야, 할 것 같았다. 그러지 않고서는 마음을 추스를 수가 없을 것 같았다. 평생 후회할 것 같았다.

"말 둠 준비하라."

결정이 서자 무범은 보철에게 명한 후 왔던 길을 바삐 걸었다. 보철은 대답도 하지 않았고, 묻지도 않았고, 가타부타 말도 하지 않았다. 처음엔 놀란 표정이었으나 곧 의미를 깨달은 듯했다. 그 정도가 아니라 이제 비로소 옳은 길을 가는구나 안도하는 듯했고, 그러기에 목숨을 걸고 곁에서 모시는 보람을 느낀다는 표정이었다. 당연히 병택 장군의 뒤를 쫓아갈 것이라고 믿고 있었던 눈치였다.

무범은 숨을 헐떡이며 포구로 돌아왔다. 그리고 곧장 배에 올라 무장을 한 후, 만약을 대비해 아내에게 몇 자 적어두고 선실을 나섰다.

그러나, 무범은 말에 오를 수가 없었다.

선실에서 나와 배에서 내리려는데 마차가 달려오고 있었다. 뽀얀 먼지를 일으키며 달려오고 있었지만 마차 덮개며 호위무사들의 복장을 보니 자기네 마차요 무사들이었다. 기다리고 기다리던 가족들이 달려오고 있었다. 어디서 무얼 하다 이제야 오는지 모르겠지만 분명 자기네 가족들이었다.

그런데 이상했다. 마차가 한 대뿐이었다. 무사들도 얼마 되지 않았다.

놀라 배에서 뛰어 내려 보니 역시나 장인과 장모뿐이었다.

고구려군이 뒤쫓자 바닷길을 버리고 우회하기로 했고, 추격군을 분산시키기 위해 세 갈래로 길을 나눠 양석현에서 만나기로 했는데 만나지 못했다는 것이었다. 그리고 닷새 동안 길을 되짚어가며 찾아봤지만 찾을 수 없었다고.

무범은 또다시 낙담하지 않을 수 없었다.

자신은 가정과 가족을 가질 수 없는, 혼자 떠돌아야 할 운명인데 그 운명을 거슬렀다가 애꿎은 사람들만 희생시켰다는 자책감이 들었다. 운명을 거부하는 자신 곁에 있다가 고통을 겪고 죽어가는 사람들에게 너무나 미안했고 죄스러웠다.

또한 자신에게 끝까지 고통과 형벌만 내리는 운명에 치가 떨렸다. 그 정도 했으면 이제 안쓰러워서라도 가만 놔둘 만한테 끝까지 뒤흔들어대는 운명에게 주먹질하고 침이라도 뱉어주고 싶었다. 해도 너무 한다 싶었다. 그런 운명을 타고난 자신이 가여워 견딜 수가 없었다.

32

바다는 급변해서 바람과 파도가 거칠어져 있었고, 가끔씩 거뭇거뭇 줄구름이 새처럼 날아오기 시작했다. 정말 빠른 판단을 내리지 않고 출항했다면 난파당했을 수도 있었구나 싶었다.

시시각각으로 변해가는 바다를 바라보며 서 있으려니 장인이 무범네 배로 올라왔다.

"태풍 때문에 한동안 배를 띄울 수가 없을 것 같습네다."

장인은 태풍을 걱정하기보다 태풍 때문에 출항하지 못하게 된

걸 다행으로 여기는 말투였다.

"기러게 말입네다. 기럼 이데 메칠이나 여기 묶여야 하는 겝네까?"

무범은 답답하다는 듯 목소리를 구기며 물었다.

"빠르면 너닷새 늦으면 예닐레 동안은 밸 띄우디 못할 겝네다. 기러니 아무리 빨라도 너닷새는 발이 묶이갔디요. 태풍이 됴용히 디나가도 두어날은 파도가 몰아틸 테니까요."

장인은 제발 태풍이 늦게 지나가기를 바라는 사람처럼 날짜들을 주워 섬겼다.

"너닷새라? 기럼 고구려군이래 어뜧합네까? 고구려군이래 여기 오디 말라는 법은 없디 않습네까?"

걱정을 실은 무범의 목소리와는 달리 장인은 들뜬 목소리로 답했다.

"기거는 걱정 안 해도 될 듯합네. 고구려군이래 우리가 여기 있는 걸 알았으믄 벌써 들이닥텼을 거이고, 만약 이데 들이닥텨도 큰 문제는 없을 겝네다."

"기건 또 왜 기렇습네까?"

"태풍이래 온다믄 고구려군도 함부로 움딕이디 못할 거이고, 딕금 당장 군사들을 동원할 생각입네다."

"군사들이라니요?"

"생각해보니 양석현, 갈노현, 불기후국 이 지역에 소상텨럼 장사하는 사람들이래 많은데, 그들이 보유하고 있는 사병들을 임시 동원해 보갔습네. 고구려군에게 쫓기느라 미터 거기까디 생각하디 못했었는데 그들을 동원하면 고구려군이래 막을 수 있을 겝네다.

이곳에서 장사하는 상인들 등에는 소상보다 훨씬 규모가 큰 상인들도 많고, 그 휘하에 거느리는 사병들도 예법 있습네. 기러니 기거는 신경 쓰디 않아셔도 될 듯합네."

태풍이 몰려오자 배 위에서 구상했는지 장인은 제법 구체적인 계획을 세워놓고 있었다. 그 말 속에는 화련과 낭아 그리고 유모를 어떻게든 찾고야 말겠다는 의지가 숨겨져 있음은 물론이었다.

무범은 의지에 차 있는 장인을 바라보며 혼자 생각했다.

'태풍이 장인을 굳세게 만들고 있어. 어제까디만 해도 정신 나간 사람텨럼 어떨 둘을 몰라하더니 그새 돌변했어. 맑은 하늘 뒤에 태풍을 숨겨놓았듯 장인의 마음속에 숨겨뒀던 위기 대응력이 되살아난 기야. 기러니 딕금의 장인은 어제의 장인이 아닌 기야.'

무범은 태풍 앞에서 되살아난 장인의 결단력과 대항의지가 부러우면서도 문뜩 두려웠다.

태풍을 타고 온 사람

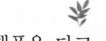

33

사돈 범석의 계획을 들은 병택은 바로 사돈과 함께 길을 나섰다. 이제 곧 태풍이 몰아치겠지만 태풍보다 빨리 해야 할 일이었기에 조금도 늦출 수 없었다. 아니, 태풍이 곧 몰아칠 것이기에 미룰 수 없었다.

둘은 먼저 낭야진을 근거지로 상단을 이끌고 있는 옥 대인玉大人으로 불리는 옥광은玉廣恩네 집을 찾았다. 몇 군데 물어보니 낭야진에서 북동쪽으로 40여 리쯤 떨어진 울골[鬱里]이란 마을에 살고 있다고 했다.

바람을 등지고 달리는 길이라 낭야진을 떠난 지 두 식경쯤 지나서 옥 대인네 집에 도착했다.

대문간에서 범석의 신분을 밝히고 옥 대인에게 연통하고 얼마 없어 옥 대인이 허겁지겁 뛰어나왔다.

"이, 이게 누굽네까? 무슨 일입네까? 이 바람 불고 다 어두워서……."

옥 대인은 대문 앞에 서 있는 사돈을 보더니 깜짝 놀라며 사돈을 맞았다.

"기게 톰……."

사돈이 난처한 빛으로 머뭇거리자 옥 대인이 사돈의 손을 잡아끌었다.

"댜, 이럴 게 아니라 날래 들어가시디요. 들어가서 얘기합세다."

옥 대인은 사돈의 손을 잡아끌며 병택에게도 어서 들어가자고 권했다.

옥 대인의 집은 궁전 못지않았다. 옥 대인을 수행하는 사람만도 왕의 행차 못지않았다. 그런 사람이 사돈을 맞이하기 위해 허겁지겁 뛰어나왔음을 볼 때 토포악발吐哺握發의 자세를 갖추고 있는 사람 같았다.

"무슨 급한 일이 있길래……."

옥 대인은 자리에 앉자마자 찾아온 사연을 물었다. 그러자 사돈이 주위에 서 있는 사람들을 힐끔거렸다.

"기래, 너희들은 나가 있거라. 내가 부르기 전에는 아무도 들이디 말고."

옥 대인의 명에 좌우가 물러가더니 문을 닫았다.

"기래, 무슨 일입네까, 대체……."

옥 대인은 대충 짐작이 된다는 듯 목소리를 낮춰 물었다.

"기게…… 다름이 아니라 고구려군에게 쫓기고 있습네다."

사돈이 뜸을 들이지 않고 단도직입적으로 털어놓았다.

"아니, 고구려군이라니요. 여긴 백제 강역이 아닙네까?…… 기럼 고구려군이래 하륙이라도 했단 말입네까?"

"기게 길쎄……."

사돈이 차근차근 이야기 보따리를 풀어놓았다. 고구려군의 하륙
과 피신, 그 과정에서 가족과의 생이별, 배를 타고 피신하려다 태풍
으로 발이 묶인 사연까지.

"음…… 기런 일이 있었기만요. 어떻게 기런 일이……."

옥 대인이 난감한 표정으로, 그러나 뭔가를 곰곰이 생각하는 듯
말을 아꼈다.

"기러게 말입네다. 당최……."

사돈이 말꼬리를 흐렸다. 이제 공을 넘겼으니 알아서 하라는 뜻
인지, 더 얘기하는 건 상대에 대한 예의가 아니라고 생각하는지 뒷
말을 삼켜버렸다.

그러자 옥 대인이 무겁게 고개를 끄덕였다. 얼마간 예상은 하고
있었지만 생각보다 버거운 모양이었다. 그러기를 잠시. 옥 대인이
사돈에게 물었다. 아니, 묻는 게 아니라 자신의 계획을 말했다고
해야 맞을지도 모르겠다.

"기래 소상이 도울 일이 무업네까? 사병들이야 필요한 만큼 내듀
면 되고, 연통을 놓아 궁주와 사부인을 탖아보는 외에 소상이 도울
일을 말씀해 보시디요."

그러더니 사돈의 손을 찾아 쥐면서 말했다.

"어떻게든 탖을 수 있을 거이니 너무 상심하디 마시고, 이럴 때일
수록 힘을 내셔야디요. 태풍 기까딧 거 제 아무리 길어봐도 사나흘
아닙네까? 태풍이 디나믄 원래보다 더 맑고 투명한 하늘이래 펼텨
디고요. 그러니 힘내시라요."

도움을 청하러 찾아간 사람들의 가슴이 먹먹할 정도였다.

"이 은헬……."

사돈은 말을 맺지 못했다. 하기야 상대가 그렇게 나오는데 할 말이 뭐 있겠는가.

"은혜랄 게 무어 있습네까? 서로 도우면서 살아야디요. 대상과 교유는 깊디 않디만, 대상의 인품과 명성은 들어서 댤 알고 있습네다. 낙랑 왕자를 구한 것에서부터 어려운 사람을 절대 못 본 톄하디 않는다는 것까디……. 기러니 아무 걱뎡 마시고 댬시만 기다리시라요. 내래 애들을 댬시 만나고 오갔습네다."

옥 대인은 바삐 해야 할 일이라도 있는지 서둘러 방을 나섰다. 그에 잠자고 있던 병택이 드디어 입을 열어 물었다.

"믿을 만한 사람이네? 관상이나 말하는 걸로 봐서 뒤통수틸 사람 같디는 않디만 너무 쉽게 풀리는 거 같아서 외려……."

그 말에 사돈이 자신이 없는지 힘 빠진 목소리로 대답했다.

"기건 나도 댤 몰갔어. 같이 회합하는 사람도 아니고 거래를 했던 사람도 아니니낀. 기렇디만 상인들 사이에선 톄법 덕망이 나 있는 사람이디. 저울보다 정확하다 해서리 옥저울이라 불리는 사람인데, 이곳에 산다는 게 생각나 톳아와 본 거이고. 딕금으론 다른 방법이 없디 않네. 이데 곧 태풍이 몰아틸 거인데 멀리 나가볼 수도 없고, 딱히 톳아볼 사람도 없으니 말일세. 사람들의 평가래 함부로 내리는 게 아니니 뎜 기다려 보자우. 다른 방법이래 없딜 않네."

사돈의 말에 병택의 마음은 무거웠다. 급할수록 돌아가고, 소나기 피하려다 벼락 맞을 수 있으니 큰 바위나 나무는 피하라지 않았는가. 의탁하고자 할 때나 도움을 청할 땐 정확히 알아보고 확실한 판단이 섰을 때만 하라는 경고를 무시하고 있는 것 같았기 때문이었다. 그러나 사돈의 성격상 아무리 다급하다 해도 함부로 움직이지는 않을 것이란 믿음이 있었기에 믿고 기다리는 수밖에 없었다.

34

"아이고, 이거 죄송합네다."

옥 대인이 다시 돌아온 것은 내온 차를 다 마시고도 한참 후였다.

옥 대인이 자리를 비운 시간이 길어질수록 범석의 속은 탔다. 자신의 잘못된 판단으로 또 일을 그르치는 게 아닐까 하는 불안감이 엄습해왔고, 무엇보다 지체할 시간이 없었다. 너무 늦어지면 기다리다 못한 왕자가 단독행동을 개시할 수 있었다. 범석네가 낭야진에 도착했을 때도 왕자가 단독행동을 하려 하던 중이 아니었던가. 왕자가 단독행동을 개시하는 순간 최악의 상황에 봉착하고야 말 것이었다. 또한 시간을 지체할수록 화련과 사부인도 위태로울 것이고. 태풍은 그들의 생존확률을 그만큼 떨어트릴 테니까.

타는 속을 차로 끄려다보니 차도 곧 떨어져 버렸다. 사람을 불러 차라도 더 시키며 기다리고 싶었지만 그럴 수도 없었다. 부탁하러 온 사람이 뻔뻔하다고 생각할 것 같아서라기보다 옥 대인의 속마음을 정확히 알 수 없었기 때문이었다. 옥 대인이 딴마음을 먹었다면 지금쯤 딴짓을 하고 있을 테고, 그렇다면 범석네가 머물고 있는 이곳에도 모종의 조치를 취해놨을 터였다. 그런 상황이라 차를 좀 더 달라 할 수가 없었다.

옆에 앉은 사돈도 뭔 말이든 할 것 같은데 입을 굳게 다물고 있는 게 범석과 비슷한 생각을 하는 모양이었다. 앞에서는 절을 하고 뒤에서는 발길질을 하는, 이익 앞에서는 의리를 헌신짝처럼 버리는 배신의 시대가 아닌가. 또한 소문날 정도로 부를 축적했다면 이익을 그 무엇보다 먼저 생각할 수도 있었다.

그러는 와중에서도 범석은 낙관적인 생각을 하기 위해 노력했다. 지금까지 40년 가까이 장사를 해왔지만 남의 눈물 값으로 돈을 모으지 않았고, 남의 손해를 거름으로 돈을 벌지도 않았었다. 손해를 볼 일이 있으면 자신이 봤고, 번 돈은 공평하게 분배했었다. 또한 환란에 빠진 사람을 못 본 체하지도 않았었다. 그랬던 자신의 내력을 안다면 옥 대인도 딴 짓은 안 할 거라고 믿고 싶었다.

그렇게 불안감을 쫓으며 말없이 앉아 있으려니 마침내 옥 대인이 들어왔다. 좀 전까지만 해도 보이지 않던 무장 하나를 데리고. 그 모습을 본 사돈이 바짝 몸을 긴장시키는가 싶었다.

"인사 올리라. 여기 두 분이 왕자의 아바디와 장인이시다."

옥 대인의 소개에 무장이 깍듯하게 군례를 올렸다. 군례가 끝나자 옥 대인이 말을 이었다.

"우리 상단과 이 지역을 호위하는 호위대장입네. 태풍 때문에 나가 있는 사람을 불러들이다 보니 돔 늦었습네. 이해하십시오,"

옥 대인은 예를 다해 죄송함을 표했다. 그런 후 호위대장을 돌아보며 말했다.

"돔 전에 나한테 했던 얘길 해 드리라. 내래 장사티라서 군사 일은 달 모르디만 왕자 아바디래 궁궐 호위대장을 지낸 바 있으시니 정확히 판단하실 기야."

옥 대인은 소개한 적도 없는 사돈의 전력까지 알고 있는지 호위 대장에게 명했다. 범석과 사돈의 놀라는 모습을 잠재우기 위해선지, 시간이 촉급한지, 호위대장이 바로 설명을 시작했다.

"시간이 촉급한 듯하여 먼져 불기후국과 갈노현, 양석현 등 해안 지역과 평도후국(平度候國. 핑두시[平度市] 북서쪽), 양악후국(陽樂候國. 라우저우시[萊州市] 남서쪽), 노향현(盧鄕縣. 라우저우시[萊州市] 남쪽) 등 산간지역과 혹시 몰라서 고밀후국에도 파발을 띄웠습네다. 즉각 궁주와 귀부인을 찾으라고요. 요란을 떨믄 안 될 것 같아서 은밀히 찾으라는 명도 함께 내려뒀습네다. 기리고 호위병들을 낭야 진에 보내 왕자를 안전하게 모셔오라고 해뒀습네다. 딕금쯤 호위병 들이 도착했을 겁네다."

호위대장이 애기를 다 마치기도 전에 사돈이 의자에서 일어서더 니 바닥에 무릎을 꿇으며 소리쳤다.

"대인, 이 은헬 어띠 갚으라고⋯⋯. 백골난망입네다."

사돈이 무릎을 꿇자 옥 대인도 의자에서 일어나더니 바닥에 엎드 렸다. 범석도 사돈과 같이 무릎을 꿇어 감사의 예를 올리지 않을 수 없었다.

"옥 대인, 명말로 감사드립네다. 왜 사람들이 대인을 저울이라 부르는디 이데 알 것 같습네다. 감사드립네다. 명말 감사드립네다. 대인의 저울은 불함산(不咸山. 백두산白頭山의 다른 이름이기도 하면 서 바이칼호수 가운데 있는 산 이름이기도 하다.)을 더우려도 결코 기울디 않을 겁네다."

세 사람은 그렇게 바닥에 무릎을 꿇었다.

그러기를 잠시. 무릎을 꿇었던 사돈이 고개를 들더니 옥 대인에게 말했다.

"긴데 문제가 하나 있습네다. 저희들 몰래 일을 처리하려는 대인의 뜻은 고맙디만 징표래 없으믄 전하래 함부로 움딕이디 않을 거입네다."

"?······."

"대인은 어띠 생각하시디 모르디만, 저희가 여기 올 때까디만 해도 대인이 이릏게 발 빠르고 적극적으로 도와듀리라곤 생각하디 못했습네다. 기래서 어떤 대비도 없이 기냥 왔습네다. 기런 상황에서 군사들이 전할 모시러 갔으니 전하께서 쉽게 움딕이디 않을 뿐 아니라 충돌할 수도 있습네다. 기러니 딕금이라도 빨리 서찰이든 징표든 보내야 합네다."

사돈의 말에 옥 대인이 바로 받았다.

"아차차! 내 마음 같이만 생각했습네다. 기러면 서찰 하나만 빨리 다스리시디요. 날랜 전령 하나를 뒤따라 보내겠습네다."

부랴부랴.

서찰과 징표를 지닌 전령이 옥 대인 집 대문을 나선 건 그로부터 한 다경도 지나지 않아서였다.

35

병택 장군과 장인이 길을 나선 지 한 시진時辰도 안 돼 군사들이 포구로 달려왔다.

"전하, 군사들이 몰려오고 있습네다."

처음 보고를 한 사람은 종환이었다. 호정과 배를 나누어 타고 망을 보고 있었던지 바람 냄새가 훅 났고 옷가지도 흩어져 있었다. 종환의 말이 채 끝나기도 전에 보철이 뛰어나갔다.

"군사라니?"

무범이 놀라 묻자 종환이 바로 답했다.

"고구려군은 아닌 듯한데 예법 많은 군사들이 말을 타고 달려오고 있습니다."

"고구려군이 아니라면 어디 군사란 말이네?"

"길쎄…… 기건 소인도 딜……"

그러고 있는데 밖에서 보철의 목소리가 들려왔다. 평상시 장난기가 묻어있는 목소리가 아닌, 금방이라도 칼을 휘두를 것 같은 위엄 있는 목소리였다.

"어디서 오는 어디 군사들이네?"

그러자 저쪽에서 대답하는 소리가 들려왔으나 바람에 잘 들리지 않았다.

"뭐라는 게네? 누구의 명이라고?"

보철의 목소리만 들리고 다시 저쪽에서 대답하는 것 같았다. 그러더니 보철이 다시 소리쳤다.

"기렇다믄 담깐 기다리라. 내래 먼뎌 확인해야갔어."

그러더니 바람기 묻은 몸으로 선실로 뛰어들어 왔다.

"전하, 대상의 명을 받고 왔다는데 무슨 말인디 알아들을 수가 없습네다. 기러니 담깐만 기다리고 계십시오. 소인이 둠 더 알아보고 알래드리갔습네다."

그러더니 보철이 다시 밖으로 나갔고, 큰 목소리로 대화가 이어졌다. 그리고 잠시 후.

"대상의 이름이며 장군의 이름을 대는 걸로 보아 거딪은 아닌 거 같은데 어띠 할까요? 무기는 없는 것 같습네다."

보철의 말에 무범은 선실을 나서려 했다. 그러나 나설 수가 없었다. 보철이 재빠르게 몸으로 선실 문을 막아버렸기 때문이었다.

"왜 이러느냐?"

"기냥은 나갈 수 없습네다. 나가시더라도 소인이 먼뎌 만나 본 후에 나가십시오. 전하의 안전이 우선입네다."

그러자 종환도 같은 생각인지 무범을 말렸다.

"그렇게 하시디요, 전하. 호위무사의 말을 따르는 게 둏갔습네다. 딕금 전하를 보호할 사람은 호위무사뿐이디 않습네까?"

들어보니 틀리지 않은 듯하여 알았다고 대답하고 선실 안에서 귀를 세운 채 밖에서 들리는 소리에 귀를 기울였다. 그러나 바람소리 때문인지 잘 들리지 않았다. 그럴 즈음 다른 배에 타고 있었던 듯 호정이 바람 냄새를 풍기며 들어왔다.

"장군과 대상께서 보낸 호위병입네다. 딕금 호위무사가 배에서 내려 확인하고 있으니 둑금만 더 기다려 보시디요."

그래서 기다리기를 잠시. 마침내 보철이 선실로 들어왔다.

"울골에 사는 광은이라는 대상의 군사들인데, 장군과 대상이 기다리고 있으니 날래 말에 오르시랍네다. 소인이 확인해보니 어떤 무기도 가디고 있디 않았고, 말을 들어보니 믿을 만합네다. 전하뿐만 아니라 거상 부인과 저희들까디 여기 있다는 걸 아는 걸로 봐서도 믿을 만합네다. 다만……."

보철이 평상시답지 않게 말을 끊더니 잠시 후 다시 이었다.

"서찰이나 징표 같은 게 없다는 게 마음에 걸립네다. 기런 명이래 내릴 땐 서찰이나 어떤 징표라도 보냈을 텐데 기거이⋯⋯."

그 말을 호정이 받았다.

"우리래 여기에 있는 걸 아는 사람이래 대상과 장군뿐입네다. 만약 함정에 빠딘다 해도 딕금으로선 어떨 수가 없고, 두 분이 함정에 빠뎠다면 우리가 구해야 합네다. 또한 우리가 뎌릏게 많은 군사들을 대적할 수는 없을 거이고, 여기 있는 걸 안 이상 그냥 두디도 않을 겁네다. 기러니 무장을 한 채 저들을 따라가 보는 것도 방법일 것 같습네다."

호정의 말엔 그 누구도 말이 없었다.

이제 모든 결정은 무범이 내려야 했다. 자신이 어떤 결정을 내리느냐에 따라 모두의 운명은 바뀔 것이었다.

무범은 배에서 내리기로 결정했다.

병택 장군과 장인을 모른 체한다는 건 있을 수 없는 일이었고, 배에 탄 채 태풍을 맞을 수도 없었고, 만약 죽을 수밖에 없다면 적극적으로 움직인 후에, 모두 함께 죽는 게 나을 것 같았다. 이제 더 이상 헤어져 생사도 알 수 없는 상태에서 피 말리는 일은 그만하고 싶었다. 승부수를 띄울 때는 과감히 띄워야 할 것이었다.

"가댜! 가서 장모님을 모시고 나오라."

결단을 내린 무범은 선실 밖으로 나섰다. 선실을 나서자 바람이 몸을 흔들었다. 그러나 꼿꼿하게 좌우의 호위를 받으며 갑판을 질러 배에서 내렸다.

배에서 내리며 살펴보니 군사들뿐만 아니라 장모를 모실 마차까지 끌고 와 있었다. 화려한 장식을 한 마차였다. 바람이 불고 있어

대충 바람만 막을 마차면 족할 것 같은데 예를 다하기 위해 고급 마차를 보낸 듯했다.

무범이 배에서 내리자 군사들이 군례로 인사를 했다. 인사를 받은 무범이 배에서 내리는 장모의 손을 잡아 드리러 움직이려는 찰나였다. 바닷가를 향해, 바람을 가르며 말 한 필이 달려오고 있었다. 무범은 움직이려다 말고 그 자리에 섰다.

말 탄 사람이 뭐라고 소리치고 있었지만 정확히 들리지 않았다.

"전령인 것 같습네다. 서찰이든 징표든 가디고 오는 모양입네다."

뒤에서 호정이 조심스러운 어조로 말했다.

방향을 가늠할 수 없이 불어오는 바람을 견디며 잠시 서 있자니 말 울음소리와 함께 말이 섰고, 무사 하나가 뛰어내리더니 무릎을 꿇어 죽간 하나와 주머니 하나를 내밀었다.

종환이 받으려는 것을 무범이 먼저 받아들었다. 죽간에는 '狐疑未決호의미결'이라 쓰여 있었고, 주머니에는 '락樂'자를 반으로 쪼갠 부절이 들어 있었다.

호의미결狐疑未決이란 여우가 의심이 많아 결단을 내리지 못한다는 뜻으로, 초楚나라 굴원屈原의 「이소離騷」에 나오는 구절이었다. 어린 시절, 어떤 일을 당했을 때는 머뭇거리지 말라며 당시 아버지였던 병택 장군이 강조했던 말이라 가슴에 새겨두고 있었다. 그러니 그 서찰은 머뭇거리지 말고 호위를 받아 빨리 오라는 뜻이었다. 또한 부절은 낙랑을 뜻하는 '낙'자이면서 모든 백성들에게 즐거움을 주는 정치를 해야 한다며 장가가기 전날 무범에게 주었던 부절이었다. 이제 서로가 가정을 이루고 사는 만큼 필요할지도 모른다며 건네주었던 것이었다.

"병택 장군의 서찰과 부절임을 의심할 여지가 없다. 이제 가댜!"

결정을 내린 무범은 장모가 타고 있는 배 쪽으로, 장모의 손을 잡아드리기 위해 걸어가기 시작했다. 바람이 무범의 몸을 흔들었으나 무범은 몸을 꼿꼿이 세우고 걸었다.

이 정도 바람에 흔들릴 자신이 아니라는 것을 모두에게 보여주고 싶었다.

36

호위를 받으며 궁궐 같은 집 앞에 도착하자 병택 장군과 장인이 바람 속에서 무범을 기다리고 있었다. 둘만이 아니었다. 낯선 남자도 함께였다.

"오셨습네까? 많이 놀라셨디요?"

병택 장군이 다가와 말에서 내리는 무범 곁에 서며 물었다.

"아니, 일 없습네다. 기나뎌나 예는?"

"사돈의 지인이신 옥 대인네 집입네다. 도움을 청해 볼까하여 들렀는데…… 우리가 미안해 할까봐, 우리 몰래 옥 대인 혼차 일을 처리하다 보니 소란이 돔 있었습네다."

"기랬군요. 기렇다면 옥 대인 먼뎌……."

그러고 있는데 함께 마중 나온 사내가 먼저 다가와 인사를 하며 자신을 소개했다.

"소상 옥가玉哥 광은廣恩, 왕자 전하를 뵙습네다. 바람이 거세니 일단 안으로 드시디요."

"아닙네다, 대인. 장모님 먼뎌……"

"예. 기건 걱정 마십시오. 이미 다 준비시켜 뒀습네다. ……편안히 모셔야 하는데 그러딜 못했습네다. 송구합네다."

"별 말씀을요. 갈 곳 없는 방랑객들을 이리 환대해 듀시는 것만도 감읍할 따름입네다."

"자, 어서 드시디요. 바람이 거팁네다."

옥 대인이 옆으로 비켜서며 길을 내주었다. 무범은 가볍게 목례를 한 후 앞서 걷기 시작했다. 자기가 앞서디 않으면 모든 사람들이 바람을 맞으며 서 있을 것이기에 주인이 하라는 대로 따르기로 했다.

옥 대인의 안내를 받으며 사랑에 들어서자 옥 대인이 상석을 권했다.

"여기로 앉으시디요."

"아닙네다. 거긴 주인의 자리디 나그네의 자리가 아니잖습네까? 뎌는 여기믄 둑합네다."

"기 무슨 말씀이십네까? 생각디 않게 왕자 전하를 모시게 된 것만도 영광인데 어띠 기런 말씀을 하십네까?"

"아, 아닙네다. 남의 자리를 탐하는 것은 무례無禮요 지나친 겸손도 비례非禮라 했습네다. 기걸 아는 사람이 어띠 기럴 수 있갔습네까? 기러니 대인께서 상석에 앉으셔야디요."

"전하, 어띠 기런 망극한 말씀을 하십네까? 기 말씀은 신분이 같은 사람끼리나 통하는 말이디 어띠 군신간에 적용될 수 있는 말이갔습네까? 기러니 상석에 앉으십시오. 소상, 전하께 신하의 예로 인사드리고자 합네다."

"당치 않습네다. 어띠 기런 말씀을 하십네까? 저는 허울 좋은 왕자일 뿐입네다.”

“어, 어찌 기런 망극한 말씀을……? 소상은 왕자 전하의 소식을 듣고 안 기래도 알현하기 위해 방법을 탖던 듕이었습네다. 기런데 뜻하디 않게 이렇게 알현하게 되니 어찌 광영이 아니갔습네까? 기러니 법도에 따라 소상의 인사를 받으십시오.”

그러더니 곧바로 바닥에 엎드려 절을 한 후 무릎을 꿇은 채 옥 대인이 울먹였다.

“왕자 전하, 소상 옥가 광은, 왕자 전하를 뵙네다. 딘작에 뵙고 싶었으나 연이 닿디 않았고, 오늘에야 뜻하디 않게 이렇게 누추한 곳에서 뵙게 되니 뭐라 드릴 말씀이 없고 황송할 따름입네다. 이제라도 전하를 성심껏 모시갔사오니 행여 부족하고 모댜란 점이 있으시면 지체 말고 말씀해 듀십시오. 소상 있는 날까디 정성을 다해 모시갔습네다.”

옥 대인은 미리 준비해둔 것처럼, 막힘이 없이, 예를 다해, 말했다.

“예, 알갔습네다. 대인의 마음을 달 알갔으니 이제 일어나시디요. 이러면 외려 불편합네다.”

“기 무슨 말씀입네까? 신하로서 도리를 하는 것 뿐입네다.”

“알갔습네다. 기러니 일어나시디요. 일어나서, 앉아서 말씀 나누시디요. 기게 대인께서 강조하시는 법도에 맞는 일 아니갔습네까? 댜, 일어나시디요.”

무범의 권유에도 옥 대인은 한 동안 무릎을 꿇은 채 일어나지 않았다. 무릎이 방바닥에 붙어버린 양 무릎을 떼려 하지 않았다. 보다 못한 병택 장군과 장인이 나서서 권하지 않았다면 끝까지 방바닥에 붙어(?) 있을 것처럼.

병택 장군과 장인의 동조에 겨우 몸을 일으킨 옥 대인은 자리에 앉을 생각도 하지 않고 나가자고 했다. 저녁이 너무 늦은 것 같으니 식사부터 하고 얘기는 차차 하자고.

무범은 방을 나서기 전에 병택 장군과 장인의 얼굴을 살폈다. 옥 대인의 환대와 적극적인 협조에 얼마간 마음이 놓이는지 얼굴이 많이 펴져 있었다. 거기에 힘을 얻은 무범은 두 사람에게 말했다.

"두 분이 앞장서시디요. 배가 든든해야 이 태풍을 무사히 넘길 거 아닙네까?"

두 사람이 힘을 내야 자신도 그 힘을 나눠가질 수 있을 것 같아 부탁을 했다. 그 말에 장인은 눈을 씀뻑거렸고, 병택 장군도 고개를 들어 천장을 쳐다보았다.

"예. 왕자 전하 말씀터럼 배가 든든해야 뒷일을 도모할 수 있디요. 기러니 어서 가시디요."

옥 대인이 두 사람을 잡아끌자 두 사람은 그제서야 마지못해 무거운 발길을 옮기기 시작했다.

밥상은 정말 상다리가 휘어질 정도였다.

고기에, 생선에, 나물이며 채소에, 해산물에…….

찜에, 적炙에, 구이에, 튀김에, 무침에…….

다양한 종류와 형태의 음식들이 푸짐하게 쌓여 있었다. 진수성찬이란 말로는 부족할 정도였다. 왕의 밥상이나 단군의 밥상이라 할 만했다.

"날씨도 안 동고 급히 마련하느라 변변치 않디만 많이 드십시오."

옥 대인이 무범을 향해 송구하다는 표정으로 말했다.

"기 무슨 말씀입네까? 한 젓가락씩만 집어먹어도 배가 꽉 탈 것 같은데…… 신세를 져도 너무 큰 신세를 디는 것 같아 송구스럽습네다."

"별 말씀을요. 고져 내 집이다 생각하시고 마음 편히 디내십시오. 왕자 전하를 이렇게 모시게 되어 영광일 뿐입네다."

옥 대인의 말은 입에 발린 말이 아닌, 진심을 듬뿍 담은 말임을 느낄 수 있었다. 무범에게 정성을 다하는 모습을 지켜보고 있자니 장인의 인품과 처세가 보이는 듯했다.

장인이 평소 쌓아놓은 덕이 없었다면 지금 같은 위기 상황에 도움을 청할 수 없었을 것이고, 그 손을 잡아줄 사람도 없었을 것이었다. 위기 상황인데도 온정의 손길을 뻗음은 물론, 지극정성을 다한다는 것은 그만큼 장인이 바로 살아왔고 베풀었다는 뜻이었다. 그런 장인을 둔 덕에 자신은 장인이 말려놓은 곶감을 낼름낼름 빼먹을 수 있는 것이고. 생각할수록 장인의 위대함이 돋보임은 물론 장인에게 미안함을 갖게 했다. 자신이 장인 나이가 됐을 때 자신은 과연 장인과 같이 될 수 있을까 생각하니 자신이 없었다. 그만큼 장인의 은덕은 크고, 깊고, 융숭했다.

옥 대인의 정성으로 배를 채운 후 사랑에 든 네 사람은 드디어 본격적인 얘기를 시작했다. 실종된 화련과 낭아 그리고 유모 찾기 작전을 짜기 시작한 것.

37

옥 대인의 주도하에 실종자 수색 및 구출 작전 계획은 세워졌다. 기보다 옥 대인의 계획을 듣는 것으로 진행되었다. 그만큼 옥 대인은 세밀하고도 체계적으로 작전을 세웠고, 시행중에 있었다.

장사에 대해서는 좀 알지만 군사 일에 대해서는 하나도 모른다면서 병택 장군에게 묻곤 했지만 그것도 겸손일 뿐 병택 장군이 따로 보완하거나 수정할 사항이 없을 정도로 작전 계획을 세밀하게 짜놓고 있었고, 그 중 반 이상은 이미 시행중에 있었다. 이쪽에서 부탁하지도 않았는데도, 딱한 사정을 듣자마자, 자발적으로, 두 사람 몰래 시행했다는 말을 듣는 순간 무범은 울컥하지 않을 수 없었다.

"이 은헬 어띠 갚으라고…… 대인의 은혜 백골난망입네다."

무범은 진심을 담아 고마움을 전했다. 이미 병택 장군과 장인이 했을 테지만 자신의 아내와 딸, 어머니의 일이었기에 자신이 다시 고마움을 전해야 할 것 같았다. 성공 여부를 떠나 엄청난 비용과 인력을 투입해야 하는 일이었고, 더군다나 태풍이 몰려오고 있어 비용과 인력이 급증했을 텐데도 즉각적으로 시행했다니 믿기지 않았다.

"별 말씀을요. 소상 마땅히 해야 할 일을 했을 뿐입네다. 소상도 세상에 진 빚을 갚아야 하거든요. 소상도 세상에 진 빚이 많은데…… 소상은 원래 옥저沃沮 사람이었습네다. 약소국으로 늘 강대국의 눈티를 봐야 했던 나라의 백성으로서 강소국强小國이었던 낙랑이 늘 부러웠디요."

옥 대인이 아련한 눈빛으로, 차분히 지난날을 들춰냈다.

낙랑의 힘이 무역임을 간파한 광은은 장사해서 돈을 벌 생각으로 대국大國 고구려로 들어갔다. 부모로부터 물려받은 재산이 좀 있었기에 모든 재산을 처분하고, 열아홉 살 때였다. 돈이 곧 힘이라 생각했기에 대국인 고구려에서 돈을 벌고 싶었고, 고구려의 돈을 다 쓸어 담아 버리겠다는 각오로.

그러나 세상은 호락호락하지 않았다. 어디를 가도 옥저인이란 딱지가 붙어 다녔고, 사람들로부터 따돌림을 받고 손가락질을 당한 건 예사였고, 이유 없이 배척당해야 했다. 사람들뿐만 아니라 심지어는 길거리의 개들마저도 그를 보면 그악스럽게 짖어댔다. 개들 눈에도 그가 만만히 보였던 모양이었다. 그렇지만 개들을 쫓아낼 수도 없었다. 개 주인들이 난리를 쳤기 때문이었다. 약소국 백성은 강대국 개만도 못했다.

고국을 떠난 지 3년도 안 돼 거의 전 재산을 탕진하고, 정처 없이 떠돌 때였다. 하루는 아침 늦게 주막에서 주린 배를 채우고 있으려니 거지꼴을 한 노인이 광은을 보더니 혼잣말을 하였다.

"온몸을 비단과 황금으로 치장한 놈이 왜 여기래 있디?"

그 말에 광은이 쏘아붙였다. 주막에는 광은 외에 다른 사람이 없었으니 그 노인이 '온몸을 비단과 황금으로 치장한 놈'이란 바로 자신을 지칭하는 말이었기 때문이었다.

"돈 치장은 고사하고 가디고 있던 돈마져 다 털린 사람이유. 기러니 기딴 소리로 내래 주머니 털 생각은 하디도 마슈."

그랬더니 노인이 화를 벌컥 내면서 소리를 질렀다.

"물을 건너야 할 놈이 물도 안 건너보고선 뭔 되지 않은 소리야. 이놈아, 넌 물 건너가야 할 놈이고, 물 건너다니는 장사를 해야 할 놈이야. 뎨 몸뚱이에 돈이 주렁주렁 매달렸는데도 모르는 놈이 뭐이 어드래?"

그러더니 휘적휘적 주막에서 나가 버렸다.

'탐, 재수 없으려니 벨 미틴 노인네까디 사람을 다 놀리누만기래.'

노인의 말을 대수롭지 않게 들은 광은은 다시 밥을 먹었다. 그런데 자꾸만 노인의 말이 목에 걸렸다. 아무리 미친 노인네라 해도 아무 이유 없이 그런 말을 하지 않았을 것이란 생각이 목구멍을 자꾸 막았다.

광은은 밥을 먹다말고 노인을 쫓아 나갔다. 노인이 푼돈을 뜯어내기 위해 신소리한 것 같지 않았고, 노인의 말이 무슨 얘긴지 알아봐야 할 것 같았다. 그러나 노인의 행방은 묘연했다.

다시 돌아와 주막 주인에게서 노인의 생김을 얘기하며 물었더니 주인도 모르는 사람이라고 했다.

이상한 일도 다 있다 싶었지만 노인이 한 얘기가 머릿속에서 맴돌았다. 물을 건너야 하고, 물 건너다니는 장사를 하라는 말이었다.

혹시나 노인이 다시 나타날까 싶어 보름간을 주막을 들락거리며 노인을 기다렸으나 노인은 결국 나타나지 않았고, 주막을 들락거리다 산동의 상황을 듣게 되었다.

산동반도는 유민들의 집합소로 무법천지이기도 하지만 기회의 땅이기도 하다는 말이었다. 유민들 중에는 해상무역으로 한 나라를 살 수 있을 만큼 돈을 번 사람도 있다는 얘기를 듣는 순간, 그 노인의 말이 떠올랐다.

"기릏게 해서 여기로 들어올 생각으로, 거기가 딕금 생각해보믄 몽금포였든 거 같은데, 아무튼 바닷가로 갔디요. 긴데…… 여기, 산동까디 오기가 하늘에 별 따기였디요."

산동으로 들어오기 위해 산동과 가장 가까운 바닷가에서 배를 타려 해도 좀처럼 배를 탈 수 없었다. 그렇지만 어떻게든 산동으로 들어가야 한다는 생각에 바닷가에 진을 치고 기다리고 있었다. 그렇게 기다리길 한 달여 만에 기회가 왔다. 뱃사공을 급히 구한다는 것이었다.

그 말을 들은 광은은 바로 도사공을 찾아갔다. 사공일은 처음이지만 시켜만 준다면 뭐든 하겠다고. 사정사정 끝에 배에 오른 광은은 도사공과 사공들이 시키는 대로 일을 했다. 당장 먹고 살 일도 없었을뿐더러 배를 부릴 줄 알아야 해상무역을 할 수 있을 것이라 생각했기에 배 부리는 일을 배워두고 싶었다.

그러나 사공은 아무나 하는 게 아니었다. 고된 노역도 버티기 힘들었지만 사공들 거칠기가 상상 이상이었다. 욕은 입에 달고 다녔고, 걸핏 하면 주먹질과 발길질이었다. 어려서 아버지로부터 무예를 배워뒀기에 광은에게는 함부로 하지 않았지만 하루도 버티기 힘든 것이 사공 일이었다.

또한 항해는 목숨을 담보로 해야 하는 일이었다. 바다날씨는 변덕스럽기 짝이 없어서 수시로 바뀌며 사공들을 못살게 굴었고, 바람과 파도는 사람들의 목숨을 수도 없이 가져갔다. 사람들뿐만 아니라 배마저 꿀꺽 삼켜버리기도 했다.

그런 악조건 속에서 배를 오래 타는 사람은 없었다. 특히 초보들은 몇 달을 버티지 못했다. 그러나 광은은 3년 가까이 배를 탔다. 사공 일이 몸에 익으려면 최소한 10년은 해야 한다는 도사공의 충고도 한몫했지만 항해에 익숙하지 않고서는 해상무역을 제대로 할 수 없을 것이란 생각에 이를 악물고 버텼다. 그 덕에 사공들로부터 인정을 받기 시작했고, 산동과 조선반도를 오가며 해상무역을 하는 상인들에게 눈도장도 찍게 되었다.

"길티만 데 아무리 열심히 산다 해도 누군가의 도움이 없었다믄 이릏게 살 순 없었갔디요. 운이 똫았는디 기런 사람을 만날 운명이 었는디 달 모르갔디만 기때쯤 은인을 만나게 됐디요. 기분은 날 생명의 은인이라 했디만, 기분이 아니었으믄 소상의 오늘은 없었을 테니끼 기분이야말로 소상의 은인이었디요."

배를 탄 지 3년이 지나자 광은은 여러 상인들을 알게 되었다. 대부분의 상인들이 화물과 함께 승선하여 이동하는 만큼 자연스레 배 위에서 상인들을 만나게 됐고, 다양한 얘기들을 듣게 되었다. 애초 해상무역을 해 볼 생각으로 배를 탔던 광은인지라 상인들의 이야기를 귀담아 들었다. 사공들은 상인들에게서 술잔이나 받아 마시고 푼돈이나 뜯어내려 했지만, 광은은 그들에게서 상업기술을 배우고 싶었기에 한결같은 자세로 경청했고 그들을 모셨다. 그러다 뜻하지 않게 거상을 만났다.

패수와 바다가 만나는 용암포龍岩浦와 위화도威化島는 상거래가 가장 활발한 곳 중의 하나였다. 고구려뿐만 아니라 주변의 군소국가群小國家들이 이곳을 중심으로 해상무역을 하고 있었다.

산동반도와 조선반도의 거의 모든 물품들이 이곳에 모여들었고, 물품이 모이는 곳에 사람들도 모여드니 다양한 부류의 사람들이 다양한 목적으로 모였다. 그런 곳에 빠지지 않은 사람들이 있으니 바로 거지와 도둑, 사기꾼, 건달, 도적들이었다.

이들 때문에 골머리를 앓았지만 공권력은 제대로 작동되지 않았다. 그도 그럴 것이 거기는 명목상 낙랑의 영토이긴 했지만 고구려와 인접해 있어서 함부로 군대를 주둔시킬 수가 없었고, 낙랑이나 고구려도 내부결속에 힘을 기울이고 있는 상황이라 거기까지 신경 쓸 겨를이 없었기에 공권력을 제대로 가동시킬 수 없는 상황이었다. 후에 고구려 대무신왕이 거기에 군사를 배치함으로써 명실공히 고구려 땅이 되긴 했지만, 그때까지만 해도 자유무역항으로 어느 나라의 공권력도 제대로 미치지 않고 있었다. 무법천지로, 동물적 힘의 논리가 지배하는 지역이었다.

그날도 출항을 알리기 위해 상인들이 머무는 객관으로 가던 광은은 길거리에서 만신창이가 된 사람을 만났다. 입성을 보아하니 부랑자는 아닌 것 같은데 꼴이 말이 아니었다. 누군가에게 죽도록 얻어맞았는지 성한 곳이 없어 보였다.

"이보슈! 왜 이러는 거요?"

그냥 지나칠 수도 있었지만 광은은 만신창이에게 물었다. 몇 년 전 자신이 고구려를 떠돌 때 당했던 일들이 떠올랐고, 죽어가는 사람은 어떻게든 살려놓고 봐야 한다는 생각이 앞섰기 때문이었다.

"살래주시구래. 배신을 당했소. 목숨만 구해듀면 그 보답은 꼭 하갔소."

피투성이였지만 입성이나 얼굴을 보니 거짓말하는 것 같지는 않았다. 옷은 비록 찢어져 있었지만 고급 비단옷이었고, 얼굴도 갯바람이나 따가운 햇빛에 시달린 얼굴이 아닌 듯했다.

"알갔소. 여기 잠깐만 기대고 있으면 내래 곧 약을 가디고 돌아오갔소."

일단 만신창이의 몸을 일으켜 바위에 기대놓고 광은은 객관으로 뛰어가 상인들에게 출항한다고 알린 후에 약을 구해 다시 달려갔다.

옷을 벗겨보니 다행히 큰 출혈은 없었으나 몽둥이질과 발길질을 당했는지 갈비뼈며 팔다리가 부러진 듯했다. 그 사실을 알렸더니 상대가 광은을 붙잡고 사정을 했다.

"은덕을 베푸는 김에 날 산동까디만 데려다 주시오. 여기는 아는 사람이 없디만 산동 어디든 내려듀든 아는 사람이 있을 거이니 데발 산동까디만 데려다 주시오. 기릏게만 해 듀믄 기 은혜 절대 잊디 않갔소."

상대가 매달리자 난감했다. 배에 사람을 태우려면 도사공의 허락이 있어야 하는데 도사공이 허락할 리가 없었다. 더군다나 이번 항차는 상인들과 동행하고 있어서 상인들의 눈치를 안 볼 수도 없었다. 그렇긴 해도 죽어가는 사람을 못 본 체할 수도 없었다. 당장 죽지야 않겠지만 누가 도와주지 않으면 병신이 되거나 죽고 말 것이었다. 만신창이 말대로 배신자들이 다시 와서 죽여 버릴지도 몰랐다.

광은은 만신창이를 들춰 업었다. 뒷일이 걱정스러웠지만 일단 사람부터 살리고 봐야 하겠기에 다른 방도가 없었다.

"도사공이 난리를 텼디만, 삼촌이 듀어가는데 방치할 순 없디 않냐고 버텼디요. 기게 인간이 할 딧이냐고요. 삼촌 안 태워듀면 나도 뱁 내리갔다고 엄포까디 낳디요. 기랬더니 도사공이래 끙! 앓더니 날래 안 타고 뭐하냐고, 출항 안 할 거냐고 소리치디 뭡네까? 기릏게 삼촌(?)을 구했디요."

그렇게 삼촌(?)을 현현(崴縣. 룽커시[龍口市] 남동쪽) 알개(현재의 봉래항 부근. 마을보다 아래쪽에 있는 포구라 붙여진 이름)까지 태워다 줬고, 포구 가까운 주막에 데려다 줬고, 며칠 간 묵을 수 있게 밥값을 쥐어주고 온 것이 전부였다. 이름도 알리지 않았고, 상대의 이름도 묻지 않았다. 그냥 죽어가는 사람 하나 살렸다는, 세상에 태어난 값 했다고 생각하고 곧 잊어버렸다.

그런데 몇 달 지나지 않아 사공들이며 포구 사람들 입에서 희한한 말이 돌았다. 낭야진에 사는 울대인이란 대상大商이 잃어버린 조카를 찾는다는 것이었다. 무슨 곡절이 있는지는 모르지만 금덩이까지 상금으로 걸고 찾는다는 것이었다. 사람들의 이야기를 가만히 들어보니 자신일지도 모른다는 생각이 들기도 했지만 그럴 리가 없다고, 옥저 출신인 자신에게 낭야진에 사는 삼촌이 있을 수 없다고 생각하여 넘겨들었다.

그러던 그해 겨울이었다. 바람 때문에 출항하지 못하고 알개에 묶여 있었는데 낯선 사람들이 배로 찾아왔다. 보아하니 무사인 듯했다.

"혹시 울대인이라고 아슈?"

"울대인이라니요? 첨 듣는 사람이우."

"기럼 올봄에 용암포에 갔던 덕은 있소?"

광은은 생각하고 말고가 없었기에 바로 대답했다.

"용암포야 늘상 다니는 곳이니 봄에도 갔댔시오."

"기럼 거기서 사람 하나를 구해둔 덕이 있소?"

"길쎄요……"

그러다 퍼뜩 스치는 게 있었다. 바로 삼촌이라고 속이고 배를 태워줬던 사람이었다.

"사람 구해둔 덕은 없디만 아픈 사람을 배에 태워둔 덕은 있소."

광은의 대답에 사내들이 자기들끼리 뭐라 속닥이는가 싶더니 다시 물었다.

"혹시 이걸 잃어버리던 않았슈?"

한 사내가 물으며 내민 것은 다름 아닌 광은의 늑대이빨 목걸이였다. 용맹의 상징이자 행운을 부른다 하여 아버지가 목걸이로 만들어서 목에 걸어준 것인데, 안 그래도 올봄에 잃어버려 찾고 있었던 아버지의 유일한 유품이었다.

"기, 기게 왜 거깄습네까?"

광은이 깜짝 놀라며 손을 뻗자 사내가 재빨리 목걸이를 감추며 말했다.

"담깐만 기다리시라요. 확인한 후에 돌려드릴 테니낀."

그러더니 뒤에 섰던 사내에게 고개를 끄덕이자 사내가 마을을 향해 달려갔다.

그리고 얼마 후.

고급 가마 하나가 빠른 속도로 오더니 광은 앞에 섰다. 거부나 고관대작이 아니면 감히 생각할 수도 없이 크고 으리으리한 가마였다.

가마가 내려지자마자 한 사내가 급히 가마에서 내렸다. 가마만큼이나 화려한 옷으로 치장을 한 사내였다. 광은은 그가 누군지 알 수 없었다. 그리고 왜 자신을 찾는지는 더더욱 모를 일이었다.

"조카야! 날 알아보갔네?"

가마 주인이 광은을 조카라 부르며 달려오더니 덥석 껴안았다. 그러나 광은은 그가 누군지 알 수가 없었다. 자기가 그렇게 고귀한 사람을 알 턱이 없었다. 상대가 착각을 해도 엄청난 착각을 하는 듯했다.

"어디 얼굴 둄 보자. 기때나 딕금이나 선하기만 해가디고⋯⋯."

어안이 벙벙한 광은은 상대를 쳐다봤다. 여전히 모르는 사람이었다.

"뭔가 착각을 하시는 것 같습네다. 내래⋯⋯."

"아니야, 나야, 삼촌. 자네가 날 삼촌이라 하디 않았네."

"예? 기럼 혹시?"

"기래, 이눔아. 내래 널 얼마나 탲았는 듈 아네?"

"긴데 얼굴이⋯⋯."

"기렇디. 기땐 하도 매를 맞아서리 이 얼굴이 아니었디. 기래서 내래 이 목걸일 담시 훔텼디. 이 목걸이래 사연이 있는 거 같아 탲 아올까 싶어서. 안 기러믄 자네 성품상 내가 탲는다 해도 안 올 거 같아서 이걸 갖고 있었디."

그러더니 다시 꽉 껴안았다.

"고맙다, 조카야. 너래 내 생명의 은인이야."

그제서야 대충 얼개가 맞춰졌으나 아무것도 아닌 일에 호들갑을 떠는 게 아닌가 싶어 얼떨떨하기는 마찬가지였다.

그날 이후 광은의 삶은 완전히 바뀌었다. 상전벽해란 말은 들어봤지만 상상 속의 얘기로만 여겼었다. 현실에서는 도저히 있을 수 없는, 비현실적이고 황당한 일이라 생각했었다. 그런데 현실에서 일어났으니⋯⋯. '비단과 황금으로 치장한 놈'이라고 했던 그 노인의 말이 근거 없는 허황된 소리만은 아니었던지 그 말대로 살고 있다.

"기릏게 해서 여기, 울골로 오게 됐고, 삼촌의 딸과 혼인함은 물론, 삼촌의 사업을 물려받아 오늘에 이르고 있디요."

옥 대인은 거기서 이야기를 일단락 지었다.

그러나 무범은 옥 대인이 왜 그런 이야기를 하는지 알 수가 없었다. 지금은 그런 한가한 얘기를 할 때가 아닌 것 같았다.

지금은 가족 구출에 대한 얘기를 해야 할 시점이었다. 그런데도 옥 대인은 그 얘기는 젖혀두고 엉뚱한 얘기만 늘어놓고 있었다. 오히려 그런 얘기가 나올까봐 일부러 시간을 끄는 느낌마저 들었다. 옥 대인이 뭔가 상황을 잘못 파악하는 것 같았다.

그렇다고 무범이 옥 대인의 말을 자를 수는 없었다. 아무리 아내와 딸, 그리고 유모가 걱정되어도 처음 보는 사람에게 은혜를 베푸는 정도가 아니라 지극정성을 다하는 옥 대인의 이야기를 들어주는 게 도리일 것 같았다. 또한 당장 할 일도 없었다. 태풍이 점점 다가오고 있었고, 밤도 깊어가고 있어 뭘 한다 해도 천상 내일 아침에나 할 수 있을 것이었다. 그걸 모르는 바 아니지만 옥 대인의 얘기는 과녁을 빗나가도 한참을 빗나갔다는 느낌을 지울 수 없었다.

그러나 그건 무범의 짧은 생각이었다. 옥 대인은 이미 마음의 결정을 내리고 다음 일에 착수하기 위해 그런 말들을 꺼냈음을 아는 데는 그리 오랜 시간이 걸리지 않았기 때문이었다.

"기런 남의 어려움을 보아 넘기디 못하는 성품이 위험에 처한 우릴 도왔던 기구만요."

장인이 추임새를 놓았다. 장인은 그게 궁금했었던 모양이었다.

"기런 셈이디요. 그 후 소상은 늘 그런 자셀 견지하려고 노력했으니깐 말입네다. 세상은 험하기 그디 없는데, 늘 못 견디게 하고 끝도 없을 정도로 몰아붙이는데, 꼭 포기하려 할 때쯤 불쑥 구원의 손길을 뻗으니낀 말입네다."

옥 대인은 그 후로도 자신의 이야기를 계속했다.

고구려에 갔을 때 죽을 고비를 몇 번이나 넘겼지만 그때마다 희한하게도 손을 뻗어주는 사람이 있었다고. 그것도 아는 사람이 아니라 전혀 모르는 사람이 따뜻한 손을 내밀더라고. 그래서 세상은 아직 살 만한 곳이고, 따뜻한 곳임을 알게 됐다고. 또한 다 포기하고 고국으로 돌아가려 할 땐 고향으로 돌아가 죽을 생각이었다고. 남의 나라에서 객사할 순 없어 죽을 곳을 찾아, 죽기 위해 고향으로 가던 길이었는데 뜻하지 않게 그 노인네를 만났고 그 노인이 따뜻한 손을 내밀더라고. 너의 몸은 비단과 황금으로 치장될 것이니 죽을 생각하지 말고 다른 길을 찾아보라고, 물을 건너가 보라고 충고한 걸 미욱한 자신은 도사나 점쟁이래 한 말로 여기고 물 건널 생각을 했던 거라고. 하여 남의 도움 없이는 단 하루도 살 수 없는 거란 생각을 하기에 이르렀다고.

"긴데 양 대인과 기 장군이 찾아왔을 때 소상 마음이 움직였던 이유는 기 때문만은 아닙네다. 사실, 소상은 다른 생각을 하고 있었습네다. 아니, 기다렸다고나 할까……."

그래놓고는 입을 다물어 버렸다. 변죽만 울려놓고 정작 해야 할 말은 삼켜버렸다. 그러나 그걸 캐물을 수가 없었다. 때가 되면 본인 스스로 자연스레 밝히거나 다른 말을 통해 짐작할 수 있을 터였기에 미리 캐물을 필요는 없어 보였다. 그게 옥 대인의 대화법이자 화술인 것 같았다.

의기투합

38

옥 대인의 얘기를 듣노라니 문득 찰개에서의 일이 떠올랐다. 그리고 옥 대인과 사돈 범석은 아주 닮은 사람이라는 걸 확인할 수 있었다.

옥 대인의 이야기를 듣는 병택의 마음은 무거웠다. 옥 대인이나 사돈은 비슷한 일을 하고도 전혀 다른 신세가 됐기 때문이었다. 사돈이 그렇게 된 게 모두 자기 욕심 때문인 것 같았다. 왕자도 비슷한 생각을 하는지 옥 대인의 이야기가 끝나자 무겁게 고개를 끄덕였다. 한숨을 대신한 끄덕임처럼만 보였다.

"긴데 소상이 이리 긴 얘기를 하는 이유는……."

옥 대인은 아직 미진한 말이 있는지 새로운 말을 꺼내려다 말고 사람들을 둘러봤다. 왕자나 사돈은 별다른 반응을 보이지 않았다. 아무래도 딴 생각에 빠져 있는 것 같았다. 그러자 옥 대인이 주의를 집중시키려는 듯 예상외의 말을 던졌다.

"기건…… 여기 계신 양 대인도 소상과 같은 일을 했던 것을 알고 있었기 때문입네다."

"예? 아니 어떻게……?"

사돈이 깜짝 놀란 얼굴로 옥 대인을 쳐다보며 물었고, 왕자나 병택도 옥 대인을 빤히 쳐다봤다. 그런 눈길이 부담스러웠는지 옥 대인이 음음! 목을 다스리더니 말을 계속했다.

"양 대인께서는 소상이 기려더런 사정을 모르고 있는 둘 아시갔디만, 소상은 여기뎌기서 양 대인에 대해 들어 알고 있었습네다. 기래서 양 대인이 우리 집에 탖아오자마자 의인을 예로 맞았던 게고, 의인 가족을 구하기 위해 발 빠르게 움덕였던 거이고요."

옥 대인의 얘기를 들으며 병택은 자신도 모르게 고개를 끄덕였다. 옥 대인이 왜 그렇게 자신들을 환대했고, 적극적이고 자발적으로 실종자 구출 작전을 펼쳤는지 이해가 됐기 때문이었다.

그러나 사돈은 고개를 숙인 채 가만히 있었다. 낯 뜨거워서 고개를 숙이고 있는 모양이었다. 그 누구에게도 알리지 않았고, 아무에게도 알려지지 않기를 바랐던 일이 여기저기 알려졌다는 사실이 부끄러운 모양이었다. 그러나 낮말을 새가 듣고 밤말은 쥐가 듣는다고 했고, 낭중지추라고도 했다. 감추어도 드러날 것은 드러나고 숨겨도 뽀족한 것은 튀여 나오기 마련 아닌가.

그런데 병택이 판단하기에 옥 대인은 지금 변죽만 울려놓고 정작 자신이 하고자 하는 말을 의뭉스럽게 눙쳐놓고 있었다. 그 이유를 정확히 알 수는 없지만 시간을 끌고 있는 것 같았다. 어쩌면 자신이 하고자 하는 말을 끝내 안 할 셈인지도 몰랐다. 그건 속내를 감춘 채 상대가 알아채기를 바라는 마음에서 툭툭 던져놓는 화법과도 닮아 있었다. 어! 하면 아! 하고, 쿵! 하면 짝! 하는 이른바 마음으로 대화하는 기법이었다.

그런데 조실부모하여 제대로 배우지도 못했을 것이고, 어려서부터 뱃사공 일을 했다는 사람으로서는 구사할 만한 화법은 아니었다. 자기를 아주 잘 아는 사람들에게나 씀직한, 왕 또는 고위층이나 쓸 만한 화법을 구사하고 있었다. 거기엔 어떤 사연이 숨겨져 있을 것 같았다. 젊어서부터 대상으로서 아랫사람들을 많이 다루다보니 몸에 밴 습성인지도 모르고, 자신의 마음을 감춰야 할 일이 많았기 때문에 생긴 버릇인지도 모를 일이었다. 하여 병택은 오랜만에 바짝 긴장한 채, 숨은 뜻을 파악하며 옥 대인의 이야기를 들었다.

"기러고 이제 얼마 안 있어 전령들이 돌아올 겁네. 태풍이 불디 않았다면 벌써 돌아왔을 사람도 있을 긴데 바람 때문에 다소 늦어디는 것 같습네다. 기러니 톰 더 기다려 보시디요. 그 무료함을 달래고자 소상이 쓸데없는 말을 늘어놓고 있는 거니낀 이해하시고요."

두 번째 궁금증을 풀리는 순간이었다. 옥 대인은 지금 전령들을 기다리고 있는 중이었다. 전령들을 기다린다고, 그 기다리는 시간 동안 지루함과 초조함을 달래기 위해 자신의 경험담을 늘어놓고 있다는 투였다. 그러나 그것만으로는 부족했다. 전령들이 돌아온 후에 어떻게 할지, 어떤 계획을 가지고 있는지에 대해서는 입을 다물고 있었다. 그러나 병택은 서둘러선 안 됨을 잘 알고 있었다. 그럴수록 인내심을 가지고 기다려야 비로소 다음 말을 할 것이었다.

"탐, 소상이 기 말씀을 안 드렸나요? 소상이 왕자 전하를 모시러 군사들을 보내면서 징표를 안 가디고 보냈던 거 말입네. 기건 일부러 기랬던 겁네다. 시간을 벌기 위해서 말입네. 시간을 달못 맞튜었다간 급히 떠나는 전령들과 겹틸 수 있고, 그들과 겹티게 되든 오해의 소지가 있어서……. 아니, 왕자 전하나 두 분께서 소상이 하는 일을 막을지도 모른다는 생각에 기랬던 겁네. 기릏게 되든 일이 어그러딜 수도 있고, 군사들 앞에서 장황하게 그 이유를 설명 해야 할 것 같아서, 아무도 몰래 소상 혼차 처리하고 싶어서 기랬던 거이니 이해하시기 바랍네."

옥 대인의 말에 왕자가 고개를 끄덕였다. 이제야 알겠다는 뜻인지, 이해한다는 뜻인지는 분명치 않았지만 왕자도 이제 옥 대인의 화법을 이해하고 있는 것 같았다.

그때였다. 밖에서 헛기침 소리와 함께 대인! 하고 불렀다.

"기래, 들어오라."

옥 대인이 기다렸다는 듯이 밖을 향해 대답했다.

"대인……."

집사가 옥 대인에게 보고하려는 듯 옥 대인 옆으로 다가서려하자 옥 대인이 집사를 말리며 엄한 목소리로 말했다.

"나한테 올 필요 없다. 기냥 거기서, 아니 왕자 전하께 말씀드리라. 딕금 왕자 전하께서 계시딜 않느냐."

옥 대인의 말에 집사가 멈칫하는 듯싶더니 말문을 열었다.

"불기후국에 갔던 전령이 돌아왔습네. 불기후국에 있는 거상 네 사람에게 전하고 왔는데, 여기 상황을 알려 대인이 요청대로 시 행했고, 파발을 띄워 궁주와 모후를 탗고 있다고 합네. 탗는 즉시 파발을 띄울 테니 염려마시고 안면하시라는 전갈입네."

"기래. 달 알았으니 쉬라 전하고, 앞으로 보고할 일은 내가 아니라 왕자 전하께 직접 보고하라. 집사가 돼 가디고 기것도 판단하디 못하네?"

"소, 송구합네다, 대인."

"기래 나가 보거라."

"예."

거북목이 되어 나가는 집사의 모습을 바라보던 옥 대인이 왕자를 향해 고개를 숙이며 사과를 했다.

"전하, 장사티 집이라 체계가 엉망입네다. 용서하십시오."

"아닙네다, 별 말씀을요. 우리래 잠시 머무는 과객이 아닙네까? 기러니 대인께서 평소 하시던 대로, 아랫사람들이 익숙한 대로 하십디요."

"기렇긴 합네다만, 이런 체계로는 이번 일을 제대로 처리하디 못할 것 같아 불안해서 기럽네다. 상황이래 바뀌면 그 상황에 맞게 대응해야 하는데 기게 너무 약한 것 같아서 말입네다. 아무래도 이 기회에 체계를 다시 세워야 할 것 같은데…… 기 일은 아무래도 기 장군檄將軍께서 달 아실 테니 디금부터는 기 장군께서 모든 지휘를 하는 건 어뜧갔습네까?"

옥 대인의 갑작스러운 제안에 병택은 깜짝 놀라는 정도가 아니라 말을 잘못 들었나 싶었다. 그건 병택만이 아닌 듯 왕자나 사돈도 멍한 표정으로 옥 대인을 바라보았다.

아무리 군사 일을 모르고 군사 전문가가 없다 해도, 사병私兵들을 거느리고 있으니 군사들의 속성을 알고 있을 터이고, 그들을 통제하는 일정한 규율과 체계를 가지고 있을 터였다. 또한 이번 작전이 병택의 며느리와 손녀, 그리고 아내를 구하는 작전이라 병택에게 맡길 수 없는 상황이었다. 사적 감정 내지는 부담감이 개입될 소지가 있는 만큼 병택이 지휘권을 가지고 있다 해도 제척해야 할 상황이었다. 그런데도 지휘권을 병택에게 맡기는 게 어떻겠냐고 묻는다는 건 병권兵權을 병택에게 넘겨주겠다는 말이나 다름없었다. 그러니 모두가 놀랄 수밖에.

다른 사람도 아닌, 치밀하고 계획적인 성격의 소유자인 것 같은 옥 대인이 한 말이라서 더욱 그랬다. 어쩌면 옥 대인은 처음부터 이미 이런 계획을 가지고 있었는지도 모를 일이었다.

"대인, 어띠 기런 말씀을 하십네까? 기건 있을 수 없는 일입네다. 군사를 부리는 데는 모름지기 지휘 계통을 중시해야 합네다. 기래야 명이 바로 서고, 모든 군사들이 목숨을 바텨 따르디요. 기런데 어띠 소장이 대인의 군사들을 부릴 수 있갔습네까. 기건 있을 수도 없는 일이고, 있어서도 안 될 일입네다. 또한 소장은 군문軍門을 떠난 디 벌써 20년이 넘어 기럴 능력도 없습네다. 기러니 행여라도 기런 생각하디 마십시오."

병택이 강하게 거절하자 옥 대인이 한숨을 쉬며 말했다.

"사실 말씀은 안 드렸디만 실종된 분들을 찾으려면 비록 사병일지라도 군사를 동원할 수밖에 없습네다. 고구려군이래 하륙을 해 있는 상황이라 더욱 기렇습네다. 기런데 소상을 비롯하여 상인들이 보유하고 있는 사병들은 실전 경험이 없는 군사들입네다. 기냥 장사티의 호위무사 정도디요. 기런 군사들이 작전을 수행할 수 있을디도 의문스럽고, 고구려군과 전투라도 벌이게 된다믄 어띠 될디도 걱정하고 있었습네다. 기런데 마팀 실전 경험과 군사를 통솔했던 기 장군이래 여기 계시니 각지에서 모인 사병들을 통합해 거느리는 게 어떨까 생각하고 있었습네다. 기러니 이 기회에 이 지역 사병들을 통합하여 거느리시디요."

"기게 기릏게 간단한 문제가 아닙네다. 군사 통솔에……."

그러다 병택은 퍼뜩 스치는 게 있어 옥 대인에게 물었다.

"기럼 혹시 파발을 띄워 군사 동원령을 내렸습네까?"

"기렇습네다. 고구려군들이 하륙했는데 군사를 동원하디 않고 어 띠 실종자들을 탖고 구할 수 있갔습네까? 다른 사람도 아니고 궁주 와 영애, 기리고 전하 모후의 목숨이 걸린 일이 아닙네까? 대전을 티르더라도 구해내야디요. 소상은 두 분의 말씀을 듣는 순간 이미 모든 결정을 내렸습네다. 기건 하늘의 명령과도 같은 것이었습네 다."

병택은 할 말이 없었다. 옥 대인의 마음을 모르는 바는 아니었고, 옥 대인의 말이 그른 것도 아니었지만 깊디 깊은 늪으로 빨려드는 기분이었다. 발버둥 치면 칠수록 깊이 빨려들어 결국 헤어날 수 없 는 늪에 빠져드는 것 같았다.

"아무리 기래도 기렇디, 어띠 일을 이릏게……."

거부하기 힘든 옥 대인의 제안에 한참을 망설이는가 싶더니 사돈 이 드디어 입을 열었다. 그러나 아직도 결정을 못 내린 듯 말끝을 흐렸다. 그러자 옥 대인이 말을 받았다.

"죄송합네다. 소상이 경솔하게, 독단적으로 일을 처리한 것 같습네다. 이런 일은 사전에 의논하고 결정을 내린 후에 해야 하는데, 상황이 급박하다보니 소상이 너무 앞서간 거 같습네다."

옥 대인이 사과했다. 그러나 사돈은 그 사과를 받아들일 수 없는지 굳게 입을 다물고 있었다. 보통 때 같으면 시위를 떠난 화살을 어떻게 하겠냐고 하며 수용했을 텐데도 그러질 않았다. 사안이 사안인 만큼 쉽게 납득할 수 없고, 사과를 받아들일 생각도 없는 것처럼 보였다.

그러나 범석은 옥 대인의 마음을 알 것 같았다. 어떻게든 실종자들을 살리고 싶다는, 살려내야 한다는 생각만 하다 보니 앞뒤를 잴 만한 시간적인 여유가 없었을 것이었다. 해서 혼자 판단하고 결정해서 즉각적인 조치를 취했을 것이고, 그건 남의 어려움을 그냥 넘기지 못하는 사람들의 공통된 속성인지도 몰랐다.

오지랖이 넓다고나 할까. 상대는 별 뜻 없이 한 말인데도 그걸 어떻게든 해결해주려는 것이 그런 사람들의 속성이니까. 범석은 그 마음을 너무나 잘 알고 있었다. 범석 또한 지금껏 그렇게 살아왔고, 앞으로도 그렇게 살 테니까. 경솔하고 성급해 보일 수도 있고, 그것 때문에 오해를 받기도 하고 손해를 보기도 하지만 잘못은 아니라 믿고 있었다. 어쩌면 그런 오지랖이 범석의 오늘이 있게 했고, 세상을 움직이고 있는지도 모르고.

범석이 제일 먼저 옥 대인을 찾아온 이유도 옥 대인의 그런 속성을 얼마간 알고 있었기 때문이었다.

낭야진 주변에 자신과 거래하고 왕래하는 상인이 없었던 것은 아니었다. 하지만 그들에게 자신의 어려운 처지를 알린다 해도 그들이 도와줄 것 같지 않았다. 장사꾼으로서는 거래할 만한 사람들이었지만 어려움에 처한 사람을 도와줄 것 같지는 않았다. 그렇지만 옥 대인은 다를 것 같았다. 여러 번 만난 것도 아니고 거래를 많이 해보지도 않았지만, 그의 인품이나 평판에 비추어 볼 때 딱한 처지에 놓인 자신들을 모른 체하지 않을 것 같았다. 그가 도와주지 않으면 더 이상 도움을 요청할 곳이 없다는 절박함이 범석을 여기로 이끌었던 것이었다.

옥 대인이 범석 일행을 받아들였을 때는 이런 일까지 다 감당하겠다는 결정이 섰기 때문이었을 것이었다. 하여 아무도 몰래 혼자 판단하여 일을 추진했던 것이고, 일을 처리해가는 과정에서 불거지는 문제는 상황에 맞게 처리해갈 생각을 했을 것이었다. 그러다 군사적인 문제는 사돈에게 맡기는 게 최선이라는 판단이 서자 군사 통솔권을 사돈에게 맡기려는 거고. 그런데 사돈의 입장에서는 그게 곤혹스러운 모양이었다.

그렇게 볼 때 두 사람의 갈등은 문제 접근법과 문제 해결법의 차이 때문에 생기는 것 같았다. 상인과 무인의 차이라고나 할까. 손익을 다투는 상인과 생사를 다루는 무인은 접근법과 해결법이 다를 수밖에 없을 것이었다. 작은 손해는 감수하고 큰 이익을 취하는 게 상인의 일반적인 문제 해결법이라면 무인의 입장에서는 그런 해결법을 취할 수가 없는 모양이었다. 삶이 아니면 죽음뿐이라는 이분법적 입장에서 해결해야 하니 문제를 단순화시키기가 쉽지 않을 것이었다. 그렇게 서로 다른 관점이 갈등을 일으키고 있는 것처럼 보였다.

하여 범석이 나설 수밖에 없었다. 지금 상황을 방치하면 방치할수록 서로의 생각만 깊어져, 아직 굳지 않은 신뢰감마저 허물어져 버릴 수 있기 때문이었다.

"장사치의 욥은 생각일디 모르디만, 이 일은 그리 큰 문제는 아닐 듯합네다."

옥 대인과 사돈이 무슨 말이냐는 듯 동시에 범석을 쳐다봤다. 왕자도 마찬가지였다. 그러나 어떻게든 매듭을 지어야 했기에 말을 이었다.

"시위를 떠난 화살은 어떨 수가 없으니, 이데 문제를 어떻게 해결할 것인가에 집중해야 할 것 같습네다."

범석은 사돈이 자주 쓰는 '시위 떠난 화살'을 일부러 들먹였다. 그래야 사돈이 마음속 갈등을 조금이라도 빨리 정리할 것 같았다. 사돈도 범석의 마음을 알아챘는지 범석을 힐끔 쳐다봤다. 그에 힘을 얻은 범석은 말을 계속했다.

"옥 대인이 우리 딱한 처지를 보아넘기디 못해서 즉각적으로 일련의 조치를 취해둔 거는 그야말로 고맙기 그지없는 일입네다. 다시 한 번 감사드리고, 앞으로 살면서 갚아가갔습네다."

범석은 옥 대인을 향해 고개를 깊이 숙여 인사를 했다. 범석의 인사에 옥 대인도 황망히 고개를 숙였다.

"기렇디만······."

이제 자신의 생각을 밝혀야 할 때였다. 결과를 예측할 수 없었기에 다소 긴장됐다. 그렇지만 지금 서로의 마음을 정리하지 못하면 일을 진행시킬 수 없기에 결과가 어찌 되든 매듭을 지어야 했다.

"급박한 사정상 살피디 못한 점이 없디 않아 있을 겁네다. 아니, 있을 수밖에 없갔디오. 그렇디만 기런 문제점들은 앞으로 일을 추진하는 과정이나 해결해나가는 과정에서 바로 답으믄 될 거 같습네다. 하여 소상이 생각하기에는, 군사적인 일뿐만 아니라 이번 구출 작전의 모든 일을 전하께서 직접 결정하고 처리하심이 옳을 듯합네다. 옥 대인도 비슷한 생각을 가디고 있디만 전하께 계청啓請하기가 곤란하여 기 장군께 부탁하는 것 같으니 그러심이 어떨까 합네다."

범석의 긴 말에 모두들 굳게 입을 닫았다.

그 침묵으로 인해 바람소리가 거세게 들렸다. 비가 내리기 시작했는지 가끔씩 바람 먹은 빗줄기 소리가 들리기도 했다. 이제 본격적인 태풍이 올라오는 모양이었다.

"아무리 기렇디만 기건…… 예가 아닐 것 같습네다."

긴 침묵 끝에 왕자가 마침내 입을 열었다. 그러고는 범석을 바라보며 말을 이었다.

"우리는 부탁하는 입장이지 요구하거나 주장할 입장은 아니디 않습네까? 기건 나그네가 남의 안방 차지하고 배 내라 밥 내라 하는 것과 다를 바가 없디 않습네까?"

그 말에 옥 대인이 바로 자신의 입장을 밝혔다.

"아닙네다, 전하. 양 대인의 말이 소상의 마음과 다르디 않습네다. 양 대인의 말마따나 소상은 전하께 주청드리기 곤란하여 머뭇거리고 있었습네다. 사실, 전하께서 이번 작전을 맡아듀신다믄 그야말로 금상첨화갔디요. 궁주와 애기씨, 기러고 모후를 구하는 일이자 이곳에 전하의 이름을 알리는 계기도 될 것이기 때문입네다. 기렇게만 된다믄 소상은 더 바랄 것이 없갔습네다."

범석의 말에 동의하는 척하며 옥 대인은 은근슬쩍 한 가지 조건을 덧붙이고 있었다. 작전 지휘권 이양은 물론 왕자의 존재를 이곳에 알리자는 것이었다.

그 말을 듣는 순간 범석은 놀라지 않을 수 없었다. 옥 대인은 지금 왕자를 이곳에 정주시킴은 물론 이곳 주인으로 내정한 듯했다. 옥 대인의 지금까지 언행을 통해 얼마간 짐작하고 있기는 했지만 옥 대인이 직접 말로 표현하자 놀랄 수밖에.

왕자도 범석과 같은 생각을 하고 있는지 한 동안 말이 없었다. 하기야 쉽게 결정하진 못할 것이었다. 비록 옥 대인이 선한 마음으로 병권을 넘겨주려 하고 있지만 그걸 선뜻 받을 수도 없을 것이고, 자신의 이름을 세상에 알리고자 하는 옥 대인의 뜻은 현 시점에서 가장 피해야 할 일이기 때문이었다. 이름이 알려지자 고구려군의 공격을 받았는데 이제 여기에서 이름을 알린다면 또 다시 표적이 될 수 있기 때문이었다.

그러나 왕자의 침묵은 그리 길지 않았다. 한 동안 생각을 정리하는가 싶더니 이내 대답을 내놓았다.

"동습네다. 옥 대인의 뜻을 받아들여 제가 전면에 나서갔습네다. 기렇디만 옥 대인의 마디막 말은 못 들은 거로 하갔습네다. 일단 가족 구출이 우선이니 거기에만 집중하기로 하시디요."

왕자가 드디어 결단을 내렸다. 그 문제로 더 이상 시간과 정력을 허비할 필요가 없다고 판단했던 모양이었다. 그렇지만 왕자의 존재를 알리는 계기로 삼겠다는 옥 대인의 말은 못 들은 것으로 하겠다고 차단함으로써 더 이상 조건을 내걸어 봐도 수용하지 않겠다는 뜻을 분명히 했다. 그렇게 해서 구출작전은 이제 전혀 새로운 국면으로 전환되고 있었다.

하나의 문제가 해결되었구나 싶어 안도의 한숨이 흘러나왔지만 또 한편으로 범석은 조마조마했다. 어떤 문제가 어디에 도사리고

있는지 알 수 없었고, 옥 대인이 은밀스럽게 감추고 있는 의도를
언제 드러내어 어디까지 밀고 갈지 알 수 없었기 때문이었다.

40

옥 대인의 제안에 대해 결정을 내릴 때, 무범은 갈등하고 망설이
지 않을 수 없었다. 옥 대인의 제안은 제안이라기보다 받아들일 수
밖에 없는 패霸와 같은 것이었다. 그 패를 받아들이지 않으면 수
싸움에서 밀려 대마가 죽을 수 있었다. 그리 되면 불계패不計敗할
수밖에 없었다. 하여 대마를 살리기 위해 패를 쓰기로 결단을 내렸
던 것이었다.

또한 옥 대인의 제안을 받아들이는 데는 병택 장군의 의중이 크
게 작용했다. '호의미결狐疑未決', 더 이상 머뭇거리거나 갈등하다 때
를 놓치지 말라는 충고는 바로 지금을 염두에 두고 한 말처럼 여겨
졌기 때문이었다. 하여 상대를 너무 많이 기다리지 않게, 과감하게
결단을 내렸던 것이었다. 병택 장군도 무범의 결정이 흡족한지 아
무 말 없이 편안하게 앉아 있었다.

그렇게 하여, 전혀 예상하지 못했던 작전 통제권을 이양받은 무
범은 우선 옥 대인이 취한 조치들을 확인하는 것으로부터 통제권을
행사했다. 그걸 확인해야 다음 계획을 세울 수 있었고, 부적절하거
나 무리한 계획들을 수정할 수 있을 것이기 때문이었다.

옥 대인의 실행 중인 작전은 빈틈이 없어 보였다. 군사 일을 총괄
했던 병택 장군마저 혀를 내두를 정도였다.

우선 고구려군이 추격해올 수 있는 예상 진입로에 전령을 급파해 고구려군의 동태를 살피는 한편, 고구려군의 이동 상황을 면밀하게 파악케 한 것이 돋보였다. 해안선을 따라 이동할 때 반드시 거칠 수밖에 없는 갈노현과 육로를 따라 이동할 때 거쳐야 하는 네 곳—갈노현, 양석현, 보평현, 평도후국—에서 고구려군의 상황을 파악하게 한 것이었다. 정현과 양석현에서만 파악해도 되겠지만 굳이 평도후국까지 전령을 보낸 것은 만약의 사태를 대비하자는 뜻이 강해 보였다. 양석현을 지난 고구려군이 낭야진으로 들어온다면 평도후국을 거쳐야 하므로 그 길목까지 포함시켰다는 것이었다.

둘째, 고구려군과 전투가 불가피할 때는 평지에서 고구려군과 직접 부딪치기보다 유인을 통한 매복 위주의 산악전山岳戰을 펼치게 한 것 또한 빼어난 작전이었다. 한 번만 매복전을 펼친다 해도 지형을 잘 알지 못하는 고구려군의 진격속도를 늦출 수밖에 없고, 현지 지형에 익숙한 우군이 지형지물을 최대한 활용한다면 적을 무력화시킬 수 있기 때문이었다. 적군의 숫자나 전투력보다 더 유리한 게 바로 지형지물을 활용한 매복전이기 때문이다. 그리만 한다면 고구려군을 효과적으로 방어할 수 있음은 물론 섬멸시킬 수도 있을 것이었다.

셋째, 날씨나 여러 가지 상황을 고려하여 직접 낭야진으로 알리기보다 기착지를 정해 기착지에서 일단 정보를 수합한 후 낭야진으로 알리게 한 것 또한 동선을 최소화하고 정보 공유를 위해서도 적절한 조치였다. 정현이나 평도후국의 정보를 양석현에서 수합한 후 낭야진에 알리게 하고, 갈노현의 정보를 불기후국에서 수합한 후 낭야진에 알리게 한 것이었다. 그리하면 낭야진에서도 양석현과 불기후국에 정보를 알려주면 그 정보가 각 지역에 신속하게 전파될 것이었다.

마지막으로 태풍이 지나자마자 해안의 연대를 가동시켜 바다 감시를 철저히 하고 고구려군이 포착되면 즉시 봉화를 올리게 한 것 역시 적절한 조치였다. 특히 바다 감시 범위를 양석현까지 확대함으로써 고구려군의 이동을 신속하게 파악할 수 있게 한 것도 놓치기 쉬운 것인데 꼼꼼히 챙겨놓고 있었다.

그와 함께 모든 인원을 동원하여 은밀하면서도 신속하게 실종자들을 수색하게 한 것도 마음에 들었다. 전투는 전투대로, 수색은 수색대로 진행시킴으로써 두 마리 토끼를 다 잡겠다는 양동작전을 구사하고 있었다.

"기, 기걸 기 짧은 시간에 짜고 시행했단 말입네까?"

장인이 혀를 내두르며 감탄했다.

"소상이 어띠 기런 걸 할 수 있갔습네까? 소상은 고며 군사들을 통제하는 무장의 말을 들었을 뿐입네."

옥 대인이 무안한 듯 손사래를 쳤다.

"아무리 기래도 기렇디요. 모든 판단과 최종명령은 작전권을 가딘 대인이 내렸을 테니 대인이야말로 군사軍師라 할 만합네다. 명말 훌륭합네다."

무범도 옥 대인을 칭찬하지 않을 수 없었다. 빈말이 아니라 정말 군사로 활약해도 손색이 없을 것 같았다.

칭찬을 마친 무범은 바로 병택 장군에게 물었다. 옥 대인을 칭찬한 자신의 판단이 맞는지, 허점이나 수정 보완해야 할 사항이 없는지 확인하고 싶었다.

"기 장군, 저의 판단이 맞디요?"

"맞다 마다요. 옥대인의 작전은 시의적절하면서도 빈틈없는 계획입네다. 그야말로 완벽에 가깝습네다."

병택 장군도 칭찬을 아끼지 않을 정도였다.

수정이나 보완 없이 옥 대인의 작전을 그대로 수용하기로 결정하는 바로 그때였다.

"왕자 전하, 소인 집삽네다."

밖에서 안의 상황을 파악하며 때를 기다리기라도 한 듯 집사가 무범을 찾았다.

"예, 들어오세요."

집사가 들어오더니 좀 전과 전혀 다르게, 바로 무범 앞으로 다가와 깊이 인사를 한 후 말했다.

"양석현에서도 전령이 돌아왔는데 옥 대인의 전달사항을 전달하여, 즉시 작전에 돌입했답네다."

"기래요. 수고하셨다고, 쉬시라고 전해듀세요."

"예. 명 받잡겠습네다. 기럼."

집사가 나가자 옥 대인이 고개를 끄덕이며 흐뭇한 미소를 지었다. 이제야 제대로 돌아가는구나 싶은지, 자신의 뜻대로 돼가는 게 기쁜지 알 수 없었지만 그 모습을 보는 사람들마저 흐뭇하게 하는 미소였다.

"전하, 이데 자리를 옮기시디요. 시간이나 날씨로 봐서 이데 전령이 돌아오긴 그른 것 같습네다. 기러니 술 한 잔 하시고 잠댜리에 드시디오."

옥 대인이 권했지만 무범은 술을 마실 수 없었다. 술 생각이야

간절했지만 술을 마시면 취할 것 같았고, 취하면 심기가 흐트러질 것 같았다. 아내와 딸과 어머니를 잃은 슬픔이 폭발할 것 같았다. 해서 정중히 사양했다.

"아닙네다. 저는 피곤해서 일찍 잠자리에 들어야 할 것 같습네다. 기러니 세 분이서 한 잔 하시디요."

"아, 아닙네다. 소상은 오늘 전하를 모시게 된 일을 축하하기 위해 술상을 봐두라 했는데 전하께서 그러시다믄 다음으로 미루갔습네다. 전하를 빼고 어띠……."

"아닙네다. 전 생각하디 마시고, 세 분이서……."

무범의 사양의 말을 장인이 받아넘겼다.

"아닙네다, 됐습네다. 어띠 전하를 빼고……."

"아니래도요?"

이번에는 병택 장군이 받았다.

"아닙네다, 전하와 나듕에……."

두 사람이 짠 것처럼 무범이 합석하지 않는 술자리는 의미가 없으니 없던 일로 하겠다고 발을 뺐다. 그건 술자리가 깨진 걸 무범 탓으로 돌리려는 속셈이었다. 주인의 정성을 무참히 짓밟은 건 바로 무범이었다고 떠넘기려는 것이었다. 그러나 그래서는 안 될 일이었다. 의지가지없는 무범 일행을 아무 조건 없이 환대했고, 실종된 가족을 구하기 위해 태풍 속에서도 온갖 정성을 다 기울인 옥대인의 정성을 무참히 짓밟았다는 소문이라도 난다면 예를 모르는 사람이란 정도로 끝나지 않을 것이었다. 후안무치, 염치도 없는 사람으로 낙인찍힐 수도 있었다.

무범은 난감했다. 어떤 핑계도 댈 수 없는 상황이었다. 태풍이 몰아치는 밤에 할 일이란, 할 수 있는 일이란 없었기 때문이었다. 더군다나 병택 장군와 장인마저 없는 상태에선.

"어 탐! 기럼 가십시다.

무범은 자리에서 일어서고 말았다. 세 사람이 돌아가며 무범을 들쑤시고 있었다. 세 사람이 의기투합했는지 같은 말로 돌아가면서 무범을 쪼고 있었다. 그런 그들을 모른 체할 수 없었다. 술 한 잔으로 우애를 돈독히 하려는 그들을 굳이 뜯어말릴 필요는 없을 것 같았다. 술자리가 앞으로의 일을 평온하게 진행시킬 수 있는 촉진제 역할을 할 수 있다면 더욱 그랬다. 결국 남자의 역사는 술자리에서 이뤄지는 게 아니던가.

41

비바람 소리에 잠을 깼다. 아니, 갈증 때문에 깼는지도 몰랐다. 어느 것이 잠을 깨웠는지 정확치 않지만 타는 듯이 목이 말랐다.

자리끼를 찾았으나 없었다. 항상 머리맡에 있었는데 손을 뻗어 더듬어 봐도 만져지지 않았다.

'응? 자리끼래 어디 갔디?'

다시 한 번 손을 더듬어 봐도 마찬가지였다. 없었다.

눈을 뜨고 몸을 일으키자 아찔한 현기증과 함께 앞머리가 지끈거렸다. 두 엄지손가락으로 관자놀이를 누르고 잠시 눈을 감은 채 가만히 있어봤다. 손가락에 눌린 관자놀이 부분이 조금 아팠지만 두통이 차츰 가라앉기 시작했다.

두통이 얼마간 가라앉자 다시 눈을 떴다. 그리고 주위를 둘러봤다. 침실이었다. 근데 아내가 보이지 않았다. 어디 갔지? 라는 의문과 거의 동시에 어젯밤 술을 마신 기억이 흐릿하게 떠올랐다.

'전하는? 전하래 어디 갔디?'

광은은 벌떡 일어섰다. 왕자를 찾아봐야 했다.

"누구 없느냐?"

"예. 기침하셨습네까, 대인."

집사의 목소리와 함께 문이 열리더니 집사가 들어왔다.

"전하는? 전하는 어디 계시느냐?"

"예. 전하께서는 반대편 방에서 주무셨습네다. 딕금은 기침하셔서 두 분과 얘기 중이시구요."

"언데 기침하셨네?"

"기건 소인도 달 모르겠습네다. 돔 전에 두 분이 들어가시는 걸 보고 알았습네다."

"기래, 알았다. 나는 늦잠 돔 댜야갔으니 기리 알아라."

"예, 대인. 쉬십시오."

집사가 나가자 광은은 다시 드러누웠다. 잠이야 다시 오지 않겠지만 오랜만에, 정말 오랜만에 게으름을 피워볼 작정이었다. 태풍 때문에 별달리 할 일도 없었고, 실종자 수색도 왕자가 맡아하기로 했으니 자신은 늦잠을 자는 것으로 해두고 싶었다.

어제 하루는 정말 많은 일들이 있었다. 몽매간에 그리던 사람들이 제 발로 찾아왔고, 얼마간 그들의 마음을 붙잡는데도 성공했다. 이제 바야흐로 그를 손님이 아닌 주인으로 들여앉히는 일만 남은 셈이었다. 그러나 그 일은 서두를 필요가 없었다. 아니, 서두르면 안 되는 일이기에 한껏 게으름을 피워볼 작정이었다.

사실, 광은은 무범 왕자를 찾아갈 생각이었다. 그러나 계기가 없었다.

혼례 때 선물을 싸들고 찾아가기는 했지만 얼굴을 보는 정도였지 얘기를 나눌 짬이 없었다. 사람들에게 둘러싸여, 사람들에게 치이는 왕자를 만날 엄두가 나지 않았다. 경사스러운 날 무거운 얘기를 하는 것도 예가 아닐 것 같아 멀리서 지켜보기만 했다.

딸의 첫돌 때도 마찬가지였다. 산동지역의 유지란 유지, 상인이란 상인은 다 모여들어 축하를 하는 통에 왕자를 가까이서 만나볼 기회마저 얻질 못했다. 그리고 그 후론 핑계거리가 없어 찾아갈 기회가 없었고, 돈벌이에 신경을 쓰다 보니 좀처럼 시간을 낼 수가 없었다.

광은이 무범 왕자를 만나고자 한 이유는 다른 게 아니었다. 무범 왕자를 산동의 구심점으로 모시고 싶었기 때문이었다.

산동이 비록 백제의 영역이긴 했지만 백제가 물을 건너 한수(漢水. 오늘날의 한강. 한성백제를 말함)로 이동한 이후 산동은 그야말로 무주공산이었다. 대제국 조선이 약화되자 조선의 뒤를 이어 부여와 고구려 같은 강대국이 등장했고, 조선의 거수국이었던 군소국들도 독립하여 각자도생하고 있었다. 조선의 혼란을 틈타 하회족도 몸집을 키우기 시작하더니 혼란을 끝내고 한나라라는 나라를 세워 호시탐탐 동쪽을 노리고 있었다. 이들 강대국들은 군소국을 먹잇감으로 삼아 자신의 덩치를 키워갔다. 결국, 우후죽순처럼 솟아났던 군소 열국들은 강대국의 먹잇감이 되어버렸다. 그에 따라 멸망한 군소국群小國 유민들은 갈 곳이 없자 산동으로 몰려들었다. 정복자들에게 끌려가 개돼지 취급을 받으며 사느니 거지나 유랑자로 살더라도 자유롭게 살겠다는 일념으로 이곳 산동으로 모여들었다. 그러나 나라를 잃은 그들을 반겨주는 곳은 없었다.

망국인, 부랑자, 유랑자, 광인, 거지, 도둑, 강도…….

다양한 지칭어만큼이나 그들은 하나의 이름이 아닌 다양한 이름으로 살고 있었다. 그런 그들을 하나로 통합한다면 새로운 나라를 건설하지는 못할지라도 그들에게 안정된 삶을, 사람다운 삶을 살게할 수 있을 것 같았다. 망국인으로 고구려 땅에서 온갖 수모와 천대를 받았던 경험이 있는 광은은 그걸 지켜보고 있을 수가 없었다.

하여 무범 왕자를 왕으로 옹립하기는 힘들겠지만 구심점으로 삼아 유민들의 힘을 한 곳으로 결집시키고 싶었다. 더욱이 한나라의 혼란이 아직 정리되지 않았고, 조선반도에도 새로 건국한 나라들이 쟁탈전을 버리고 있는 만큼 산동에 새로운 국가를 세울 절호의 기회였다. 하여, 일간 한 번 찾아뵈어야지 벼르고 있었는데 제 발로 찾아왔으니 호박이 넝쿨째 굴러 들어온 셈이었다. 그래서 양 대인과 기 장군이 찾아오자 광은은 버선발로 달려 나가 맞았다. 두 사람이 함께 왔다는 건 왕자가 온 것이나 다름없었기 때문이었다.

두 사람의 말을 들어보니 상황이 다소 복잡하게 얽혀 있었다. 그렇지만 실종자들을 수색하여 구출해낼 수만 있다면 왕자 일행을 낭야진에 정착시키는 일은 그리 어렵지 않을 것 같았다. 하여 두 사람에게 알리지도 않고 모든 인력을 수색 및 구출 작전에 즉시 투입하였다. 그리고 왕자를 모셔다 모든 작전을 왕자가 직접 지휘·감독하게 함으로써 1단계 작전을 마무리할 수 있었다.

그리고 어젯밤, 어렵게 왕자를 술자리에 합석시켜 2단계 작전을

펼쳤다. 왕자 일행을 낭야진에 붙잡아두려면 미리 대답을 받아둬야
했고, 대답을 받으려면 그에 합당한 조건을 걸어야 했다. 이른바
'거절 못할 제안'이 필요했다.

"전하, 이번 기회에 근거지를 아예 하밀(하밀현下密縣. 창이시[昌
邑市] 동쪽)로 옮기는 건 어떻갔습네까?"

두어 순배쯤 돌자 광은이 은근히 물었다.

"대인, 기게 무슨 말씀입네까?"

깜짝 놀라며 광은의 말을 받은 건 왕자였지만, 양 대인과 기 장군
도 놀라기는 마찬가지인지 놀란 눈으로 광은을 뚫어지게 쳐다봤다.

"그리 놀라실 일은 아니고, ……소상은 오래 던부터 기런 생각을
해왔습네. 널드른 바다 건너 고구려와 마주 보고 있어 고구려의
공격으로부터 자유롭디 못하디요. 고구려의 동태 파악에는 유리한
점이 없닳아 있디만 득보다는 실이 많은 곳이라 생각됩네. 기렇
디만 하밀은 장광현으로부터 500리나 떨어져 있을 뿐만 아니라 크
고 작은 가람이 네 개나 있어 고구려의 공격으로부터 안전한 곳이
고, 백리도 안 되는 곳에 발해만渤海灣이래 있고, 바로 앞에는 선하
[旋河. 쑨허]래 흐르고 있어 피신이나 대피에도 유리합네. 기런 곳
에 성을 쌓아 방비한다믄 기 어떤 곳보다 안전할 것이라 생각됩네
다."

"기런 걸 묻는 게 아니라…… 대인께서 어띠 기런 생각을 하셨느
냐고 묻는 거입네다."

왕자가 정곡을 찌르며 들어왔다. 자신과는 아무런 관계나 인연도
없을뿐더러 고국도 다르고 이미 혼례해서 아이까지 둔 자신을 왜
모시지 못해 그러냐고 묻고 있었다. 그러나 광은은 그런 의도를 모

르는 체하며 동문서답으로 말을 돌려버렸다.

"앞서 말씀 드렸던 소상의 삼촌, 아니 장인 때문입네다. 장인께서는 아들이 있었디만 모든 재산과 가업을 소상에게 물려뒀디요. 당신의 뜻을 이어받을 만한 능력을 먼저 생각하셨던 거디요. 기러면서 소상에게 말씀하셨디요. 재산을 자식보다 가업을 물려받을 자격과 능력을 가진 사람에게 넘기라고요. 기러고 한 가디 더 당부했더랬는데, 돈으로 못 살게 없디만 나라만은 돈으로 살 수 없으니 나라를 세울 수 있는 사람을 만나거든 모든 재산을 내놓으라고요. 소상은 딕금이 바로 기때가 아닌가 하여 드리는 말씀입네다."

"기 어뜧게 기런 말씀을?"

왕자가 기겁을 했으나 양 대인과 기 장군은 이미 예상하고 있었는지, 왕자와는 생각이 다른지 조용히 앉아 있었다.

"행여라도 기런 말씀하디 마십시오. 옥 대인의 딕금 말씀은 못 들은 거로 하갔습네다."

왕자는 당황스러운지 술잔을 직접 채우더니 단숨에 들이켰다. 그러자 광은이 다음 말을 하려고 입을 떼려는 바로 그 순간이었다. 기 장군이 먼저 입을 열었다.

"전하, 옥 대인의 말이 전혀 그른 것만은 아닌 것 같습네다."

"장군까디 왜 이러십네까? 우리래 처지를 잊었습네까?"

"잊다니요? 잊디 않았으니낀 드리는 말씀 아닙네까? 언데까디 쫓겨다니기만 하시랍네까? 우리래 힘이 있었다믄, 고구려군에게 대항할 힘만 있었다믄 여기까지 쫓기디도 않았을 거이고, 궁주와 가족들을 잃고 창자가 끊어디는 아픔을 겪디도 않았을 겁네다. 이거이 모두 나라가 없고, 고구려를 막아낼 힘이 없기 때문이 아닙네까?

기런데 옥 대인의 말텨럼만 된다믄 고침안면하디는 못할지라도 쫓겨 다니는 일만은 하디 않아도 될 거 같아 드리는 말씀입네다. 소장도 이뎨 늙었습네다. 기건 여기, 양 대인도 마탄가디고요. 언뎨까디 도망만 다닐 순 없디 않갔습네까?"

기 장군의 말에 왕자는 끙! 앓는 소리를 냈다. 다른 사람이 아니라 기 장군의 말이라 뼈가 저미는 모양이었다. 거기에 힘을 얻었는지 양 대인까지 가세했다.

"전하, 소상도 전 재산을 내놓갔습네다. 거기에 여기 옥 대인이 얼마간 도와듀신다믄 옥 대인의 말도 실현불가능한 허탄한 말이 아닐 것 같습네다"

그러자 왕자가 양 대인을 빤히 쳐다보더니 물었다.

"둄 전에도 세 사람이 기러더니 혹시 저 오기 전에 땨기라도 했습네까? 세 사람이 왜 이럽네까?"

"기, 무슨 말씀입네까? 땨다니요?"

양 대인이 억울하다는 듯 왕자를 바라보며 되묻자 왕자가 얼굴을 풀며 대답했다.

"농입네다. 장군과 장인, 기러고 옥 대인이 한 마음이 되어 한목소리를 내는 게 부러워 기런 겁네다. 세 분의 뜻이 같다면 이유가 있을 것인즉, 심각하게 고려해보갔습네다. 길티만 딕금은 가족의 생사를 확인하는 게 우선이니 거기에 집중할까 합네다."

왕자가 한 발 물러설 뜻을 비추자 광은은 성큼 한 발을 더 내딛었다.

"전하, 뜻이 기러시다믄 이러믄 어떻갔습네까?"

광은의 말에 셋이 광은을 쳐다보았다.

"가족의 생사를 확인하디 못하거나 무사히 구출하디 못할 시는 여기를 떠나시든 머물든 말리디 않갔디만, 가족을 무사히 모셔오게 되든 여기에 머물기로 하든 어떻갔습네까? 기래야 소상도 구출작전에 모든 힘을 다 쏟아붓디 않갔습네까?"

그 말엔 아무도 대답하지 않았다. 선뜻 대답하기는 곤란할 것이었다. 그걸 잘 알기에 광은은 기다렸다.

그러나 그 침묵은 오래 가지 않았다. 양 대인이 침묵을 깨며 나섰다.

"기렇게만 된다믄, 가족을 무사히 구출하게 된다믄 이례 굳이 다른 데로 갈 이유가 없디요. 옥 대인이래 모든 방안을 마련해놓고 전할 모실래고 하는데 굳이 떠날 이유가 없디 않갔습네까?"

왕자는 양 대인의 말에 가타부타 대답하지 않고 기 장군의 얼굴을 쳐다봤다. 기 장군의 의향을 묻는 듯했다. 그러나 기 장군은 아무 말 없이 술잔을 비웠다. 그러자 왕자가 말했다.

"아바디래 장인의 말에 전적으로 동의한답네다."

왕자가 기 장군을 대신하여 대답하고선 말을 이었다. 기 장군에게 너무 많은 짐을 지우고 있다고 생각했는지 마음을 가볍게 해주고 싶은 모양이었다.

"둘도 없는 벋인 장인의 말을 따르겠다니 저도 따를 수밖에 없디 않갔습네까? 두 분 어른의 뜻대로 하디요. 두 분의 마음이 저의 마음이디 어띠 다른 뜻이 있갔습네까?"

그렇게 말해놓고 기 장군과 양 대인의 술잔에 술을 채워주었다. 이제 자신이 적극적으로 나설 테니 아무 걱정 말라는 듯.

광은의 두 번째 계획이 성공적으로 이루어지는 순간이었다. 광은은 그 순간의 감격을 되새기며 빙그레 웃었다. 자신이 죽기 전에 무범 왕자를 통해 뭔가를 이룰 수 있을 것 같아 절로 미소가 솟아올랐다.

광은이 성급하다 싶을 정도로 일을 빨리 진행시킨 것은 자신의 몸이 예전과 같지 않았기 때문이었다. 근력이 떨어진 건 벌써 오래 됐고, 소갈증도 소갈증이었지만 기억력과 판단력이 현저히 떨어졌다. 그것만이 아니었다. 가끔씩 머리가 어지럽고, 머리가 어지러운 후에는 판단력이 현저히 흐려졌다. 그러다 보니 실수가 잦아지고 있었다. 어떤 때는 자신이 두려울 정도의 실수를 저지르기도 했다. 그 실수를 인정하기 싫어서 다른 핑계를 대는 것도 한두 번이지 그게 잦아질수록 자신이 무서워졌다.

그런데 광은에게는 자식이 없었다. 그렇다고 자식이 없었던 건 아니었다. 넷씩이나 낳았지만 모두 어려서 잃고 말았다. 광은이 집에 있었다면 막을 수도 있었는데 광은이 멀리 떠나 있을 때 모두 허망하게 잃고 말았다. 그러나 장사를 그만 둘 수는 없어 밖으로만 나돌다 보니 마누라의 나이가 어느덧 마흔을 넘어 폐경이 되어 버렸다.

처가 쪽에서 자신의 뒤를 이을 만한 사람을 물색해 봤지만 마땅한 사람이 없었다. 장사로 돈을 불릴 사람은 제법 있었지만 장인과 자신의 뜻을 이을 만한 사람을 찾기 힘들었다. 이제 돈을 버는 것보다 쓰는 것에 관심을 가져야 할 텐데 돈 버는데 혈안이 되어 있는 그들에게 자신의 전 재산을 물려줄 수는 없었다.

그게 걱정되어 마누라와 노심초사하고 있었고, 안 그래도 마누라한테 일간 왕자를 찾아봐야겠다고 다짐까지 해뒀었다. 그런데 뜻하지 않게 무범 왕자 일행이 찾아왔고, 왕자를 받들게 됐고, 왕자에게 뒷일을 맡기게 됐으니 오늘 하루쯤은 게으름을 피워도 될 것 같았다.

누운 채 이러저런 생각을 하며 빙그레 웃고 있자니 문이 열리며 마누라가 들어섰다. 쟁반에 무언가를 받쳐 들고.

"깨셨습니까? 약주 후에 탄물이 돟디 않을 것 같아 탄물은 티웠고, 탄물 대신 꿀물을 타 왔으니 한 사발 드시디요."

"기래 고맙소. 긴데 왕자와 손님들께는?"

"이미 갖다 올리라 얘기해뒀습네다. 어서 한 사발 드시고 건너가 보시디요. 손님들만 있게 하는 건 예가 아니디 않습네까?"

"손님은 무슨……. 이데 그분들이 주인인데……."

"예? 기럼?"

"기렇소. 왕자께서 내 뜻을 받아들였소. 장인의 뜻을 이데 펼쳐볼 생각이오."

마누라가 손뼉이라도 칠 듯이 기뻐하며 함박웃음을 지었다. 선친인 올 대인의 뜻을 이제야 펼칠 수 있게 되었다는 기쁨이 웃음으로 피어오르는 모양이었다. 재산은 모으는 것도 중요하지만 어떻게 쓰느냐가 더 중요하다는 사실을 선친과 남편을 통해 절실히 깨달은 그녀였기에 더 기뻐하는지도 몰랐다.

뜨거운 재회

42

가을 태풍은 생각보다 더뎠다.

비바람이 몰아친 지 이틀이나 지났는데도 바람은 꺾이지 않고 있었고, 빗줄기는 굵어졌다 가늘어졌다를 반복하고 있었다. 그에 따라 실종자들의 생환을 얼마간 포기하고 있는 눈치였다. 말로 표현하지는 않았지만 모두들 비슷한 듯했다.

그 사이 미리 파견했던 전령들이 모두 돌아왔다. 그들은 한결같이 광은의 뜻을 전했다는 소식 외에는 가져온 게 없었다. 태풍을 뚫고 돌아온 것만도 고맙게 여겨야 할 정도로 그들의 몰골은 말이 아니었다. 그 모습을 보며 무범은 태풍 속에서 생사를 넘나들고 있을지도 모르는 아내와 딸, 유모의 모습을 그려보았다. 그리고 포기란 단어를 아프게 품기 시작했다. 남자들도, 강인하기로는 남에게 뒤지지 않을 군사들도 저 정도인데 여자의 몸으로 이 태풍을 무사히 넘기고 돌아올 것이란 생각을 하기는 어려웠기 때문이었다.

더 이상 군사들을 움직이는 게 불가능하다는 판단에서 모든 작전을 중단하고 무범은 사랑에 앉아 있었다. 태풍이 잦아들면 취해야 할 일들을 미리 챙겨두고 싶어서였다. 그러나 그것마저도 소용이 없을 것 같아 자꾸만 망설여졌다.

제일 먼저 장인과 길을 나눴다는 모평현(牟平縣. 옌타이시 서쪽 치샤시[栖霞市] 북쪽)을 먼저 정밀수색을 해볼 필요가 있었다. 거기서부터 출발해야 단서를 찾을 수 있을 것이었다. 다음으로 합류하기로 한 양석현도 철저히 수색하는 한편 객사나 객관, 주막을 중심으로 살펴봐야 했다.

한편, 고구려군에게 잡혀갔을 경우를 대비해 고구려군과 선이 닿을 수 있는 사람을 찾아봐야 했다. 그리고 그를 통해 생사, 포로 여부를 확인해야 다음 행동을 취할 수 있었다. 만약 고구려군에게 붙잡혔다면 여자란 점을 들어 협상을 해야 할 것이었다. 그걸 위해 사람을 미리 물색해 놓아야 했다. 협상이 안 통할 경우에는 최소의 인원을 파견해 구출작전을 벌여야 할 것이었다. 전면적인 공격이 불가능하므로 내부 조력자를 찾아야 하고, 특수 훈련된 자들을 투입해야 할 것이었다.

또한 고구려군이 추격을 대비하여 장광에서부터 고구려군의 동태를 파악함은 물론, 고구려군의 예상 이동경로를 선점하여 관측 감시하는 일도 게을리 해서는 안 될 것이었다.

이렇게 이중 삼중으로 작전을 수행하려면 인원 동원이 필수적이고, 그 임무를 완벽하게 수행할 정예 요원 및 특수 요원이 필요한데 그들을 확보할 수 있을지가 가장 큰 관건이었다. 답답한 마음에 그에 대해 옥 대인에게 물었지만, 옥 대인도 그에 대해서는 잘 모르겠다고 했다. 대신, 지금은 얼마든지 될 테니 가용할 수 있는 모든 방법을 동원해보라고 힘을 실어주었다.

43

지루하고 답답한 속에서 또 하루를 지났다.

태풍은 비바람과 함께 침울함마저 몰고 오는지 광은네 집은 하루 종일 침울했다. 비바람을 막기 위해 덧문을 걸어 잠그고 문이란 문은 다 닫아걸자 집안은 낮인지 밤인지 모를 정도였고, 불을 켰으나 불마저 바람에 까물거려 마음만 흔들어 놓았다.

수색작전이며 구출작전 계획을 다 세워놓았으나 태풍으로 아무 것도 실행할 수 없었기에 불안감과 초조감도 커져갔다. 그러나 누구 하나 그걸 표현하는 사람은 없어서 그 감정을 더욱 고조되는 것 같았다.

그러나 태풍은 길어봐야 사흘이라는 말을 증명이라도 하듯 밤이 지나고 날이 밝아오자 태풍도 잦아들기 시작했다. 바람은 여전했지만 비가 많이 가늘어졌고, 흐리긴 했지만 간헐적으로 해가 비치기도 했다. 그리고 낮이 지나 해가 설핏 기울기 시작할 때쯤엔 가을 본연의 투명한 하늘이 드러나기 시작했다.

그때를 전후해 광은네 집 대문간은 들고 나는 사람들로 북적이기 시작했다. 대부분 말을 타고 떠나는 사람들이었는데 말에 오르자마자 곧 떠났다. 그리고 가끔은 오는 사람도 있었는데, 그들도 뭐가 그리 바쁜지 곧 대문 안으로 사라지곤 했다.

날이 어두워지자 광은네 집에 불이 밝혀지기 시작했다. 아직도 바람이 불고 있었기에 밖에는 불을 켜지 않았지만 집안엔 모든 불을 밝혀놓았는지 집안이 훤했다. 그리고 밤이 이슥해져 바람이 가라앉자 밖에도 횃불을 밝혔는지 집안이 대낮처럼 밝았다. 울골은 깊은 잠에 빠져 있는데 광은네 집만 홀로 깨어 울골을 지키고 있었다.

그리고 마침내.

초가을 밤을 깨우기라도 하듯 말울음소리가 요란하더니 말 한 마리가 광은네 대문 앞에 멈춰 섰고, 병사 하나가 급히 열린 대문 안으로 뛰어들었다.

"대인, 옥 대인!"

군사는 옥 대인을 부르며 뛰어들었으나 병사를 맞은 것은 집사였다.

"대인이 아니라 왕자 전하를 탖아야디. 연락 못 받았네?"

집사가 따끔하게 핀잔을 준 후 다시 물었다.

"어디서 온 전령이고, 전할 말이 무언가?"

"내래 널드르에서 온 전령입네. 우리 대장께서 이걸 전하고 답을 가지고 오라 기랬시오."

그 말과 함께 전령이 품에서 서찰 하나를 꺼내 집사에게 건넸다.

"댬깐만 기다리게. 전하께 보고하고 바로 나올 테니."

집사가 서찰을 받아들고 총총걸음으로 안으로 들어갔다. 그리고 사랑 앞에 서더니 무범을 찾았다.

"전하, 널드르에서 전령이래 왔습네."

"어? 기래? 어서 들어오게."

무척이나 기다렸던 소식인지 무범이 다급하게 재촉했다.

문을 열고 집사가 들어서자 사랑에는 네 사람이 앉아 있었다. 무범, 광은, 범석, 병택. 네 사람은 흥분된 얼굴로 집사를 바라봤다.

"여기 서찰을 가디고 와서 답신을 기다리고 있습네다."

"기래, 어서 가져다 드리게."

광은이 재촉했다.

집사는 서찰을 무범에게 바쳤다. 서찰을 받는 무범의 손은 떨고 있었다.

한눈에 서찰을 읽은 무범이 서찰을 앞으로 밀며 말했다.

"고구려군에 댜힌 사람은 없는 것 같고, 고구려군은 곧 떠날 것 같답네."

"불행 중 다행입네다. 이데 본격적인 수색작전이래 펼틸 수 있게 되디 않았습네까? 경하 드립네다, 전하."

광은이 기쁜 얼굴로 경하를 드리자 병택과 범석도 경하를 드렸다. 그러자 무범도 퍼진 얼굴로 답했다.

"이 모두 옥 대인 덕입네다. 옥 대인이 아니었으면 어띠……."

목이 메는지 무범은 말을 잇디 못했다. 그러더니 집사를 향해 말했다.

"전령에게 댬시 기다리라 하게. 내 답신을 닦을 테니."

"예, 알갔습네다."

집사가 나가자 무범이 일어서더니 좌우를 돌아보며 인사를 하며 말했다.

"내일부터는 본격적으로 수색과 구출, 두 가디 작전을 펼틸 수 있게 됐습네다. 세 분께 다시 한 번 감사드립네다. 세 분이 안 계셨다믄 어띠 지금 같은 상황을 맞을 수 있었갔습네까?"

그러자 앉아있던 세 사람도 일어서서 무범에게 인사를 했다. 네 사람의 눈에는 촉촉하게 물기가 서려있었다.

44

날이 밝자 광은네 집은 분주해졌다.

태풍에 쓰러지고 무너진 것들을 정리한다, 여기저기 흩날린 풀잎들이며 낙엽들을 치운다, 비에 젖은 것들을 닦고 씻고 내다 말린다, 방이며 곳간 문을 열어 바람에 쐬인다…… 한 사람도 한가한 사람이 없을 정도였다. 오늘 안으로 정리를 마치려는 듯 아침 일찍부터 모두들 바삐 움직이고 있었다.

집사도 마찬가지였다. 날이 밝자마자 분주히 대문 안팎으로 오가더니 조금 전부터는 사랑채 앞에 서서 주인이 나오기만을 기다리고 있었다. 그리고 잠시 후. 마침내 광은이 사랑에서 나오며 댓돌 아래서 대기 중이던 집사에게 물었다.

"준비는 다 됐갔디?"

"예. 차질 없이 준비해 뒀습네다."

"기래, 알갔네. 모시고 나올 테니 기다리게."

"예, 알갔습네다."

광은이 다시 사랑으로 들어가자 집사는 댓돌 위에 놓여있는 신발들을 다시 한 번 정리했다.

그리고 잠시 후 네 사람이 사랑에서 나왔다. 무범을 앞세우고 광은, 병택, 범석이 뒤따르고 있었다. 사냥이라도 나서는지 모두들 평복이 아닌 사냥복 차림이었다.

먼저 무범이 툇마루에 나서자 보철이 맨발로 댓돌에 내려서서 무범의 신 신기를 돕더니 재빨리 자기 신발을 신은 후 무범 곁에 바짝 붙어 섰다.

무범이 신을 신고 나서자 세 사람이 무범 뒤를 따랐다. 그리고 집사의 안내를 받으며 대문 밖으로 나섰다.

대문 밖에는 다섯 마리의 말이 대기 중이었다. 한 눈에도 준마임을 알 수 있을 정도로 훤칠하고 미끈한 말들이었다.

온몸이 하얀 색으로 뒤덮인 부루말, 붉은 털빛의 절따말, 털빛이 누런 황고랑 가운데서도 붉은 빛이 도는 결따마, 이마와 뺨이 흰 간자말이 두 마리.

무범이 부루말 곁으로 다가가자 보철이 말에 오르는 무범을 돕고 난 후 곁에 있는 절따말 위로 훌쩍 뛰어올랐다. 그와 거의 동시에 나머지 세 사람도 말 위에 올랐다.

다섯 사람이 말 위에 올라 출발 준비를 마치자 앞뒤에서 세 필씩 여섯 필의 말이 다섯 사람을 둘러쌌다. 말 위에는 무장을 한 군사들이 타고 있었다. 호위병들인 모양이었다.

"가댜!"

병택의 명에 앞에 서서 기다리고 있던 호위병들이 말을 몰기 시작했다. 선두마가 움직이자 무범과 보철의 말이 뒤따라 움직였고, 그 뒤를 광은, 병택, 범석의 말이 따랐다. 그리고 그들 뒤에는 호위병 셋이 일행과 조금 떨어진 채 움직였다.

앞에 선 말들이 울골을 벗어나 들길로 접어들자 달리기 시작했다. 그러자 콧김을 뿜어내며 질주본능을 누르고 있던 준마들도 뛰기 시작했다.

경쾌한 말발굽 소리가 장구소리만큼이나 낭랑하게 아침 들길에 울려 퍼졌다. 그렇지만 태풍이 지난 직후여서 그런지 먼지는 일지 않았다.

일행이 가는 곳은 정확하지 않았지만 달리는 길로 봐서는 북쪽을 향해 달리는 것 같았다.

들길과 산길을 달린 말들이 멈춰선 곳은 불기후국이었다.

말이 멈춰 서자 뒤에서 줄곧 따라오던 광은이 무범 옆으로 다가 가더니 말했다.

"여기가 불기후국입네다, 전하. 장광에서 낭야진으로 올 때는 반드시 경유해야 하는 곳으로 여기에도 소상터럼 해상교역을 하는 자들이 많네다. 하여, 제일 먼녀 전령을 보내 궁주와 모후를 탓으라 전했고, 오늘 연통을 해놨으니 돌아올 땐 여기 상인들을 만나볼 수 있을 겁네다."

"예, 감사합네다. 대인께서 수고가 많네다. 기럼 여기는 올 때 들리기로 하고 노향현 먼녀 가보기로 합세다."

"예, 알갔습네다."

대답한 광은이 앞에 서 있는 호위병들에게 '유후국柔侯國 예 대인 댁으로 가댜!'고 목적지를 알린 후 뒤로 물러섰다.

출발할 때와 같은 대형으로 다시 말을 달린 일행이 유후국에 닿은 것은 그로부터 한 시진이 지난 후였다. 말들에게 물을 먹이기 위해 한 번 잠시 말에서 내린 것을 빼고는 말에서 내리지 않고 달린 덕이었다.

앞에 선 호위병들이 말을 멈춘 곳은 솟을대문이 높은 집 앞이었다.

미리 전갈을 받았는지 사람들이 대기 중이었다. 군복에 칼을 찬 무장과 평복을 입은 중늙은이가 서 있었다.

"예濊 대인께서 어띠 나와 계십네까?"

말을 멈춘 광은이 말 위에서 인사를 하자 예 대인이라 불린 중늙은이가 맞인사를 했다.

"태풍에 별고 없으셨다니 다행입네다. 어서 오십시오. 오랜만에 날씨가 뚱은 것 같기에 바람 좀 쐴까 하고 나왔습네다."

예 대인도 정중히 인사를 했고, 광은이 말에서 내리자 서로 손을 맞잡아 반가움을 나눴다. 그리고는 둘이 곧 무범에게 다가가더니 예 대인이 고개를 숙이며 인사를 했다.

"소상, 예가濊哥 원垣이라 하옵네다. 딘닥에 뵙고 싶었는데 오늘에야 뵙습네다. 먼길 오시느라 고생하셨습네다. 이데 말에서 내리시디요. 누추하디만 소상이 뫼시갔습네다."

"예. 고맙습네다. 옥 대인으로부터 말씀 많이 들었습네다."

인사를 하는 동안 보철이 무범 곁으로 다가와 섰고, 보철이 자리를 잡자 무범이 말에서 내렸다.

무범이 말에서 내리자 나머지 사람들도 말에서 내려 무범 곁으로 다가와 섰다.

"같이 오신 두 분은 저의 아바디와 장인입네다."

무범이 두 사람을 소개하자 예 대인과 두 사람이 정중하게 인사를 나눴다.

"댜, 이데 들어가시디요. 미진한 인사는 들어가서 하시고요."

인사가 얼추 끝났다 싶자 광은이 재촉했다. 광은이 주인을 대신해 재촉하는 게 여간 막연한 사이가 아닌 듯했다.

무범을 앞세우고 일행이 대문 안으로 들어섰다. 대문간뿐만 아니라 집안 곳곳에 군사들이 배치되어 있었다. 무범을 위해 경비를 강화한 듯싶었다.

45

무범네가 제일 먼저 유후국에 사는 원을 방문한 것은 광은과 가장 가까울 뿐만 아니라 뜻이 가장 잘 통하는 사이라고 해서였다. 미리 정해졌던 게 아니라 어젯밤에 전격적으로 정해졌으니 다소 성급한 면도 없지 않았다. 그렇지만 실종자들을 마냥 기다릴 수만도 없었고, 무범이 직접 나서기로 한 이상 도움을 줄 만한 사람들을 찾아보는 것도 의미가 있겠다 싶어 나선 것이었다.

어젯밤이었다. 장광에서 전령이 온 후 네 사람은 안도의 한숨을 내쉴 수 있었다. 고구려군에게 잡히지 않았다면 최악의 경우는 면한 것이었다.

그러나 안도감은 오래 가지 않았다. 곧 불안감으로 바뀌었기 때문이었다. 고구려군에게 잡히지 않았다면 아직도 길을 헤매고 있다는 얘기였다. 그런데도 행방은 고사하고 생사마저 모르고 있으니 불안하지 않을 수 없었다.

옥 대인도 같은 생각인지 전령을 보내 놓고 말했다.

"내일 날이 밝자마자 모든 군사들을 동원하여 수색을 펼쳐야 하겠습네. 고구려군에게 닿히디 않았다믄 생존해 계실 거이고, 생존해 계시다믄 어뚷게든 탖아야디요."

말은 긍정적으로 하고 있었지만 옥 대인도 속이 타는지 말하는 동안 입술을 두 번이나 축였다. 그런 옥 대인의 마음을 읽었는지 병택 장군이 바로 말을 받았다.

"기럴 게 아니라 날 밝으믄 널드르 똑으로 돔 나가 보는 건 어뜽갔습네까? 소장이 한 번 훑긴 했디만 워낙 시간에 똧겨 제대로 훑어보디 못 했으니낀 말입네다. 태풍에 옴짝달싹 못해 집에만 틀어박혀 있었더니 답답하기도 하고……."

그러더니 무범을 바라보았다. 무범의 의향을 묻는 듯했다. 그러나 무범은 아무 대답도 할 수 없었다. 상황이 상황인 만큼 신중을 기해야 할 것 같았고, 자신이 일방적으로 결정하기보다 세 사람의 의견을 듣는 게 지혜로울 것 같았기 때문이었다. 하여 세 사람이 어떤 생각을 하고 있는지 듣고 싶었다.

그걸 눈치 챘는지 옥 대인이 먼저 입을 열었다.

"기러믄 내일 아침에 길을 나서보디요. 멀리는 못 가도 유후국이나 정현까디만 나갔다 와도 되디 않갔습네까? 기왕 나간 김에 예 대상과 그 지역 상인들도 만나보고요."

무범이 갈등을 줄여주려는 듯 구체적인 계획까지 내놓았다.

무범은 망설여졌다. 유후국이나 정현까지 갔다 오는 건 큰 무리가 없을 듯했다. 그러나 광은이 말하는 예 대인을 만나는 일은 신중을 기하는 게 좋을 듯했다. 아무리 가족을 찾는 일이라 해도 섣불리 자신을 노출시킬 수는 없었다. 고구려군에게 노출되는 것도 문제지만 생면부지의 사람들을 만나는 것도 위험한 일이었다. 자신의 고국 낙랑도 보이지 않는 내부의 힘에 의해 멸망하지 않았던가. 그런 우를 다시 범할 수는 없었다. 바쁠수록 두드려보라 했고, 돌아가라

하지 않았던가.

그런 무범의 고민을 읽었는지 옥 대인이 말을 이었다.

"예 대인은 걱정 안하셔도 됩네다. 소상과 뜻이 가댱 댤 통하는 사람으로 진댝부터 전하를 만나보고 싶어 했으니낀요."

옥 대인이 예 대인에 대한 정보를 펼쳐냈다.

예 대인은 예濊나라 사람으로 원垣이란 이름을 쓰고 있는데, 옥 대인과는 둘도 없이 사이였다. 그는 해상무역보다 육상무역을 주로 하는데 한나라 수도인 낙양洛陽을 제 집 드나들 듯하고, 북으로는 부여를 비롯해 안 가는 곳이 없을 정도였다. 산동에서 최고 부자라 할 만큼 거부라 했다. 그런데 그도 늘 산동지역에 넘쳐나는 유민들을 걱정하고 있었다.

삶의 뿌리가 없는, 부평초와 같은 존재들이라 막사는 경향이 있었고, 그게 사회문제를 야기 시키고 있었으니까. 다행히 지금까지는 집단화된 무리가 없었지만 더 이상 방치하면 머잖아 도적떼가 될 공산이 컸다. 먹고 살 방도가 없는 그들이 할 수 있는 일이란 도적질밖에 없을 테니까.

그렇게 되면 그걸 빌미로 한나라가 군사들을 동원하여 산동을 칠 것이었다. 백제가 개입할 소지도 있지만 그럴 가능성은 희박했다. 바다를 건너야 하기 때문이었다. 그건 고구려도 마찬가지였다. 고구려 서쪽에 한사군이 설치되어 있어 한나라와 충돌하지 않고 산동에 들어오려면 결국 바다를 건너야 하기 때문이었다. 따라서 산동이 혼란스러우면 한나라가 개입할 가능성이 가장 컸다.

한나라가 개입하면 산동은 한나라 영역이 되어 버릴 것이었다. 한사군 설치의 전례를 볼 때 다른 어떤 나라보다 욕심보가 하나

더 있는 한나라는 산동지역에 군사를 파견한다면 결코 산동지역을 그냥 놔둘 리 없었다. 수단과 방법을 가리지 않고 산동을 자신들이 차지해 버릴 것이었다. 그걸 막는 방법은 산동에 새로운 나라를 세우거나 나라에 준하는 통치체제를 확립해야 하는데 적임자가 없었다.

산동을 움직이는 사람들은 대부분 상인들이었다. 정치적인 망명을 해온 망명객은 거의 없었고, 있다 해도 거물급은 없었다. 그런 상황이라 정치가政治家 중심의 권력구조가 갖춰져 있기보다 해상무역에 종사하는 사람들이 산동을 지배하고 있다고 봐도 무방할 정도였다. 상인들은 자신과 상단을 보호하기 위해 사병을 거느리고 있는데, 그 사병들에 의해 산동이 유지되고 있다고 볼 수 있었다. 상황이 그렇다보니 모든 권력을 상인들이 가지고 있었다.

그렇지만 그들은 상인일 뿐 군사전문가는 아니었고, 사람들을 하나로 융합할 수 있는 권력주체도 아니었다. 소소한 문제는 각개전투가 가능했지만 사회 전반적인 문제에 대해서는 손댈 수가 없는 실정이었다. 하여 뜻있는 상인들은 진즉부터 산동을 하나로 통합할 수 있는 구심점을 찾고 있었는데 그런 문제에 가장 비상한 관심을 가지고 사람이 바로 옥 대인과 예 대인이었다.

"기러다 왕자래 산동에 계신 걸 알고 예 대인은 왕자를 모셔 오야고 소상을 됴르기 시작했디요. 어쩌다 디나가는 소리로 하는 소리가 아니라 시간이 날 때마다 소상을 됴랐디요. 길티만 소상이라고예 대인과 다를 게 뭐 있어야 말이디요. 여기 양 대인과 안면이 있을 뿐이디 전하와는 아무런 인연이 없었으니낀요. 기러니 예 대인을 탖아간다면 그 누구보다 기뻐할 겁네다. 아니, 이제 전하래 여기 계신 걸 알았으니낀, 태풍이 디나가기를 기다렸다가 내일 찾아올디도 모르갔습네다."

옥 대인은 확신에 찬 어조로 말을 맺었다.

그러자 기다렸다는 듯이 장인이 옥 대인의 말을 받았다.

"전하, 장광까디야 못 가더라도 유후국나 정현까디는 나가봐야 하디 않갔습네까? 기왕 나선 김에 예 대인을 만나보는 것도 똫을 듯합네다. 소상도 예 대인에 대해 달은 모르디만 여기 있는 옥 대인 만큼이나 신의가 두텁다는 건 들어 알고 있습네다. 기러고 옥 대인의 말텨럼 예 대인이 여기라도 탖아온다믄 결례가 될 수도 있고요. 궁주나 사돈 일이 없었다면야 큰 상관없디만 딕금은 예 대인의 도움을 받고 있는 만큼 먼뎌 탖아가보는 거이 예가 아닐까 싶습네다."

장인이 말을 마치자 무범은 병택 장군을 바라보았다. 병택 장군이 어떤 생각을 하고 있는지는 옥 대인과 장인이 말할 때의 얼굴 표정을 봐서 대충 알 수 있었지만 그래도 병택 장군의 뜻을 정확히 안 후에 결정짓는 게 좋을 듯했기 때문이었다.

무범이 바라보자 병택 장군이 기다렸다는 듯이 대답했다.

"소장이 뜻도 옥 대인의 뜻과 다르디 않는데…… 정현까디 갔다 온 걸 예 대인이 알기라도 한다믄 서운할 수 있을 것 같습네다."

무범은 고개를 끄덕였다. 세 사람의 뜻이 같다면 무범도 더 이상 고민하거나 고집을 세울 필요가 없었다.

"알갔습네다. 기럼 기렇게 하디요. 준비는 옥 대인이 맡아서 뎜 수고해듀시구래."

"예, 알갔습네다."

그렇게 해서 오늘 예 대인을 찾아온 것이었다.

46

예 대인은 몹시 흥분한 것 같았다. 대문 밖에서는 아무래도 남의 눈을 의식했는지 담담한 듯하더니, 무범 일행이 집안으로 들어서자 흥분기를 감추지 못하는 것 같았다. 그 모습은 무범네가 처음 옥 대인을 찾았을 때를 능가하면 했지 덜 해 보이지 않았다. 예 대인의 그런 마음은 무범에게 인사를 하는 과정에서도 잘 드러났다.

"소상, 예가 원, 왕자 전하께 인사 올립네다."

예 대인은 무범이 사랑에 들자마자 문 앞에 엎드려 무범에게 큰 절을 하더니 흥분된 어조로 말했다.

"소상에게 이런 날이 있을 듈은 꿈에도 몰랐습네다. 기런데 뜻하디 않게 이릏게 왕자 전하를 모시게 되니 꿈만 같습네다. 소상, 이데 듁어도 여한이 없습네다. 다만, 궁주와 모후를 먼뎌 구해야 하니 소상 거기에 매진하갔습네다."

"고맙습네다, 예 대인. 옥 대인으로부터 예 대인의 인자하고 신의 깊은 성품을 듣고 디나가는 길에 댬시 들렀는데, 이릏게 환대해듀시니 고맙기 그디없습네다. 댜, 이데 일어나서 안으로 들어오시디요. 기래야 다른 사람들과도 인사를 나눌 수 있디 않갔습네까?"

"아닙네다, 전하. 소상은 여기 이릏게 있갔습네다. 어띠 소상 같이 비천한 자가 왕자 전하와 한 방에 들갔습네까?"

"허어, 예 대인께서 기릏게 말씀하시믄 여기 옥 대인은 예를 모르는 사람이 되딜 않습네까? 기러니 날래 일어나 들어오시디요."

무범이 옥 대인을 들먹이며 일어나라고 해도 예 대인은 꿈적 안 했다.

그렇게 한동안 두 사람의 권유와 사양은 계속됐다. 그 모습은 무범과 옥 대인이 처음 만났을 때와 다르지 않았다. 그러자 결국 옥 대인이 예 대인을 끌어 일으킬 수밖에 없었다.

"거 탐! 왕자 전하께서 과례도 비례라 하디 않습네까? 기만 됐으니 이데 일나시라요. 오늘 일이 바빠서 오래 있디도 못할 상황입네다."

그러자 예 대인이 옥 대인을 쳐다봤다. 옥 대인이 조용히 고개를 끄덕였다. 오래 있지 못한다는 말이 거짓이 아니라 사실이라는 뜻인 듯했다. 그러자 마지못해 예 대인이 몸을 일으켰지만 무범을 대하는 태도는 옥 대인보다도 정중하고도 엄격했다.

어렵게 마련한 자리라서 그랬을까? 이야기는 일사천리로 진행되었다.

먼저 현시간부로 모든 군사 통제권을 무범에게 맡기겠다는 약조가 있었다. 군사 통제권을 무범에게 맡겨야 효율적으로 군사를 통제·운용할 수 있을 뿐 아니라 실종자 수색 및 구출에도 효과적으로 대처할 수 있을 것이란 옥 대인의 말에 예 대인이 두말없이 군사들을 내주었다. 이로써 산동지역 사병의 1/3이 무범 휘하에 들어오게 되었다.

다음으로 무범의 근거지를 장광에서 하밀현 선하 옆으로 옮기는 게 좋겠다는데 의견을 같이 했다. 하밀현은 해안이 아닌 내륙 쪽으로 깊이 들어와 있는 만큼 해안에 하륙할 수밖에 없는 고구려군을 효율적으로 방어할 수 있다는 점이 장점으로 꼽혔다. 특히 앞에 택하(澤河. 제허)와 교래하(膠萊河. 자올라이허)란 큰 강을 두 개를 안고 있고, 뒤에 유하(濰河. 웨이허)를 지고 있어 고구려나 한나라의 공격에 효과적으로 대응할 수 있다는 점에서 평도후국보다 훨씬 높은 점수를 받아 잠정적인 근거지로 정해두었다. 가족을 무사히 구출하게 되면 하밀현으로 근거지를 옮기기로 한 것.

마지막으로 유민들을 고용하여 성城을 축조하자는 데도 쉽게 합의했다. 산동에는 각국에서 흘러든 유민들이 많은 만큼 그들을 고용하여 성을 쌓음으로써 유민들에게 생활근거를 마련해 주자는 것이었다. 떠돌이 생활을 청산하게 하여 안정된 삶을 영위할 수 있게 도와주는 것은 사회적 문제를 줄일 수 있는 방법이면서 장차 비적이나 도적이 되는 것을 미연에 막는 효과도 있을 것이란 판단 때문이었다. 그렇게 되면 유민들이 소속감과 연대감을 가지게 될 것이고, 성을 쌓은 후에 그들을 성안에 살게 한다면 백성들을 모으는 효과도 있을 것이기에 그 방안도 바로 채택되었다.

그 외에도 모병募兵, 군대 편제, 군비軍費, 상업 활성화, 백성들의 생업 확보 등 많은 얘기들이 오갔으나 구체적인 얘기는 실종자들을 구출한 후에 다시 논의하기로 하고 자리를 정리했다. 또한 하밀현에 근거지를 잡기 전까지, 한 달에 한 번씩 낭야진과 유후국에서 회합을 가져 미비사항들을 정리해나가기로 했다.

이런 사항들이 원만히 정리되자 예 대인은 제일 먼저 자신이 거느리고 있는 장군들을 사랑 앞에 집결시켜 무범을 알현하게 했다. 군사를 거느리는 데는 체계가 무엇보다 필요하고, 그 체계를 바로 세우려면 통수권자를 알아야 한다는 판단에서 이루어진 일이었다. 군사軍師 역할을 하고 있는 병택 장군이 무범을 배석한 것은 두말할 나위가 없고.

예 대인이 온갖 정성을 기울여 마련한 점심을 맛있게 먹고 정현

으로 떠나려니 예 대인의 모든 식구들이 집 밖으로 나와 배웅을
했다. 장군을 비롯한 군사들도 이제 자신들이 모셔야 할 무범에게
군례로 환송했다.

그러나 많은 군사들을 동원하여 수색하고 있는데도 아직까지 화
련과 유모의 소식이 없다는 보고는 무범 일행의 발걸음을 무겁게
했다. 가족을 찾지 못한다면 그 어떤 장밋빛 미래도 빛이 바랠 수밖
에 없을 것이기에 말에 오르는 무범을 무겁게 했다.

47

모평현과 유후국을 다녀온 결과는 예상 외였다.

유후국에서 예 대인의 적극적인 도움으로 유후국 지역의 군사들
을 동원할 수 있었고, 모평현 지역의 상인들로부터도 적극적으로
협조하겠다는 다짐을 받았다. 돌아오는 길에는 불기후국에 들러 상
인들과 회합을 가지기도 했다. 모든 초점을 실종된 화련과 유모에
맞췄지만, 무범을 구심점으로 뭉치자는 얘기가 이구동성으로 터져
나왔다. 이 모든 성과는 옥 대인의 치밀한 계획과 연락 체계 때문에
가능한 것이었고 예 대인의 적극적인 소개와 도움 덕이었다. 하루
사이에 무범과 낭야진 부근 상인들이 돈독한 관계를 맺게 된 것이
었다.

그러나 화련과 유모의 소식은 그 어디에서도 들을 수 없었다.

다음날은 갈노현, 그 다음날은 양석현에 가서 상인들을 만나고
실종자들을 수소문해 봤다. 갈노현과 양석현은 범석과 교류가 잦은

곳이라 범석이 나타났다는 소식만으로도 사람들이 몰려들었다. 몰려든 사람들에게 상황을 설명하자 상인들뿐만 아니라 주민들까지 팔을 걷어 올릴 정도였고, 도움이 필요하다면 언제든 돕겠으니 걱정 말라는 말로 위로해주기까지 했다. 그러나 화련과 유모의 행방은 꿩 구워 먹은 자리였다.

갈노현과 양석현에서도 상인들을 만나 최근 진행 중인 신동지역 치안문제에 대해 얘기를 안 나눈 건 아니었다. 그러나 갈노현과 양석현은 해상무역을 주로 하는 지역이라 사병들이 많지 않아 군사적인 얘기는 거의 없었다. 무범을 구심점으로 새로운 체제를 구축해 나가자는 합의와 상인들간의 협조체제를 강화하자는 협의를 주로 했다. 그리고 무범과 상인들을 대면케 하여 상인들의 마음을 잡는 데 주력하였다.

이틀간의 강행군이 끝나고 다시 낭야진으로 돌아왔으나 실종자에 대한 어떤 보고도 들어온 게 없었다. 이제 실종된 지도 보름이 지나고 있었다. 살아있을 확률보다 죽었을 확률이 높아지고 있었다. 그러나 희망의 끈을 놓을 수는 없기에 각 지역에 독려하는 한편, 장광과 가까이 있는 모평현과 갈노현에 연통을 놓아 고구려군의 동태를 면밀히 파악하고 고구려군의 눈을 피해 조심스레 장광까지 수색 범위를 확대하여 보라고 전갈했다.

피를 말리는 날들이 지나고 있었다.
태풍이 지난 지도, 무범이 군사통제권을 행사한 지도 벌써 열흘이 지나고 있었지만 수색에는 진전이 없었다. 산동 지역 사병들이 거의 동원되다시피 했고, 상인들의 정보망이 총동원 되었지만 소용이 없었다. 그 어떤 흔적도 발견되지 않았고, 그 어떤 단서도 찾을 수가 없었다.

그리 되자 긴병에 효자 없다는 말을 믿지 않았던, 믿고 싶지 않았던 무범도 지쳐가고 있었다. 고구려군이 돌아갔다는 소식에 장광에 있는 무석궁까지 찾아가봤지만 어떤 흔적도 찾을 수 없었다.

무석궁 안 평안재 마당에 방치되어 있는 다개와 진문 형제를 장사지내며 무범은 화련과 낭아, 그리고 유모도 가슴 속에 묻는 수밖에 없었다. 더 이상 가족들을 찾아 헤매는 것은 의미가 없을 듯했고 옥 대인과 예 대인에 대한 예의도 아닌 듯했기 때문이었다. 그렇게 평안재에서 가족들을 가슴 속에 묻고 종환, 호정, 보철과 함께 다시 낭야진으로 돌아가기 위해 말에 오르려는 순간이었다. 보철이 은근하게 물었다.

"전하, 낭야진으로 돌아가기 전에 한 곳만 둘러보고 가는 게 어뚱갔습네까?"

"어딜?"

무범의 물음에 보철이 머뭇거렸다. 망설여지는 모양이었다. 하여 무범이 말을 바꾸어 대답했다.

"기래 기릏게 하자. 너그 집 말이디?"

"예. 부모님이래 피했디만 한 곳엘 가봤으믄 돟갔습네다. 기래도 모르니낀……."

"기게 어딘데?"

"기냥 가보믄 압네다."

보철이 말하기 싫은 모양이었다.

"알았다, 앞당서라."

보철이 머뭇거리며 말하지 않는 게 마음에 걸려 무범이 재촉했다. 무슨 일인지는 모르겠지만 꼭 가봐야 할 데가 있는 것 같았기 때문이었다.

보철네 대장간 앞에 당도하니 뼈대만 남아있을 뿐 형체도 없이 찌그러져 있었다. 보철이 무범의 호위무사임을 고구려군이 알아냈을 테고 그런 사실을 안 이상 대장간을 그냥 둘 리 없었다. 다행히 보철네 가족이 무사하다는 소식을 듣고 있었지만 주인 없는 대장간은 폐허를 방불케 했다.

대장간 앞에 말을 맨 보철이 대장간 안으로 들어갔다. 제 집에 들어가면서도 잔뜩 긴장한 모습으로 조심조심 발길을 옮겼다. 그 모습을 바라보던 무범도 칼을 꽉 쥐고 보철의 뒤를 따라갔다.

대장간은 늘 어둡고 침침했었는데 웬일로 환하게 느껴졌다. 벽을 두르고 있던 가마니 가림막이 찢어져 햇빛이 쏟아지고 있었던 것이었다. 그에 따라 내부구조를 잘 모르는 무범도 별 어려움 없이 보철의 뒤를 따라갈 수 있었다.

대장간은 성한 곳이 없을 정도로 부서져 있었다. 가림막은 다 찢어져 있었고, 바닥엔 물이 흥건했다. 지붕을 받치고 서 있는 굵은 기둥들이 없다면 금방이라도 폭삭 주저앉을 것 같았다. 고구려군이 뒤엎고 간 후 태풍까지 할퀴고 지나갔으니 그럴 수밖에.

기둥마다 걸려 있었던 농기구들이며 쇠붙이들도 보이지 않았다. 고구려군이 가져갔거나 마을 사람들이 털어간 모양이었다. 하기야 무석궁 집기들까지 다 털어간 사람들이 빈 대장간을 그냥 둘 턱이 없었다.

대장간을 지나 뒤쪽으로 가자 움막 한 채가 있었다. 보철네 집인 모양이었다. 뒷마당을 사이에 두고 대장간과 움막이 따로 있었던 것이었다. 대장간에 두어 번 들렀는데도 뒤쪽에 볼일이 없었으니 모르고 있었는데 보철네는 거기 살았던 모양이었다.

대장간을 나서서 보철을 따라 움막으로 가려던 순간 휙! 사람이 지나갔다. 워낙 빨라서 정확하지는 않았지만 사람인 것만은 분명해 보였다. 그걸 본 무범과 보철이 동시에 쫓았다.

"섰거라! 살고 싶으믄 서라!"

그러나 도망치는 사람이 설 리는 만무했다.

마당을 가로질러 싸리울을 돌자 바위가 막아섰다. 움막 뒤쪽이었다.

"나오라! 어뜯게 거길 알고 들어갔네? 순순히 나오믄 살려듀갔디만 안 기러믄 절대 살려듀디 않갔어. 날래 나오라."

보철이 바위 앞에서 소리를 질렀다. 무범의 눈에는 바위밖에 안 보이는데 보철의 눈에는 다른 게 보이는 것 같았다.

"셋을 세갔다. 셋 셀 동안 안 나오믄 내가 들어가갔다. 자, 하나! 두울!"

그때였다. 바위 뒤쪽에서 남자의 목소리가 흘러나왔다. 그런데 그 소리가 좀 이상했다. 바위 뒤에서 나는 소리가 아니라 굴속에서 울려나오는 듯했기 때문이었다.

"주인이라니? 누군데 주인이라는 거네?"

그 물음에 보철이 헛웃음을 짓더니 소리를 질렀다.

"누구라니? 내래 이 집 듀인 덤벅이다 왜? 그릏게 묻는 너는 누구네?"

"덤벅이가 분명하네?"

"뭔 소리네? 나와보믄 알 게 아니네. 내래 콧등에 있는 덤을 보믄 바로 알게 아니냐고."

그 대답에 한동안 아무 기척이 없었다. 바위 뒤에서 확인을 하는 모양이었다. 그러기를 잠시. 사내 하나가 바위 뒤에서 나왔다.

"자, 자넨?"

놀란 목소리를 낸 건 보철이 아니라 무범이었다. 상대도 무범을 보더니 무릎을 꿇으며 소리를 질렀다.

"저, 저, 전하!"

"이, 이 이게 어떻게 된 일이네? 자, 자네가 왜 여기 있어?"

놀란 것은 상대만이 아니었다. 무범도 놀라지 않을 수 없었다. 그는 다름 아닌 화련을 호송하기 위해 붙인 호위병이었기 때문이었다. 그런 그가 거기에 숨어있었다는 게 믿어지지 않았다.

48

호위병으로부터 자초지종을 들은 무범은 어처구니가 없었다. 화련네가 액후국(掖候國. 라이저우시[萊州市])에 숨어있다는 것도 그랬지만, 북쪽으로 갔을 거란 생각을 한 번도 안 해봤다는 게 더욱 그랬다. 아내 화련의 성정으로 미루어 부모의 안전을 위해 반대쪽인 북쪽으로 고구려군을 유인했을 거란 생각을 한 번도 안 해 봤다는 게 한심했다. 그런 생각은 해보지도 않고 남쪽만 뒤져댔으니 자취를 찾을 수 없었을밖에.

종환과 호정을 낭야진으로 보내 소식을 전하게 하고, 호위할 병력을 용머리[龍口. 롱커우시]로 보내라 한 후 무범은 보철과 함께 용머리를 향해 달렸다.

모평현을 거쳐 곡성후국(曲城候國. 자오위안시[招遠市] 서쪽)를 끼고 돌아 액후국까지 700백리 길을 달리고 또 달렸다.

불행 중 다행으로 유모의 마차 바퀴가 고장 나서 한 마차에 타고 이동했고 지금도 같이 있다고 했다. 그러나 무범의 생각으로는 유모가 일부러 마차 바퀴를 핑계로 같은 마차를 탄 것 같았다. 살아도 같이 살고 죽어도 같이 죽겠다는, 어떻게든 화련과 낭아를 보호하겠다는 생각으로 한 마차에 탔을 것이었다.

그런데 무석궁은 놔두고 보철네 대장간에 숨어 있으라고 했다는 화련의 말이 이해되질 않았다. 남편인 무범보다 소꿉동무인 보철을 더 믿었다는 얘긴데, 그게 마음에 걸렸다. 하여 모평현에서 잠시 쉬면서 말 물을 먹일 때 보철에게 물어봤다. 그랬더니 보철이 너무나 간단히 대답했다.

"거기가 우리 은신처였으니낀 기랬갔디요."

"은신처라니? 기게 무슨 말이네?"

"거기래 세상에서 가장 안전한 곳이디요."

"기럼 텨음부터 거길 탖아갔던 거가?"

"기럼 어딜 탖았갔습네까?"

"그 이유래 뭔데?"

그 물음에 보철이 대답했다. 아니, 보철 특유의 화법으로 주저리주저리 말을 늘어놓았다. 말이 하도 동에 번쩍 서에 번쩍 거려 보철의 화법을 모른다면 잘 알아듣기도 힘들 정도였다. 요약하자면 이랬다.

좀 전에 봤던 바위 뒤쪽은 산으로 이어져 있다. 그런데 그 바위

왼쪽으로 돌면 아무도 생각지 못할 비밀공간이 있다.

바위를 돌면 바로 앞에 사람이 겨우 드나들 수 있는 바위틈이 있고, 그 틈을 비집고 들어서면 계단이 있는데, 그 계단을 타고 내려가면 미로처럼 생긴 땅굴이 있다. 언제 팠는지는 자기도 잘 모르지만 선조 때부터, 어쩌면 산동에 처음 들어왔을 때부터 판 모양이었다. 그걸 대를 물리며 굴을 하나씩 늘리다보니 굴 안에는 다섯 개의 굴이 있다. 칼을 만드는 일을 하다 보니 뜻하지 않게 위협을 받는 일도 생기고 도망쳐야 할 일도 생겼기 때문에 팠을 것이었다. 그러나 그 굴은 보철 가족 외에는 그 어떤 사람에게 알리지 못하게 했다. 비밀 은신처가 다른 사람에게 알려진다면 더 이상 비밀 공간이 아니기 때문이었다.

그런데 가족이 아닌 사람 중 그 굴을 아는 사람이 딱 한 명 있었으니 바로 화련이었다. 화련을 좋아한 보철은 화련과 단둘이 소꿉놀이를 하기 위해 화련을 그곳에 몰래 데려가곤 했었다. 다섯 개의 굴 중에서 가장 깊은 왼쪽 굴에.

그러던 어느 날 결국 아버지에게 들킨 보철은 죽을 만큼 두드려 맞았다. 화련이 기지를 발휘하지 않았다면 아버지는 정말 보철을 죽였을지도 몰랐다. 가족의 안전을 위한 공간을 남에게 알려버렸으니 그럴 만도 했다. 어쩌면 화련까지 죽여 버렸을지도 몰랐다. 굴속에 숨어있는 꼬맹이 둘을 죽여 묻어버리는 건 일도 아니었을 테니까.

피투성이가 된 보철을 보다 못한 화련이 아버지에게 매달렸다.

"덤벙이를 살려듀시라요. 내래 듁는 한이 있어도 발설하디 않갔시오. 듁어서도 입 다물갔시오."

"맹랑한 것. 기걸 어뚫게 믿네?"

아버지가 눈알을 부라리자 화련이 잠시 생각하는 듯하더니 겉옷 고름을 잡아당겨 끊었다.

"내래 이걸 맡기갔시오. 이 옷고름이래 갖고 있으믄 언데든디 날 이 집 메느리로 데려올 수 있디 않습네까?"

그 말에 아버지가 멈칫했다. 여자의 옷고름은 동정의 상징이 아닌가. 화련의 말마따나 며느리로 들인다면 결국 그 굴을 알게 될 것이고, 며느리가 된다면 그 굴의 존재를 발설할 수가 없을 것이기에 맹세치고 그보다 확실한 맹세는 없었다.

그날 보철은 옷고름이 없는 화련을 집까지 업어다 주었고, 그날 이후 화련은 그 굴을 드나들 수 있는 자격을 얻었다. 그걸 잊지 않고 기억했다가 호위병에게 알려줬던 것이었고. 무석궁을 기웃거리다간 사람들 눈에 띌 수 있지만 그 굴에 들어가면 결코 사람들 눈에 띄지 않을 것이란 생각에서. 낮에 그 굴에 숨어 있다 밤엔 정찰활동을 하고 오라는 지령을 내렸던 것이었다. 그 굴을 세상에서 가장 안전한 공간으로 생각하고.

"기럼 화련이래 기때 너한테 시집간 게 아니네?"

무범이 굳었던 표정을 풀며 묻자 보철이가 대차게 되받아쳤다.

"기날 나한테 시집온 게 아니라 생명뒬을 하나 찾은 거디요. 기랬으니낀 이데 만나게 될 거이고. 기딴 것도 모르니낀 아딕까디 마누랄 못 탓았디."

그래놓고 도망치듯 뛰어가 말 위에 오르더니 달리기 시작했다.

"저 간나새낄 기냥……."

결국 또 보철한테 당한 셈이었다. 하여 무범도 급히 달려가 말을 타고 보철을 쫓는 수밖에 없었다.

그런 사정을 전혀 모른 채 말 물을 먹이던 호위병들도 무슨 큰일이라도 터진 줄 알고 급히 말 위에 올라 쫓아왔고.

49

말을 달려 액후국에 도착한 것은 무석궁을 떠난 지 한나절이 훨씬 지난 후였다.

호위병을 앞세우고 들어선 곳은 도심에서 좀 떨어진 허름한 객사客舍였다. 대문을 열고 들어서자 객사 심부름꾼인 듯싶은 아이가 호위병에게 아는 체하며 인사를 했다.

객사는 생각보다 넓었다. 밖에서 볼 때는 좁고 허름해 보였는데 안으로 들어가니 달랐다. 널찍한 마당에 번듯한 기와집이 동서남북으로 네 채나 있었고, 호위병을 따라 왼쪽 옆을 끼고 돌자 새로 지었음직한 기와집이 두 채나 더 있었다.

무범이 들어서자 입구에서 보초를 서고 있었는지 호위병 둘이 뛰어오며 인사를 했다.

"전하, 오셨습네까?"

"기래, 고생들 많네. 별곤 없고?"

"예, 전하. 어서 안으로 드시디요."

그러고 있자니 밖의 소리를 들었는지 화련이 버선발로 뛰어나왔다. 그리고 달려와 무범의 품에 안기더니 울기 시작했다. 사람들의 시선도 아랑곳없었다.

"무사하셨군요, 무사하셨어. 내래 다신 못 보는 둘 알고……."

"기 무슨 소리요? 난 궁주가 잘못된 둘 알고 얼마나 탔았다고. 어디 봅세다. 괜찮소?"

가슴에 붙어있는 화련의 몸을 떼자 화련은 그제야 부끄러운지 고개를 들지 못했다.

"자, 자. 이럴 게 아니라 들어갑세다. 내래 듣고 싶은 말이 아듀 많소."

무범은 사람들 눈이 없는 곳에서 마음껏 사랑해 주고 싶은 마음에 화련을 앞세웠다.

자신의 반쪽인 줄 알았는데 아내는 반쪽이 아니라 자신의 전부였다. 이제 아내가 없는 자신은 생각할 수도 없었다. 한 달 동안 피가 마르면서 조금씩 깨달았다. 둘이면서 하나인 게 바로 부부였다. 몸과 마음이 둘이면서도 하나이듯, 부부 또한 그와 같았다. 어떤 때는 몸으로, 어떤 때는 마음으로 존재하는 게 바로 부부였다.

방으로 들어서자 무범은 화련을 쓸어안았다. 그리고 격하게 입을 맞췄다. 화련도 몸이 달아올랐는지 무범의 혀를 깊이 빨아들였다. 그러면서 가끔씩 몸을 부르르 떨었다. 그건 무범도 마찬가지였다. 몸으로 전하는 언어는 그 어떤 언어보다도 강렬했다. 한 달 사이에 화련은 아내에서 도로 정인情人이 되어 있었다. 아찔할 만큼 예쁘고 사랑스러웠다.

화련의 머리를 감싸 쥐었던 손을 엉덩이로 가져가려는 순간, 밖에서 아바디! 소리가 났다. 낭아 목소리였다. 무범은 화련의 몸에 떨어져 후다닥 밖으로 뛰어나갔다.

"기래, 우리 낭아구나. 이리 오라."

낭아가 신발도 벗지 않은 채 마루로 올라오려 했다. 그러자 무범이 달려가 낭아를 안아 올렸다.

"이 누 딸인데? 누 딸인데 이릏게 예쁘네, 응?"

무범은 딸의 볼에 입술자국이 남을 만큼 힘차게 뽀뽀를 했다. 그
리고 으스러지도록 꽉 껴안았다. 다시 못 볼 줄 알고 가슴 태웠던
시간들이 사르르 녹아 없어지는 순간이었다.

그러고 있는데 댓돌 아래서 조용히 고개를 숙이는 이가 있었다.
유모였다. 낭아와 놀아주고 오는 길인 모양이었다.

무범은 낭아를 안은 채 내려가 유모의 손을 잡았다.

"고맙습네다, 이릏게 살아계셔서. 다신 못 보는 둘 알고 내래…….
고맙습네다."

목이 메였다. 자신의 어머니로 젊음을 바쳤고, 마차 바퀴 핑계를
대며 아내와 딸을 보호하려 했던 그녀에게 고맙다는 말 외에는 달
리 할 말이 없었다.

"전하, 이릏게 강건하게 살아계시니 외려 데가……."

목이 메는 건 유모도 마찬가지인지 말을 맺지 못했다.

"아바디도 무탈하시니 걱명 마십시오. 이데 호위할 군사들이 곧
올 겁네다. 기러니 댬시만 기다리십시오. 아바디께 모셔다 드리갔
습네다."

유모는 대답 대신 눈시울을 붉혔다. 참으로 많은 말을 그걸로 대
신하고 있었다. 그 모습을 보고 있자니 무범의 눈도 매워졌다.

"아바디, 울어?"

"아, 아니야. 기뻐서. 할머니와 널 보니 기뻐서……."

"기쁘믄 울어?"

"응. 가끔은……."

낭아가 이해가 안 된다는 듯 말끔한 얼굴로 무범을 쳐다봤다. 그런 그녀가 너무 예뻐서 무범은 다시 힘을 주어 낭아를 안았다. 눈에 넣어도 안 아프다는 말이 뭔지를 알 것 같았다.

50

참으로 할 말이 많았고 듣고 싶은 말도 많았는데 막상 만나니 할 말이 없었다. 말이 생각나지 않았다. 그냥 고맙다는 말만 새어나왔다. 살아있어서 고맙고, 잘 버티어줘서 고마울 따름이었다.

그러고 보면 인간의 언어처럼 불완전한 게 또 있을까 싶었다. 지금 이 감정을 어떻게 언어로 표현한단 말인가. 어떤 말이 이 감정을 감히 표현할 수 있단 말인가. 무범은 인간이 만들어낸 언어가 얼마나 불완전한 것인지 새삼 느끼지 않을 수 없었다.

아비 무릎 위에 잠든 딸과 남편 어깨에 기댄 채 잠든 아내의 모습을 보며 느끼는 이 감정을 어떻게 말로 표현하며, 이 뿌듯하고 꽉 찬 느낌을 뭐라 한단 말인가.

행복함, 충만함, 평화로움, 편안함……

그 어떤 말로도 부족한 감정들이 무범의 가슴에 넘쳐흐르고 있었다. 그와 함께 가장으로서의 무게감도 살포시 어깨에 내려앉았다.

자신이 뭐라고 딸과 아내는 자신을 믿고 편안히 잠들 수 있는 것일까. 얼마만큼의 믿음감이 딸과 아내를 이렇게 편안히 잠재울 수 있는가. 실감나지 않는, 그러나 눈앞에 벌어지고 있는 상황이 낯설어 무범은 딸과 아내의 잠든 얼굴을 가만히 바라다보았다. 그리고 마침내는 딸의 볼에 뽀뽀를 한 후, 고개를 돌려 아내의 입술에도 뽀뽀를 했다.

딸은 빙긋 웃고는 다시 새근새근 거렸고, 아내는 살며시 눈을 뜨며 살포시 웃었다. 그리고 무범의 눈을 가만히 바라보았다. 그 모습이 너무 사랑스러워 무범은 아내의 얼굴을 쓰다듬었다. 그러자 따뜻한 아내의 손이 무범의 손을 잡았다. 아, 몸에서 몸으로 전하는 언어들. 무범은 마차 안이란 사실도 잊은 채, 딸이 무릎 위에서 자고 있다는 사실도 잊은 채, 아내의 입속으로 혀를 밀어 넣었다.

낭야진 옥 대인네 집에 닿은 것은 가을밤이 이슥한 후였다.

집 안팎을 환히 밝혀놓고, 사람이란 사람은 다 나와 있었다. 군사들까지 도열해 무범네를 기다리고 있었다.

먼저 무범이 낭아를 안은 채 내리자 병택 장군이 낭아를 뺏듯이 안더니 굵은 눈물을 흘렸고, 화련이 내리자 장인 내외가 오열했다. 다른 마차에서 유모가 내리자 낭아를 안은 채 울고 있던 병택 장군이 잰걸음으로 다가가 유모의 손을 잡았다.

말이 필요 없는, 몸과 표정의 언어들이 마구 뒤섞이며 곁에 섰던 사람들마저 울렸다.

"감축드리옵네다, 전하."

옥 대인이 무범에게 다가오더니 깊숙이 고개를 숙였고, 그와 동시에 도열해 있던 군사들도 일제히 고개를 숙였다.

"자, 이제 들어가시지요. 밤이라 날씨가 찹네다. 군사들도 쉬어야 다음 일을 하디요."

무범은 자기네들을 기다리느라 추위에 떨었을 사람들을 생각하며 서둘러 집 안으로 들어서 버렸다. 자기가 시간을 끌면 끌수록 사람들이 고생을 해야 할 것이었기 때문이었다.

한바탕의 눈물과 울음으로 인사를 마친 일행은 늦은 저녁을 먹었다. 마중 나온 사람들도 저녁을 먹지 않고 기다렸는지 제삿밥을 나눠먹듯이 모두가 함께 나눠먹었다.

마당에선 화톳불을 피운 군사들이 오랜만에 술과 안주를 나눠먹었다. 그들의 굵으면서 왁자한 목소리가 담을 넘어 가을 하늘에 울려 퍼졌다. 옥 대인네 집은 그야말로 잔칫집이었다.

몸으로 대화를 마친 부부는 나란히 누워있었다. 벌써 두 번째 대화를 마친 후였다.

"우리 이러다 날밤 새는 거 아닙네까?"

"기러면 어때서?"

"저야 괜찮디만 당신이래 할 일이 많디 않습네까?"

"하룻밤 안 단다고 덧나? 이런 날 잠 댜는 게 덧나디."

"기래도 기게……?"

"기건 걱뎡 마시라요. 한 달 넘게 모와뒀으니낀."

화련의 유방을 더듬던 무범의 손이 화련의 배를 지나 샅에 다다랐다. 뜨뜻하고도 끈끈한 물이 넘쳐흐르고 있었다.

"이러는데 어떻게 잠을 댠단 말이오? 날 죄인으로 만들 생각이오?"

"아이 탐……."

꼬맹맹이 소리와 함께 화련이 무범의 가슴으로 파고들었다. 혹! 풍겨오는 살내. 그건 수컷을 유혹하기 위해 암컷이 본능적으로 풍

기는 암내였다. 그것에 반응을 보이지 않는 수컷은 더 이상 수컷이
아니었다.

무범은 세 번째 몸의 대화를 위해 눕혔던 몸을 일으켜 세웠다.

"긴데……, 꼭 하나 물어보고 싶은 게 있음매."

세 번째 몸의 대화를 마치고, 팔베개로 화련의 머리를 받힌 채
숨을 고르고 있자니 불현듯 떠오르는 게 있었다.

"기게 뭔데요?"

"음……, 기게 말이야. 오핸 하디마. 내래 기렇게 쫀쫀한 놈은 아
니니낀."

"무슨 얘기예요, 기게?"

"다른 게 아니고, 왜 하필 보철네 굴이었소?"

"치이! 난 또……."

어두워서 보이지는 않았지만 화련이 피식 웃는 것 같았다. 질투
하는 무범이 귀엽다는 투였다.

"기렇게 웃어넘기디 말고, 사실대로 말해보라요."

"무슨 얘길 듣고 싶으신 거야요?"

"무슨 얘긴? 있는 그대로를 듣고 싶은 거디."

"기건…… 기건 말이야요……."

화련이 또 웃는 것 같았다. 그러더니 조용히 사연을 털어놓았다.

고구려군이 돌아갔다지만 마음을 놓을 수 없었다. 식객 중에 간
자가 있었을 것이란 생각이 들자 더욱 그랬다. 하여 무석궁은 믿을
곳이 못 됐다. 고구려군이 은밀히 군사들을 남기고 갔을 수도 있고,
자객들을 풀어놓았을 수도 있고, 마을 사람들 중에 고구려에 빌붙

은 사람도 있을 수 있었다. 그렇지만 무석궁이 아니면 가족들의 소식을 들을 곳이 없었다. 자신들이 합류하지 않았으니 무석궁에 사람을 보내든 찾아오든 할 것이었다. 낭야진으로 가본들 자신들을 기다리고 있을 리 만무했고, 쫓기는 상황이라 어떤 흔적도 남기지 않았을 것이었다.

결론은 하나였다. 무석궁을 지켜보는 수밖에 없었다. 그렇다고 무석궁에 들어갈 수는 없었다. 무석궁은 모든 눈들이 집중되어 있는 곳이 아닌가.

방법을 찾기 위해 고민고민 하던 중 덤벡이네 대장간이 떠올랐다. 무석궁과 지근거리에 있고, 더군다나 덤벡이네 집엔 그 누구도 모르는, 덤벡이네 가족 외에 오직 자신만 아는 비밀공간이 있지 않은가.

화련은 호위무사 중 장광 출신 무사를 덤벡이네 대장간으로 급파했다. 덤벡이네 가족이 숨어 있을지도 모르고, 만약 아무도 없다 해도 낮엔 숨어 있다가 밤에 정찰하기에는 그만한 공간이 없을 것 같았다. 만약을 대비해 그 굴엔 일정량의 양식이며 취사도구도 갖춰놓고 있으니 금상첨화였다. 또한 무석궁에 사람을 보낸다면 장광에서 나고 자란 덤벡이일 가능성이 가장 높았고, 덤벡이가 장광에 온다면 그 굴을 찾지 않을 리 없었다.

"기릏게 된 거디 무신 다른 뜻이 있었갔습네까?"

"기래도 기런 상황에서 보철이 먼뎌 생각했다는 게 맘에 안 듭네다."

"기럼 전하께서 딘댝, 어릴 때부터 소첩을 탖았어야디 왜 그리 늦게, 아니, 아니디. 어른들이 나서서 다리를 놓아 듀었는데도 한댬을 머뭇거리기만 해놓고……. 뎡말 기땐 왜 기랬습네까? 기때 가슴 태운 생각하면…… 아이구…….”

화련이 화가 나서 못 견디겠다는 듯 핑 돌아누웠다. 그러나 무범의 팔베개를 벗어나지는 않았다. 팔을 들어올리기만 하면 언제든 무범의 가슴팍으로 빨려올 수밖에 없는 거리를 유지하고 있었다. 그런 화련의 애교 넘치는 앙탈이 너무 귀여워 무범은 어둠 속에서 하얀 미소를 지을 수밖에 없었다.

하밀下密을 향하여

51

날이 채 밝기도 전에 많은 군사들이 울골을 향해 움직이고 있었다. 깃발을 앞세우고, 보병과 기병騎兵을 합쳐 천 명은 훌쩍 넘을 것 같았다.

다양한 깃발이나 복색으로 보아 단일 부대가 아니라 여러 부대인 것 같았고, 전투를 위해 출동한다기보다 부대를 이동하기 위해 기동하는 것처럼 보였다.

특이한 것은 중앙부였다. 여러 대의 전차들 사이에 특이한 모양의 마차가 움직이고 있었다. 전차들의 삼엄한 호위 속에 움직이는 마차는 전차戰車가 아니라 일반 마차였다. 마구馬具며 수레가 금으로 화려하게 장식되어 있고 마차 가운데 커다란 일산日傘이 펼쳐진 마차로, 한눈에 봐도 왕족이나 고귀한 사람이 탔음직한 마차였다.

뿌연 먼지를 일으키며 군사들이 울골 입구에 도착하자 마차에서 한 사람이 내렸다. 군사들의 호위를 받으며 마차에서 내린 사람은 다름 아닌 예 대인 원垣이었다. 화려한 비단옷에 갓신을 신은 그의 모습은 용포만 걸치지 않았지 한 나라의 왕 못지않았다.

"군사들은 여기 숙영宿營시키고, 무장武將들만 따르게."

"예, 대인."

원이 좌우에 둘러선 무장들에게 명을 내리자 일제히 군례로 답했다.

원이 울골을 향해 걷기 시작하자 무장 셋이 뒤따랐다.

마을길을 따라 솟을대문 앞에 서자 좌우에서 대문을 지키고 섰던 병사 중 오른쪽에 섰던 병사가 앞으로 나서며 물었다.

"어디서 온 누굽네까?"

"양석현에서 오신 예 대인이시다. 안에 알리거라."

무장 중에 한 사람이 위엄 있는 목소리로 말했다.

"기릏게 전할 테니 담시만 기다려 듀십시오."

병사가 급히 대문 안으로 들어갔다. 그리고 잠시 후, 무범이 신발도 제대로 신지 않은 채 뛰어나왔다. 보철이 따르고 있었지만 광은, 병택, 범석의 모습은 보이지 않았다.

"아니, 이 어띠 된 일입네까? 예 대인께서 연통도 없이 무슨 일로 이릏게 일띡……?"

무범이 어리둥절한 듯 물었다. 그러자 원이 바로 고개를 숙여 인사했다.

"전하! 소상 궁주께서 돌아오셨다는 말에 한 잠도 못 잤습네다. 기래서 무례인 둘 알믄서도 이릏게 일띡 탖아왔습네다."

"기래요, 기래. 기런데……?"

무범이 무장들을 보면서 말을 멈추자 원이 대답했다.

"예. 전하를 뫼시려고 군사들까디……."

그러나 원은 뒷말을 할 수가 없었다. 누가 오셨다고? 소리와 함께 광은과 병택, 범석이 뛰어나왔기 때문에.

"아니, 이 어뚛게 된 일입네까? 이 시각에 대인께서 어뚛게?"

광은이 깜짝 놀라며 묻자 원이 말했다.

"디난번에 말씀 나누디 않았습네까? 궁주께서 돌아오시믄 하밀로 모시기로. 기래서 아예 호위군사까디 이끌고 왔습네다."

"예?"

놀라는 것은 광은만이 아니었다. 모두가 깜짝 놀라 입을 딱 벌렸다.

"궁주께서 돌아오셨다는 말에 듐이 쑤셔서……."

모두 놀라는 모습에 원도 무안했던지 말을 맺지 못했다.

"아, 아무튼 일단 들어가시디요. 예서 이럴 게 아니라 들어가서 말씀 나누시디요."

무범이 원의 손을 잡아끌 듯 재촉했다.

"기러시디요. 일단 들어가시디요."

광은도 그제야 정신이 드는지 원의 손을 잡아끌었다. 그러면서 덧붙였다.

"나 이거야 원. 번갯불에 콩을 볶아 먹어도 유분수지, 이게 무슨 난립네까? 무슨 연통을 주시던디……. 아무 기별이 없더니 어뚛게……. 이릏게 하룰 못 탐으면서 기동안 어뚛게 탐으셨습네까?"

"기거야 전하를 몰랐을 때 얘기디요. 전하를 딕덥 뵙고 나니 견딜 수가 있어야디요."

"아무리 기래도 기렇디……. 허기사 소상도……."

"기렇디요? 한 잠도 못 주무셨디요? 옥 대인의 마음이나 소상의 마음이나 다를 게 있갔습네까? 허허허"

둘이 얘기를 하며 앞서가는 모습을 바라보는 무범의 눈은 촉촉이 젖어 있었다. 무범만이 아니었다. 병택과 범석도 예외는 아니었다. 감동이란 때로 눈에서부터 오는지도 모를 일이었다.

52

"소장, 경준慶駿 전하를 뵙습네다."

"소장, 양수陽壽도 전하를 뵙습네다."

"소장, 익성益省도 전하를 뵙습네다."

예 대인의 소개에 무장들이 군례를 올렸다.

"그래요, 달 오셨습네다. 장군들이 오시니 마음이 든든하고 집안이 그득합네다. 앞으로 달 부탁드리갔습네다."

"기 무슨 말씀입네까? 소장들이야말로 전하를 위해 목숨을 바티갔습네다."

경준이 무범의 말을 받자 나머지 둘이 기렇습네다로 화답했다.

"예, 고맙습네다. 기러고…… 군사軍師와도 인사를 나누시디요. 개인적으로는 아바디이믄서 군사이기도 하니 앞으로 날 대하듯 잘 뫼셔듀십시오."

무범의 소개로 병택과 장군들이 인사를 나눴다. 서로 자신을 낮추며 인사를 나누는 모습은 무장이라 해서 다를 게 없었다.

"자, 이제 수인사를 마텼으니 사령辭令을 내리셔야디요."

군사와 장군 간의 인사가 끝나자 광은이 무범에게 아뢨다.

"사령이라니요?"

무범이 무슨 말이냐는 듯 광은을 바라보자 광은이 당연한 수순 아니냐는 듯 말했다.

"장군들로 임명해야 할 거 아닙네까? 기러자고 새벽 먼 길을 달려왔을 거인데……."

그 말에 무범이 이번에는 병택과 범석을 바라보자 둘도 처음 듣는 얘기라는 표정을 지었다. 그러나 무범은 그럴 리가 없다는 듯 둘을 향해 말했다.

"나 몰래 다들 입을 맞튠 모양입네다 그려?"

무범이 비꼬자 병택이 송구하다는 표정으로 말했다.

"아딕 사령이 준비된 건 아닙네. 전하의 재가를 받아서 시행할까 하는 거이다……."

그 말에 무범이 실긋 웃은 후 잠시 생각하는 것 같더니 자신의 뜻을 전했다.

"내려야디요, 내려야고 말고요. 기렇디만 딕금, 여기서는 아닌 거 같습네다. 장군검將軍劍도 내려야 하고, 군사들이 다 모인 댜리에서 해야 하니 내일 오후에 하기로 하디요. 기래야 장군들의 면面도 서고 명命도 서디 않갔습네까? 어떻습네까?"

무범이 물음을 던지면서 광은을 쳐다봤다. 광은이 무안한 듯 큰 소리로 대답했다.

"명을 받잡고 기대로 시행하갔습네다, 전하."

아무래도 왕자는 장사치인 자기들과는 다르다고 생각하는지 광은은 평상시와 다르게 목소리뿐만 아니라 몸동작도 컸다.

그 모습을 바라보며 무범이 빙긋 웃었고, 다른 사람들도 따라 소리 없이 웃었다.

"이제 됐디요? 기럼 옥 대인이 군사들에게 아침을 대접하는 일만 남았네요. 하고자 하는 뜻도 다 이뤘고, 한 수 배왔으니 말입네다."

"예?"

"왜요? 그릇된 게 있습네까?"

무범이 피식 웃자 주변에 있던 모든 사람들이 웃음을 터트렸다. 어떻게든 참아보려던 장군들도 마침내는 따라 웃었다.

오랜만에, 실로 오랜만에 큰 웃음소리가 담을 넘어 울골에 울려 퍼졌다.

"알갔습네다. 명대로 시행하디요. 장군검과 사령, 군사들 아침까디 소상이 책임지갔습네다."

"당연히 그러셔야디요, 안 그렇습네까?"

무범이 주위사람들을 둘러보며 다시 한 번 크게 웃었다. 그러자 모두 다시 한 번 크게 웃었다. 마음의 여유가 묻어있는, 여유가 없고선 낼 수 없는 너털웃음이었다. 화련 일행의 무사 귀환은 그렇게 모두의 마음을 넉넉하게 만들었던 것이었다. 그 웃음은 한 동안 지속되었다.

웃음 끝에 해야 할 일이 생각난 듯 무범이 이번에는 밖에 대고 말했다.

"밖에 보철이 있으면 들오라."

"예, 전하."

보철이 문을 열고 들어왔다. 보철도 밖에서 안의 상황을 듣고 있었던지 웃음을 물고 있었다.

"보검 세 자루만 준비해라. 내일 오후에 쓸 거이다."

"알갔습네다, 전하."

"기러고 칼에 임전무퇴臨戰無退라고 새기라. 내일까디 가능하갔네?"

"예, 분부대로 거행하갔습네다. 기럼……."

보철이 바로 돌아서서 나가려 하자 무범이 물었다.

"딕금 가려는 거네?"

"기러하옵네다."

"아침은? 아침이라도 먹고 가야디."

"기럴 시간이 없습네다. 검부터 구해야 하니 바로 다녀오갔습네다."

"기래도?"

"아닙네다. 보검을 구하기도 쉽디 않을 거이고, 각자刻字까디 할래믄 시간이 촉박합네다. 아침은 다녀와서 먹갔습네다."

"기래? 알갔다. 부탁한다."

"예. 기럼……."

보철이 명을 받고 나가자 원이 궁금하다는 듯 물었다.

"전하, 호위무사래 어뚷게?"

"아, 예. 호위무사래 기냥 호위무사가 아닙네다. 이름이 보철, 지킬 보[保] 자에 쇠 철[鐵] 자인데 쇠뿐만 아니라 칼에 대해서도 천하제일입네다."

무범은 보철이 없는 틈을 이용해 보철의 자랑을 침이 마르도록 늘어놓았다. 늘 곁을 지키고 있어 다른 사람들에게 자랑하지 못해 입이 근지러웠던 사람처럼. 듣는 사람들이 감탄을 연발할 정도로.

보철의 얘기에 푹 빠져 있자니 집사가 밖에서 아뢨다.

"전하, 아침 준비가 다 됐습네다."

"기래, 알갔네."

무범이 얘기를 정리하고 자리에서 일어서자 모두 뒤를 따라 일어섰다.

53

울골 입구 공터에는 군사들이 도열해 있었다.

좌측에는 적갈색, 중앙에는 흑색, 우측에는 남색 갑옷을 입고 있었다. 각 부대별로 살수殺手, 도부수刀斧手, 궁수弓手, 기마병騎馬兵 순으로 열을 지어 있었는데 도합 1천은 넘을 것 같은 병력이었다. 군사들이 촘촘한 대형으로 서 있었는데도 5천여 평이 넘는 공터가 비좁아 보일 정도였다. 거기에 마을 주민들까지 구경꾼으로 몰려들어 일대장관을 이루고 있었다.

미시未時쯤 되자 마을 안쪽에서 한 떼의 사람들이 걸어 나왔다.

무범을 선두로 하여 바로 곁에는 보철이 칼을 든 채 호위하고 있었고, 그 뒤로는 병택과 범석, 광은과 원이 걸어왔다. 그로부터 대여섯 걸음 뒤쪽으로는 종환과 훈정이 칼을 든 채 따르고 있었다.

그들이 나타나자 군사들이 일제히 함성을 질렀다. 그 소리가 얼마나 큰지 구경꾼들 중에 귀를 막는 사람들이 많았고, 심장이 벌렁거릴 정도였다. 나무로 세운 임시 단상이 흔들리는 것 같았다.

사람들의 인사를 받으며 일행이 단상에 오르자 군사들이 다시 함성을 질렀다. 그에 답례하기 위해 무범이 손을 흔들자 함성은 더 높아졌다.

군사들의 함성이 가라앉기를 기다렸다가 드디어 종환이 목소리를 높였다.

"디금부터 중앙장군, 좌장군, 우장군 임명식을 거행하갔습네다. 장군들은 단상으로 올라오십시오."

다시 터지는 함성. 그 함성에 흥분이 된 듯 세 명의 무장이 보무당당하게 단상으로 올라갔다.

"먼뎌 중앙장군 경준에게 왕자께서 직접 보검을 하사하시갔습네다. 중앙장군 경준 앞으로!"

경준이 앞으로 나서며 군례를 올리자 무범이 호정에게서 넘겨받은 보검을 군사들 앞에 쳐들었다.

터지는 함성.

함성이 멎기를 기다렸다가 무범이 경준에게 보검을 내밀었다. 그러자 경준이 무릎을 꿇어 양손으로 보검을 받아들었다.

"중앙장군 경준, 목숨을 바쳐 전하를 모시갔습네다."

"고맙습네다, 장군. 날 대신해 군사들을 댤 이끌어듀시고 백성들을 보호해 듀시기 바랍네다."

"옛! 목숨을 바티갔습네다."

대답과 동시에 경준이 일어서더니 군사들을 향해 보검을 뽑아 치켜들었다.

다시 터지는 함성. 그 함성에 칼날에서 번쩍 햇빛을 뿜어냈다. 그 햇빛에 응수하듯 경준의 눈에서도 번쩍 번개보다 강한 빛이 뿜어져 나왔다.

경준과 똑같은 방식으로 우장군 양수, 좌장군 익성에게도 보검이 전달됐다. 어제까지만 해도 상인들 밑에서 급료를 받는 사병 대장에 불과했지만 오늘부터는 정식적인 장군이 돼서 그런지 장군들의 눈빛이 유난히 빛났다. 금방이라도 화산으로 터질 것 같았다. 사람이 자리를 만들기도 하지만 자리가 사람을 만들기도 한다는 말을 증명이라도 하듯.

보검 하사가 끝나자 무범이 군사들을 향해 목소리를 높였다.

"오늘부터 제군은 백성들을 보호하고 지키는 정식 군사들이 되었습네다. 평시엔 백성들의 목숨과 재산을 디키고, 전장에서는 임전무퇴의 자세로 백성들을 보호해 듀시기 바랍네다."

군사들이 함성을 지르자 잠시 뜸을 들였던 무범이 계속 말을 이었다.

"이데 산동에 사는 모든 사람은 우리가 디키고 보호해야 할 백성들입네다. 그들을 디키고 보호해 듀십시오. 그것이 바로 제군이 해야 할 일이자, 사명입네다."

다시 함성.

"오늘은 나의 장인이자 거상이신 양범석 대인이, 내일은 거상 옥광은 대인이, 모레는 거상 예원 대인이 제군에게 술과 고기를 내릴 거이니 마음껏 먹고 마시기 바랍네다. 그런 속에서 우리는 하나라는 뜻을 새기기 바랍네다."

다시 함성. 이번 함성은 그 어느 때보다도 컸으니 군사들에게 술과 고기란 말은 그 어떤 말보다 기운이 솟게 하는 모양이었다.

54

하밀은 과연 산동을 다스릴 만한 최적지였다. 한 나라의 도읍都邑으로도 손색없는 곳이었다. 근거지를 하밀로 옮기자고 주장하는 사람들에게서 이미 들은 바 있었지만 직접 돌아보니 과장된 말이 아니었다.

먼저 고구려군의 공격으로부터 방어하기에 최적화 되어 있는 곳이었다. 널드르로부터 택하澤河, 교래하胶萊河가 앞에 흐르고 있어 바다를 건너야 하는 고구려군의 접근이 쉽지 않을 곳이었다. 발해만과도 150리나 떨어져 있고, 낭야진으로부터도 300리나 떨어져 있어서 배를 타고 올 수밖에 없는 고구려군의 이동을 사전에 파악하고 대처할 수 있는 곳이었다.

또한 뒤에는 유하灘河가 가로놓여 있어 한나라의 침입도 효율적으로 방어할 수 있는 위치였다. 한나라가 비록 장안長安에서 낙양洛陽으로 도읍을 옮겼지만 낙양으로부터도 1800리나 떨어져 있었다. 적의 공격으로부터 안전한 곳이라 할 만했다.

뿐만 아니었다. 주변에는 100리 안팎에 크고 작은 도시를 안고 있어서 산동의 중앙부라 할 수 있었다. 동영(東營. 둥잉시)을 거쳐 천진(天津. 텐진시)만 지나면 바로 요동과도 연결되고, 북방 초원과도 연결되는 곳이었다. 주변 도시와 교역을 확대하는 한편 발해만과 낭야진을 적절하게 활용한다면 해상무역과 육상무역의 거점으로 활용할 수도 있을 것 같았다.

주변에 평지가 드넓게 펼쳐져 있어 백성들이 몰려와도 충분히 수용할 만했다. 가람이 많아 물 걱정을 덜 수 있음은 물론 땅이 비옥하여 농사도 잘 될 것이기에 양식 걱정도 없을 것 같았다.

문제는 성을 쌓을 만한 공간이었다. 성이란 산을 끼고 있어야 효율적으로 적을 방어할 수 있는데 주변이 모두 평지다 보니 성을 쌓을 만한 공간이 없었다. 평지성平地城과 산성山城을 분리시키는 방법도 생각 안 해본 것이 아니었다. 평시에는 평지성에서 거주하다 전시에는 산성으로 옮겨가는 저항하는 방법이 있었다. 그러나 아무리 산성이 견고하다 해도 최고의 성은 백성들이었기에 백성들을 수용하고 보호할 수 있는 크고 든든한 성이 없으면 제 아무리 명당이라 해도 무용지물이었다. 산성을 아무리 크게 축성한다 해도 평지성 백성들을 다 수용할 수는 없을 것이었다.

또한 하밀은 성이 없으면 사방이 평지라 방어에 취약했고, 무엇보다 적미赤眉의 난이 처음 일어났던 곳이라 한나라도 산동반도를 예의 주시하고 있을 터였다. 현재 한왕漢王 유수劉秀도 적미의 난으로 말미암아 왕망王莽이 세운 신나라를 멸하고 한나라를 재건했으니 산동지역에 남다른 관심을 가지고 있을 터였다. 그런 만큼 한나라를 대비해서라도 성은 선택이 아니라 필수라 할 만했다.

그리고 산동지역에 새로운 세력이 등장한다면 촉각을 곤두세워 어떤 형태로든 초기에 분쇄하려 할 것이었다. 하여 하밀에 자리를 잡으려면 한나라에 대한 대비를 철저히 하지 않으면 안 될 것 같았다.

그러저런 상황들을 파악함과 동시에 열흘 동안 하밀 지역을 돌며 지역 상인들을 만나 적극적인 지원을 약속 받았고, 백성들로부터 적극적인 호응을 얻어 냈으니 그 성과는 예상 외였다. 더군다나 하밀 지역에서만 1천 여명의 군 지원병을 모집했으니 군사적인 면에서도 얼마간 안정을 찾을 수 있게 됐다.

하밀 지역을 순행한 후 여러 가지 변화가 있었다.

그 중에서 가장 큰 변화는 각 지역에서 상인들이 자발적으로 무범네 휘하로 몰려들었다는 점이었다. 제일 먼저 무범에게 손을 뻗은 사람들은 역시 무범이 20년 넘게 살았던 널드르 지역 사람들이었다. 무범이 자라고 살았던 곳이었고 예전부터 장인이 살았던 곳으로 친분관계가 있었기 때문이기도 했지만, 고구려군의 침입을 겪어보니 군대의 필요성을 절감했던 모양이었다.

고구려군이 비록 무범과 그 관련자들을 토벌하기 위해서 널드르에 쳐들어왔다 해도 그 영향은 장광현과 동래군 지역 백성 전부에게 미칠 수밖에 없었을 것이었다. 군대가 지나간 자리에 흔적과 생채기를 안 남길 수 없으니, 외적의 침입을 당해본 적이 없었던 장광 지역 백성들이 치를 떨었던 모양이었다. 하여 무범이 군사를 일으키려 한다는 소식을 듣자 제일 먼저 찾아왔던 것이었다.

무범을 찾아온 사람들은 상인들만이 아니었다. 사병들을 직접 이끌고 온 것은 아니었지만 장수들을 데리고 와서 귀속을 청했다. 사병의 유지·관리비는 종전과 마찬가지로 각자 분담하기로 하되 사병들의 지휘·감독권은 무범에게 맡기는 형식이었다. 무범으로서는 거절할 일이 없는 제안이었다.

이를 시작으로 겨울 동안 동모현(東牟縣. 옌타이시 무핑구[牟平區]), 정현, 양석현, 갈노현 등 동쪽과 남쪽 상인들과 군사들이 모여들었다. 조건은 널드르 지역과 거의 동일한 조건이었다. 이로써 산동 남쪽 지역은 이제 무범을 구심점으로 하나의 체제를 갖추게 되었다. 그러나 사병 수는 전체를 합쳐 5천이 채 되지 않았다. 낭야진의 광은과 유후국의 원이 가장 많은 사병들을 거느리고 있었던 셈이었다.

55

하밀로 이사 가기 열흘 전부터 울골 광은네 집은 사람들의 발길이 분주했다. 발길이 조심스러워 소리는 거의 나지 않았지만 사람들의 움직임만은 잠시도 멈추지 않았다. 부지런한 개미들의 움직임만큼이나 분주했지만 고요했고, 고요함 속에서 빠르게 진행되고 있었다.

특히 광이며 창고가 있는 뒷마당은 비 오기 직전의 개미들의 분주한 움직임을 연상시키기에 충분할 만큼 사람들이 들락거렸다. 줄을 지어 광이나 창고 속으로 들어가서 짐을 져 나오는 사람, 짐꾼들이 지고 온 물건들을 종류별로 구분하는 사람, 종류별로 구분된 물건들의 수량을 확인하고 마차에 싣는 사람, 그득해진 마차를 밧줄로 묶고 이상 유무를 확인하고 밖으로 싣고 나가는 사람, 마차를 마을 입구에 질서정연하게 정리하는 사람, 일정한 숫자가 되면 호위 군사들과 함께 짐을 싣고 떠나는 사람……. 각자에게 주어진 일을 소리 없이 해나가는 모습은 일개미 집단의 먹이 이동 모습을 연상시키기에 충분했다.

광과 창고를 비우는 일은 쉽게 끝나지 않았다. 광과 창고 안에 얼마나 많은 물품들이 쌓여 있었는지 꺼내도 꺼내도 끝이 없었다. 그 많은 짐들을 어떻게 다 쌓아놓았었는지 입이 딱 벌어질 정도였고, 보면서도 믿기지 않을 정도였다.

양도 양이지만 종류도 너무 다양해서 물품에 대한 지식과 물품의 종류와 수량을 적어놓은 장부가 없다면 물품을 쉽게 파악할 수도 없을 정도였다. 입고시킬 때 이미 직접 확인했고 장부에 세세하게 기록해놓은 창고지기마저 헷갈릴 정도로 종류도 엄청났다. 세상의 진귀한 물품들은 모두 광은네 광과 창고에 들어 있었다고 해도 과언이 아닐 정도였다. 그 짐들을 꺼내고 싣고 집밖으로 이동시키고 미리 하밀로 실어 보내려니 새벽부터 저녁까지 잠시도 쉴 틈이 없었다.

뒷마당의 분주함과는 달리 앞마당은 평상시와 다르지 않았다. 순찰을 돌거나 근무를 교대하는 군사들의 움직임 외에는 별다른 움직임이 없었다. 봄빛이 피워 올리는 새싹들만 뒷마당의 분주함에 답하고 있을 뿐 나머지는 모두 겨울잠에 취해 있는 듯했다.

드디어 이사 당일.

앞마당도 분주해지기 시작했다. 새벽부터 사람들의 발길이 잦아지더니 날이 밝아오자 이삿짐들을 앞마당에 내놓기 시작했다. 아직 주인이 일어나지 않아서인지 본격적인 이삿짐을 나르지는 않고 있었지만 미리 마당에 꺼내놓은 살림들을 소리 나지 않게 대문 밖으로 꺼내놓고 있었다.

소리 없는 분주함은 한동안 계속됐다. 엄명을 받았는지 소리 없이 움직이는 일꾼들 외에 다른 사람들의 모습이 보이지 않았다. 가끔씩 집사의 모습만 보였다 사라졌다 했다.

해가 솟을대문 위로 떠오를 때쯤 마당에 드디어 사람이 모습이 보이기 시작했다. 안채에서 광은·범석·병택 부부가 나온 것이었다. 여섯 사람이 나오자 밖에서 대기하던 집사가 인사를 하더니 그들을 대문 밖으로 인도했다.

모두들 쉬이 발길이 떨어지지 않는지 느지막한 걸음이었고, 광은 마누라는 아쉬움이 남는지 자꾸만 뒤를 돌아봤다. 그럴 때마다 마누라를 다독이는지 광은이 무슨 말인가를 하곤 했다.

여섯 사람이 나가고 얼마 없어 장군 셋이 집안으로 들어왔다. 무범으로부터 장군검을 하사받은 경준, 양수, 익성이었다. 좀 전에 나간 사람들과는 달리 그들은 흥분된 모습으로 마당을 가로질러 사랑을 향하고 있었다.

"전하, 기침하셨습네까?"

사랑 앞에 멈춰선 경준이 안에다 대고 물었다.

"예. 기다리고 있습네다."

기다리고 있었던 듯 곧바로 문이 열리며 무범이 밖으로 나왔다. 무범이 나서자 문 앞에 대기하고 있던 보철이 무범 곁에 붙어 섰고, 무범 뒤에는 낭아의 손을 잡은 화련이 따랐다.

마당에 내려서자 이번에는 화련이 뒤를 돌아봤다. 짧은 시간이었는데 그새 정이 들었는지 아련한 눈길로 사랑을 둘러봤다.

"가시디요. 소장들이 뫼시갔습네다."

화련이 눈길을 거두자 경준이 말하며 앞으로 나섰다. 그러자 나머지 두 장군도 경준 옆에 선 채 걷기 시작했다.

무범 일행이 마당으로 나서자 모두들 하던 일을 멈추고 고개를 숙였다.

무범의 신변보호를 위해 장군검을 받던 날 장군들이 시킨 일이었다. 무범 행차 시에는 모두들 하던 일을 멈추고 고개를 숙이게 한 것이었다. 처음엔 모든 이들을 부복俯伏하게 하여 고개도 들지 못하게 했으나 무범이 말렸다. 집에서까지 그렇게 할 필요가 없을 것 같으니 정 필요하다면 하던 일을 멈추고 가볍게 고개를 숙이는 정도로 하자고 했다. 세 사람이 안 된다고, 국왕에 준하는 예를 갖춰야 한다고 했지만 무범이 설득시켜 겨우 양보를 받아낸 이후 시행하고 있었다.

앞마당을 지나 대문간을 나서기 전에 무범이 가던 길을 멈추고 뒤를 돌아다봤다. 감회가 서린 눈이었다. 하기야 생사의 기로에서 이 집을 찾았던 게 불과 몇 달 전이 아닌가. 그때 광은의 호의와 적극적인 지원이 없었다면 그 태풍을 무사히 넘기지 못했을지도 몰랐다. 그러니 감회가 깊을 수밖에.

그건 화련도 마찬가지인지 촉촉한 눈길로 광은네 집을 돌아보았다.

대문을 나서자 군사들이 모든 출발 준비를 마치고 대기 중이었다. 앞에는 전차와 기병들이 대기 중이었고, 가운데는 무범네 마차, 뒤에는 기병들이 삼엄한 경계를 하고 있었다. 병택, 범석, 광은도 무범네 마차 뒤에 선 채 대기 중이었다.

화련과 낭아를 마차에 태우고, 무범이 말에 오르자 병택, 범석, 광은도 말에 올랐다.

"자, 이제 갑세다!"

병택의 말에 장군들이 말에 올랐고, 말에 오른 경준이 손으로 앞을 가리키자 앞쪽에서부터 서서히 움직이기 시작했다.

군기軍旗들이며 사방기四方旗가 드디어 꿈틀대기 시작했고, 기마병들의 말이 경쾌한 말발굽소리를 냈다. 그러자 구경 나왔던 마을 주민들이 일제히 땅에 엎드렸다. 누가 시킨 것도 아닌데 그들은 장군 임명식 이후 무범을 그렇게 받들고 있었다.

그런 마을주민들의 모습을 바라보던 무범이 곁에 있는 병택에게 물었다.

"군사! 오늘이 마디막일디도 모르는데 마을사람들 얼굴이라도 봐둬야 하는 거 아닙네까?"

병택이 다소 당황하는 눈빛이더니 곧 얼굴을 풀며 대답했다.

"알갔습네다."

대답과 동시에 앞으로 나서더니 경준에게 무슨 말인가를 하는 듯했다. 그러나 의견조율이 잘 안 되는지 한동안 말이 오갔다. 경호 문제 때문인 것 같았다. 그러기를 잠시. 고개를 끄덕인 경준이 큰 목소리로 마을사람들에게 명령을 내렸다.

"마을사람들은 모두 일어나라! 전하께서 얼굴을 뵙고자 하신다! 모두 일어나라!"

그러나 경준의 명령에도 마을사람들은 쉬이 일어나지 않았다. 고개를 들어 올리는 사람이 있긴 했지만 감히 일어서는 사람은 없었다.

"괜찮다, 일어나라! 전하의 명이다!"

그제야 다시 고개를 드는 사람들이 늘었고, 한두 사람씩 일어나기 시작했다. 그러나 감히 고개를 들어 무범을 바라보는 사람은 없었다.

"고개를 들라요! 얼굴을 보고 싶어서 그럽네다."

참다못한 무범이 말 위에서 소리를 질러 봐도 마찬가지였다. 고개를 드는 사람은 없었다.

"내 얼굴을 보고 싶지 않습네까? 이제 안 보믄 못 봅네다."

무범이 안타깝게 다시 소리쳤다. 그 말에야 한두 사람씩 고개를 들기 시작했다. 그렇지만 고개를 들기는 했으나 그들의 시선은 높지 않았다. 무범의 얼굴을 바라보지 않았다. 고개를 치켜들어야 말을 탄 무범과 시선이라도 마주칠 수 있을 텐데 사람들은 그럴 엄두를 내지 못하는 것 같았다. 그렇다고 강제적으로 고개를 들어 자신을 바라보라고 할 수는 없었다.

안타까운 시간이 흘러가고 있었다. 이제 말은 동구 밖에 거의 다 다르고 있었다.

그런데 바로 그때, 나이든 몇 사람이 만세를 부르기 시작했다.

왕자 전하 만세!

왕자 전하 만세!

무슨 생각에서 만세를 부르는지는 정확하지 않았지만 늙은이들이 기운 없는 목소리로 만세를 불렀다. 그러면서 무범의 얼굴을 쳐다보았다. 만세를 부르려면 당연히 팔과 얼굴을 들어 올려야 하니 그때 무범의 얼굴을 보려고 머리를 쓴 것 같았다. 그걸 눈치 챘는지, 아니면 단순히 따라하는지 모르지만 어느 순간 하나둘씩 노인들을 따라 만세를 부르기 시작했다. 그리고 마침내 모두들 만세를 부르고 있었다.

왕자 전하 만세!

왕자 전하 만세!

이제 만세소리가 울골을 가득 메우고 있었다. 아니, 울골을 메우고 울골을 벗어나 사방으로 퍼져나가고 있었다. 메아리로 되살아나고 있었다.

만세라니……

백세도 천세도 아닌 만세라니. 황제도 아니고, 대왕도 아니고, 왕도 아닌, 고작 망해버린 낙랑국 왕자인 무범의 만세를 기원하다니……

무범은 가던 길을 멈추고 말머리를 돌렸다. 많은 군중은 아니었지만 모두들 무범의 얼굴을 쳐다보며 만세를 힘차게 부르고 있었다.

그 모습을 바라보던 무범이 눈을 깜박였다. 눈이 매운 모양이었다. 그런 무범의 모습을 봤는지 아니면 작별 인사를 하는 건지 사람들이 더 큰 소리로 만세를 외쳤다.

그 모습을 뒤에서 바라보는 병택과 다른 사람들도 뜨거운 눈물을 흘리고 있었다.

하회도河回島, 하회성河回城

56

하밀에 도착한 왕자는 주둔지이자 성을 건설할 곳을 시찰하는 일에서부터 하루를 시작했다.

군사와 종환, 그리고 세 장군이 지난 가을부터 지형에 익숙한 토박이들과 함께 찾고 찾은 끝에, 모든 조건을 종합적으로 검토한 끝에 정한 곳이었다. 그런데도 당신이 다시 둘러보고 싶다며 하밀에 도착한 다음날 아침 일찍 길을 나섰다. 아무래도 직접 봐야 마음이 놓이고, 당신이 직접 둘러보는 게 군사들의 사기 진작에도 긍정적인 효과가 미칠 것이라 판단한 모양이었다.

군사와 중앙장군의 안내로 도착한 곳은 동·남·북 삼면이 강으로 둘려쌓인, 자연적인 해자를 펼쳐놓은 듯한 곳이었다. 소용돌이가 심해서 솟가람(창이시 북동쪽에 있는 쐉허[漩河])이라 부르는 강이 세 갈래로 나뉜 곳이었다. 또한 서쪽에도 달내[월천月川. 푸허[浦河] 줄기가 있어 물길만 연결한다면 그야말로 지중도地中島가 되어 해자가 필요 없을 곳이었다. 하지만 사방이 다 트여있어 방어에는 문제가 있었다. 경계를 아무리 철저히 한다 해도 목책이나 다른 장애물만으로는 안전을 보장받을 수 없을 곳이었다. 하여 성 축조를 서두르고 있는 것이었다.

"물길이나 지면, 토질 등은 나무랄 데가 없어 보이는데…… 성, 그거이 토성이든 석성이든 성을 쌓디 않고선 마음 놓을 수가 없을 것 같습네다."

숙영지 중간쯤에 멈춰선 왕자가 뒤에 서있는 군사軍師에게 말을 걸자 종환이 먼저 나서며 대답했다.

"안 기래도 소신뿐만 아니라 군사와 장군들도 기걸 걱뎡했더랬습네다. 기래서 당장 오늘부터 성을 쌓기로 했습네다. 병사들은 많디 않디만 가용 인원을 총동원해서 하루라도 빨리 성을 완성하갔습네다."

"예. 수고스럽갔디만 기걸 제일 먼뎌 힘써 듀시라요."

"옛! 분부대로 거행하갔습네다."

종환의 대답을 들으며 왕자는 손을 들어 대충 성의 윤곽을 그려보는 것 같았다.

종환이 답사 때 대충 둘러보니, 축성지築城地는 한쪽 면의 길이가 5리 정도는 될 것 같았다. 그렇다면 둘레가 20리로 100만 평 이상이 될 것이었다. 그러나 그렇게 너른 성을 쌓을 수는 없을 것이었다. 성이 클수록 많은 인원을 수용할 수 있어 좋겠지만, 그렇게 큰 성을 축조하려면 가용인력과 시간이 부족했다. 인력이야 산동 지역에 흩어져있는 유민들을 활용하면 되겠지만 문제는 시간이었다. 연일 1만 명 이상의 인원을 동원한다 하더라도 성을 완성하려면 최소 1년 이상은 걸릴 터였다. 그 시간 동안 한나라나 백제 또는 고구려가 가만히 있을 리 만무했다.

성을 축조한다는 사실이 알려지면 제일 먼저 한나라가 가만히 있지 않을 것이었다. 성이 완성되면 그만큼 공략이 어려워질 것이기에 성이 축조되기 전에 공격하려 할 터였다. 하여 성이 완성되기 전에 적의 공격을 받게 된다면 무방비 상태에서 적을 맞을 수밖에 없기에 그 문제를 어떻게 해결할 것인가가 문제의 핵심이었다.

평지에 성을 축조하려면 물을 이용한 저지선을 만들어야 하는데 그것은 문제가 없어 보였다. 솟가람으로 둘러싸여 있고 돌이 거의 없는 땅이라 강과 강을 연결하여 천연 해자를 만드는 일도 어렵지 않은 것 같았다. 문제는 산을 활용하여 방어력을 높여야 하는데 그게 문제였다.

평지성은 배후의 산에 산성을 동반하고 있어야 기각지세掎角之勢를 이루게 된다. 그래야만 평지성이 공격을 받게 되면 산성으로 근거지를 옮겨 방어하거나, 산성의 병력을 이용하여 적의 배후를 공격할 수 있기 때문이었다. 그런 성곽의 구조는 왕검성 이후 조선의 거의 모든 성곽들에 적용되고 있었다. 특히 고구려는 그런 전략을 극대화시켜 대국으로 성장해왔다. 그걸 모를 리 없는 왕자가 그 점을 언급했다.

"먼저 백성들이 살 평지성을 쌓은 다음 산성을 쌓는 게 동을 듯합네다. 본격적인 성을 쌓기 전에 우선 서쪽에 흐르는 더 가람을 돌려 자연 해자를 만들어 놓는 게 동을 것 같고요. 기렇게 하믄 사방에 천연 해자가 놓인 격이라, 성을 쌓기 전에 더 필요할 것 같습네다."

역사와 병법에 해박한 왕자가 천연 해자를 언급하자,

"예. 안 그래도 그러려고 장군들과 협의를 해뒀습네다."

그에 결코 뒤지지 않는 군사가 대답했다.

"알갔습네다. 기럼 군사와 장군들만 믿갔습네다."

군사의 대답에 왕자가 고개를 끄덕이며 씽긋 웃었다. 내래 딕금 뻔데기 앞에서 주름 잡은 거디요? 라는 표정이었다.

그런 왕자와 군사를 곁에서 지켜보는 종환은 부럽지 않을 수 없었다. 자신의 고국 주나국도 왕자와 군사 같이 병법을 아는 사람이 있었거나, 든든한 성을 가지고 있었다면 하루아침에 허망하게 멸망하지는 않았을 것이었다. 영원한 동지도 영원한 적도 없는 국제정세를 제대로 파악하지 못했고, 그에 대한 방비를 제때 하지 못해 허망하게 멸망했다.

조선으로부터 독립을 선언하기 전에 자주국가로서 그에 합당한 방어체제를 갖췄어야 했다. 고구려처럼 든든한 성을 가지고 있던지, 낙랑국처럼 자명고각을 가지고 있어야 했다. 하다못해 고구려처럼 대륙을 떠도는 조선 유민들을 연맹체로 흡수 통합하여, 국력을 키웠어야 했다. 그런데 조선으로부터 독립만 생각했을 뿐 독립 후에 감당해야 할 방위부담이나 유지비용에 대해서는 깊게 생각하지 않았다.

당시 조선으로부터 독립한 거수국들 대부분 그랬듯 독립하기에만 급급했었다. 독립에는 그에 합당한 힘을 가지고 있어야 했는데 그에 대한 준비는 부족했었다. 그 결과 대부분의 나라의 명운이 짧았다. 종환의 고국 주나국도 마찬가지였다. 막강한 군사력을 지니고 있던 고구려의 침입에 허망하게 무너졌다. 그런 쓰라린 경험을 가지고 있는 종환은, 성은 자립·생존의 근거였고 국력은 경제력과 군사력에서부터 나온다는 사실을 너무나 잘 알고 있었다. 하여 성을 자립의 근거로 삼는 왕자와 군사의 민첩한 대처야말로 그 무엇보다 믿음직한 것이었다.

57

다음날부터 축성이 시작되었다.

본격적인 성을 쌓기에 앞서 성 둘레 곳곳에 목책을 세우고 달내와 솟가람을 연결하기 위해 웅덩이를 파는 일부터 시작했다. 군사들이며 산동 전역에서 미리 모집해둔 유민들이 일꾼으로 투입되었다. 무범 곁을 떠나서는 안 되는 호위무사 보철도 무범 곁을 잠시 비웠다. 쇠 다루는 기술을 전수하기 위해 대장간에 들어섰던 것이었다.

축성 계획은 군사와 종환이 세우고, 인원 동원 및 보급은 호정이 맡고, 군사며 인부들의 현장 지휘는 경준·양수·익성이 맡았다. 양식 및 경비 등은 범석·광은·원 등 상인들이 전담하여 부담했다.

축성 작업에 1만 명 가까이 투입되자 그들을 뒤에서 도와줄 사람만도 만만치 않았다. 양식의 구입·운송에 4백 명, 물품 공급 및 취사에도 2백 명, 대장간에도 2백 명 가까이 투입되었다. 그러다 보니 보조 인원만도 8백 명 가까이 되었다. 이에 따라 관제가 필요했다.

조선의 거수국에서는 거수 아래 대부大夫를 두어 나라를 통치했던 관례에 따라, 왕자를 보좌하는 두 사람에게 대부란 호칭을 부여

했다. 종환을 즉인대부卽人大夫로, 호정을 즉물대부卽物大夫로 임명했다. 그 밑에 대사자大使者와 소사자小使者를 두어 대부를 보좌하게 했다. 또한 군사들도 조선의 체제를 이어받아 장군將軍—말객末客—당주堂主로 편제를 갖추었다. 그리고 군사들을 통제하는 군사軍師에는 병택을 임명했다.

이와 함께 범석·광은·원 등 경제적인 도움을 주는 상인들과 군현의 유지들에게는 대인大人이라는 명칭에 익숙해져 있음을 고려하여 대형大兄이라는 관직을 부여하여 무범과 직접 소통할 수 있게 했다. 한 마디로, 축성을 시작하면서 국가 체제를 얼마간 갖춘 것이었다.

공사를 시작한 지 달포 만에 솟가람과 달내가 연결되었다. 천연해자가 완성된 것이었다. 서쪽과 남쪽으로 스무 척 깊이에 폭 열척 정도의 도랑을 파서 연결하자 말 그대로 지중도地中島가 형성된 것이었다. 사람들은 지중도를 물돌이섬 또는 하회도河回島라 부르기 시작했다. 강이 휘돌아가는 섬이란 뜻으로 붙인 이름인 것 같았다. 누가 붙였는지 모르지만 참으로 알맞고도 멋진 이름이었다. 그 하회도 사방 출입구에 목책들을 세워놓자 제법 방어선의 모습이 갖추어졌다.

그러나 본격적인 축성 작업은 시작도 안한 상태여서 축성을 서둘러야 했다. 이미 군사들이 주둔해 있고, 군사들과 일꾼들을 모집한다는 사실과 성을 쌓는다는 사실이 반도 전역에 알려져 있었다. 반도 전역에서 유민들이 몰려들었고, 그들의 입을 통해 북방에까지 알려졌을 것이란 사실을 확인할 수 있었다. 그러니 한나라나 고구려, 백제에도 이미 그 사실이 알려졌을 것은 불을 보듯 뻔한 일이었다. 그런 만큼 축성 작업을 서둘러야 했다. 주변국들이 언제 어떻게 나올지 예측할 수 없었기 때문이었다.

하회도가 완성되자 바로 축성 작업에 돌입했다. 주둔지 안의 바위며 돌들을 캐내고, 돌이 없는 곳에선 흙벽돌을 찍어내기 시작했다. 축성 경험이 있는 유민들이 많지는 않았지만 종환이 그들의 경험을 수합하는 한편 체제를 정비하여 공사를 진행했다.

솟가람과 달내를 연결하느라 봄을 보내고, 돌을 캐내고 흙벽돌을 찍느라 여름을 데우고, 본격적인 축성에 돌입하려는 8월 중순쯤 한나라 군사들이 반도 서쪽에 출현했다. 축성 소식을 듣고 정찰을 위해 온 것 같았다. 인원은 30여 명으로 많지 않았지만 무범네를 긴장시키기에 충분했다.

"한나라에서 정찰대를 파견했다는 건 우리가 성을 다 쌓기 전에, 근간 공격을 하기 위해서일 겁네다."

군사가 정찰대 출현에 대한 의미를 설명하자 회의장은 한겨울 찬바람이라도 들이친 것처럼 냉각되었다. 군사가 말하지 않았다 해도 정찰대 출현이 무얼 의미하는지 모르는 사람은 없었다. 영토 욕심에는 타의 추종을 불허하는 한나라가 가만히 있지 않을 것이란 예상은 하고 있었지만, 성을 쌓기 전에 공격을 해올 것이란 말에 모두들 긴장하는 것 같았다.

"군사는 기게 언제쯤 일 거 같습네까?"

무범이 물었다.

"길쎄요. 정확히 알 수는 없디만 기리 오래디 않을 것입네다. 조선족은 수성전에 능하다는 사실을 누구보다 달 알고 있으니 성이 완성되기 전에 공격해 오갔디요.”

“성이 완성되기 전이라?”

무범이 군사의 말을 가만히 되씹었다. 그 말은 오늘 당장이라도 공격할 수 있다는 말이었다.

“기럼 어뜧게 해야 돟갔습네까?”

“우선 한나라에 첩자를 파견해야갔디요. 한나라의 움딕임을 하나도 빠딤없이 알아야 그에 대한 대비를 할 수 있으니끼 말입네다. 기 다음으로 군사들을 훈련시켜야 하갔디요. 군사들이 호위에 익숙해 각개 전투나 무술에는 강할 디 모르디만 대규모 전투에는 익숙하디 않으니낀 그에 대한 훈련을 시켜야 하갔디요. 또한 성내에 있는 모든 남정네들을 무장시켜야 하갔디요. 갑옷이며 병장기들을 나눠듀어 유사시엔 그들도 싸울 수 있게 그들에게도 일정한 훈련을 시켜야 하갔디요. 그러려면 갑옷이며 무기를 대량으로 만들어야 하고, 축성 작업과 군사훈련을 병행해야 하갔디요.”

군사의 말에 무범이 답했다.

“첩자나 군사 훈련은 문제가 없는데…… 작업 인부들을 무장시키는 일과 훈련시키는 일이 문제갔습네다. 그 많은 인원을 무장시키려면 모든 인원을 다 투입한다 해도 단기간 내에 무장시킬 수 없을 거인데 군사훈련은 또 언제 시킨단 말입네까?”

무범이 답답하다는 듯 깊은 한숨과 함께 뱉어냈다. 그러자 군사가 무범의 말을 받았다.

“기러게 말입네다. 기렇디만 대빌 해야디 벨 수 없디 않갔습네까? 다행히 이데 얼만 없어 겨울이니 얼마간 시간을 번 셈이디요. 겨울 동안은 한나라도 군사를 내디 못할 겁네다. 기러니 기 시간

동안 대빌 해야갔디요."

"기래야디요. 기럼 딕금부터 하나씩 해결해 나갑세다. 먼녀 첩자 파견부터 의논합세다."

그렇게 하여 군사가 내놓은 세 가지 방안에 대해 본격적인 논의를 시작했고, 결론이 나자마자 즉각 시행했다.

첩자는 한나라의 사정에 밝은 열을 선발하여 낙양에 파견하기로 했다. 대형大兄 원垣의 휘하에 있는 상인들 중 총기가 있고 믿을 만한 사람 여섯을 선발했다. 그들은 장사를 하며 이미 낙양을 잘 알고 있었고, 낙양에 지인들도 많아 정보 수집에 유리할 뿐 아니라 낙양을 오가며 물품과 함께 정보도 들여올 수 있어서 누구보다 활용가치가 높은 존재들이었다. 대형 원의 진가가 다시 한 번 발휘된 셈이었다.

원의 상인들 말고 20여 년 전 적미군으로 활동했던 경험이 있는 현지인 둘도 선발했다. 나이가 많아 걱정스럽긴 했지만 그들만큼 한나라 사정에 밝은 자가 없었고, 낙양에 지인들이 있어 세포 규합에도 유리할 것이란 점을 들어 첩자로 선발했다.

또한 한족 중에 무범네 뜻에 동조하는 두 명을 선발했다. 이에 대해서는 찬반이 엇갈렸으나 이쪽 정보라 해야 알려진 것 외에 더 팔 게 없고, 다른 첩자들의 정보와 비교해볼 수 있다는 점을 들어 파견하기로 했다. 물론 목숨을 담보로 하는 첩자들이라 많은 돈을 지불해야 했고, 만약을 대비해 가족들을 성 안에 옮겨 감시토록 하여 안전장치도 해 두었다.

첩자는 낙양에만 보낸 게 아니었다. 결정은 낙양에서 내리겠지만, 낙양에서 직접 군사들을 이끌고 오기보다 산동 인근 지역인 제남군과 태산군, 낭야군에서 군사를 낼 가능성이 높은 만큼 세 군에도 열 명씩 서른 명의 첩자들을 보냈다. 어쩌면 낙양에서 명령을 내리기보다 군의 태수太守가 판단하여 군사를 낼 수 있는 만큼 인접 군의 상황도 면밀하게 파악하게 했던 것.

군사들에 대한 훈련은 사흘에 한 번씩 교대로 실시했다. 훈련이 없는 날은 축성작업에 투입하고, 훈련이 있는 날은 종일 훈련을 실시함으로써 훈련과 축성작업을 병행하게 했다.

중앙장군 경준이 지휘 아래 훈련은 강도 높게 진행되었는데 군사인 병택마저 혀를 내두를 정도였다. 일당백이 되지 않고는 한나라 대군을 상대할 수 없다는 경준의 독려에 모든 군사들이 따랐다. 특히 진법을 훈련할 때는 얼마나 거세게 몰아붙이는지 부상자가 속출했다. 그러나 '훈련시의 땀 한 방울은 전투시 피 한 방울'이라는 구호 아래 고강도의 훈련을 실시했다. 그 결과 그 겨울이 끝나갈 때쯤 북과 징, 깃발만으로도 5천 여 군사들을 자유자재로 다룰 수 있게 되었다.

일꾼들과 성내 남정네들의 무장은 난제 중의 난제였다. 가을과 겨울 동안 가용인원을 전부 동원하여 칼과 창, 활을 제작했으나 전체 인원의 1/3도 무장할 수 없었다. 갑옷도 마찬가지였다. 군사들에 준하는 갑옷을 제작하라는 무범의 지시에 따라 규격에 맞는 갑옷을 준비하려니 그것만도 엄청난 시간과 인력이 필요했다. 더군다나 고강도 훈련을 받느라 고장나거나 부러진 무기들을 수리해 달라는 주문이 속출하여 무기 제작에 속도를 낼 수가 없었다.

이렇게 한나라의 침입에 대비하여 모든 준비를 갖추고 있는 중에 생각지도 못한 일이 터져 하회도를 뒤흔들었으니 그 시초는 참으로 어이없는 일에서부터 시작되었다.

58

　전쟁이나 역사를 바꾸는 사건은 참으로 하찮은 일에서부터 시작되는 경우가 많은데, 하회도 전투도 예외는 아니었다.

　한나라의 침입에 대비하여 모든 촉각을 곤두세운 채 준비를 하고 있던 정사丁巳(서기 57)년 봄이었다. 모처럼 휴가를 받은 군사들이 주막에 몰려가 술을 마시다 입씨름이 벌어졌다.

　"한나라 간나 새끼들, 오기만 와봐라. 숫자만 많았디 진법도 모르는 놈들을 내 이 손으로 다 베고 말갔어."

　술이 들어가자 호기를 부린다고 이제 막 진법에 합류한 완전초짜가 소리를 질렀다. 진법을 전혀 몰랐던 그에게 진법은 전혀 새로운 경지라 자랑하고 싶었던 모양이었다. 그럴 때는 자기에게 손해가 없는 한 그 호기를 받아주거나 조용히 있어야 하는데, 완전초짜가 나대는 게 못마땅했던지 곁에 있던 초짜가 딴지를 걸었다. 그도 초짜이긴 마찬가지였지만 완전초짜보다는 한두 달 먼저 진법 대열에 합류했던 지라 고참 행세를 하고 싶었던 모양이었다.

　"하룻강아지 범 무서운 둘 모른다더니, 한군漢軍을 뭘로 보고 기딴 소리네? 그 손에 다 베딜 군사라믄 군사도 아니다. 한군이래 허수아비네?"

　그 말에 완전초짜가 바로 역공을 했다. 그런데 그 역공이란 게 해서는 안 될 말을 해버렸다. 싸움에는 져도 입씨름에는 지기 싫어하는 천박한 근성이 자신도 모르게 터져 나와 버린 것이었다.

　"이 간나 새끼 한군 첩자 아니네? 안 기러믄 왜 이 지랄이갔어?"

　"뭐야?"

결국 둘은 맞붙어 싸우기 시작했고, 곁에 있던 사람들이 말려도 좀처럼 떨어지지 않았다. 그러다 급기야 둘은 칼을 빼들었고, 초짜가 휘두른 칼에 완전초짜가 베였다. 그 모습을 본 주변 사람들이 초짜를 말리려 덤벼들자 초짜는 닥치는 대로 칼을 휘둘러 세 사람이나 더 상해를 입히고선 도망치기 시작했다.

초짜는 자신을 쫓아오는 군사들이 무서워 도망치다, 하밀현청으로 뛰어들었다. 한군이 지키는 현청까지는 쫓아오지 못할 것이라 생각했던 것이었다. 그러나 흥분한 군사들은 거기가 어딘지 생각할 겨를도 없이 현청까지 쫓아갔고, 무장한 군사들이 현청으로 밀려들자 현청을 경비하고 있던 한나라 군사들이 가만히 있을 리 없었다.

도망자 초짜는 숨어버리고 이제 싸움은 완전 변질되어 하회군과 한군의 싸움이 되어 버렸다. 이 싸움에서 양측은 10명 이상씩 사망했다. 초짜를 쫓아 현청에 들어갔던 하회군 군사들은 거의 다 죽었고, 그에 대항하여 싸우던 한군들도 그와 비슷하게 죽었다.

그런데 문제는 그 다음이었다. 하회군의 난입사건을 보고 받은 하밀현령은 두려움에 떨며, 상황도 제대로 파악하지 않은 채, 북해군北海郡 태수太守에게 하회군이 현청을 공격하고 있으니 지원군을 급파해달라고 파발을 띄워 버린 것이었다.

거기서 끝이 아니었다. 현령의 지원군 요청을 받은 태수는 그 즉시 인접해 있는 제남군, 태산군, 낭야군에 파발을 띄웠다. 현령의 뻥튀기 보고에 겁이 난 태수는 자신의 휘하에 있는 군사들로는 하회군을 제압할 수 없다는 판단에서 뻥튀기에 뻥튀기를 하여 인접군의 도움을 청한 것이었다.

한나라의 지방행정구역은 13개 주州로 구성되어 있었다. 주에는 군郡을 두었으며, 각 군에 태수太守를 임명하여 행정을 담당하게 하였다. 태수 밑에는 태수의 업무를 보조하는 승丞이 있었으며, 승 밑에는 승의 업무를 보조하는 장사長史가 있었다. 황자皇子가 봉해진 군을 왕국王國이라고 하며, 각 왕국에는 태수의 역할을 하는 상相이 임명되었고, 상 이하의 관직은 그 왕국을 다스리는 황자가 임명하였다. 이민족異民族이 모여 있는 군을 속국屬國이라고 하며, 각 속국에는 태수의 역할을 하는 도위都尉가 임명되었고, 속국은 중앙 정부의 직접적인 관리를 받지 않았다.

따라서 산동반도에는 네 개의 군—동래군東萊郡, 교동국胶東國, 북해군北海郡, 낭야군琅邪郡—이 있었으나 모두 속국 치부하여 중앙 정부의 힘이 미치지 않고 있었다. 한나라도 주나라가 했던 방식 그대로 유력한 제후들을 변경에 분봉해 이민족을 정복하게 함으로써 영토를 넓히고 있었다. 이에 따라 산동반도에도 제후들을 봉하긴 했지만 실질적인 권한은 조선 유민들이 가지고 있었다. 군현이 있다 해도 토착세력에 눌려 한족 유이민流移民이나 돌보는 정도였다. 그러니 산동반도의 군현은 한 마디로 자신들의 영토라는 표시일 뿐, 실질적으로는 백제 강역이면서 조선 유민들의 땅이었다. 그러다 보니 현청이나 군청에 군사들도 거의 배치되어 있지 않았다. 산동반도 네 개 현에 배치되어 있는 군사들을 다 합친다 해도 5만이 될까 말까였다. 그러니 북해군 태수가 인접 군에 군사 지원을 요청한 것은 너무나 당연한 일이었다.

북해군 태수가 청주자사青州刺史에게 파발을 띄우지 않고 인접 군 태수에게 파발을 띄운 것은 자사는 군의 태수들을 감찰하는 위치에 있기는 했지만 군통솔권을 가지고 있지 않았기 때문이었다. 체계상으로 보면 자사에게 보고해야 했지만 군사를 동원해야 할 상황이라 인접 군 태수에게 파발을 띄운 것이었다.

　이렇게 술 취한 병사들의 아주 사소한 말다툼에서 시작된 싸움은 급기야 산동반도 전역을 전장으로 만들어 버렸으니 세상사란 참 알다가도 모를 일이었다.

살얼음판을 걷다

59

그나마 다행이라 할 것은 현청에 난입했던 병사 중 몇이 부상을 입은 채 돌아온 것이었다. 부상을 입은 병사는 죽을힘을 다해 하회 도로 돌아왔고 경계병에게 전말을 알렸다. 전말을 들은 경계병 중 하나가 상부에 보고했고, 보고를 받은 중앙장군 경준이 즉각 무범이 머물고 있는 임시 처소로 달려왔다.

그 시각 무범은 오랜만에, 정말 오랜만에 딸 낭아의 어리광에 함박웃음을 짓고 있었다. 겨우내 축성 공사를 독려하고 군사훈련 및 전술훈련을 참관하느라 집에도 들어가지 못한 채 막사에서 지냈었다. 작년 가을부터 반년 동안 집에 들어간 날은 손으로 꼽을 정도였다. 그러다 축성 1단계가 마무리되고, 진법훈련도 얼마간 익혔다 싶자 경계에 필요한 인원을 제한 모든 군사들이며 모든 축성 인부들에게도 휴가를 주었다. 그리고 자신도 모처럼만에 집에 들어와 가족과 단란한 한때를 보내고 있었다.

"전하, 중앙장군 경준이옵네다."

중앙장군의 다급한 목소리에 무범은 가슴이 쿵 내려앉았다. 모처럼 만의 휴가라 그도 가족과 함께 있어야 할 시각이었다. 그런 그가 군사나 대부를 거치지 않고 직접 자신을 찾는다는 것은 그만큼 다급한 일이 있다는 뜻이었다.

"무, 무슨 일입네까? 중앙장군께서 이 시각에……"

무범은 떨리는 목소리를 억누르며 겨우 물었다.

"급히 보고 드릴 게 있습네다."

"아, 알갔습네다. 나갑네다."

무범이 밖으로 나서자 중앙장군이 군례를 올린 후 다급하게 말했다.

"급히 지휘부 회의를 소집해야 할 것 같습네다. 우리 병사들이 하밀현청에 들어갔다가 한나라 군사들과 충돌한 모양입네다."

"기, 무슨 말입네까? 현청엔 왜 들어갔고, 한군漢軍들과 충돌이라니요?"

"자세한 내막은 가면서 말씀드리갔습네다. 군사와 대부들을 소집해 듀십시오."

"아, 알갔습네다. 다 들었디? 날래 알려 내 막사로 모셔오라."

중앙장군에게 대답한 후 무범은 곁에 서있는 보철을 돌아보며 재촉했다.

"예. 알갔습네다."

보철이 뛰어나갔다. 군사야 한 집에 살고 있어서 가는 길에 알리면 됐지만, 즉물대부 호정과 즉인대부 종환은 이웃에 살고 있어 따로 알려야 했다.

군사에게 알려 셋이 함께 말을 몰아 막사 앞으로 달려가니 우장군 양수와 좌장군 익성이 초조하게 기다리고 있었다.

"전하! 어띠 이런 일이……. 소장을 군법으로 다스려 듀십시오."

문제를 일으킨 병사들이 우장군 휘하의 병사들인지 우장군 양수가 고개를 떨구었다.

"아니, 기건 나듕 문제니 우선 날래 들어갑세다. 급한 불 먼뎌 끈 후에……."

군사가 장막을 열며 재촉했다. 그러자 무범이 손을 들어 제지하며 말했다.

"아닙네다. 들어갈 필요 없이 여기서 바로 하디요. 먼저 군사께서 총동원령을 내리십시오. 모처럼 만의 휴가라 군사들이 얼마나 동원될지 걱뎡입니다만 가용인원을 모두 동원하십시오. 기리고 세 장군은 군사들을 이끌고 방어진을 티십시오. 군사와 난 중앙군에 합류할 테니 기렇게 알고 전령을 통해 소통합세다."

무범이 말을 마치자 세 장군이 군례로 답한 후 일제히 말에 올라 달려갔다.

세 장군이 말을 급히 몰아 어둠 속으로 사라짐과 동시에 말발굽 소리와 비상!이라 외치는 고함소리가 고요한 봄밤을 뒤흔들었다. 그 소리에 봄기운을 겨워하던 밤새들도 울음을 뚝 그쳤다.

"성 쌓기와 진법 훈련에만 몰두하다 보니 군사들 기강은 바로 댑딜 못했습네다."

군사가 바로 곁에서 이야기하고 있는데도 그 소리가 멀리서 들리는 듯했다. 현실감이 없는, 꿈속에서 아련하게 들려오는 소리만 같았다. 그만큼 믿기지 않았고, 믿을 수가 없었다. 어떻게 그런 일이 일어날 수 있는지, 생각지도 못했던 일이었기에 현실감이 없을 수밖에.

그러나 꿈이 아닌 현실이었다. 여기저기서 들려오는 군사들의 목소리와 하나둘 밝혀지는 횃불들이 현실감을 돋우고 있었다.

"기게 어띠 군사의 달못이갔습네까? 상상도 못했던 일 아닙네까? 그러니 자책하디 마십시오. 딕금은 문제 해결이 우선이니 거기에만 집중하시디요."

무범은 화가 치밀어 올랐다. 문제를 일으킨 병사들이나 미연에 대비하지 못했던 것에도 화가 났지만 자신에게 고약하게만 구는 운명에게 화가 났다. 그러나 마음을 다잡으며, 최대한 담담한 목소리로 말했다.

정황상 이제 한나라와 전쟁을 치러야 할 것이고, 한나라와 전쟁을 치른다면 결과는 너무나 뻔했다. 죽거나 또 도망치는 수밖에 없었다. 하회성이라도 완성됐다면 한 번 버텨볼 수도 있었다. 북방과 남방에 이민족을 두고 있는 한나라가 전면전을 펼칠 수는 없을 것이고, 산동반도에 흩어져 있는 조선 유민들을 규합하여 버티기만 한다면 한나라도 하회도를 쉽게 넘보지는 못할 것이었다. 그리만 된다면 한나라도 하회군을 인정할 수밖에 없을 것이기에 산동반도에 새로운 낙랑국이나 조선을 잇는 나라를 건국할 수도 있을 것이었다. 그러나 한나라를 막아낼 성이 없었다. 그렇다고 이제 와서 다른 성을 빼앗아 한나라와 대항할 군사력도 없었다. 목숨을 부지하기 위하여 두 번이나 도망쳤는데 이제, 또 어디로, 도망쳐야 할지 알 수가 없었다.

이제 도망치는 일도 만만치가 않았다. 무석궁에서처럼 자신과 가족들만 빠져나갈 수 있는 상황이 아니었다. 자신을 믿고 이곳 하밀로 옮겨온 사람이 몇이고, 자신을 따르기 위해 반도 전역에서 몰려든 사람은 또 몇인가. 그들을 버리고 혼자 도망칠 수는 없었다. 끝까지 버티고 끝까지 싸우는 수밖에 없었다. 그게 자신이 해야 할 도리고, 임무였다.

"결과야 어띠 되든 이데 싸우는 수밖에 없갔디요?"

무범이 의지를 다지기 위해 군사에게 묻자 군사는 그 물음을 예상하고 있었는지 곧바로 받았다.

"딕금으로선 다른 방법이 없을 것 같습네다. 이미 싸움은 시작된 거나 다름없으니낀 말입네다."

"기렇긴 하디만 현청 상황을 파악해볼 필요가 있디 않갔습네까?"

"기래서 중앙장군에게 미리 현청 상황을 알아보라고 지시해뒀습네다. 머잖아 상황 보고를 할 겁네다."

"기랬군요. 기럼 기다리면서 대응 방안을 강구해야 하갔네요."

"예. 딕금으로선 경계에 만전을 기하는 수밖에 없을 것 같습네다. 군사들도 대부분 휴가를 나간 상황이라 동원에도 데법 시간이 걸릴 테니 말입네다."

"알갔습네다. 기런 건 군사께서 잘 판단하셔서 처리해 듀십시오."

그러고 있자니 동서에서 동시에 말들이 달려왔다. 동에서는 즉인대부와 즉물대부를 데리고 오는 보철이었고, 서에서는 무범을 호위할 군사들이 이끌고 달려오는 중앙장군이었다.

"전하 막사 주변을 철저히 호위하라. 개미 새끼 한 마리도 얼씬해선 안 된다."

막사 경계를 명한 후 무범을 돌아보며 중앙장군이 넌지시 권했다.

"전하, 안으로 드시디요. 밤바람이 데법 찹네다."

"아니요. 안은 답답할 거 같아 밖에 있는 거이니 괘념티 마십시오."

"기래도 전하께서 안으로 드셔야 다른 신료들도……."

"아닙네다, 중앙장군. 장군께선 우리 걱뎡 마시고 하실 일 하세요. 전하는 우리가 알아서 모시갔습네다."

군사가 무범을 대신하여 중앙장군에게 권하자 중앙장군이 군례를 올리며 대답했다.

"옛! 기럼 소장은 경계 및 방어 상태를 점검한 후에 다시 오갔습네다."

말을 마친 중앙장군이 말을 타고 달려갔다. 오늘 밤이 최대 고비가 될 수 있다는 생각에 잠시도 마음을 놓지 못하는 것 같았다.

60

현청 상황을 파악하기 위해 파견했던 정탐꾼이 돌아온 것은 무범 일행이 막사에 들어가 상황에 따른 대응 방안을 숙의하고 있을 때였다.

"전하, 현청으로 갔던 정탐꾼이 돌아왔습네다."

보철이 들어와 보고하자 무범이 날래 들라 하라고 바로 답했다.

"딕금까디 현청 군사들이 움딕이고 있디는 않습네다. 다만 걱뎡스러운 건 우리가 가기 전에 파발을 멧 군데 띄운 모양입네다. 아무래도 지원군을 요청한 것 같습네다."

"어디로 띄웠는딘 모르고?"

군사가 물었다.

"기것까딘 아딕…… 기렇디만 다른 정탐꾼이 파악하고 있으니낀 기에 대한 내용도 곧 알아낼 겁네다."

정탐꾼은 자신감을 내비치며 대답했다. 하기야 현청에 빠삭한 이들을 골라 파견했을 테니 그 정도는 알아내고도 남을 터였다. 그러나 시간 내에 알아내야 했다. 하밀현에서 지원군을 요청했다면 지원군이 도착하기 전에 알아내야 했다. 지원군이 도착한 후에는 사후약방문이 될 수 있는 만큼 서둘러야 했다. 그래야 그에 대한 대비를 할 수 있을 테니까.

"기래, 수고했네. 이제 돌아가 쉬게."

군사가 정탐꾼을 돌려보내고 입을 열었다.

"정탐꾼이 보고를 분석해보면 오늘 밤 안으로 당장 공격은 없을 듯합네다. 현청에 우리 하회군을 상대할 만한 병력이 주둔해 있디 않고, 가댱 가까운 현이나 군에서 지원군이 온다 해도 오늘 밤 안에 도착하긴 힘들 겁네다. 기러니 장군들은 돌아가서 군사들을 쉬게 하고, 장군들도 쉬는 게 똫갔습네다. 장군들과 병사들이 쉬어야 내일부터 싸움다운 싸움을 할 수 있을 테니 말입네다."

"그렇게 하시디요. 군사 말마따나 쉬어야 싸움다운 싸움을 할 수 있을 거 아닙네까?"

무범이 장군들을 돌아보며 권했지만 장군들은 굳게 입을 다물고 있을 뿐 어떤 반응도 보이지 않았다. 하루쯤 못 자면 그만이지 그깐 일이 무슨 대수냔 듯한 표정이었다.

"기러면 군사들만이라도 둄 쉴 수 있게 경계수위를 낮춰놓고 오시디요. 많은 병력들이 휴가 나간 상태라 가용인원도 많디 않을 테니 말입네다."

군사의 말이 끝나자 중앙장군이 자리에서 일어서며 대답했다.

"알갔습네다. 기럼 담시 다녀오갔습네다."

그러자 좌우장군도 자리에서 일어섰다. 셋이 막 나가려는데 두 번째 정탐꾼이 돌아와서 셋은 다시 자리에 앉았다.

두 번째 정탐꾼의 보고도 첫 번째 정탐군의 보고와 같았다. 다만 북해군北海郡 태수太守에게 하회군에게 현청이 공격당하고 있으니 지원군을 급파해달라고 파발을 띄운 사실을 확인한 것이 달랐다.

"역시 예상대로 태수에게 지원군을 요청했다면 이제 전면전을 대비해야 할 것입네다. 북해군 태수 휘하에도 병력이 많디 않으니 낀 다른 군에 지원군을 요청했을 겁네다."

군사의 말에 무거운 침묵이 흘렀다. 하기야 북해군 태수에게 지원군을 요청했다면 북해군 태수는 당연히 인접 군 태수에게 지원군을 요청했을 것이란 사실은 모두들 미루어 짐작할 수 있었으니까.

"이제 급선무는 휴가 나간 군사들을 소집하는 겁네다. 저들이 대군을 이끌고 온다면 그에 대응할 만한 병력이 있어야 하니낀 말입네다. 기러니 장군들은 돌아가서 오늘밤 내로 병사들이 복귀할 수 있게 총동원령을 내리십시오. 아무리 늦어도 내일 아침까딘 병사들이 복귀해야 합네다. 기래야 전투 준비를 할 수 있을 테니낀 말입네다."

군사의 말에 세 장군이 다시 자리에서 일어섰다.

"군사의 명 받들어, 모든 방법을 동원하여 군사들을 동원하갔습네다."

중앙장군의 말에 좌우장군도 군례를 올린 후 막사를 나섰다. 그들의 태도에는 두렵거나 걱정스러운 빛은 보이지 않았다. 어디 한 번 해보자는 자신감이 배어있었다.

한나라 군사들이 하회도 앞에 나타난 것은 이틀 후였다. 깃발과 고각을 앞세우고 몰려오고 있었다. 위험에 빠진 자기편을 구원하기 위해 오는 지원군이라기보다 하회도를 침략하기 위해 밀려오는 침략군처럼 느릿느릿 한껏 여유를 부리며 다가왔다. 여러 군郡에서 차출했는지 2만도 넘는 병력이었다.

척후병의 보고에 따라 한군의 진행 방향인 하회도 서남쪽 평지에 진을 치고 기다리고 있었다. 궁수弓手를 활용한 원거리 공격으로 적을 격퇴하고, 소부대 단위의 전투를 펼치되 인접 부대 간의 유기적인 지원사격을 통해 효율적인 전투를 벌일 수 있게 팔자八字 모양의 안행진雁行陣을 펼쳤다. 또한 기병들을 팔자 안쪽에 배치하였다가 정면 돌파할 수 있게 봉시진鋒矢陣을 병행하였다.

그런 하회군의 진형을 보더니 한군은 활의 사정거리 밖에 장사진長蛇陣 대형을 펼쳤다. 하회군의 주무기인 활 공격을 피하기 위한 전략이자, 하회군 병력이 많지 않음을 보고 펼친 진법이었다. 활 공격을 시작으로 하회군이 공격을 하면 좌우에서 하회군을 둘러싼 후에 집중 공격을 할 생각인 듯했다. 전형적으로 병력이 많은 한군이 구사하는 전법이었다.

"장사진이구만 기래. 병사들에게 여덟 진법을 익혀뒀으니 이데 병사들이 어떻게 움딕이는가에 따라 승패가 결정되갔구만 기래. 또한 섬 안에 있는 일꾼들과 백성들이 어떻게 대응하는가에 따라 전투 시간이 결정될 테고."

한군의 움직임을 지켜보던 군사가 앞에서 지휘하는 중앙장군에게 들으라는 듯 말을 건넸다.

"기렇습네다, 군사. 이번 기회에 아듀 혼뜰을 내둬어야 합네다. 초전初戰에 승기를 댑디 못하믄 군사들의 사기가 떨어딜 거이고, 이번 싸움에서 하회군의 힘을 보여듀어야 합네다. 기래야 성을 쌓을 시간을 벌 수 있을 겁네다."

중앙장군의 대답에 군사가 덧붙였다.

"기렇디만 절대 선제공격은 안 됩네다. 우린 딕금 방어를 위해 나선 거이디 공격을 위해 나선 것은 아님을 명심해야 할 거입네다."

"예, 군사. 잊디 않고 있습네다."

"예, 기래셔야디요. 최대한 탐고 기다려 봅세다."

"예, 군사."

그러노라니 한나라 진영에서 백기를 꽂은 전령 하나가 앞으로 달려오더니 소리를 높였다.

"망국인 최무범은 들어라! 어찌 멸망해 버린 낙랑국 왕자가 남의 땅에 들어와서 자기 땅인 양 성을 쌓고, 그것도 모자라 군사들까지 양성한단 말인가. 이는 결코 용납할 수 없는 대역죄다. 그러나 인자하신 천자께서는 그것을 문제 삼지 말라고 하셨다. 지금이라도 군사들을 물리고 낙양으로 가서 천자를 뵈어라! 이번 일을 사죄를 하고 다음부터 이런 일을 벌이지 않겠다고 천자께 맹세한다면 천자가 관용을 베풀 것임은 물론, 낙랑국 왕자로 대우하여 그에 합당한 관작도 내릴 것이다. 그러나 그렇지 않을 시는 최무범과 가족, 그리고 수하들의 목숨을 보존하지 못할 것이고, 유랑 걸식하며 겨우 목숨을 연명하는 유랑민들 또한 몰살해 버릴 것이다. 그러니 상황을 냉정히 파악하여 답하라."

말을 마친 전령이 돌아갔다. 이에 하회군에서도 한군에게 전할 말을 다듬어 전령을 파견했다.

"이번 현청에서 벌어진 일은 대단히 유감으로 생각한다. 상황을 보아 충분히 이해하겠지만 이번 일은 결코 의도치 않은, 우발적인 일이었다. 그런데도 어떤 조사나 대화도 없이 군사를 이끌고 온 한나라의 저의를 의심하지 않을 수 없다. 우리가 성을 쌓는다는 사실을 알고 성이 완성되기 전에 파괴하려는 것이 아니냐.

이곳 산동은 엄연히 조선 땅이었고, 백제 강역이다. 따라서 우리 조선족 강토인데 어떻게 한나라가 군현을 설치해 자기네 땅인 양 우긴단 말이냐. 아무리 조선의 힘이 약해졌고 백제가 바다를 건너갔다 하더라도 이 산동은 엄연히 우리 땅이다. 그런 곳을 한나라가 침입해놓고 자기네 땅이라고 우기는 걸 어찌 웃지 않을 수 있겠느냐. 그리고 우리 양무범 왕자께선 유수에게 비굴하게 무릎 꿇느니 당당하게 싸우기를 원한다. 그러니 군사를 물리든 공격을 할 테면 해 봐라. 얼마든지 대적해주겠다."

전령이 말을 마치고 말머리를 돌리려는데 화살이 날아들었다. 한두 발이 아니라 수백 발이었다. 전령은 고슴도치가 되어 말 위에서 떨어졌고, 화살을 맞은 말은 미친 듯이 날뛰며 도망쳤다.

그 모습을 본 전위부대가 움찔 움직이려 했다. 그러자 중앙장군이 쩌렁쩌렁 울리는 목소리로 소리를 질렀다.

"꼼짝 말라! 명령이 있기 전에 단 한 발이라도 움직이는 자는 군령으로 다스리갔다. 딕금 저 놈들은 우릴 자극할래는 거이다. 거기에 휘말리믄 안 된다. 저 놈들이 뎌들어오게 해야 한다. 명심해라! 명령에 따르디 않는 자에겐 듁음이 있을 뿐이다."

중앙장군의 엄명에 군사들은 한 치도 움직이지 않고 제 자리를 지켰다. 그 모습을 본 한군은 놀라는 듯했다. 흥분해서 당장 덤벼들 줄 알았는데 이미 예상이라도 했다는 듯 어떤 대응도 하지 않자 도리어 당황스러운 모양이었다.

"한군이 당황스럽다 못해 놀라는 듯합네다."

무범이 한나라 진영을 살피며 조심스러운 목소리로 중앙장군과 군사에게 말했다. 그 말에 군사가 대답했다.

"길쎄요. 아군의 엄정한 군기軍紀는 확인했갔디요. 기러니 이데 다시 한 번 밀러보거나 진형陣形을 바꿔 공격해 오갔디요."

군사가 말을 마치기도 전에 북소리와 함께 한군이 진형을 바꾸기 시작했다. 앞쪽을 뾰족하게 하는 게 어린진魚鱗陣으로 공격하려는가 보았다. 그러자 군사가 명령을 내렸다.

"우린 학익진鶴翼陣으로 펼치세요. 병력은 많디 않디만 하회도 안에 있는 일꾼들과 백성들을 믿어봅세다. 물가로 몰아놓고 양쪽에서 화살로 기병들을 잡고, 보병들은 우리 기병으로 쓸어버립세다."

"옛! 알갔습네다. 학익진이다. 북을 울려라."

중앙장군의 명령에 북소리가 터졌고, 그걸 신호로 진형이 바뀌었다. 앞쪽에 있던 군사들이 좌우로 갈라짐과 동시에 기병들도 좌우로 갈라지고 뒤쪽 좌우에 있던 군사들은 가운데로 모여 두 겹의 방어망을 이루었다.

"자, 진이 갖춰졌으니 우리도 뒤로 물리디요."

군사의 말에 지휘부가 군사들 뒤쪽으로 물러서자, 뒤에 있던 군사들이 달려와 지휘부 앞을 두 겹으로 막아섰다.

"한군이 공격해오면 즉시 좌우로 벌려 좌우군과 합류해야 한다. 기게 이번 진법의 핵심이다. 알갔느냐?"

"옛! 잘 알고 있습네다, 중앙장군!"

부장副將 하나가 말 위에서 군례로 대답하자 나머지 부장들도 군례로 일제히 답했다.

"기래. 부장들만 믿갔다."

그 말에 부장들이 일제히 중앙장군의 눈을 쳐다보았다. 전장에선 백 마디 말보다 한 줄기 눈빛으로 자신들의 의지를 전달하는지, 경준과 부장들의 눈빛은 그 어느 때보다 강렬하게 빛났다.

62

한군이 진형을 다 갖추는가 싶더니 기병을 선두로 공격해왔다.

앞쪽 좌우에서부터 전투가 시작되었고, 기병을 앞세운 선봉군이 중앙군 가까이 돌격해왔다.

"기다리라! 딕금은 아니다. 뚝금만 더 기다리라."

적군 선봉군의 돌격에 하회군은 팽팽한 긴장감을 견뎌냈다. 그리고 마침내 적 선봉군이 지휘부 백여 보 앞으로 다가오자 경준이 명령을 내렸다.

"딕금이다. 중앙군은 두 갈래로 나누어 좌우군과 합류하라."

경준의 명령이 떨어지자 북소리가 일제히 울렸고, 지휘부는 군사들과 함께 오른쪽으로 이동했다. 그리고 앞쪽에서 살아남은 병사들과 함께 적군을 물가로 몰기 시작했다. 그리고 적군이 하회도에 가까이 접근했다 싶자 하회도에 몸을 숨기고 있던 일꾼들과 백성들이 일제히 화살을 날렸다.

휙! 휙! 휙! 휙!

화살 나는 소리가 들릴 만큼 낮게, 목표물을 향해 쏘아대는 화살은 그야말로 바람을 먹은 빗줄기처럼 적군을 향해 날아갔다. 그에 화답하듯 전방 후미에서 대기하고 있다 달려온 궁수들도 일제히 적군을 향해 활시위를 당겼다. 근접한 목표물을 잡기 위해 낮게, 최대한 낮게 쏘았다.

비명소리, 말울음소리, 고함소리, 넘어지는 소리, 소리, 소리, 소리…….

순식간에 전장은 소리로 들끓었고, 쓰러진 인마가 들판을 가득 메워갔다. 그 모습을 보던 병택이 경준에게 명을 내렸다.

"딕금입네다. 활을 멈튜고 좌우의 기병을 출동시키라요."

"활을 멈튜고 좌우의 기병들 출동하라!"

경준의 명에 북소리가 울려 퍼졌다. 그 소리와 함께 화살이 멎더니 이번에는 좌우에서 기병들이 일제히 달려 나와 창을 휘두르기 시작했다. 좌에서 우로, 우에서 좌로 기병들이 움직일 때마다 적군 진영에 두 갈래의 길이 났다. 기병들이 달려가며 적군들을 닥치는 대로 베어 넘긴 것이었다. 그렇게 기병들이 좌우로 두 번 움직이자 서 있는 적군보다 쓰러진 적군이 더 많았다. 그런 혼란을 이용하여 개인 기량이 어떤 군사들보다 빼어난 무사 출신의 보병들이 덤벼들어 베어 넘기니 곧 들판은 적군의 피로 시뻘겋게 물들었고 단 한 번의 전투로 한군은 전멸하다시피 했다.

한군 지휘부에서 징소리가 요란하게 울리더니 전투의지를 상실한 적군이 도망치기 시작했다. 그런 적군을 기병과 보병들이 덤벼들어 다시 베어 넘기니 살아서 도망친 자들은 천 명 내외였다. 그나마 온전한 몸으로 도망친 자는 그 반도 안 될 것 같았다.

"이제 군사들을 거두시지요."

병택의 말에 경준이 대답했다.

"예, 알갔습네다. 군사!"

흥분된 어조로 병택의 명을 받은 경준이 다시 명령을 내렸다.

"전투를 마친다. 모두 돌아오라고 알려라."

경준의 명령에 여러 개의 징소리가 동시에 울렸다. 좀 전에 일정한 간격을 두고 절도 있게 울리던 북소리가 아니라 기뻐 춤이라도 추는 듯 흥겹게 징소리가 울려 퍼졌다.

대승이었다.

단 한 번의 싸움에 5천의 군사가 2만 대군을 물리친 정도가 아니라 박살을 냈으니 말 그대로 초전박살初戰搏殺이었다.

군사들은 눈으로 보고도 믿기지 않는지, 진법의 위력을 실감했는지 환호하기보다 두려운 눈으로 전장을 둘러보며 눈물을 흘렸다. 지난겨울 맹추위 속에서 혹독하게 훈련받았던 결과를 눈으로 확인하니 자신도 모르게 눈물이 흐르는 모양이었다. 또한 정식군대로 편성된 지 얼마 되지 않아 이룬 결과였기에 그 감동은 더욱 큰 것 같았다.

"전하! 군사들에게 한 말씀하시지요."

경준이 무범에게 당부를 하자 무범이 경준을 돌아봤다. 눈물을 흘렸는지, 흘리고 있었는지 눈이 충혈 되어 있었다. 하기야 무범이라고 감정이야 다르겠는가.

"내래 무슨 말을 하갔습네까? 고려 고마울 따름입네다."

무범이 말에 경준이 이번엔 병택에게 말을 걸었다.

"기럼 군사라도 한 말씀……."

"난들 무슨 할 말이 있갔습네까? 장군과 군사들이 거둔 대승이 아닙네까? 나 또한 고려 고마울 따름입네다."

"아무리 기렇디만 기런 말씀이라도……."

"아닙네다. 모든 공은 장군께서 직접 군사들에게 돌리시디요. 기래야 영이 바로 섭네다."

"어이, 기거 탬……. 알갔습네다. 기럼 소장이 대신 전하갔습네다."

경준이 무범과 군사에게 군례를 올린 다음 부장들에게 군사들을 집결시키라 명했고, 군사들이 다 모이자 좌우장군을 좌우에 거느린 채 군사들에게 목소리를 높였다.

"대승이다, 대승! 초전에 한군을 섬멸했다."

군사들의 환호성이 울려 퍼지자 회화도 안에서도 환호성이 울려 퍼졌다. 그 소리가 하늘을 찌를 듯했다.

"전하와 군사께 축사를 부탁드렸으나, 전하와 군사께서는 하신 일이 하나도 없다시며 한사코 사양하신다. 하여 내가 대신 전하갰다. 오늘 대승은 모두 제군이 이룬 것이며 고마울 따름이라신다."

다시 함성.

"나 또한 마찬가디다. 제군이 대견하고 고마울 따름이다. 디난겨

울 강도 높은 훈련을 견디어둔 게 대견하고 오늘 목숨을 바쳐 싸워
둔 것이 고맙다. 그리고 이렇게 대승을 거둬둔 것 또한 고맙고 이제
빨리 전장을 정리하고 회화도로 돌아가쟈. 오늘은 승리의 술잔을
들어야 하디 않갔나?"

그 어느 때보다 크고 높고 긴 함성. 역시 술이란 말에 목소리가
높아지는 모양이었다.

63

5천의 군사로 2만 대군을 궤멸시킨 하회전투는 군사들의 사기를
한껏 드높였다. 공성전이 아닌 평지전에서 5대 1로 싸워 한군을 궤
멸시켰으니 군사들의 사기는 그야말로 하늘을 찌를 듯했다.

하회전투에서 전사한 1만6천여 적군 시신에서 거둬들인 무기와
갑옷으로 하회군뿐만 아니라 일꾼이며 백성들까지 전부 무장할 수
있었다. 군마도 5백두 이상이나 거둬들였고, 군량이며 마초도 하회
도를 풍족하게 했다.

아군도 피해를 입었다. 300여 명이 전사했고, 500여 명이 크고
작은 부상을 입었다. 이름도 모를 들꽃으로 다 피어보지도 못한 채
져버린 것이었다.

이레 동안 애도 기간을 가지고 군장軍葬을 치렀다. 모든 병사들과
하회도 백성들의 애도 속에 하나의 봉분에 합장했다. 그리고 하회
도에서 캐낸 돌로 커다란 비석도 만들어 세웠다.

河回島防禦英雄之塚(하회도 방어 영웅들의 묘)

그리고 장례가 끝난 지 사흘만에 경준의 지휘 아래 축성 작업을
재개했다. 하회전투에서 처절하게 패한 한나라가 결코 가만히 있지
않을 것이고, 성 없이는 한군과 대적할 수 없을 것이란 사실은 누구
나 알고 있었기 때문이었다. 그런 생각은 지휘부뿐만이 아니었다.
군사들이나 축성 작업을 하는 인부들도 다 같은 생각을 가지고 있
었다. 성 없이는 자신들의 삶도 유지되기 어렵다는 사실을 하회전
투를 통해 뼈저리게 깨달은 것이었다.

여름이 지나자 성의 윤곽이 드러나기 시작했다.
돌을 캐내느라 여기저기 파헤쳐진 모습은 그대로였지만, 캐낸 돌
들을 옮겨 섬 주위를 빙 두르기 시작하자 을씨년스럽기만 했던 곳
이 안온하게 느껴졌고, 드디어 성이 생기는구나 하는 안도감이 생
겨났다. 그런 감정은 축성에 투입된 인부들에겐 축성에 박차를 가
할 수 있는 힘을 공급해주었고, 하회도로 몰려온 유민들에겐 생활
에 활력을 가지게 했다. 언제까지 계속해야 할지, 죽기 전에 성을
볼 수나 있을지 반신반의했었는데 비록 한 단이었지만 하회도를
빙 두른 성의 윤곽이 드러나자 전혀 새로운 느낌이 들었던 것이었
다. 그건 산길을 헤매다 인적을 발견했을 때나 초행길을 가다 이정
표를 발견했을 때 느끼는 안도감과도 같은 것이었다. 거기가 끝이
아니라 시작인 줄 알면서도 마치 다 온 것 같은 느낌을 주며 힘을
내게 하는 그 무엇이었다.
그런 사실을 처음 언급한 사람은 다름 아닌 병택이었다.

"이데 돌을 얼마간 캐냈으니 한 단이라도 성을 쌓는 게 동을 듯합네다. 기렇게 눈으로 봐야, 일의 진척을 느낄 수 있고, 성취감을 느낄 테니 말입네다."

"기렇디만 성문을 낼 곳부터 쌓는 게 낫디 않갔습네까? 기래야 기에 맞춰 다른 것들도 준비할 수 있고……."

무범은 병택과 생각이 다른지 출입구인 성문 쪽부터 쌓는 게 어떻겠냐고 의견을 냈다.

"정상적인 경우에는 기게 맞습네다. 기렇디만 시간이 촉박한 우리에겐, 공기工期를 단축시키는 게 우선이니 사람들 눈에 보여듀는 게 동을 것 같습네다. 성문 하나를 쌓아올리는 것보단 비록 한 단씩만이라도 섬 전체를 둘러놓는다면 군사들이나 인부들뿐만 아니라 섬에 거주하는 백성들이 느끼는 안정감은 훨씬 높을 수 있습네다. 일종의 눈으로 느끼는 포만감이라고나 할까…… 그 안정감과 포만감이 사람들에게 힘을 듈 수 있을 겁네다."

"눈으로 느끼는 포만감이라?"

병택의 마지막 말을 되씹으며 무범은 한동안 골똘히 생각하는 듯했다. 그러더니 마음을 얼마간 정리 했는지, 종환과 호정에게 동시에 물었다.

"군사의 의견에 두 대부는 어뜿게 생각하십네까?"

무범의 물음에 종환이 먼저 대답했다.

"군사의 말씀이 타당할 듯합네다. 딕금은 공기 단축이 급선무니 군사의 말씀마따나 군사들이나 인부들, 백성들에게 눈으로 느끼는 포만감을 듈 필요가 있을 것 같습네다."

"알갔습네다. 즉물대부는 어띠 생각하십네까?"

"어띠 생각하긴요? 결론은 이미 난 듯합네다. 이례 전하의 뜻을 밝히시디요. 소신의 의견을 듣고자 하신다면 소신은 군사의 뜻에 전적으로 동의합네다. 아니, 군사께서 언급하시디 않으셨다면 소신이 먼뎌 말씀드리려 했습네다. 소신이 선수를 뺏긴 것이디요."

"기거 탐! 반대하는 사람이 있어야 회합하는 맛이 날 텐데…….
아무래도 우린 기런 맛 보긴 글른 것 같습네다."

무범의 너털웃음에 모두들 함께 웃었다.

그렇게 해서 하회도 주변에 밑돌을 둘러놓았던 것인데 그 효과는 기대이상이었다.

밑돌을 둘러놓은 다음, 사방 출입문 쪽부터 좌우로 성을 쌓기 시작했다. 동서남북 사방에서 성벽을 쌓아올리기 시작하자 속도가 붙기 시작했다. 하루가 다르게 성의 모습이 바뀌기 시작했다.

그러나 축성 진척 상황만큼이나 한군도 출정 준비에 박차를 가하고 있었다. 낙양으로부터 날아드는 첩보들은 불안감을 고조시키기에 충분했다. 한나라 유수의 명으로 산동반도 주위의 모든 군으로부터 군사들을 차출하기로 했다는 첩보를 시작으로 하회도엔 전운이 감돌기 시작했다.

하회도정벌군河回島征伐軍이 5만이라는 첩보도 있었고, 10만이라는 첩보도 있었다. 아무래도 초전의 쓰라린 참패가 유수를 자극했던 모양이었다. 그러니 이제 성은 선택이 아니라 필수였다. 성이 없으면 싸움은 해보나마나였다. 평지에서의 방어는 병력이 얼마간 대등할 때나 가능한 일이지 열 배가 넘는 적군을 평지에서 방어할 수는 없었다.

그렇게 성을 쌓는 일에 매진하며 겨울을 맞이하고 있자니 낙양으로부터 급보가 날아들었다. 지원군 3만이 낙양에 집결했다는 전갈이었다. 이와 함께 산동의 각 군에서도 인원 차출을 마치고 북해군으로 출발하려 한다는 전갈도 있었다. 제남군, 태산군, 낭야군에서 1만씩 3만의 군을 차출하여 북해군으로 보내려 한다는 것이었다.

　　"추운 겨울에 공격을 한다는 게 어찌 좀……."

　　경준이 아무래도 이상한지 고개를 갸우뚱하며 말꼬리를 잘랐다. 북방의 추위를 잘 몰라서 겨울에 군사를 내는 게 아닌가 싶은 모양이었다.

　　"기건 아무래도 유하가 얼었을 때 도강하기 위해설 겁네다. 기러고 낙양에서 지원군이 올래믄 가람을 여러 개 건너야 하니낀 얼음이 얼었을 때 쉽게 건너갔다는 뜻이갔디요."

　　병택이 경준의 말을 받았다. 그 말엔 모두들 입을 다물었다. 그렇다면 진군 속도를 높여, 하루라도 빨리 설욕전을 펼치는 동시에 하회도를 없애버리겠다는 강한 의지를 담은 출병임을 짐작하지 못하는 사람은 없었기 때문이었다.

　　침묵.

　　그러나 그 침묵은 아무 의미가 없는 침묵이 아니었다. 할 말이 없어서가 아니라 침묵 속에서 돌파구를 찾고 있었기 때문이었다.

　　"탸라리 적군의 진군 경로를 파악하여 매복하는 거이 어뜧갔습네까?"

　　침묵을 깨며 양수가 조심스레 의견을 내놓았다.

　　"기것도 생각 안 해본 건 아니디만…… 우리 병력이 너무 적어서리……. 기러고 매복이란 적군의 진로를 정확히 알 때나 쓸 수 있는 전법이라, 진로를 나눠서 진군하게 되면 후방이 불안해서……. 또한 우리 작전이 간파당하거나 탄로라도 난다면 돌이킬 수 없을 거인데…….”

병택도 조심스러운지 말꼬리를 잘라버렸다. 하기야 가용인원이 4천여 명밖에 안 되는 상황이라 작전을 구사하기는 쉽지 않을 것이었다. 그나마 하회도 주변에서 전투를 벌인다면 일꾼들이나 백성들의 도움을 조금이나마 받을 수 있지만 병력을 이동시키게 되면 그마저도 기대할 수 없을 게 아닌가. 농번기에는 고사리손도 빌린다고, 병력이 턱없이 부족한 상황이라 하회도 백성들의 도움을 받아야 할 상황인데 그럴 수도 없으니 병택도 고심하는 모양이었다.

그러나 어찌 보면 매복이야말로 난국을 돌파할 수 있는 마지막 방법이기도 했다. 적은 인원으로 효과를 극대화시킬 수 있고, 지형지물을 제대로 활용하여, 지형지물에 맞는 공격방법만 찾는다면 적군이 아무리 많다 해도 무력화시킬 수 있는 방법이었다. 또한 적군을 유인하여 하회도로 접근하지 못하게 할 수 있다면 백성들의 목숨을 구할 수 있을 것이었다.

둘 다 일장일단이 있었다. 결국 어떤 방법이 효과적이냐의 문제가 아니라 어떤 방안을 선택하느냐의 문제였다.

병택이 무겁게 입을 닫아버리자 군막은 침울한 분위기에 휩싸였다. 어느 누구도 섣불리 나설 수도 결단할 수 없는 무거움이 군막을 짓누르고 있었다.

“우리와 군사들은 죽더라도 백성들은 살려야 하디 않갔습네까?”

군막 안에 켜켜이 내려앉은 무거움을 걷어낸 것은 무범의 잠긴 목소리였다. 최종결정권자는 무범이었기에, 무범이 아니면 그 누구도 결정을 내릴 수 없을 것이기에, 무범이 나선 것이었다.

"알갔습네다. 기럼 기렇게 준비하갔습네다."

병택도 무겁기는 마찬가지인지 무겁게 무범의 말을 받았다. 그러자 무범의 모든 장수들을 향해 당부를 했다.

"달 준비해서 싸워봅시다. 가람이래 꽁꽁 얼래믄 12월은 돼야 하니 기때까디 준비하기로 하디요. 또 백성들의 목숨을 담보로 다시 하회도 앞에서 전투를 벌일 순 없디 않습네까? 이건 전적으로 군사들의 일이디 백성들의 일은 아니디 않습네까?"

"예, 전하. 무슨 뜻인디 달 알갔습네다."

이번에는 경준이 대답했다. 어떤 결정을 내리든 결과는 크게 달라지지 않을 것임을 경준이 모를 리 없었다. 그러니 하회군 총사령관으로서 주군의 결정을 존중해주고 싶은 모양이었다. 백성들의 안전을 먼저 생각하는 주군을 위해 목숨을 바칠 각오를 다지고 있는 것이었다.

매복하기로 결정했으나 매복 장소가 마땅치 않았다. 매복이란 적에게 노출되지 않은 게 최우선 조건이요, 짧은 시간에 적을 타격하여 적에게 큰 피해를 주는 게 둘째요, 지형지물을 이용한 공격법을 사용하여 많지 않은 인원으로 적을 공격하는 게 셋째였다. 그런데 한군의 예상 진로를 분석해 볼 때 효과적인 매복 장소가 없었다. 한군이 이동할 만한 경로는 대부분 평지에다 사방이 탁 트여있어서 매복할 만한 곳이 없었다. 숲이 몇 군데 있기는 했지만 그런 곳은 매복을 우려하여 척후병을 활용하거나 이동경로에서 제외할 것이었다. 결국 매복이 아니라 급습을 통해 대열을 흩트리고, 우왕좌왕하는 틈을 타 공격하는, 별동대 전법을 구사할 수밖에 없었다.

"제남군, 태산군, 낭야군에 주둔하고 있는 3만에 낙양에서 출발한 정벌군 3만이 북해군에 집결하여 여기로 온다니 별동대를 편성할 수밖에 없습네다. 매복할 만한 곳을 찾아봤디만 마땅한 장소도 없고, 매복한다 해도 큰 효과가 없을 거 같으니낀 별동대를 활용하여 기습작전을 펼테야 합네다. 이 기습작전엔 지난번 하회전투 때려럼 기병들의 빠를 발을 이용하여 좌우에서 빗자루로 쓸 듯 쓸어내믄 됩네다. 기런 후 적군이 건널 수밖에 없는 유하濰河에 모여 2차 저지선을 만드는 겁네다. 유하 어디를 건널딘 모르디만 강폭이 좁은 곳을 선택할 테니 강폭이 좁은 곳에 군사들을 배치하고 목책이나 방어선을 구축하여 유하를 건너디 못하게 해야 합네다. 유하가 무너디믄 바로 하회도라 물러설 곳이 없게 되갔디요."

병택이 작전 계획을 설명하자 모두들 비장한 표정을 짓고 있었다. 더 이상 물러설 수도, 물러설 곳도 없다는 비장함은 바위에 부딪치는 파도처럼 맹렬한 것이었다.

별동대는 100명씩 6개의 별동대가 편성되었다. 좌군과 우군, 그리고 중앙군에서 각각 200명씩 차출하여 각군에서 2개씩 별동대를 편성하였고 지휘관으로 최선임 중랑장을 임명했다. 모두 기병들로 창검에 능한 정예병들을 선발했다. 그리고 다음날부터 즉각 훈련에 돌입했다.

하회도 앞, 얼마 전 한군과 싸워 대승을 거두었던 그 벌판에서 훈련을 했다. 기습작전과 교란작전, 유인작전과 후퇴작전, 적군 보병들을 좌우에서 쓸어가는 작전, 포위됐을 때 길을 내는 연습과 낙오됐을 때 탈출 연습 등 실전에 필요한 훈련을 반복적으로 실시했다.

100명이 하나의 몸처럼 일사불란하게 움직이는 모습은 보는 사람들의 감탄을 자아냈으나 경준의 마음에는 들지 않는지 하나하나 지적하며 반복적으로 훈련을 시켰다. 그렇게 한 부대의 훈련이 끝나면 다른 부대를 시키면서 각 부대별로 훈련을 시켰다. 그렇게 단위 부대별 훈련이 끝나자 이번에는 여러 부대를 하나로 묶어 합동훈련을 시켰다. 별동대간 상호 협조 및 지원하는 방법들을 익혀나갔다.

그와 함께 익성과 양수는 나머지 병사들에게 방어훈련을 실시했다. 벌판에서 싸우는 게 아니라 강을 건너는 적군을 공격하기 위해 활과 창을 이용한 공격법을 주로 연습했다. 또한 부대별로 주어진 임무를 수행하는 방법 등을 익혀나갔다.

일꾼들과 하회도 백성들도 팔을 걷어붙이고 나섰다. 주변의 나무를 베어다 목책을 만드는 일과 활과 화살을 만드는 일, 투석기 제작 및 투석기 주변에 돌 쌓기, 유하 주변에 구덩이를 파 방어선을 구축하는 일도 도왔다. 하회도 전체가 하나가 되어 방어 준비를 했다.

그렇게 방어준비를 하느라 축성작업은 당분간 멈출 수밖에 없었다. 그러나 밑돌로 둘러놓은 성의 자취는 그 어떤 방어벽보다 든든한 느낌을 주었다. 이 곳은 우리 땅이니 아무도 못 들어온다는 경계의 의미뿐만 아니라 우리 땅을 결코 남에게 뺏길 수 없다는 의지를 밑돌에 새겨놓은 듯했다.

무오戊午(서기 58)년 정월 초순, 한군이 북해군에 집결했다는 소식에 전선을 유하 강가로 옮겼다. 별동대는 강을 건너 각자 자리를 찾아갔고, 하회도에 남은 백성들도 무장을 하여 자체 방어할 수 있게 모든 전투준비를 마쳤다.

전선을 옮기기에 앞서 무범은 잠시 집에 들렀다.

"이번 전투가 마디막일디도 모르갔습네다."

장인·장모·아내를 불러 모아 놓고 무범은 입을 열었다.

"이번 전투에서 이기면 한나라도 더 이상 우릴 어떠디 못할 거이고, 진다면 여기에 머물 수가 없갔디요. 전세가 불리해디믄 연락을 취할 테니 그에 따라 행동하시믄 될 것 같습네다."

"달 알갔습네다. 저희 걱뎡은 마시고 전하께서나 됴심 또 됴심하십시오."

화련이 촉촉한 눈으로 무범을 바라보며 말했다.

"알갔시오. 기럼……."

무범은 무슨 말인가를 하고 싶었으나 삼키고 자리에서 일어섰다. 지키지도 못할 약속으로 희망 고문하기 싫었고, 걱정스러운 말로 불안감을 고조시키지 않는 게 좋을 것 같았다. 특히 불길한 말은 더욱 삼가야 했다. 그냥 담담하게 받아들이게 하는 게 가장 좋을 듯하여 말을 아꼈다.

가족들이 배웅하려고 나서려 하자 그것마저 말렸다. 마지막일지도 모르는 자신의 뒷모습을 가족들에게 보이기 싫었다.

유하에 진을 치고 사흘째 되는 날부터 별동대들의 활약상이 날아들었다. 척후병들의 보고는 고무적이어서 자신감을 갖게 했다. 무범은 척후병들의 보고를 가감 없이 방어전선 전체에 알리게 했다. 방어의지를 고취시키기 위해서였다. 전투는 숫자로 하는 게 아니라 작전과 승리에 대한 열의로 하는 것임을 강조하고 싶었다. 아울러 적군의 진군 상황에 대해서도 낱낱이 알리게 했다. 두려움에 갖기보다 당당하게 맞서게 하기 위해서는 적군의 상황을 정확히 알아두는 게 좋을 것이라 판단했기 때문이었다.

다음날부터 전투는 시작되었다.

선발대인지 1천여 명이 도강을 하려 했다. 하회군은 전투 지침대로 활로 공격을 했다. 그러자 한군은 재빨리 방향을 바꾸더니 사정거리 밖으로 물러나 버렸다.

그로부터 한 시진쯤 지나자 인원이 늘기 시작했고, 두어 시진 후에는 마침내 본진이 도착했는지 대군이 유하 건너편에 진을 쳤다.

적군은 하회군의 방어선을 면밀히 살펴보는 듯했다. 목책을 설치하고 구덩이를 파놓았으니 멀리서도 훤히 보일 것이었다.

그러나 목책이라고 같은 목책이 아니었고 구덩이라고 다 같은 구덩이는 아니었다. 몇 곳은 깊고 넓게 파서 말도 빠질 정도였지만 대부분은 구덩이를 파놓은 것처럼 위장한 것이었다. 하얗게 쌓인 눈 위에 흙을 덮어놓았으니 멀리서는 전부 같게 보이겠지만 웅덩이는 각각이었다. 하여 웅덩이가 얕고 넓지 않은 곳엔 든든하고 높은 목책을 설치했고, 웅덩이가 깊고 넓은 곳에는 엉성한 목책을 설치해 놓았다. 또한 군사들도 웅덩이가 깊지 않은 곳에 집중 배치해

놓았다. 목책을 만들고 배치할 시간도 부족했고, 웅덩이를 팔 시간은 더욱 부족했기에 적을 기만하기로 한 것이었다. 적들이 그걸 어떻게 파악하는가가 관건이라 할 수 있었다.

한군도 눈이 쌓인 강을 함부로 건널 수는 없기에 척후병을 보내 얼음이 두께를 파악하려 했으나 하회군이 그걸 그냥 놔두지 않았다. 강으로 내려오는 족족 화살을 날려 고슴도치를 만들어 버렸다.

나중에는 방패로 사방을 가리고 내려왔으나 별 소용없었다. 방패로 막고 내려오자 화살이 아닌 돌팔매질로 내쫓아 버렸다. 결국 방패로 상하좌우를 다 막고서야 얼음 두께를 파악하고 갔다.

그러나 한군이 짐작 못하는 게 또 있었다. 얼음 군데군데도 구멍이 나 있다는 사실이었다. 애초에는 땅을 파서 구덩이를 만들려고 했지만 흙이 얼어 좀처럼 팔 수가 없었다. 차라리 얼음 구덩이를 파는 게 쉬울 것 같았다. 얼음은 톱이 들어갈 만큼만 구멍을 내면 톱으로 썰어 구덩이를 만들 수 있기 때문이었다. 하여 흙구덩이보다 얼음구덩이를 더 파놓았다. 도하가 시작되면 웅덩이에 빠지길 바라는 동시에 한꺼번에 군사들이 강으로 내려오면 얼음이 부서질 수 있도록 해놓은 것이었다. 눈이 덮여 잘 보이지는 않았지만 얼음 구덩이를 파놓고 일정한 표식을 해두었기에 하회군의 눈에는 그 모습이 또렷이 보였다. 한군이 도강하기 시작하면 웅덩이 쪽으로 몰 계획을 세우고 있었다. 그래서 얼음 웅덩이와 흙 웅덩이를 교대로 파놓고 한군이 도하하기만을 기다리고 있었다. 그러나 한군도 그러저런 짐작을 하고 있는지 좀처럼 도하하려 하지 않았다.

그렇게 공수 양측에서 탐색전을 벌이고 있을 때였다.

적진 좌우에서 별동대가 나타나더니 적진을 휘젓고 다니기 시작했다. 도하 준비에 모든 신경을 쏟던 적군은 급작스런 공격을 받자 우왕좌왕하기 시작했고, 그 틈을 노려 무 베듯 닥치는 대로 베어 넘기니 누렇게 익은 보리밭에 멧돼지 떼가 지나간 듯 뚜렷한 길이 날 정도였다.

별동대는 좌에서 우로, 우에서 좌로 한 번 베어 넘기더니 사정없이 내빼기 시작했다. 그 뒤를 적군 기병들이 쫓아갔다. 모르긴 몰라도 다른 별동대가 쫓아오는 기병들을 잡기 위해 덫을 놓았거나 대기 중일 것이었다. 별동대간의 협공을 위해 적 기병들을 끌고 가는 게 분명해 보였다.

그들이 시야에서 사라지자 한군 진영이 부산스러워지기 시작했다. 별동대의 맛을 봤던지라 두려웠던지, 아니면 다른 복안이 있는지 별동대가 사라지자 도강을 서두르는 듯했다.

이에 강 건너에서 이런 모습을 지켜보던 하회군도 전투태세를 갖추었다. 후방에 대기 중인 궁수들에게 사격 대기 명령을 내렸다. 그리고 한군을 얼음 구덩이에 몰아놓기 위해 전방부대도 전투준비를 했다.

드디어 한군이 도강하기 시작했다. 얼음이 깨질까 걱정스러운지 소부대 단위로, 활이 두려운지 방패로 앞을 가린 채 조심스레 강으로 내려섰다. 그러자 하회군은 돌팔매질을 하면서 도강하는 군사들을 얼음 구덩이 쪽으로 몰아갔다. 뒤쪽에 대기하고 있던 두 대의 투석기投石器도 강을 건너는 한군에게 돌을 날렸다. 한군은 그렇게 얼음 강을 건너는 게 아니라 화살과 돌의 강을 건너고 있었다. 그렇게 거칠게 몰아붙이자 한군의 대열이 흩어지기 시작했고 이에 힘을 얻은 하회군이 한군을 얼음 웅덩이 쪽으로 몰았다.

그리고 드디어 얼음 웅덩이로 빠지기 시작하자 한군들은 도강하지 못하고 되돌아갔다.

한군은 도강을 멈췄다. 된맛을 봤으니 당분간 함부로 움직이지 못할 것이었다. 강폭이 좁고 물이 깊지 않은 곳은 하회군이 장악한 채 도강을 막고 있었고, 강폭이 넓고 물이 깊은 곳은 강을 건너기도 전에 하회군이 포착하여 화살과 돌을 쏘아대니 엄두가 나지 않을 것이었다.

한군이 도강을 멈추자 하회군이 한군을 공격하기 시작했다. 별동대가 불시에 나타나 한군 진영을 휩쓸고 사라져 버리기를 반복하고 있었다. 그에 따라 인원이 눈에 띄게 줄어들었고, 한군이 흔들리기 시작했다. 군사들만 충분하다면 한꺼번에 몰아쳐서 한군을 제압할 수 있을 것 같았다. 그러나 하회군에게는 한군을 공격할 만한 병력이 없었다. 한군을 퇴폐시킬 절호의 기회였지만 그 기회를 활용할 수가 없으니 한군이 움직이기만을 기다릴 수밖에 없었다.

야음을 틈타 적군이 도강할지도 몰랐기에 모든 병력을 동원하여 방어진을 쳤다. 그래선지 한군은 도강하지 않았다. 날이 밝아도 적군은 움직이지 않았다. 오히려 강 앞쪽에 배치했던 병력을 뒤로 빼버렸다. 도강을 위해 무언가를 준비하고 있거나 무엇을 기다리고 있는지 어떤 움직임도 없었다.

하회군은 초조했다. 극심한 추위 속에, 소수의 병력으로 강을 사수하기는 한계가 있었다. 적군은 군막이라도 있어 추위를 피할 수 있고 쉴 수도 있었지만 하회군은 그러질 못했다. 단기 방어전만을 생각했기에 장기전에 대비하지 못했던 것이었다. 또한 적군이 언제 어디로 공격할지 모르는 상황이라 초긴장 상태를 유지하자니 피로감은 배가되었다. 하여 공격 속도를 늦출수록 방어하는 쪽이 불리할 수밖에 없었다. 적군도 그런 사실을 간파했는지 옴짝달싹하지 않고 시간만 보내고 있으니 하회군이 전전긍긍할 수밖에. 그렇다고 이쪽에서 공격할 수도 없는 상황이라 상황은 더욱 악화되고 있었다.

"아무래도 이상하디 않습네까? 공격을 딱 멈툰 거이나 경계도 옳게 하디 않는 게 뭔가 기다리는 것 같디 않습네까?"

무범이 병택에게 물은 것은 그날 오후였다.

"길쎄요. 소신도 무슨 꿍꿍이가 있는 것 같아 걱정스럽습네다. 기렇디만 첩자가 없어서 적군 내부 상황을 파악할 수도 없는 상황이고…… 아무래도 첩자를 파견하여 적군 상황을 파악해봐야 할 거 같습네다."

"기러는 게 동갔습네다. 아무래도 불안합네다."

"예. 알갔습네다. 바로 조치하갔습네다."

첩자를 파견하기로 하여 하회도로 기병 몇을 보내려 했다. 첩자를 파견하려면 적군 복장이 필요했다. 적군 복장은 지난번 하회전

투 때 전리품으로 거둬들인 걸 하회도 백성들이 입고 있었기에 그
걸 가지러 보내려는 것이었다.

그런데, 바로 그때였다.

북소리와 징소리가 동시에 울렸다. 그 소리는 강 건너 한군 진영
에서 나는 소리가 아니었다. 뒤쪽 하회도에서 들려오는 소리였다.
북과 징이 동시에 울린다는 것은 비상을 알리는 신호였다.

"이게 뭔 소리네?"

제일 먼저 반응을 보인 것은 중앙장군 경준이었다.

"우리 하회도에서 나는 소리인 것 같습네다."

경준 곁에 서있던 부관이 잠시 귀를 기울이는가 싶더니 대답했다.

"누가 기걸 몰라서 묻네? 하회도에 무슨 일이 있길래 비상이 걸
렸느냐 말이야? 날래 가사 알아보라, 날래!"

경준의 호통에 부관이 군례도 없이 뛰어가더니 급히 말 위에 올
랐다. 그 뒤를 병사 십수 명이 따랐다.

"이럴 게 아니라 군사들을 더 보내야 할 것 같습네다."

하회도를 향해 달려가는 병사들을 바라보던 경준이 걱정스러운
듯 병택을 보며 말했다. 아무래도 마음이 안 놓이는 모양이었다.
그 말에 병택이 콧등을 만지작거렸다. 그도 비슷한 생각을 하고 있
는 것 같았다. 그렇지만 강을 사이에 두고 한군과 대치 중이라 선뜻
결단이 서지 않는 듯했다. 고민스럽거나 갈등할 때 버릇인 콧등을
만지작거리는 게 그걸 말해주고 있었다. 그러는 중에도 하회도에선
북과 징소리가 계속 들려오고 있었다. 그러기를 잠시. 병택이 입을
열었다.

"전하, 아무래도 소신이 가봐야 할 것 같습네다."

그 말에 무범이 병택을 쳐다보았다. 그러자 병택이 말을 이었다.

"첩자가 있다믄 하회도가 텅 빈 걸 적군이 모르디 않을 거이고, 배후에 동래군과 교동국이 있는데 그에 대한 방비가 너무 소홀했던 것 같습네다. 만약 동래군과 교동국에서 군사를 냈다면 딕금 하회도는 무방비 상태라 할 수 있습네다. 더군다나 하회도엔 궁주와 가족들, 대형들이 있디 않습네까?"

병택의 말에 무범은 가타부타 대답이 없었다. 병택의 말에 동의하는 눈치지만 군사를 보내는 게 마음에 걸리는 모양이었다. 그렇게 두 사람이 잠시 뜸을 들이는 틈에 양수가 말을 타고 달려왔다.

"어띠 된 일입네까? 하회도에 비상이라니요?"

양수가 말에서 뛰어내리며 누구에게랄 것도 없이 물었다. 비상상황이라 군례까지 생략한 채 다급하게.

"기게⋯⋯."

경준이 입을 열려는 순간, 또 하나의 다급한 말발굽소리가 들여왔다. 익성이었다. 그도 말에서 뛰어내리며, 군례도 생략한 채, 다급하게 달려와 양수와 같은 질문을 던졌다. 그러자 병택이 대꾸를 했다.

"마팀 달들 오셨소. 안 기래도 전하께 주청드리던 탐이었소. 하회도에 문제가 발생한 것 같은데, 날래 가봐야 할 거 같아서 말입네다. 중앙군 부관과 십수 명을 보내긴 했디만 마음이 안 놓여서."

병택이 말을 마치자 양수가 나서며 말했다.

"기럼 소장이 다녀오갔습네다. 적과 대치 중이긴 하디만 여긴 군사가 계시니 염려 없디만 딕금 하회도엔 병력도 지휘관도 없고, 또한 하회도엔 궁주와 영애, 기러고 대형들이 다 계시디 않습네까?"

양수의 말에 이번엔 익성이 나서며 말했다.

"거긴 소장이 다녀오는 게 맞을 거 같습네다. 우군이래 상류에 배치되어 있어 한군이 도강한다믄 거기로 할 가능성이 높으니껜 우장군보다 하류 똑을 맡고 있는 소장이 다녀오는 게 똫을 듯합네다."

익성이 말을 마치자 무범이 괴로운 듯 끙! 앓는 소리와 함께 무겁게 입을 열었다.

"모두들 내 가족과 대형들을 걱정하는 마음은 알갔디만…… 적과 대치중인데 어띠 장군들을 보낼 수 있갔습네까? 챠라리 중앙군에서 장수와 군사들을 뽐 더 보내보는 편이 낫디 않갔습네까?"

"전하의 뜻이 기러시다믄 기렇게 하시디요. 기 다음은 상황 봐가면서 하기로 하시고 말입네. 장군들 생각은 어떻습네까?"

병택이 무범의 말을 받았다. 더 이상 지체할 시간이 없다는 뜻이었다. 그러면서도 장군들의 의향을 묻는 일은 생략하지 않았다.

"……."

모두들 말이 없었다. 무범의 의향에 병택이 결정을 내린 일이니 이견이 있을 수 없었다. 설혹 이견이 있다 해도 지금은 따르는 것이 옳다고 여기는 모양이었다. 그만큼 시간이 촉박했다.

"기럼 기러기로 하고…… 경준 장군이 중앙군에서 중랑장 하나와 한 3백만 차출하시디요."

"예. 알갔습네다, 군사."

병택의 명을 받은 경준이 군례를 올리고 돌아섰다. 그러자 양수와 익성도 군례를 올리려다, 양수가 멈칫하는가 싶더니 병택에게 말했다.

"군사! 북과 징소리가 멈췄습네다."

"어디?"

들어보니 정말 북과 징소리가 멎어 있었다. 언제 멎었는지는 확실치 않지만 하회도 쪽에선 아무 소리도 들리지 않았다.

"이상합네다, 비상을 걸어놓고 갑자기 멈춘 게. 혹시?"

그러면서 하회도 쪽을 바라보았다. 그에 따라 모든 시선이 하회도 쪽으로 쏠렸다.

바로 그때였다. 하회도 쪽에서 달려오는 말 하나가 있었다. 그 말을 보자 양수가 후다닥 말 위로 올랐다. 그리곤 하회도 쪽으로 달려가기 시작했다. 양수는 질긴 예감을 끊어내기라도 하려는 듯 있는 힘을 다해 말을 닦아세우고 있었다. 그렇게 얼마를 달렸을까. 양수가 곧 말머리를 돌리더니 되돌아오기 시작했고, 그때쯤 병사의 모습이 보이기 시작했다. 갑옷으로 보아 조금 전에 하회도로 떠났던 중앙군 병사인 것 같았다.

양수와 병사는 경주라도 하듯 죽을힘을 다해 달려왔다.

"날래 피하십시오. 적군들이 이미 하회도를 쑥대밭으로 만들고 이쪽으로 달려오고 있습네다."

병사의 보고에 지휘부는 기겁하지 않을 수 없었다.

"뭐? 뭐야? 부관과 나머디 병사들은?"

병택이 물었다.

"달 모르갔습네다. 부관이 달려가 알리라고 해서 달려온 겁네다. 모르긴 몰라도 몰살당했을 겁네다."

"뭐 몰살? 적군은 얼마나 되길래?"

"달은 모르갔디만 1만은 넘을 것 같았습네다."

"기렇게나 많아?"

이번엔 경준이 물었다.

"하회도가 꽉 탈 명도니 기쯤은 될 것 같았습네다."

"어떻게 기렇게 많은 군사들이 후방을 공격했단 말이네? 기럼 하회도는 어떻게 됐네?"

이번엔 양수가 물었다.

"성안에 난입하여 백성들을 도륙했고, 성 주변의 마을들도 마탄가딥네다."

"기렇게 많은 군사가 갑따기 어디서 났단 말이네. 적군은 뎌기서 옴짝도 못하고 있는데? 이 무슨 날벼락이란 말이네."

경준이 믿기지 않는다는 듯 소리를 질렀다. 그리곤 이를 바드득 갈더니 곧 정신을 가다듬으며 다음 명령을 내렸다.

"전군 전투 준비!"

경준의 명령이 떨어지자 중군에서 북소리가 울리기 시작했고, 그걸 신호로 각 군에서도 북소리가 울렸다. 그새 후방에서 적군들이 근접해오고 있었고, 그걸 신호로 강 건너편에서도 군사들이 움직이기 시작했다.

"좋다. 어디 해보댜. 좌우장군은 날래 제자리로 돌아가시라요. 조선족의 뜨거운 맛을 보여듀어야디요. 기리고 군사! 전하를 모시고 자리를 옮기시디요. 앞뒤로 협공을 당하는 처지라 전후방이 따로 없디만 익성 장군과 함께 우군으로 가 계시디요."

경준의 말에 무범이 바로 받았다.

"우리가 가긴 어디로 간단 말입네까? 군사와 난 여기, 중앙군에 있을 테니 두 장군은 날래 본대로 돌아가시라요. 상황이래 위급하딜 않습네까?"

무범이 결의에 찬 목소리로 잘라 말하자 병택도 더 이상 어쩔 수가 없는지 군령을 내렸다.

"후방은 중앙장군과 우리가 맡을 테니, 좌우군은 도강하는 전방군을 막으시구래. 중앙장군과 나, 기리고 보철이 전하의 안전을 책임질 테니 기건 걱명 말고 전방군을 막는 일에 총력을 기울여듀기 바라오."

"옛! 알갔습네다."

양수와 익성이 군례로 복명한 후 급히 말에 올라 본대를 향해 달려갔다. 겨울바람을 가르며 달려가는 그들의 모습은 매가 먹이를 낚아채기 위해 급강하하는 모습을 연상시켰다. 두려움 없이 내리꽂히는 매처럼 아찔한 현기증이 날 만큼 아름다우면서도 황홀한 그 무엇이었다. 먹이잡이 성패와 상관없이 맹금류의 속성을 유감없이 보여주듯, 과감하면서도 두려움을 모르는 속성으로 대륙 지배자 후예의 모습을 유감없이 보여주고 있었다. 무범은 그런 그들의 모습을 시린 눈으로 오래도록 바라보았다. 그런 그를 말없이 지켜보던 병택이 무범에게 말을 건 것은 양수와 경훈의 모습이 시야에서 사라진 직후였다.

"전하, 중앙장군이 말했듯 여길 피하는 게……."

그러나 병택은 말을 맺지 못했다. 무범이 병택의 말을 자르며 언성을 높였기 때문이었다.

"군사들을 다 듂이고 나만 살란 말입네까? 나 혼차 살아서, 혼차 뭘 할 수 있갔습네까? 그에 대해선 더 이상 언급하디 마시고 군사들이나 달 지휘하시라요. 살래고 바둥거리믄 듂고, 듂을 각오로 싸우믄 산다[必生卽死 卽死必生]고 했습네다. 딕금은 듂을 각오로 싸울 때가 아닙네까?"

무범의 확고한 의지를 확인한 병택은 더 이상 어쩔 수 없음을
깨달았는지 무범의 곁을 떠나 중앙군을 지휘하는 경준에게로 자리
를 옮겼다.

67

전후에서 협공하는 적을 맞아 하회군은 선전했다.

좌우군은 도강하려는 적군을 얼음구덩이에 몰아 놓기도 하고 활
과 돌로 강을 건너지 못하게 했다. 맨 뒤쪽에 자리 잡은 투석기에서
날아간 돌이 적군 머리 위에 떨어지기도 했고 얼음구덩이 곁에 떨어
지면서 얼음을 깨트려 적군을 차가운 강물 속에 쓸어놓기도 했다.

적군 뒤에는 미리 배치되어 있던 별동대가 불시에 나타나 적 후
방을 베어 넘기니 강이며 들판은 적군들의 시체로 뒤덮였다. 수적
우세만 믿고 하회군을 만만히 여겼다가 호되게 당한 것이었다.

그러나 중앙군이 맡고 있는 후방의 상황은 달랐다. 하회군 병력
이 주로 전방에 배치되어 있었고, 기병대를 앞세우고 몰려드는 적
군을 보병인 중앙군이 막기에는 역부족이었다. 수와 장비의 열세를
활로 만회하며 적의 전진 속도를 늦춰보려 했지만 그마저도 쉽지
않았다. 강 건너편에서 활약 중인 별동대가 강을 건너와 배후군을
상대하면 모를까, 그러지 않고선 적군을 막을 수 없어 보였다. 더군
다나 배후의 적군은 이미 하회도를 공격하여 성과를 올린 만큼 기
세가 올라 있었다.

서너 번의 전진 후퇴를 반복하던 후방 적군이 기세를 잡은 것은 활 공격이 뜸해진 후였다. 중앙군의 화살이 밑바닥을 드러내기 시작하자 화살 공격이 어려워졌고, 지휘관들이 화살을 아끼라는 명령을 내렸는지 활시위를 당기는 횟수가 확연히 줄었다. 그걸 눈치 챈 적군 기병들이 칼과 창을 휘두르며 덤벼들었다. 그에 따라 중앙군 전방이 와해되기 시작했고 군사들의 시체가 늘기 시작했다. 또한 중앙군의 저항에 부딪쳤던 적군이 방향을 바꿔 좌우군의 배후를 치기 시작하자 전세는 급격히 한군으로 기울기 시작했다. 특히 좌우군 후방에 배치되어 있는 투석기를 공격하여 무력화시킴과 동시에 강 건너에 있던 적군이 대대적인 도강을 준비하기 시작했다. 그러나 하회군이 날리는 화살의 수가 확연히 준 것으로 보아 좌우군의 화살도 바닥을 드러내는 모양이었다. 이제 하회군은 백병전을 준비하는 수밖에 없는 상황이었다. 그러나 수적으로 하회군은 적군의 상대가 되질 못했다. 도강을 하다 죽은 병사들과 후방 공격을 하다 죽은 병사를 합쳐 2만이 된다 해도 적군은 아직도 4만이 넘는 병사가 있었지만 하회군은 이제 2천 남짓이었다. 더군다나 별동대가 강 건너편에 있어 합동작전도 불가능한 상황이었다.

　그 모든 걸 지켜보는 병택과 무범은 입을 굳게 다문 채 무거운 침묵으로 일관하고 있었다. 굳이 말이 필요 없는 상황이 아닌가. 그런 침묵을 깬 것은 중앙군을 지휘하던 경준이었다.

　"전하! 이제 백병전을 준비해야 할 것 같습네다."

　경준이 무겁게 입을 열었으나 병택과 무범은 아무 대답도 할 수 없었다. 이미 예상했던 일이었기에 말이 필요 없었다. 그러자 경준이 덧붙였다.

"기러기 위해선 먼녀 해야 할 일이 있습네다. 전하와 군사의 피신입네다."

"피신이라니요?"

병택이 즉각 반응을 보였다.

"군사! 백병전이래 어떤 싸움인디 달 알디 않습네까? 백병전을 하려믄서 전하와 군사를 여기에 기냥 둘 순 없습네다. 기러니 소장의 뜻에 따라 듀십시오."

"아무리 기래도 기렇디. 어띠 우리만 도망틴단 말입네까?"

이번엔 무범이 받았다.

"전하! 우리는 전하를 위해 목숨을 바치기로 한, 바쳐야 하는 군사들입네다. 기러니 부디 소장의 뜻을 따라 듀십시오."

"안됩네다. 기렇게는 못합네다."

무범이 강경한 어조로 잘라 말했다.

"전하! 전장에서 전투를 지휘하는 장수는 군주의 명령을 거부할 수 있다고 했습네다. 하물며 기것이 군주의 목숨을 구하기 위한 행동이라믄 말해 무엇하갔습네까? 기러니 소장의 뜻대로 따라 듀십시오. 만약 소장의 뜻에 따르디 않는다믄 무력을 동원하는 수밖에 없습네다."

경준은 이미 죽음을 각오한 듯 조금도 물러서지 않았다. 그러는 그의 눈에는 말로 표현할 수 없는 불꽃이 타오르고 있었다. 그 눈빛을 본 무범이 혼잣말로 중얼거리듯 말을 했다.

"아무리 기래도 기렇디 어띠 우리만……."

그 말에 경준이 고삐를 더 바싹 잡아당겼다.

"전하! 시간이 없습네다. 용단을 내려듀십시오."

그래도 무범은 차마 아무 말도 하지 않았다. 그러자 경준이 용단을 내린 듯 소리를 질렀다.

"전군 백병전 준비!"

경준의 명령에 따라 곧 북이 울렸고, 그 북소리는 곧 전군에 알려졌다. 그러자 모든 병사들이 자신의 위치에서 대기했다.

"호위무사 보철은 뭐하네? 전하와 기병들의 옷을 바꿔 입히디 않고."

경준이 이번에는 보철에게 명령을 내렸다.

"기게……."

보철이 말하려하자 경준이 보철의 말을 자르며 명령하듯 말했다.

"시간 없다. 월권과 하극상에 대한 벌은 나둥에 내가 받을 테니 호위무사는 내 명대로 시행하라. 안 기러믄 목을 티갔다."

보철마저 망설이자 경준이 직접 무범의 옷을 벗기려 했다. 그 단호함에 무범도 더 이상은 어쩔 수 없다고 판단했는지 경준이 시키는 대로 기병과 옷을 바꿔 입었다. 병택도 마찬가지였다.

무범과 병택이 옷을 바꿔 입는 동안 경준 자신도 말단 병사와 옷을 바꿔 입으며 좌우에 있는 장수들에게 명했다.

"나와 중앙군 1기병대 쉰 명은 왕자와 군사를 모신다. 또한 우리가 자릴 뜨는 순간, 백병전 명령을 내리라. 기래야만 전하께서 안전하게 빠져나갈 수 있을 거이다. 알갔느냐? 1차 집결지는 유하와 발해만이 만나는 포구로 하고, 2차 집결지는 그 서북쪽의 포구로 한다."

명령을 내린 경준이 이번에는 옷을 바꿔 입은 군사들에게 명을 내렸다. 아니, 부탁을 했다.

"자, 이데 너희들이 전하고, 군사고, 나다. 기 시간이 얼마가 될디 모르디만 기리 살아야 한다. 부탁한다."

그러더니 말 위에 뛰어올랐다.

"시간이 없습네다. 날래 가셔야 합네다."

무범과 병택도 상황의 급박함을 알기에 두 말 없이 말 위에 올랐다. 그러자 쉰 명의 기병들이 무범네 주위를 둘러쌌다.

"가댜!"

경준의 명령에 기병들이 출발했다. 그새 후방의 적군들이 사오백보 전방까지 몰려와 있었고 전방 부대도 도강을 마쳐 강기슭을 오르고 있었다. 앞뒤에서 성난 벌떼처럼, 해일처럼 적군이 덮쳐오고 있었다.

머물 곳이 그 어딘지 몰라도

68

천신만고 끝에 유수와 발해만이 만나는 알개에 도착한 것은 해가 설핏 기울기 시작할 때였다. 하회도 전장을 떠난 지 한나절 만이었다.

말로 달리면 한 시진이면 족할 80리 길이었지만 달려드는 적군들을 처치하느라, 적군들을 피해 달리느라 늦어질 수밖에 없었다. 또한 최종목적지를 속이기 위해 동래 쪽으로 길을 잡았다가 추격군을 다 따돌린 후 방향을 좌로 틀어 북상했기 때문이기도 했다. 변복해서 다행히 무범 일행인 줄은 모르는지 얼마간 쫓아오다가 포기하고 돌아갔다. 하기야 계속 쫓다가 무슨 함정에 빠질지도 모르고, 본대와 너무 떨어지는 것도 두려웠을 것이었다.

발해만 어귀에 도착하여 서로를 살펴보니 모두 피범벅이었다. 특히 무범 앞에서 길을 열었던 군사와 보철은 아예 피를 뒤집어쓴 듯했다. 인원을 파악해보니 함께 출발했던 호위병의 반은 보이지 않았다. 아까운 목숨을 잃은 것이었다. 아마 중앙장군 경준도 목숨을 잃었을 것이었다.

중앙장군 경준이 왔던 길을 되돌아간 것은 추격병들이 돌아간 직후였다. 무범 앞에서 군사·보철과 함께 길을 열던 그가 갑자기 말을 세우며 말했다.

"전하, 소장은 여기까딥네다."

"기 무슨 소리요?"

무범이 깜짝 놀라며 물었다.

"전장의 장수는 듁어도 전장에서 듁어야 하는 법입네다. 하물며 중앙군 장군이 전장을 놔두고 어딜 간단 말입네까? 이데 소장은 돌아가 군사들과 생사를 함께 하갔습네다. 기것이 전하께 보답하는 길이고, 군사들과 역사에 부끄럽디 않은 길입네다."

"안됩네다. 딕금 어떤 상황인디 모르오? 기런데도 돌아가갔단 말입네까?"

"기러니 더욱 돌아가야디요. 장수가 살 댜리를 탖는다믄 병사들인들 어띠 죽을 댜리에 서려 하갔습네까? 기러니 장수가 있을 곳은 전장입네다. 기것이 장수의 운명이댜 길입네다. 기럼."

그러더니 말머리를 돌려 왔던 길로 냅다 달렸다.

"장군! 경준 장군! 돌아오시라요. 명령입네다."

그러나 경준은 들은 체도 안했다. 오히려 그 소리로부터 더 빨리 도망가려는 사람처럼 더 빨리 말을 몰았다. 누가 봐도 너무나 또렷이 보이는 죽음의 길로 달리고 또 달렸다.

"기럼 같이 갑세다, 장군! 같이 갑세다!"

소리를 지르며 무범도 따라가려 했다. 그러나 무범은 꼼짝도 할 수 없었다. 보철이 무범의 말고삐를 틀어쥐고 있었다.

"놔라! 명령이다!"

무범이 소리를 질렀으나 보철은 눈물을 흘리며 더 바짝 말고삐를 잡으며 말했다.

"쉰네 전하를 디키는 사람입네다. 벌은 냉둥에 얼마든 받갔습네다."

"네 이놈! 네놈이 정령 듁고 싶은 게냐?"

급기야 무범이 보철의 목에 칼을 겨누었으나 보철은 미동도 하지 않은 채 눈물만 흘릴 뿐이었다.

"네놈이…… 네놈이…….."

여전히 보철의 목에 칼을 겨눈 채 소리를 질렀으나 무범도 그새 눈물을 흘리고 있었다.

"다 잃고, 다 듁이고 어띠 나만 살란 말이냐."

무범은 칼을 내던져 버렸다. 보철의 목을 겨누었던 칼을 잡고 있을 수가 없었고, 이제 더 이상 칼을 잡지 않을 생각이었다. 그리곤 경준이 달려간 곳을, 이제는 경준의 모습마저 보이지 않는 텅 빈 들판을 바라보았다. 자신도 모르게, 눈물이, 하염없이, 흘러내렸다.

그러기를 잠시.

무범은 조용히 고개를 숙여 묵념을 하고 난 후 말했다.

"가댜! 더 이상 아까운 목숨을 잃게 해선……."

말머리를 돌린 무범은 말을 몰기 시작했다. 뒷사람들이 따라오든 말든, 경준의 뒤라도 쫓듯, 달리고 또 달렸다. 그러나 무범이 달리는 곳은 경준이 달려간 곳과는 정반대쪽이었다.

강가에서 갑옷을 벗고 얼음을 깨어 피투성이인 얼굴이며 손을 씻었다. 끈적하게 달라붙은 피가 차가운 물에 잘 지워지지 않았다. 손과 얼굴만 시리고 아릴 뿐.

대충 피를 지운 일행은 불부터 피웠다. 말을 달릴 때는 몰랐는데 말에서 내려 갑옷을 벗고 옷에 묻은 피를 지우느라 옷이 젖자 추워서 견딜 수가 없었다. 거기에다 찬물에 손을 담그고 얼굴까지 씻었으니 춥지 않을 수 없었다. 덕덕덕덕, 이 부딪히는 소리가 날 정도였다.

불가에 모여 몸을 녹이고 손발을 녹이자 피가 제대로 돌기 시작하는지 사지에 두고 온 사람들이 떠올랐다.

살아남은 사람이 없을 것이었다. 앞뒤로 협공해오는 4만이 넘는 적군을 2천 남짓한 하회군이 막아낼 수 없었을 테니까. 하회군이 몰살했다면 가족과 대부와 대형들의 운명은 생각할 필요도 없었다. 죽었거나 끌려갔을 것이었다. 그런 사실을 짐작하지 못하는 사람은 없었기에 모두들 입을 다문 채 몸을 녹이고 있었다. 아니, 몸을 녹이는 게 아니라 얼어붙으려는 마음을 녹이고 있는지도 몰랐다.

강가에서 얼마간 몸을 녹인 일행은 마방을 찾아들었다. 가진 돈이 없었기에 말을 팔아 배를 채웠고 방을 구했다. 그리고 제발 하회도로부터 사람이 오기를 기다렸다.

그러나 이틀이 지나도록 찾아오는 사람은 없었다. 무범 일행을 찾기 위해 적군 정찰대라도 나타날 것 같은데 정찰대도 나타나지 않았다. 정찰대라도 나타나면 그들을 사로잡아 하회도 상황을 물어보련만 그마저도 여의치 않았다.

"아무래도 하회도엘 갔다 와야겠습네다."

사흘째 되던 날 아침, 보철이 무범과 군사가 묵고 있는 방으로 들어오더니 조심스레 말했다.

"기딴 소리 하디도 말라. 호위무사가 어뜿게 자릴 비운단 말이네."

무범은 일언지하 거절했다. 보철의 마음을 모르는 바 아니었지만 더 이상 사람을 잃기 싫었다. 지금 하회도로 간다는 것은 죽으러 가는 것이나 다름없었기에 절대 허락할 수가 없었다.

"벋이 기다릴 깁네다. 살았는지 듀었는지 벋을 탖아봐야디요."

보철도 친구타령이었다. 그러나 이미 친구타령에 사람을 사지로 보내놓고 땅을 치며 후회했던 적이 있었던 무범이었기에 결코 허락할 수가 없었다.

"기런 소리할래믄 말도 꺼내디 말라. 내 한 번 당하디 두 번은 안 당해."

무범은 보철의 뒷말을 끊을 생각으로 맵차게 잘라 말했다. 그러자 보철이 슬그머니 나갔다. 더 이상 얘기해봤자 소용이 없다는 것을 아는 듯했다.

그랬는데 아침을 먹고 보철을 찾았으나 보철이 없었다. 호위병들에게 물어도 모르겠다고, 오늘은 본 적 없다고 했다.

"이 간나가 기어이 갔구만 기래."

무범은 맥이 빠져 서 있을 수가 없었다.

보철이 돌아온 것은 어스름녘이었다.

무범은 반가움에 앞서 덜컥 가슴이 내려앉았고, 미운 마음에 보철을 방에 들지도 못하게 했다.

"앞으로 날 볼 생각 말라. 호위무사가 허락도 없이 자릴 비웠으니 더 이상 내 호위무사가 아니다. 기러니 내 앞에 나타나디도 말라.”

그러자 보철이 방 앞에 꿇어앉더니 통곡을 하기 시작했다. 모든 게 밝혀지는 순간이었다. 안 봐도 뻔한 얘기가 아닌가. 만약 화련과 가족이 무사했다면 결코 보철 혼자 돌아오지 않았을 터였다. 어떻게든 같이 왔을 것이고, 그랬다면 조용히 나타날 위인이 아니었다. 난리 중에 생난리를 쳤을 것이었다. 그런데 혼자 조용히 돌아왔으니 뒷말은 안 들어도 뻔했다.

무범은 방안에서 보철의 통곡소리를 들으며 함께 울었다. 어쩌면 보철은 무범에게 울 시간을 주기 위해 문 밖에서 통곡하는지도 몰랐다. 같이 울자고, 친구를 잃은 아픔과 가족을 잃은 아픔을 함께 나누자고, 그래놓고 털어내자고 말하고 있는지도 몰랐다. 그 마음이 집혀오자 더욱더 슬픔이 밀려들어 눈물을 참을 수가 없었다.

결과는 예상했던 대로였다. 하회도 군사들뿐만 아니라 백성들도 무참하게 도륙됐고, 무범네와 상인들이 모여 살던 한골도 모두 불태우고 허물어버려서 흔적도 없이 사라졌단다. 그런 상황이라 어디 물어볼 곳도 없었고, 함부로 다닐 수도 없더란다.

그런데 거기서 끝이 아니었다. 사로잡힌 자들의 얘기를 들었는지, 군사들을 풀어 무범네를 찾고 있다는 것이었다. 낭야진에 있는 울골이며 장광에 있는 무석궁까지 군사들을 파견했다는 걸 보면 여기에 있다는 걸 아는 것도 시간문제라는 것이었다. 여기로 떠나기 전에 군사들 앞에서 1·2차집결지를 알렸으니 이제 곧 한군이 밀어닥칠지도 모른다고 했다.

“전하, 아무래도 이곳을 떠야 할 것 같습네다.”

여지껏, 사지에서 도망치는 순간부터 한 마디도 안 했던 군사가 무거운 입을 연 것은 보철이 돌아온 다음날 아침을 먹고 난 후였다.

"이뎨 어디로, 어디까디 가야 한단 말입네까?"

"기래도 여기래……."

"이뎨 여나 그 어디나 마탼가디 아닙네까? 기러니 기런 말하디 마시라요."

"이뎨 더 가라앉을 수도 없는 맨 밑바닥입네다. 기러니 발로 바닥을 박탸고 솟아올라야디요."

"20여 년 전텨럼 말입네까? 기땐 군사가 덟기라도 했디만 딕금은 아니디 않습네까? 기런데 어띠……?"

"전하가 덟디 않습네까? 기때 소신보다 더 덟은 전하 자신을 믿으셔야디요."

"기런 말로 희망고문하디 마십시오. 이뎨 더 이상 속디도 속이디도 않을 겁네다."

"전하, 소신은 전하를 키우면서 한 가디만은 전하께 심어듀려 했습네다. 언제 어떤 상황에서든 듁디 않고 살아남기를 바라는 마음에, 살려는 의지만은 버리디 말기를. 기래서 시간이 있을 때마다 조선족과 하회족의 역사, 흥망사를 들려듀었고 읽게 했습네다. 기런데 소신의 욕심이 너무 과했던 것 같습네다. 기럼 이만."

그 말만 남기고 군사는 방을 나가버렸고, 그 후로는 종일 나타나디 않았다. 저녁때가 되어도 마찬가지였다. 무범 혼자 남겨두고 그렇게 오랫동안 자리를 비울 사람이 아니었다. 그런데도 예상시간보다 훨씬 오래 자리를 비우고 있었다.

처음엔 단순히 시위를 벌이는구나 생각했었다. 무기력하게 주저

앉은 무범을 일으켜 세우려면 극단의 조치까지는 아니더라도 일정한 자극을 주어야 한다고 생각했을지도 모르니까. 그렇다면 그 시간을 혼자 견디는 게 맞았다. 어쩌면 젊음을 다 바쳐, 가족까지 버리며 무범을 키우고 돌본 걸 후회하고 있을지도 모르니까. 그러나 시간이 지날수록 그게 아닌 것 같았다. 다른 문제가 있는 것 같았다.

"군사래 안 보이는데 군사래 봤네?"

결국 무범은 방 밖에 있을 보철을 향해 낮게 물었다.

"쇤네도 하루 종일 못 봤습네다."

밖에서 들리는 목소리도 낮았다.

"기럼 어디 갔디? 아무 말 없이 이렇게 오래 안 올 사람이 아닌데."

"쇤네가 한 번 탖아볼까요?"

"뭐 기럴 필요까디……. 뭐 기러던디."

"알갔습네다. 쇤네가 한 번 탖아보갔습네다."

그렇게 보철이 나가는가 싶더니 보철마저도 감감무소식이었다.

혼자 저녁을 먹고 기다려도 두 사람은 나타나지 않았다. 군사가 안 보이는 건 얼마간 이해하겠지만 군사를 찾아 나선 보철까지 돌아오지 않는다는 건 예삿일이 아니었다. 그는 잠시도 무범 곁을 떠날 수 없는 호위무사가 아닌가.

가만히 방안에 앉아 기다리려니 별의별 생각이 다 들었다. 처음엔 서로 길이 엇갈렸을지도 모른다는 생각, 두 사람이 짜고 자신을 골탕 먹이고 있는지도 모른다는 생각, 두 사람이 불의의 사고로 목숨을 잃었을 지도 모른다는 생각까지 들었다. 그러나 두 사람이 남들한테 당할 사람들은 아니었다. 이 촌구석에 두 사람을 당할 만한 사람은 없을 것이었다.

그도 저도 아니라면?

그러다 무범은 벌떡 일어서고 말았다. 무범 일행을 놓친 한군이 쫓아왔거나 신분이 탄로나 관군에게 붙잡혔을 수도 있었다. 여기는 동래군에서도 가장 후미진 곳이긴 해도 바다와 강이 만나는 곳이라 추격군이나 동래군에서 관심을 가질 만한 곳이었다. 어쩌면 일행을 수상하게 여긴 마방 주인이 밀고했을 수도 있었다. 그러자 관군들이 매복했다가 두 사람을 덮쳤을 수도 있고. 군사는 화를 달래려 길을 나섰다가, 보철은 군사를 찾는다고 나갔다가 당했을 수 있었다. 거기에 생각이 미치자 무범은 자리에 앉아 있을 수가 없었다. 만약 그렇다면 당장 손을 써야 했다.

무범은 문을 열고 후다닥 밖으로 나섰다. 그 바람에 보철 대신 방을 경계하던 호위병이 깜짝 놀라며 뒤로 물러섰다.

"아딕도 안 왔네? 두 사람 다 안 왔어?"

방을 나서자 한꺼번에 달려드는 겨울바람과 두 사람에 대한 불안감으로 무범은 몸을 부르르 떨며 물었다.

"예. 안딕⋯⋯."

호위병도 놀란 목소리로 더듬거리는데 어둠 속에서 한 사람이 뛰어오며 소리를 질렀다.

"튜운데 어띠 나와 계십네까?"

남들 눈이 있어 전하!라 부르지도 못한 채 소리만 지르며 달려온 것은 군사였다. 그 말엔 어이가 없었다. 그걸 정말 몰라서 묻는 건지 이해가 되질 않았다.

"딕금 기걸 말이라고 묻는 겁네까?"

무범은 문을 쾅 닫고 다시 들어가 버렸다.

69

버려진 운명, 운명으로부터 버림받은 자에게 갈 곳이 있을 리 없었다. 바람처럼 떠돌다 흔적도 없이 사라져야 할 운명을 지고 태어난 자가 머물 곳을 찾는다는 자체가 운명을 거역하는 일이었다.

갯바위에 앉아 갈 곳, 머물 곳을 생각하던 무범은 또 다시 자신의 운명을 생각하게 되었다. 값싼, 개에게 던져줘도 안 물어갈 운명을 타고난 자신이 불쌍하고 처량해서 견딜 수가 없었다. 어떻게 이리도 처절한 운명을 자신에게 줬는지 조물주가 있다면 목이라도 잡고 싶었다. 조물주와 대판 싸워 조물주를 죽여 버리고 싶었다. 그래야 분이 풀릴 것 같았다. 아니, 조물주와 싸우다 죽고 싶었다. 그래야 조물주도 정다시어서 재미로, 장난삼아 자신과 같은 운명을 가진 이를 만들어놓고 혼자 킬킬 대진 못할 것이었다.

그러나 그럴 수가 없다는데 더 큰 아픔이 있었다. 조물주는 피조물을 만들면서 피조물이 절대 자신을 만날 수 없게 만들어놓지 않았던가. 만약 피조물이 조물주와 만날 수 있다면 조물주는 단 하루도 편한 날이 없었을 테고, 아직까지 존재하지도 못했을 것이었다. 자신과 비슷한 운명을 타고난 사람들이 조물주를 결코 가만두지 않았을 테니까. 하여 조물주는 모든 건 자기 책임이 아니라 피조물 책임이라고, 모든 책임을 피조물에게 있다고 떠넘겨놓고 보이지 않는 곳에서 킬킬대고 있을 것이었다.

"이제 돌아가시디요. 모두들 기다리고 있을 겝네다."

보철이 조용히, 젖은 목소리로 말했다. 그러나 무범은 아무 대답도 하지 않았다. 보철이 벌써 여러 번째 권하고 있었으나 무범은 못 들은 체하고 있었고, 보철도 무범의 마음을 아는지라 크게 재촉하지는 않았다.

보철이 돌아온 것은 군사가 돌아온 지 얼마 안 돼서였다.

"쇤네 돌아왔습네다. 들어가갔습네다."

군사가 벌을 청하며 무범 앞에 무릎을 꿇고 있으려니 보철이 헐레벌떡 뛰어오는가 싶더니 이런 소리를 지르며 방으로 뛰어들었다. 그러나 무범 앞에 무릎을 꿇고 있는 군사의 모습을 보더니 맥이 빠지는 듯 헐떡이며 숨만 고를 뿐이었다.

"대체 어딜 쏘다녔던 게야?"

무범은 군사에게 못한 화풀이라도 하듯 보철에게 쏘아붙였다.

"군사래…… 밸 타고……."

그러나 보철은 말을 맺지 못했다. 군사가 꿇어앉은 채 보철을 올려다보며 고개를 가로저었기 때문이었다.

"군사가 밸 어쨌다는 거네?"

"아, 아닙네다. 쇤네 무사히 다녀왔으니 밖에 나가 있갔습네다."

"게 서라. 말을 하다 말고 어딜 나가갔다는 게야?"

"당사자가 왔으니 직접 들으시라요. 괜히 나한테 화풀이하디 말고. 내래 호위무사디 부름시꾼(심부름꾼)입네까?"

보철이 대차게 받아치며 밖으로 나가 버렸다.

"뎌, 뎌, 뎌런……."

무범은 무슨 말이든 하고 싶었으나 할 말이 없었다. 듣고 보니 보철의 말이 틀린 말은 아니었다. 보철은 군사를 찾으러 갔을 뿐 다른 임무를 띄고 갔다 온 것은 아니니까. 또한 보철이 운을 뗐으니 그 나머지는 자신이 직접 군사에게 듣는 게 맞았다.

무범은 화를 가라앉히기 위해 잠시 숨을 골랐다. 그리고 화가 가라앉았다 싶자 군사에게 물었다.

"배라니 기건 또 무슨 말입네까?"

그러나 군사는 입을 열지 않았다.

"이덴 묻는 말에도 대답하디 않갔다는 겁네까?"

"……."

"똥습네다. 질문을 바꾸갔습네다. 밸 타고 어디로 가려는 겁네까?"

그러자 군사가 드디어 고개를 들더니 무범을 쳐다보았다.

"밸 구하기 위해 하루 종일, 밥도 거르며 쏘다니신 겁네까?"

그 말에 군사는 다시 고개를 숙여버렸다.

"알갔습네다. 군사의 뜻에 따르디요. 기렇디만 어디로 가는디는 나도 알아야 할 게 아닙네까?"

그러나 군사는 죄지은 고양이 꼴로 고개를 잔뜩 숙인 채 어떤 반응도 보이지 않았다.

"전장에서 도망틸 때는 보철이 뎌 놈이 사람을 바보로 만들더니 이덴 군사께서 날 바보로 만들 생각입네까? 날 이리 함부로 대해도 되는 겁네까?"

무범이 서글픈 목소리로, 아프게 묻자 드디어 군사가 반응을 보였다.

"어띠 기런 생각을……. 소신은 기냥 필요할 것 같아서, 여기 동래도 적지敵地라 안심할 수 없어서 배를 구해놓았을 뿐입네다."

"기러니낀 급할 때 가려는 곳이 어디냐고 묻는 거 아닙네까?"

"기것까딘 아딕……."

"기럴 리 있습네까? 내래 군사를 20년 넘게 봐온 사람인데 기걸 모르갔습네까?"

"사실입네다."

"아닙네다. 군사께서 기렇게 뒷생각 없이 허술하게 움덕일 분이 아니디요."

"사실입네다."

"아닙네다. 기러니 털어놓으세요."

그렇게 두 사람의 줄다리기는 한동안 계속 됐다. 그러나 그 줄다리기의 승자는 이미 결정되어 있는 셈이었다. 무범이 안 이상 군사는 결코 입을 다물 수가 없었다. 특히 무범의 장래에 대한 일이면서 생사가 걸린 문제였으니 군사가 절대적으로 불리한 입장이었다.

"텨음엔 단순히 여길 떠날 생각이었는데, 오늘 밸 구하믄서 생각한 곳은 태자도란 곳입네다."

"태자도라니요?"

무범의 물음에 군사가 태자도에 대한 정보들을 풀어놓았다. 그리고 그 태자란 사람이 바로 고구려 모본왕의 태자란 사실도.

"기럴 순 없습네다. 기럴 바엔 탸라리 여기서 둑는 게 낫습네다."

가려는 곳이 태자도, 고구려 태자가 도망쳐간 태자도란 말에 무범은 일언지하에 거부했다. 고구려는 고국 낙랑을 멸망시킨 나라였고, 태자는 낙랑국 멸망의 장본인인 무휼의 손자니 불구대천지수不俱戴天之讎였다. 그런 자에게 어떻게 의탁한단 말인가.

"기말도 일리는 있디만 기렇게만 볼 수는 없습네다."

군사가 조목조목 따지며 설득하려 했지만 무범의 귀에는 그 말이 들어오지 않았다. 다른 곳이라면 모를까 태자도에 갈 수는 없었다.

그런데도 군사는 집요했다. 그만하면 포기하거나 뜻을 바꿀 만한데도 그럴 의향이 없어 보였다. 무범이 거부하면 거부할수록 끈질기게 설득하려 했다.

"이런 말을 하면 어떨디 몰라도, 전하와 그 태자는 같은 운명을 타고난 사람입네다."

군사의 이 말을 듣는 순간, 무범은 멍했다. 태자 영과 자신이 같은 운명을 타고난 사람이라니. 어떻게 그런 말을 할 수가 있단 말인가.

"기, 기게 무슨 말입네까? 어뜧게 기런 자와 내가 같은 운명을 타고날 수 있단 말입네까?"

무범은 군사의 말을 받아들일 수가 없었다. 행여나 군사의 말대로 같은 운명을 타고났다 해도 태자와는 엮이고 싶지 않았다.

무범의 거부에 군사가 또다시 자신의 논리를 폈다.

"달 생각해보시라요. 기건 소장보다 전하께서 더 달 알디 않습네까? 기 태자 때문에 널드르에서 쫓겨났고, 기것이 원인이 되어 오늘에 이르디 않았습네까? 악연이었는지 모르디만 기때부터 이미 연은 맺어뎌 있었던 거이디요. 아니, 기 전에 이미 인연은 맺어뎌 있었을 겁네다."

듣고 보니 그런 것 같기도 했다. 그러나 태자도에 가긴 싫었다. 태자도에 들어가는 순간 자신의 인생은 끝장나 버릴 것 같았다.

"기럼, 이릏게 하믄 어떻갔습네까?"

도저히 설득할 수 없다고 생각했는지 군사가 절충안을 내놓으려는 모양이었다.

"……?"

무범은 대답하지 않은 채 군사를 쳐다보았다. 아무리 듣기 싫어도 군사가 얘기하는데 안 들을 수는 없었다. 그는 군사이기 전에 목숨을 걸고 자신을 구해줬고 길러줬고 지금까지 곁에서 지켜준 아버지가 아닌가. 그리고 이제 무범 곁에는 아무도 없지 않은가.

"명불허전이라 하디 않았습네까? 태자의 성품이래 남다른 면이 있으니 기런 소문이 나디 않았갔습네까? 기러니 가봐서 아니다 싶으믄 즉시 말씀해 듀십시오. 두말없이 태자돌 뜨갔습네다. 전하께서 불편하신데 소장인들 어띠 편하갔습네까."

군사의 말에 무범의 마음이 녹기 시작했다. 군사가 이렇게까지 하는 데는 그만한 이유가 있을 것이고, 더더군다나, 이제, 갈 곳이, 그 어디에도, 없지 않은가.

잠시 생각을 정리한 무범은 눈물을 담은 눈으로 군사를 쳐다보았다. 군사도 언제부턴지 모르지만 울고 있었다. 하여 군사와 도저히 한 곳에 같이 있을 수 없어 방을 나와 바닷가로 나섰는데 보철이 그림자로 따라왔다. 그리고 시간이 길어지자 이제 그만 돌아가자고 조르고 있었다.

보철의 재촉이 아니더라도 이제 일어나야 할 시간이었다. 자신을 기다리고 있을 사람들을 생각해야 했다. 그들은 아무 죄 없이, 개에게 줘도 안 물어갈 운명을 타고난 자신을 만났다가 자신의 운명에 감염되어 자신과 같은 삶을 살고 있지 않은가. 그들을 배려해야 했다. 그게 그들에 대한 속죄였다.

'망령 난 늙은이! 기래, 어디 한 번 실컷 킬킬대보라.'

무범은 속으로 조물주에게 욕을 뱉었다. 그러지 않고서는 일어설 수가 없었다. 아니, 그래야 힘을 내서 살 수 있을 것 같았다. 인간의 운명을 미리 정해놓고 그 운명이란 그물 속에서 몸부림치는 피조물을 보며 혼자 킬킬거리고 있을 조물주를 거부해야만 살 수 있을 것 같았다.

자리에서 일어선 무범은 바다를 향해 고개를 숙였다. 한 번이 아니라 여러 번. 그때마다 사람의 이름을 불렀다.

"나의 반쪽이면서 전부였던 사랑하는 아내 양화련.

눈에 넣어도 안 아플 사랑하는 내 딸 양낭아.

죄인처럼 평생 베풀기만 했던 유모 조씨.

평생 은인이자 동지였던 장인 양범석.

어려운 날 곁에서 지켜주고 돌봐준 대부 종환과 호정.

늘 안쓰러운 눈으로 돌봐줬던 장모 한씨.

목숨을 바쳐 날 구해준 다개와 진문·창문 형제

토포악발로 태풍을 막아주고 삶의 힘을 준 대형 옥광은.

조건 없는 은혜를 베풀어 준 대형 예원.

목숨을 바쳐 날 구해준 장군 경준과 양수와 익성.

하회도 전투에서 목숨을 바친 모든 영혼들.

그 외 기억하지 못하는 모든 영혼들.

뎡말 죄송합네다.

부디, 부디, 편히 가소서."

그렇게 호명하며 그들의 넋을 기렸다. 그런다고 그 목소리가 들릴 리 없겠지만, 들린다고 바뀔 것도 하나 없었지만, 눈물과 콧물을 제물로, 울음으로 꽉 잠긴 목소리로 경건하게 초혼을 했다. 그래야 이곳을 떠나 태자도로 갈 수 있을 것 같았다.

<2권 끝. 3권에서 계속>

| 지은이 소개 |

이성준李成俊

1962년 제주 조천朝天에서 유복자로 태어나 열일곱에는 어머니까지 여의어 고아가 됐다. 그리고 떠돌기 시작했다.

천대 속에서 삼순구식三旬九食하면서도 어머니의 지난한 삶을 세상에 알리겠다는 옹골찬 각오를 다져 글을 쓰기 시작했고, 대학에 진학하여 국문학을 전공했다.

대학 졸업 후, 위대한 삶의 명령을 거역하지 못하고 국어교사의 길로 들어서게 되어 글과는 일정한 거리를 둔 채 20여 년을 살았다. 그러는 중에도 글에 대한 열정을 다 버리지 못해 자투리 시간을 활용하여 시를 주로 썼고, 그 시편들을 모아 시집 『억새의 노래』, 『못난 아비의 노래』, 『나를 위한 연가』를 출간하기도 했다. 또한 소설과 영화의 상관관계를 연구하여 문학박사 학위도 받았다.

2010년, 더 이상 글과 먼 삶을 살 수 없어 학교를 그만두고 본격적으로 글을 쓰기 시작했다. 그러나 글에만 매달릴 수는 없어서 대학과 학원에서 강의도 했다. 창작본풀이 『설문대할마님, 어떵 옵데가?』, 시집 『발길 닿는 곳 거기가 세상이고 하늘이거니』, 소설집 『달의 시간을 찾아서』, 장편소설 『탐라, 노을 속에 지다 1·2』, 장편소설 『해녀, 어머니의 또 다른 이름 1·2』는 그렇게 세상에 나왔다.

7년 전, KBS제주방송총국에서 방영한 <고대 해상왕국, 탐라>를 보면서 탐라 건국사를 대하소설로 엮어볼 생각을 하게 됐고, 바로 취재에 착수했다. 7년여의 준비 끝에 올초, 고을나로 알려져 있는 인물을 그린 『탐라의 여명—되살아나는 삼성신화』 1권을 펴냈고, 이제 삼성三姓 중 한 사람인 양을나의 사연을 세상에 내놓는다.

탐라의 여명 2

되살아나는 삼성신화

초판 인쇄 2021년 10월 30일
초판 발행 2021년 11월 10일

지 은 이 ㅣ 이성준
펴 낸 이 ㅣ 하운근
펴 낸 곳 ㅣ 學古房

주   소 ㅣ 경기도 고양시 덕양구 통일로 140 삼송테크노밸리 A동 B224
전   화 ㅣ (02)353-9908 편집부(02)356-9903
팩   스 ㅣ (02)6959-8234
홈페이지 ㅣ http://hakgobang.co.kr/
전자우편 ㅣ hakgobang@naver.com, hakgobang@chol.com
등록번호 ㅣ 제311-1994-000001호

ISBN 979-11-6586-425-5 04810
        979-11-6586-128-5 (세트)

값 : 20,000원